RICHARD FLANAGAN

Am Anfang der Erinnerung

RICHARD FLANAGAN

Am Anfang der Erinnerung

Roman

Aus dem australischen Englisch
von Ulrike Strerath-Bolz

Verlegt bei Kindler

Originaltitel: The Sound of One Hand Clapping
Originalverlag: Pan Macmillan Australia Pty Limited, Sydney

»Goodbye Mr Pippins« von George Park (S. 200) wurde zitiert nach A. C. Frost, Green Cold, 1976 (A. C. Frost and the Donnybrook and Balingup Shire Council, WA) [die deutsche Fassung stammt von der Übersetzerin].

Die Folie des Schutzumschlags sowie die Einschweißfolie
sind PE-Folien und biologisch abbaubar.
Dieses Buch wurde auf chlor- und säurefreiem Papier gedruckt.

Umschlaggestaltung: Jorge Schmidt, München
Umschlagabbildung: The Bridgeman Art Library, London
Satz: Ventura Publisher im Verlag
Druck und Bindung: Clausen & Bosse, Leck
Printed in Germany
ISBN 3-463-40345-5

5 4 3 2 1

Für
Archie Flanagan
Helen Flanagan
Anton Smolej

Vergebt mir die Unzulänglichkeiten,
ich erzähle es mit Liebe.

SARAJEVO, 1946

Hier und auch in Belgrad sehe ich in den Straßen eine große Zahl von jungen Frauen, deren Haar ergraut oder bereits ganz grau ist. Ihre Gesichter tragen einen gequälten Ausdruck, auch wenn sie noch jung sind und die Körperformen die Jugend noch deutlicher verraten. Es scheint mir, als könnte ich sehen, wie die Hand des letzten Krieges über die Köpfe dieser zerbrechlichen Geschöpfe hinweggegangen ist …
Dieser Anblick läßt sich nicht für die Zukunft bewahren; diese Köpfe werden bald noch grauer werden und dann verschwinden. Das ist traurig. Nichts könnte deutlicher zu künftigen Generationen über unsere Zeit sprechen als diese grauen jugendlichen Köpfe, denen man die Anmut der Jugend geraubt hat.
Laßt ihnen wenigstens das Denkmal, das diese kleine Notiz ihnen setzt.

Ivo Andric

KAPITEL 1

1954

Du wirst das alles eines Tages verstehen, aber ganz durchschauen wirst du es nie. Es geschah vor langer, langer Zeit in einer Welt, die inzwischen im Torfmoor versunken ist, in einem vergessenen Winter auf einer Insel, von der nur wenige jemals gehört haben. Es begann zu der Zeit, kurz bevor der Schnee vollständig und unwiderruflich alle Fußspuren überdeckt. Wenn schwarze Wolken den sternen- und mondhellen Himmel einhüllen, wenn unverschattete Finsternis über das flüsternde Land kommt.

Genau in diesem Augenblick, um den herum eine neue Zeitrechnung beginnen sollte, erreichten Maria Bulohs burgunderroten Schuhe die dritte und unterste Stufe vor ihrer Holzhütte. Und als sie ihr Gesicht von der Hütte abwandte, wußte Maria Buloh, daß sie schon zu weit gegangen war und daß sie nie mehr zurückkehren konnte.

Einige Leute sagen, sie sei in jener Nacht einfach von dem wilden Schneesturm aus der Stadt geweht worden, der heftige, wogende Atem des Windes habe sie ergriffen und sie wie einen Engel in den Wald jenseits der Stadt getragen. Wie eine geisterhafte Erscheinung sei sie in die Wildnis hinausgeflogen, die auf jedem Punkt des Kompasses außerhalb dieses Ortes lag, der brannte wie ein frisches Einschußloch im Fleisch.

Aber so war es natürlich nicht.

Einige Leute sagen sogar, sie habe sich in den Wind selbst verwandelt, sei selbst zu jenem Sturm geworden, der sie alle verfluchen sollte. Aber auf einem so entsetzlichen Wind kann man nicht reiten wie in einem Traum. Man kann sich nur gegen ihn stemmen, und das tat Maria Buloh, denn sie war entgegen allem Gerede der Leute eine vernünftige, keineswegs flatterhafte Frau. Sie stemmte sich gegen den Wind wie gegen eine Mauer, die jeden Augenblick auf sie niederstürzen konnte, und sie hielt ihren scharlachroten Mantel fest, diesen schäbigen scharlachroten Mantel, zog ihn dicht um ihren kleinen Körper. Doch selbst diese Geste eilt der Geschichte schon wieder voraus, denn der Wind wurde erst richtig stark, als sie schon fast aus der Siedlung hinausgewandert war. Und sie mußte eine ganze Weile gehen, um so weit zu kommen.

»Mama«, hörte Maria Buloh die Stimme eines kleinen Mädchens aus dem Innern der Hütte. Dann noch einmal, diesmal mehr ein Wimmern: »Mama ...«

Maria Buloh stand auf der Stufe, sah überall hin, nur nicht zu der Hütte hinter ihr, und versuchte, das Kind zu beruhigen, das sie drinnen zurückgelassen hatte. Sie blickte hinunter auf ihre burgunderroten Schuhe, sah auf das schöne Bild, das selbst solche abgetretenen Schuhe im Neuschnee hinterlassen, sah auf die zwei hölzernen Stufen oberhalb ihres Standplatzes, wo die Fußspuren schon im Schneegestöber verschwanden. Sie staunte über das Wesen der Schönheit, über die kurze Zeit, die allem Guten bleibt, bevor es ausgelöscht wird. »Aja, aja«, sagte Maria Buloh und versuchte das Kind mit diesen Worten zu beruhigen, mit denen die Mütter ihres Landes ihre Kinder schlafen legten: »Aja, aja.«

Als sie dann fortging, blickte sie nicht zurück zu der Hütte, sondern ließ ihren Blick nach oben schweifen, ließ ihn über das Sammelsurium der Siedlung hinaus in den dunklen Wald wandern. Blickte in die nächtliche Schwärze über ihr, blickte auf den Schnee, der in die gelben Kegel des elektrischen Lichts fiel. Beobachtete, wie der Schnee zu Boden kreiselte. Wie die weißen Flocken in der Luft strudelten und wirbelten, als wären sie aus Zeit gemacht, die nicht gleichmäßig, sondern sprunghaft vergeht. Maria Buloh beobachtete den Schnee, der im Fallen zeigte, daß die Luft niemals stillstand, sondern endlos viele, kreisende

Schichten enthielt, unendliche Möglichkeiten anmutiger, unerklärlicher Bewegungen.
Maria Buloh hatte in diesem Augenblick das Gefühl, als beobachte sie alles, sich selbst eingeschlossen, wie in einem Film, als wäre dies ein Drehort. Solange sie so dachte, mußte sie die fernen Laute ihrer Tochter nicht hören, die von der eben verlassenen Hütte hinter ihr herschrie. Seltsame Laute. Laute, die sie nicht hören wollte.
»Mama«, rief das Kind, aber die Mutter wollte es nicht hören.
»Aja, aja«, sagte Maria Buloh beruhigend. Aber niemand kann wissen, ob die Worte ihr selbst oder ihrem Kind oder gar niemandem galten, denn inzwischen hatte sie sich schon weit von der Hütte entfernt, und außerdem dämpfte der Schnee alle Geräusche: »Aja, aja.«
Sie schaute weiter um sich, sah alles von neuem, als stände es in keiner Verbindung zu ihr. Sie nahm wahr, wie die ganze schwarzweiße Szenerie von den nackten elektrischen Laternen erhellt wurde, die die sogenannte Straße säumten, wie auf beiden Seiten der Straße schmucklose Blockhütten mit Dächern und Schornsteinen aus Wellblech standen und wie all dies für einige derer, die dort lebten, allzu schmerzhafte Erinnerungen an Straflager im Ural oder in Sibirien wachrief. Aber sie wußte, dies war nicht Stalins Sowjetunion. Sie wußte, es war weder Kolyma noch Goli Otok oder Birkenau. Wußte, es war nicht einmal Europa. Wußte, es war nur ein schneebedecktes Bauarbeiterlager der *Hydro-Electric Commission,* das den Namen Butlers Gorge trug und wie eine wunde Stelle in einer Wildnis aus Regenwald saß.
In diesem Land des unbegrenzten Raumes waren alle Hütten dicht an dicht gebaut, als kauerten sich selbst die Gebäude in fröstelnden Grüppchen vor der Macht, dem Gewicht und dem Schweigen des Unfaßbaren zusammen. Vielleicht war es gütig, und vielleicht kümmerte es sich auch gar nicht um Menschen. Aber ihre schrecklichen Geschichten – Chroniken von Jahrhun-

derten immerwährender Unmenschlichkeit und Schrecken, die sie wie die wenigen Spitzendeckchen und welligen Fotografien, die seltsamen Bräuche und besonderen Eßgewohnheiten mit sich herumtrugen – erlaubten ihnen nichts anderes, als es zu fürchten.

Denn sich nicht zu fürchten hätte geheißen, sich eine Welt jenseits aller Erfahrung vorzustellen.

Und das konnte niemand ertragen.

In den zusammengekauerten Wagenburgen aus Hütten mußten die Arbeiter leben, denn in diesem entlegenen Hochland der entlegenen Insel Tasmanien, weit entfernt von dem entlegenen Land Australien, gab es im Umkreis vieler Meilen keine andere menschliche Ansiedlung. Es gab nur wilde Flüsse und noch wildere Bergketten und überall Regenwald, der seine Herrschaft über das Land nur lockerte, um gelegentlichen Grasebenen oder, in größerer Höhe, alpinen Heidelandschaften Platz zu machen.

Das war es, was sie sah.

Hören tat sie überhaupt nichts.

Es war die Zeit, als der Staudammbau zu boomen begann. Als die Neu-Australier an solche unwirtlichen Orte kamen, um die Drecksarbeit beim Bau der Staudämme zu verrichten, weil die Arbeit in den Städten, die die Neu-Australier vorgezogen hätten, den Australiern vorbehalten blieb. Aber Maria Buloh, Ehefrau von Bojan Buloh, Mutter von Sonja Buloh, kam nicht nach Butlers Gorge.

Sie ging fort.

Für immer.

Und so ging Maria Buloh weiter die leere Straße hinunter, eine junge Frau in einem alten Mantel, mit einem kleinen Pappkoffer in der Hand. Die Spuren ihrer Schuhe teilten das grausame, mürrische, schneeverwehte Lager für einen Augenblick in zwei Hälften, und ihr Bild verlor im Schneefall bereits seine irdischen Konturen.

Das Laken aus Schweigen, das der Schnee über die Siedlung gebreitet hatte, wurde vom nahenden Rattern einer kleinen Maschine zerrissen. Der diffuse gelbe Streifen eines einzelnen kleinen Scheinwerfers wurde als bewegte, urinfarbene Pfütze im Schneetreiben sichtbar. Dann formte sich aus weißem Nichts ein gekrümmter Fahrer auf einem Motorrad mit leerem Beiwagen und kam die Straße herunter auf sie zu. Der Fahrer raste an Maria Buloh vorbei, wurde dann nach etwa fünfzig Yards langsamer, schwenkte nach rechts und kam mit einem Schleudern vor der Kantine zum Halten. Maria Buloh blieb stehen, drehte sich um und starrte ihm nach.

Vor dem Vordereingang der Kantine, einer doppelten hölzernen Brettertür, sah sie ein Dutzend Frauen, die sich um ein brennendes Kohlenbecken aus einem Ölfaß drängten und die Gemeinschaft selbst unter diesen Bedingungen einer wärmeren Einsamkeit vorzogen. Sie trugen einen weltfremden Mischmasch aus Sommerkleidern und schweren Wintermänteln; als Kopfbedeckungen hatten sie Hüte unterschiedlicher exotischer Art: einige Baskenmützen, ein Schlapphut, zwei Strohhüte, ein Regenbogen von Mützen. Einige Frauen standen, einige saßen auf den leeren hölzernen Bierfässern vor dem Eingang, schwatzten und tranken Bier, das ihre Kerls – Ehemänner, Freunde und Flirts – ihnen aus der Kantine, zu der Frauen keinen Zutritt hatten, nach draußen brachten. Wenn die Tür sich öffnete, um einen Mann hinein- oder herauszulassen, ergossen sich geschwätziger Dampf, saftige Geschichten, Gelächter und das Klirren fallender Gläser über die Frauen und auf die Hauptstraße.

Eine Gestalt in Lederjacke und Helm kletterte von dem Motorrad und strebte im vollen Bewußtsein seines dramatischen Auftritts an den Frauen vorbei in die Kantine. Einen Augenblick lang ließen sich die Frauen am Ölfaß durch den Anblick dieses bunten Neuankömmlings fesseln. Sie hörten seine Stimme durch die überfüllte Kantine dröhnen: »Heiße Eric Preston«, brüllte er. »Ich bin der Organisator von der Gewerkschaft und bin gekommen, um das Problem mit den Flüchtlingen zu regeln. Wer ist der Verantwortliche hier?«

Aber dann verlor sich seine schrille Stimme im Geplapper, mit dem die Kantinenbesucher die Vergangenheit ertränkten, und das Interesse der Frauen wandte sich wieder dem Anblick der einsamen Frau zu, die in einer so gottverlassenen Nacht mit einem Koffer aus der Stadt hinausging, Gott allein wußte, wohin. Diese einsame Frau, die sie anstarrte und durch sie hindurchstarrte, als ob sie dort wären und doch niemals dort gewesen wären, als ob sie eine Zukunft sähe, die der Vergangenheit ähnelte, wenn sie einst wieder in alle Winde zerstreut sein würden und nichts von dieser entsetzlichen Zeit und diesem entsetzlichen Ort übrig bliebe. Ihr Gesicht – so jung, so jung, daß es jetzt schockierend wirkt – sah beinahe orientalisch aus: Der Knochenbau und die großen Augen waren anders als die der Australier, und die Falten – nur wenige, die aber tief – schienen weder von den Jahren noch von der Sonne verursacht, sondern als hätte sie ein Bildhauer in ihr Gesicht eingemeißelt, um ihre fremdartige, exotische Schönheit noch zu betonen.

Einige meinten später, sie habe falsch gehandelt, und verurteilten sie für etwas, das über ihr eigenes Verstehen hinausging. Vielleicht aus dieser Haltung, vielleicht auch aus einem ganz entgegengesetzten Gefühl, einem kleinen Maß an Mitleid für eine Tragödie, die jede von ihnen treffen konnte, oder vielleicht auch aus Gründen, die keine von ihnen jemals herausfinden würde, stießen sie sich heimlich mit den Ellbogen an und schwiegen, als Maria Buloh sie so ansah. Und alles, was sie und Maria Buloh hören konnten, war das fortgesetzte Lärmen der Männer.

Maria Buloh wandte sich ab. Sie nahm ihre Wanderung aus der Stadt wieder auf. Von der Kantine her konnte sie die schwache, immer schwächer werdende Melodie eines neuen amerikanischen Country-und-Western-Songs hören. Das Lied klang wie leise köchelnde Tränen, wie ein Gulasch aus lauter Traurigkeit. Als Maria Buloh auf den dunklen Wald zuging, erstarb das Murmeln aus der Kantine. Das Lied verlor sich im leisen Rasseln des Graupels. Maria Bulohs Gesicht zeigte keine Gefühle. Ja, dieses Gesicht - schön, ja, jung, ja, aber auch noch etwas anderes. Was war es? Als ob sie ihr Geheimnis für immer einschließen wollten, rollten Tränen – wenn auch nur ein paar – von ihren Augen herab und ließen ihr Gesicht wie aus Glas erscheinen.

Hinter Maria Buloh verliefen die Spuren bis dorthin zurück, woher sie gekommen war, Spuren, die sich im fallenden Schnee verloren, die in dem Weiß verschwanden, das alle und alles in diesem grausamen kleinen Dorf vor langer, langer Zeit einzuhüllen drohte.

Und einige Zeit später, als die Kantine geschlossen hatte, als die Schlägerei zu Ende war, als selbst die Kartenspieler für diese Nacht aufgegeben hatten und hefestinkenden Atem gegen den Rücken der Frauen schnarchten, die ihre Mützen selbst im Bett trugen, da erhob sich der Sturm, und der Wind begann so zu schreien, daß sogar diese wilde, feuchte Erde fröstelte.

Aja, aja, schien er zu heulen. Aja, aja.

Und die alten, riesigen Bäume krachten und stöhnten, die neuen Kabel, die den leeren Nachthimmel zerkratzten, pfiffen gespenstisch, und keine der Frauen, die in ihren durchhängenden Betten wach lagen, wurde ruhiger bei solchen Lauten.

KAPITEL 2

1967

Er bearbeitete Holz; immerhin daran wollte sich Sonja Buloh gern erinnern.
Wie oft?
Wann immer er konnte, bei der Arbeit und in der Freizeit.
Welches Holz?
Tasmanische Eiche, Reste von Schierlingstanne aus dem Arbeitsabfall, Huon-Fichte, wenn sie billig vom finnischen Sägewerk zu haben war, notfalls Spanplatten. Das weiße Holz der Verpackungskisten, das sechsschichtige Sperrholz, das man zur Verschalung bei manchen Bauarbeiten verwendete, rauh von Zementspritzern. Sellerieholz und *King Billy* und schwarzer Sassafras wenn im Wald zuviel einheimisches Tropenholz anfiel. Aber er machte aus allem etwas, und es war etwas Gutes, an dem sie teilhatte.
Was machte er?
Alles mögliche: Schränke und Tische zum Verkaufen, Schachteln für Wäsche, die sie nie besaßen, eine Konsole für den FJ in dem Stil, wie er ihn in der Anzeige einer Fluggesellschaft gesehen hatte, Griffe für den alten Kühlschrank, Stühle, Hocker, Bücherregale für Nachbarn und Topfuntersetzer und Werkzeugkisten für sie selbst.
Manchmal zeigte er ihr die Qualitäten und Verwendungsarten verschiedener Holzarten: Wie man Sassafras polierte, daß Huon-Späne die Hundeflöhe fernhielten, daß tasmanische Eiche schöne Formen ergab und schlechte Fichte nicht, daß man Sperrholz mit Dampf verformen konnte und daß Schierlingstanne einen beim Schleifen zum Niesen brachte, daß Myrte gut für Möbel war und Sellerieholz für Fensterbänke.

Er bearbeitete Holz und versuchte, etwas daraus zu machen und dabei auch etwas aus ihnen zu machen. Er bearbeitete Holz, und für sie war er das Holz, und sie liebte ihn dafür, o Gott, wie sie ihn dafür liebte.

Aber wenn der stechende Geruch von saurem Schweiß und frischem Brot und all dem, was er grausam ankündigte, Sonja Buloh wieder einmal in die Nase stieg und sie aufsah, dann gab es keinen Zweifel: Er war wieder einmal betrunken. Er war, muß man sagen, kein großer Mann, aber wenn der Zorn über ihn kam, konnte er so riesig erscheinen, daß er den Raum zu sprengen schien. Mit seiner Wut konnte er Wände zum Einsturz bringen, Rahmen zerbrechen und einen Menschen zermalmen, wie es eine Dampfwalze mit einer Ameise und allem anderen in ihrem Weg getan hätte. Und der Zorn kam über ihn, wenn er getrunken hatte, was oft und im Laufe der Jahre immer öfter geschah.

Er stand schwankend über Sonja Buloh, den Kopf leicht zur Seite gelegt, und sie konnte sehen, wie es unter der Haut an seinem Nacken rot pochte. Wild und zerzaust war er, hatte das blaukarierte Flanellhemd teilweise aus der Hose gezogen, die Fliege saß auf Halbmast, auf den Hosen blühten Rosetten von getrocknetem Urin. Ein dröhnender Riese war er, ein Mahlstrom von einem Mann, von dem nach allen Seiten Stücke absplittern, ohne ganz abzubrechen. Und sie war eines dieser Stücke, ein Stück in Aufruhr, halb fest und halb lose, und all das wurde in der Bewegung nur durch ein riesiges, undurchschaubares Rätsel in seiner Mitte zusammengehalten, von wo sich sein Arm im Zorn über seinen Kopf erhob, aus dem es brüllte: »Nenn mich, verdammt, nicht betrunken.« Der Arm drosch durch die Luft und schob etwas weg, das man weder sehen noch wahrnehmen konnte. »Niemand soll sagen, ich bin betrunken! Hab im Pub mit meinen Kumpels ein paar Bier getrunken, hab bißchen Spaß gehabt, und wenn ich nach Hause komme, sagst du, verdammt, ich bin ein Säufer.«

Er war nicht groß, und Sonja Buloh war auch nicht groß, und sie besaß auch nicht die ungewöhnliche Fähigkeit, zu riesenhafter Größe heranzuwachsen. Ihre Fähigkeit bestand genau im Gegenteil. Um seinem Zorn zu entgehen, hatte sie die Kunst der Verkleinerung entwickelt. Sie konnte sich so klein machen, daß man sie nur bei genauestem Hinschauen noch sehen konnte. Sie war sechzehn Jahre alt, und ihr Körper war, gestreckt und von seiner Pflicht zur Verkleinerung befreit, eigentlich groß für dieses Alter, wohl fast 1,70 m. Sie war also ebenso groß wie er, eine Gleichheit, die keiner von ihnen jemals erwähnte und die sie mit einer leichten Neigung nach vorn zu verbergen suchte.

Aber das war nicht die einzige Fähigkeit, die Sonja Buloh besaß. Wenn sie den Geruch von saurem Schweiß und frischem Brot wahrnahm, konnte ihre Seele auf wundersame Art ihren Körper verlassen. Auf diese Weise sah Sonja seinen Zorn nur von fern. Auch seine Stimme hörte sie nur von fern, wie einen Geist in einer Muschel, die auf einer Sanddüne weit weg von hier an ihr Ohr gehalten wurde. An diesem Tag begab sie sich mit Bojan in einem Dingi zum Fischen, mitten auf dem Derwent River. Vor dem riesigen, bewaldeten Blau des Berges saß der wie ein Pfefferstreuer geformte Sandsteinturm der alten Kirche in der Cromwell Street von Battery Point gelb und einsam da. Sie konnte die Häuser der Stadt darunter sehen, aber nur gelegentlich und nur ganz verschwommen. Es hätte ebensogut in den vierziger Jahren des 19. wie des 20. Jahrhunderts sein können. Es hätte Osteuropa sein können. Aber es war, wie sie quer über ihre Schulmappe geschrieben hatte, Hobart, Tasmanien, Australien, südliche Halbkugel, Welt, Sonnensystem, Universum. Und es war 1967.

Das war nicht er. Er war es nicht.

Aber in großer Entfernung sah sie ihr Haus, und ihr Haus zerplatzte in tausend Stücke, und ein Riese brach daraus hervor, und er würde nicht aufhören zu wachsen, und er verdunkelte

die Sonne mit seinem Rücken, und die Welt war Finsternis, und der Zorn des Riesen wurde zu Raserei.
»Ich wette, du warst wieder mit den verdammten Jungs unterwegs, ich weiß, ich weiß, du elende Schlampe, du kleine Nutte, du bist genau wie diese Hure, die deine Mutter war, machst immer weiter –«
Und an dieser Stelle verzog sich seine Oberlippe und bebte, und sein Kopf zitterte, sein Körper wankte, und seine Wut fiel für einen Moment in sich zusammen, als ob eine Erinnerung, die er lange niedergedrückt hatte, plötzlich in ihm aufstieg. Aber er kämpfte sie mit jedem bißchen Kraft, das ihm noch blieb, zurück, zwang sie ganz, ganz nach unten, und einen Augenblick lang taumelte er wie ein angreifendes Wildschwein, das von einer Kugel getroffen wird, und schrie nur ein einziges Wort des heftigen Leugnens heraus: »Verdammt!«
Sonja hörte seinen Zorn von weit her. Sie wollte seinen Schlag in ihr Gesicht so fühlen, als käme er aus großer Entfernung, wie eine unerwartet kalte Welle, die von der Bordwand des Dingis zurückgeworfen wurde. Aber es war keine Welle. Es war ein Befehl: Sie sollte das Dingi verlassen, sollte den Berg und die Stadt, die sich an seinem Fuß eingenistet hatte, nicht mehr betrachten. Der Schlag in ihr Gesicht forderte, daß sie den Fluß verließ und zurückkam, und die Stimme war plötzlich laut, und die Hand setzte ihr Gesicht in Brand. Sie sah ihn, ein Ungeheuer, das sie nicht wiedererkannte. Sie wollte ihren Vater, nicht ihn. Sie wollte nicht.
Sie schrie. Sie schrie, um ihren Vater von dem Dingi zurückzubringen: »Nein, das ist nicht wahr, du bist nur böse, weil du betrunken bist, du sagst nur …«
Aber bevor sie fertig war, schlug ihr das Ungeheuer wieder ins Gesicht, jetzt gleich zweimal, mit noch größerer Wucht, und diesmal sagte es mit einem so kalten Zorn, daß die Worte Sonja mehr erschreckten als die offene Hand: »Ich werde dir zeigen, wer hier, verdammt, betrunken ist.«

Während er weiter auf sie einschlug, zeigte Sonja keine Gefühle und weinte nicht, obwohl seine Schläge sehr weh taten. Sie weinte nicht, obwohl sich auf ihrer Haut Striemen bildeten und das Blut aus ihrer Nase an die Wand spritzte, jedesmal, wenn ihr Kopf von einem weiteren Schlag herumgeworfen wurde. Sie weinte nicht, aber er zerstörte etwas, und sie konnte es nicht wieder heilen, sosehr sie es auch versuchte, und der Schmerz öffnete sich wie ein Abgrund in ihrem Herzen. Manchmal dachte sie sogar ganz pervers, daß erst dieses Gefühl in ihr ihn so werden ließ. Jeden Tag betete sie, daß die Grundlinie ihrer Gefühle sich nicht verändern würde, und jede Nacht geschah es unweigerlich doch. Riesige, unterirdische Umwälzungskräfte außerhalb ihres Gesichtskreises zerstörten ihr Zuhause, und sie beide waren dagegen ebenso machtlos wie der Baum, der die Erde nicht daran hindern kann, unter seinen Wurzeln wegzurutschen.

Sie verhandelte auf slowenisch mit der Erde.

Sagte: »Ni, Artie, ni, ni, ni, ni ...«

Aber seine Wut war undurchdringlich, taub selbst für ihre schrillen Schreie, selbst für seine Erinnerung, die er Abend für Abend zu ertränken suchte, nur damit sie am nächsten Morgen wiederkehrte und ihn am Abend wieder zum Trinken zwang.

Sie hätte weinen sollen, wirklich, oder wenigstens eine einzelne Träne fließen lassen sollen, aber irgend etwas in ihr war vor langer Zeit zerstört worden, und obwohl sie bei seinen Schlägen schrie, wie ein heftig gepumpter Blasebalg die Luft stoßweise ausstößt, konnte er in ihrem Gesicht niemals ein Spiegelbild seiner eigenen Gefühle finden. Und so hatte er keine andere Wahl: Er mußte das stumme, unergründliche Land dieses Mädchenkörpers mit seinen Hieben und Schlägen nach dem absuchen, was er selbst in sich trug. Sie waren ein unaussprechlicher Akt der Beschreibung, diese Schläge, ein schmerzhaft vielsagender Versuch, das zu finden, was ihnen gemeinsam war. Ein Versuch, bei dem er all seine Gefühle mit gewaltsamer Absicht herausmeißelte. Aber es gibt gute und schlechte Arten, Schmerz zu beschreiben, und seine Art machte die gemeinsame Agonie nur noch schlimmer.

Am nächsten Morgen schien das Haus hell und luftig. Er saß frisch gewaschen und rasiert am Tisch, sah nur ein wenig elend aus. Sonja machte Kaffee und gab Milch hinein. Sie brach Brot in zwei Schüsseln und goß den Kaffee darüber. Dann setzte sie sich, und sie begannen zu essen. Ohne sie direkt anzusehen, fing er an zu sprechen.

»Komisch«, sagte er, indem er mit seinem Löffel in dem kaffeegetränkten Brot herumrührte. »Ich kann mich an nichts erinnern, nachdem ich gestern den Pub verlassen habe.« Sonja sagte nichts. Immer noch wandte er die Augen ab. Er führte einen Löffel voll Kaffee und Brot zum Mund und wollte ihn gerade schlucken, als er innehielt.

Und weitersprach.

»Erinnerst du dich, was passiert ist, als ich nach Hause kam?« Und dann sah er Sonja an, zur Bestätigung von etwas, von dem er wußte, daß es eine Lüge war: »Ich muß gleich ins Bett gegangen sein.« Sonja hob das Gesicht von ihrer Schüssel mit Brot und süßem Kaffee. Er tat so, als sähe er nicht, was so offensichtlich war, tat so, als bemerkte er nicht, wie stark geschwollen ihr Gesicht war, wie grotesk sie, die er doch so schön fand, jetzt aussah, tat so, als sähe er nicht die Schwellungen, die dunkelroten Blutergüsse und die hellroten Quetschungen.

»Ja, du bist gleich ins Bett gegangen«, sagte Sonja. Dann folgte ein langes Schweigen. Er sagte nichts, sein Gesicht verriet nichts. »Und du hast schrecklich geschnarcht«, setzte sie hinzu. Er lachte über den kleinen Scherz. Er war zufrieden. Sonja lachte auch, denn jetzt war er nüchtern und hatte ein schlechtes Gewissen; alles würde gut.

Bis zu seinem nächsten Besäufnis.

Das alles war inzwischen viele Jahre her, und Sonja hatte ihr Leben seitdem soviel wie möglich damit zugebracht, auf alles zu verzichten, was sie im Alltag entbehren konnte: auf jeden zusätzlichen Besitz, der nicht unbedingt nötig war, auf alle Erinnerungen, die über das hinausgingen, was sie zur Arbeit brauchte, zum Leben, zum Wissen darüber, wer sie war. Aber einige Dinge blieben, einige Erinnerungen. Sonja hatte den Ort als einen Platz im Gedächtnis, an dem alles auf irgendeine Weise gewaltsam war: Der Wind ohrfeigte das Haus mit plötzlichen, heftigen Böen, der Regen fiel mit der Wucht einer Lawine auf das Blechdach, und danach schien die Sonne so hell, daß sie jedesmal das Gesicht verzog, wenn sie hinausging, dorthin, wo der Dampf in wunderbaren Wirbeln zwischen ihren Zehen von dem heißen Hof aus blauschwarzem Asphalt hochstieg.
Sie hätte diesen Ort besucht, natürlich hätte sie das – die kleine Hütte im Hinterhof eines Hauses in den nördlichen Vororten von Hobart, in der sie ein ganzes Leben vor diesem Leben verbracht hatte –, und sie würde es tun, wäre es nur nicht so ernüchternd. Sie fühlte sich wie eine Fremde in ihrer Vergangenheit. Niemand würde in der berufstätigen Frau von heute das magere, verängstigte Kind erkennen, das den Blick, in Erwartung des unerwarteten Schlages, immer zur Seite gewandt hatte.
Und in der Bretterbude würde es weder Holz zum Bearbeiten geben noch den Geruch von saurem Schweiß und frischem Brot, und damit auch keinen Zauber, mit dem sie ihre Schwierigkeiten aus ihrer Seele bannen konnte. Jedenfalls hatte sie schon vor langer Zeit gelernt, mit ihnen – ihren Schwierigkeiten – zu leben, sie als einen Teil ihrer selbst anzunehmen.
Also: keine Riesen, kein Zauber, kein Happy-End.

KAPITEL 3

1989

Sonja Buloh versuchte sich zu erinnern, was sie als erstes in ihrem Bauch gespürt hatte, aber sie fror, und ihre Hände brannten, und ihre Brustwarzen schmerzten so, und die Kälte kroch ihr durch das Fleisch bis auf die Knochen.
Irgend etwas hatte sie wie ein Krampf gepackt, hatte ihre Eingeweide an diesem schicksalhaften Morgen vor einer Woche in Sydney zusammengedrückt und nach unten gepreßt, etwas, das sie erst nur als eine Art Sehnsucht verstand, seltsam, groß und fremd wie der Himmel über ihr. Als den Wunsch, noch einmal das besondere tasmanische Licht zu sehen und das, was es berührte; zu sehen, was das war, das da zwischen der Sonne und der Erde stand – das seltsame Licht fotografischer Negative, durch die der Himmel pechschwarz werden und die Erde rubinrot glühen konnte, und die Schatten, von denen beides zusammengehalten wurde.

Sie erwähnte die Kälte, als sie mit dem Tankwart sprach, der ihr Auto vollgetankt hatte. Er war lang und dünn, mit kurzem, schwarzem Haar. Sein Schnurrbart ließ sein mittleres Alter vergessen, die Jahre und Jahrzehnte, die er beobachtet hatte, wie sie sich auflösten und mit dem schmutzigen Öl und dem sauberen Regenwasser in den Abfluß der Tankstelle strömten.
»Vom Festland, hm?« fragte er. Das war eine große Frage, die nicht so leicht zu beantworten war, nicht einmal einfach damit, daß sie nirgendwohin gehörte.
»Nein«, sagte Sonja, obwohl das nicht ganz stimmte, aber es war nicht so leicht zu entscheiden, geschweige denn zu sagen, was denn wirklich zutraf.

Sonja gab ihm das Geld und folgte ihm in sein kleines Büro, um das Wechselgeld mitzunehmen. Sie betrachtete sich in dem Spiegel hinter der Theke, bemerkte, daß sie starrte, statt zuzuhören. Der Spiegel war alt und abgeblättert. In einer Ecke war eine große Zündkerze abgebildet, und das Logo lautete: »Unser Fortschritt bringt Sie in Fahrt!« Im Spiegel sah sie eine Frau, die auf die mittleren Jahre zuging, Ende dreißig, elegant, fast in Bürokleidung, als wäre sie auf dem Weg zu einer förmlichen Verabredung mit einem Fremden, was sie ja, wie sie sich sagte, auch tatsächlich war. Im Herzen ein Geheimnis, das wenige auch nur wahrnahmen, geschweige denn errieten. Und weil man es nicht erriet, hatte sich das Geheimnis zu einem Trauerschwan ausgewachsen; im Spiegel sah sie die Flügel dieses Schwans, die aus ihren gepolsterten Schultern wuchsen wie bei einem Engel. Sonja sah ihr Gesicht, immer noch weich, immer noch olivfarben, wenn auch schon mit einigen Falten. Ihr kurzgeschnittenes Haar mit den blonden Spitzen, noch ohne graue Strähnen. Ein Körper, noch nicht so vertrocknet, wie sie es bei vielen Frauen in ihrem Alter beobachtete. Und doch reif, und sie war erschrocken und amüsiert zugleich über eine solche Wahrnehmung. Reife war nichts, was sie mit sich selbst in Verbindung brachte. Aber sie konnte nicht leugnen, daß sie sich so fühlte: reif. Konnte auch ihre Freude, ihren Spaß und ihren Stolz darüber spüren. Selbst die Flügel im Spiegelbild bebten leicht.

»Viele Leute vom Festland machen hier halt«, sagte der Tankwart und gab ihr das Wechselgeld. »Sie mögen unsere Geschichte und das alles.« Sonja blickte aus dem Büro auf den Betonblock des Toilettenhäuschens, vor dem sich eine Urinpfütze ausbreitete. Am Rand der Pfütze, wo sich der Urin mit Altöl vermischt hatte, sah sie alle Regenbogenfarben schillern, und hinter den ungewöhnlichen Wirbeln metallischer Wunderwerke lag ein schäbiges Landstädtchen. Sie blickte zurück zum Spiegel und sah nicht mehr sich selbst als Engel, sondern ein kleines, verängstigtes Kind mit einer Teekanne in der Hand. Unwillkürlich durchlief

sie ein Zittern. Aber als sie wieder hinsah, war das Kind fort, und nur ihr eigenes Bild blieb.
»Kalt, Missus«, sagte der Mann. »Viele vom Festland finden es kalt hier unten in Tassie.«
Sie würde ihn nach all den Jahren wiedersehen, ihn endlich aufspüren und ihn fragen, was mit ihnen geschehen war. Was war es? würde sie fragen. War es nur das Leben? Er? Sie? Oder war es die Frau in den Spitzenkleidern, die Sonja in ihren Träumen heimsuchte?
Sie würde ihn finden, dachte sie. Sie würde es tun.
Der Mann gab der alten, hölzernen Kassenschublade einen kräftigen Schubs. Als sie zukrachte, klang eine Glocke darin; der Ton erschreckte Sonja. Ihr Kopf fuhr herum, um den Mann anzusehen.
Der schenkte ihr ein beruhigendes Lächeln: »Drüben im Westen ist es noch kälter.«

KAPITEL 4

1989

Durch den blutroten Dunst eines finsteren Morgens fuhr Sonja Buloh auf der Straße nach Westen, auf dem gekrümmten Bandwurm aus bröckelndem Asphalt, der leer war bis auf Sonjas roten Mietwagen. In diesem Jahr der Revolutionen fuhr sie durch eine Zeit, die für einen Augenblick ins Fließen geraten war. Sie spürte, wie die Zeit in einem wachsenden Wirbel um sie kreiste, langsam noch und abwartend. Und obwohl es sich anfühlte wie Träume, die in Träumen geboren wurden, war es nicht so. Es war nur Tasmanien im Frühling.

Als das Licht endlich wiederkehrte – zögernd, gleichsam neugierig –, zeigte es ein Land, das zugleich fremd und vertraut war. Als wollten sie das verletzte Land in die Herzen der Dörfer tragen, schwemmten träge Flüsse abgebrochene Weiden und Ginster – diese Neu-Australier der Pflanzenwelt – in alte Sträflingsstädte, die jetzt an den Rändern ausfransten wie zerlesene Zeitungen im Wind. Sonja Buloh fuhr weiter ins Weideland. Vereinzelte alte Gummibäume standen hier wie bedrückte Überlebende eines furchtbaren Massakers. Sie teilten ihre Melancholie nur mit den regenbogenfarbenen Rosellapapageien, die sich zu Kurzbesuchen auf den Bäumen niederließen, bevor sie anderswo hinflatterten, als seien sie außerstande, die Geschichten zu ertragen, die die stöhnenden Äste ihnen erzählten.

Früher einmal war dieses müde Weideland ein lichter Wald gewesen, in dem die Eingeborenen jagten und lagerten und nachts ihre Geschichten erzählten, von denen eine kein Ende nahm: die ihres heftigen Krieges gegen die weißen Eindringlinge. Dann kamen die Entdecker mit ihren barfüßigen Sträflingen, die die Wege freischlugen; sie gaben dem Land seltsame neue

Namen, und indem sie es benannten und beschrieben, kündigten sie das Kommen einer schrecklichen Revolution an. Sie hatten das neue Land auf ihren tuschegezeichneten Landkarten in ordentliche Bezirke mit eigenartig beruhigenden englischen Namen wie Cumberland und Bothwell aufgeteilt. Ihre Nachfolger, die Wasserkraftingenieure, zogen die geraden Linien dann wirklich durch das Land, in Form von Leitungen, durch die die neue Energie, die Elektrizität – der neue Gott –, ihr vielversprechendes Lied summte, ihre verführerisch falsche Prophezeiung, daß Tasmanien eines Tages das Ruhrgebiet Australiens sein würde. Die Insel versuchte emsig, fast hysterisch, ihre Erinnerung an die jüngste, oft abstoßende Vergangenheit unter einer schwerindustriellen Zukunft zu begraben, unter gigantischen Hochöfen und riesigen Maschinen, betrieben von der ungeheuren Menge an Wasserkraft, die hier im Überfluß zur Verfügung stand. So wurde die Insel eine Zeitlang fälschlicherweise als jungfräuliches Land ohne Geschichte gepriesen.
Der Vorgang an sich war nicht neu: Man sagt, der chinesische Kaiser Shih Huang Ti habe sowohl den Bau der Großen Chinesischen Mauer als auch die Zerstörung sämtlicher Bücher aus der Zeit vor seiner Regierung befohlen, auf daß die Geschichte fortan mit ihm und seiner Mauer beginnen sollte. Und wenn die Geschichte des Ortes, an den die Einwanderer gekommen waren, um dort zu leben, so vollständig geleugnet wurde, so war das nur die logische Folge ihres eigenen Dranges, die Vergangenheit hinter sich zu lassen. So schienen für eine Weile die Ziele des Staates, der Kapitalisten und derer, die so unglücklich waren, für die Verwirklichung derartiger Visionen zu arbeiten, zusammenzufallen.
Wie durch Alchimie verwandelte sich die dumpfe Angst vor der Vergangenheit in elektrische Energie, das begehrte Gold des neuen Zeitalters. Und auf dem Boden der alchimistischen Destillierkolben blieben von dem magischen Vorgang nur die stinkenden Nebenprodukte zurück, um die sich niemand küm-

merte: zerstörte Natur und zerbrochene Menschenleben, beides Abschaum, der leichthin abgeschrieben werden konnte, wenn man seine unbedeutenden Kosten gegen den wachsenden Schatz des sprießenden Wasserkraftnetzes aufrechnete. Aber niemand hatte berechnet, daß die Kosten stiegen, und niemand hatte bedacht, daß es morgen schlimmer sein könnte als heute, am wenigsten an jenem so lange zurückliegenden Tag, als Sonjas Eltern mit ihrer sechzehn Monate alten Tochter auf einem Dampfschiff in den Hafen von Hobart eingelaufen waren, wo sie geglaubt hatten, ihre lange Flucht aus Europa sei zu Ende. Im Vorbeifahren an den Leitungsmasten, die wie riesige, muskelstrotzende Krieger durch dieses trostlose Land stolzierten, saugte Sonja all das in sich auf, tauchte in die Welt jenseits der Fenster ein. Das tat sie immer: in die Oberfläche eintauchen. In die äußere Erscheinungsform der Dinge. Es war ihr gelungen, das, was einst eine schlichte Sehnsucht gewesen war, zu einer machtvollen Gewohnheit zu machen, die einen Großteil ihres Erwachsenenlebens prägte und um deretwillen man sie mochte. Sie betrat nicht ungefragt die Herzen oder Erinnerungen anderer. Und sie enthüllte die ihren nicht. Wie konnte sie? Wie hätte sie das tun sollen?
Meine Freundschaften sind vergangen, meine Erinnerungen zerbrochen, dachte Sonja. Vergangen und zerbrochen.
Sonja verließ das tote Land der Masten und Schafe und fuhr ins Hochland, das erst vor kurzem von den Holzfällern verlassen worden war, verlassen wie nach einem Krieg: ein Schock aus aufgewühltem Schlamm und Asche, so weit das Auge reichte, hier und da von einem massiven, verkohlten Baumstumpf durchbohrt, der immer noch schwelte, nachdem man den restlichen Regenwald abgebrannt hatte, der nicht als Seidenpapier für die Japaner taugte. Teile von mir sind tot, dachte Sonja. Ihr Magen krampfte sich zusammen. Asche und Seidenpapier, dachte Sonja, als sie das Ödland rundum betrachtete. Sie fuhr weiter.

Du bist nicht deine Vergangenheit, kam sie sich selbst zu Hilfe, du kannst niemals auf deine Vergangenheit reduziert oder durch sie erklärt werden. Man lebt in seinen Träumen, und deshalb ist Sydney – diese schlaue Stadt der verführerischen Versprechungen – der richtige Ort für mich. Ich bin, was ich *jetzt* bin. Ich habe hier einmal gelebt, aber das war einmal, und heute ist heute. Das ist alles. Das ist alles, was es gibt und was jemals sein wird. Ich bin, was ich mir für morgen erträume. Die Vergangenheit ist nicht dein Schicksal, und du gehst mit deinen Chancen um, wie du Auto fährst, entweder langsam, ohne etwas zu riskieren und ohne etwas zu gewinnen, oder schnell, so daß alles von Bedeutung in diesem Augenblick vor dir liegt und alles hinter dir völlig unwichtig ist.
Als sie von der Hauptstraße auf einen ausgefahrenen Schotterweg abbog, trat Sonja das Gaspedal durch, wie um diese Gedanken zu bekräftigen, aber der Wagen, ein Vierzylinder, reagierte nur träge. Sie fuhr auf der Straße durch den zerrissenen Busch, der nach dem Holzfällen und Abbrennen entstanden war, bis sie über eine Anhöhe kam und dahinter den Rand des Staudamms sah, der den Blick auf eine Wasserfläche freigab, so riesig, daß sie wie ein Ozean schien. Sie verzögerte die Fahrt und blickte hinüber über die gekräuselten Wassermassen, bis dorthin, wo Regenwald und Sumpfland sich zu einer einzigen Wildnis vermischten, so weit das Auge reichte.
Dieses Land hieß sie nicht willkommen und kümmerte sich auch nicht um sie, ebensowenig, wie es das bei ihren Eltern getan hatte, die vor so langer Zeit gekommen waren, um hier zu leben. Und doch hatte das Land sie alle geprägt.
Und sie hatten das Land geprägt.
Sonja schaltete das Autoradio ein und zündete sich eine Zigarette an. Der Nachrichtensprecher im Radio sprach über verwirrte Grenzposten, die noch vor ein paar Monaten einen Mann auf der Flucht nach West-Berlin erschossen hatten und die jetzt riesige Menschenmengen von Ost-Berlin in den Westen

durchwinkten, durch Lücken, die von Kränen gerissen wurden. »Die Berliner Mauer«, sagte der Nachrichtensprecher mit tonloser Stimme, als ob er Werbung für eine Pizzeria machte, »das große Symbol des kalten Krieges, ist gefallen.«
Sie bedeutete ihr nichts, diese Nachricht, diese Geschichte, und sie saß eingehüllt in Rauch, Teil der Geschichte und gleichzeitig jenseits der Geschichte, vergessen von der Geschichte, unbedeutend für die Geschichte, und doch ganz von ihr geformt, uneinsehbar, ohne die Grenzen der Geschichte oder die Menschen zu verstehen, die, wie sie und ihre Eltern, eben jenseits der Grenzen lebten. Denn letztendlich formt die Geschichte – wie die Berliner Mauer – die Menschen, hatte auch sie geformt, würde sie am Ende aber nicht ganz bestimmen, denn am Ende kann sie die großen irrationalen – die großen *menschlichen* – Kräfte nicht erklären: die zerstörerische Kraft des Bösen, die versöhnende Kraft der Liebe. All dies lag vor Sonja wie die Wassermassen, die der Damm zurückhielt: riesig, geheimnisvoll, erwartungsvoll.
Sonja stellte das Radio ab, drückte die Zigarette aus, ohne einen Zug genommen zu haben, wendete den Wagen und fuhr langsam den Hügel hinunter zum Fuß des alten Staudamms.

KAPITEL 5

1989

Der Zahn der Zeit machte es unmöglich zu sagen, wo der Beton des Damms endete und wo der Fels der Schlucht, in die er hineingebaut war, begann. Aber es gab keinen Zweifel an seiner Kraft, seiner Größe: Sie wußte, ihr Mietwagen würde am Fuß der riesigen schwarzen Staumauer nur wie ein armseliger, winziger roter Kratzer aussehen. Der bemooste, glitschige Damm schien ihr wie ein Überbleibsel aus einer anderen Zeit – eine historische Kuriosität, ebenso merkwürdig und unerklärlich wie ein Maya-Tempel im mexikanischen Urwald –, Teil eines Traumes, der das Ende der Welt in einen Ort wie jeden anderen hatte verwandeln wollen und gescheitert war. Sie stellte den Motor ab und stieg, indem sie mit der Luft aus einem tiefen Atemzug auch all ihren Mut zusammennahm, aus dem Wagen. In der stechenden, feuchten Luft um sie herum ballte sich die Gegenwart eingeschlossener Seelen, die sich in den überschatteten Fundamenten solch riesiger, nasser Bauwerke versammeln, und die drückende, klamme Feuchtigkeit rief in ihr ein Gefühl düsterer Vorahnung wach.

Sie fuhr mit den Fingern an einer verwitterten Bronzeplatte entlang, die sie in die glitschige schwarze Betonwand gedübelt fand; sie zog jeden der erhabenen bronzenen Buchstaben mit ihren Fingern nach. Die Inschrift lautete:

Für die Männer aus allen Nationen,
die durch den Bau dieses Staudamms
halfen, die Natur nutzbar zu machen –
zum Gewinn der Menschheit.
1955

Sonja fühlte die Leere jedes Wortes, die völlige Bedeutungslosigkeit jedes einzelnen dieser aufrechten fetten Buchstaben, und fragte sich, ob sie jemals etwas anderes gewesen waren als Hieroglyphen, die niemand deuten konnte.
Eine Erinnerung stürzte plötzlich auf sie ein, und sie schlug urplötzlich mit der Stirn gegen die Oberfläche des Damms, um sie wieder niederzukämpfen. Dann, als die Erinnerung sich zurückzog und ihre Angst sich legte, wandte Sonja langsam ihr Gesicht zu der einen Seite des nassen Betons und sah nach Westen, während sie ihre Wange an einen der zahlreichen sahnefarbenen Stalaktiten drückte, die sich aus dem austretenden Kalk hier bildeten, um wie Tränen an der Oberfläche des Damms herunterzurollen. Als versuche sie, das unergründliche Geheimnis des kalten Damms zu begreifen, streckte Sonja ihre Arme aus und umarmte den Fuß dieser ungeheuren, gebogenen Betonwand, den grotesken Ingenieursspitzbauch, der von der Kraft der angeschwollenen Wassermassen, die auf der anderen Seite eingeschlossen waren, summte und vibrierte. Sie spürte die dramatische Neigung des Damms, seine gleichzeitig durchdringende und zurückhaltende Krümmung, sein immer noch vorhandenes Drängen danach, alles um sich herum in Industrie zu verwandeln – selbst die Natur. Aber sie konnte sehen, daß der alternde Damm seinerseits eher in die natürliche Welt zurücksank, als daß das Gegenteil geschehen wäre, das seine Schöpfer beabsichtigt hatten.
Sie spürte die Kraft, die immer noch in dem riesigen Bauwerk steckte, die Kraft, nicht nur Elektrizität herzustellen, sondern Visionen einer anderen Zeit hervorzurufen, einer entrückten Zeit triumphierenden Glaubens und vollkommener Zuversicht. All das spürte sie durch das feuchte, kalte Fleisch ihrer Wange, all das und noch mehr.
Sie spürte, wie die Kraft Druck auf ihren Schädel ausübte, und fragte sich, was wohl geschehen würde, wenn der Damm plötzlich bräche und seine Wasser, die so viele Jahre lang auf

der anderen Seite schweigend, schwarz und trügerisch still eingeschlossen waren und gewartet hatten, in monströsen Kaskaden weiterströmen würden und sie mit sich rissen.
Kinder bekommen an solchen Orten Angst. Anders als Erwachsene, die ihr Vertrauen in die Unfehlbarkeit der Berechnungen von Ingenieuren setzen, wissen Kinder untrüglich, daß Menschenwerk zerbrechen kann. Kinder wissen, daß Schiffe sinken, Flugzeuge abstürzen und Staudämme brechen. Die meisten Erwachsenen wissen das nicht. In diesem Augenblick fühlte Sonja sich wieder wie ein Kind. Wie ein Kind in einer kalten, verschneiten Nacht. Während sie sich an den Damm lehnte, ihre Arme an der Wand des Damms ausbreitete, fühlte sie sich wie ein Kind, das nach Gewißheit sucht, als ob die riesige Konstruktion ein seit langer Zeit verlorener Elternteil wäre.
Sie hatte nicht die Absicht gehabt, etwas derart Lächerliches zu tun, sich hier zum Narren zu machen, indem sie den nassen, schwarzen Damm umarmte wie eine Blattlaus auf einem Felsblock. Aber als sie den Damm so umfaßte, fühlte sie einmal mehr das seltsame Gefühl, das ihre Eingeweide zusammenpreßte, und die Erinnerung stürzte wieder auf sie ein wie eine Silvesterrakete, die die schwarze Nacht in eine Million bunter Teilchen zersprengt. Und Sonja Buloh wußte, ohne Worte dafür zu besitzen, weshalb sie bisher den Fetzen der Erinnerung nicht erlaubt hatte, eine Form anzunehmen, diesen Ascheteilchen und Schatten der Vergangenheit, von denen sich abzuwenden ihr immer schwerer fiel und die sich nun, im sanften Dunst dieses Nachmittags, von zerbrochenem Buschwerk zu Schößlingen, von Schößlingen zu Bäumen und von Bäumen zu einem Wald entwickelten.
Und mitten in diesem Wald wuchs eine kleine, grobe Stadt aus längst vergangenen Zeiten, und in einer ihrer groben Hütten, an einer weißen Tischdecke, saß ein kleines Kind und spielte mit seiner Mutter, vor langer Zeit.

KAPITEL 6

1954

Eingefangen zwischen Spiel und Verzauberung kam jetzt wie aus einem Zauberkasten alles zu ihr zurück. Da war ein Tisch aus einer umgedrehten Holzkiste, auf dessen Seite ein einziges Wort in verblaßter roter Farbe gestempelt war: GELIGNITE. Darauf lag das weiße Tischtuch, das steif hätte sein sollen, weil es frisch gewaschen war, aber die alles durchdringende Feuchtigkeit hatte sogar die Stärke überwunden und die Spitze wunderbar weich werden lassen. Und auf der Tischdecke stand eine Spielzeugteekanne aus Porzellan, klein und zerbrechlich und elegant umrandet mit einem Motiv aus dunkelroten Dornenranken, und rundherum drei ebenso verzierte Teetassen auf Untertassen.

Manchmal, oft, ewig, regnete es, hagelte, schneeregnete, schneite es damals. Die feuchten Eukalyptusbretter, mit denen die Wände verkleidet waren, atmeten ihr aromatisches Harz ins Haus, und ihr Geruch vermischte sich mit dem Duft des Myrtenholzes, das in der Feuerstelle brannte. Über dem leisen Knistern der Flammen eine Kinderstimme. Die Stimme der dreijährigen Sonja.

Die sagte: »Turska kava für Artie – turska kava für Mama – turska kava für Sonja.« Und zu jedem Satz tat sie so, als ob sie aus der Teekanne in eine Tasse einschenkte.

Die Hand einer erwachsenen Frau senkte sich herab, und ihr Zeigefinger legte sich auf die Tülle der Teekanne. Die Hand war jung, oh, so jung, aber rauh, gezeichnet von langen Jahren harter Schufterei. Und irgendwie war die Stimme viel älter als die Hand. Irgendwie mehr als die Stimme einer jungen Erwachsenen. Maria Bulohs Stimme.

Die sagte: »Tee, Sonja.« Ihr Ringfinger klopfte auf die Tülle. »Wir trinken jetzt Tee.«
Sonjas Finger, noch rundlich vom schönen, leuchtenden Fleisch kleiner Kinder, bewegte sich zu Marias Ringfinger und begann damit zu spielen.
Sonja sagte: »Warum, Mama? Warum trinken wir Tee?«
Und Maria wackelte mit dem Ringfinger hin und her, mit diesem schmalen Finger mit dem lose sitzenden Ehering, und sagte: »Weil wir in Tasmanien sind und nicht in Slowenien. Weil unsere Welt auf dem Kopf steht.« Und als ob sie es noch betonen wollte, griff Maria fest nach Sonjas Hand und drehte sie langsam um, bis die Handfläche nach oben zeigte. Maria fuhr mit ihrem Ringfinger rund um Sonjas kleine Handfläche und hinterließ weiße Kreise auf dem weichen, dicklichen Fleisch des Kindes.
Maria sagte: »Weil du eine Zukunft hast, mußt du die Vergangenheit vergessen, mein kleiner Knedel.« Dann nahm sie Sonjas vier kleine Finger in ihre Hand und faltete sie über der Handfläche.
Mit dieser Geste löste sich der Geruch der Wandtäfelung und des Feuers in der Vergangenheit auf, das *Hschsch* des Schnees verklang, und der spitzenbedeckte Zauberkasten und die Hoffnung, die er versprach, verschwanden mit der Erinnerung. Und Maria ging nach draußen in eine schneeverwehte Schwärze, und die Tür schloß sich schon, und es war so, wie es Sonja immer träumte: Die Spitze verschwand für immer.

KAPITEL 7

1989

Und dann wühlten diese Finger, dieselben schlanken Finger mit den abgekauten Nägeln, die die glatte und sinnliche Kälte der Stalaktitentränen auf der Oberfläche des Damms gespürt hatten, dann wühlten diese Finger in dem von Buschwerk verdeckten Torfmoor mitten im Regenwald, an einem Ort, nur etwa einen Kilometer vom Staudamm entfernt, wo einmal ein Bauarbeiterlager mit Namen Butlers Gorge gestanden hatte und wo nun nichts mehr irgendeinen Namen trug, nur fremde, schreiende Vögel waren Wind und Kälte und zehn schlanke Finger mit abgekauten Nägeln, die sich in die bleiche Erde krallten – erst langsam und fast mit Respekt vor ihren Geheimnissen, dann mit einer Dringlichkeit, die sich zur Raserei steigerte.

Die Hände hielten einen Augenblick lang inne, als Sonja etwas blinkend Weißes in dem schmierigen Lehm erspähte. Aber nur für einen Augenblick. Dann griffen sie nach dem Weiß, rissen es aus dem losen Boden und rieben den Schmutz weg, um eine Porzellanscherbe zu enthüllen, auf der eine dunkelrote Dornenranke zu sehen war.

Jetzt wanderten die Wolken nicht mehr, sie hatten vielmehr begonnen, ihr Wasser über der seltsam schönen Erde auszuschütten. Aber der Regen konnte Sonja nicht aufhalten. Hohe Farnsträucher ließen den Regen auf die alternden Stümpfe riesiger Eukalyptusbäume tropfen, die vor langer Zeit gefällt worden waren, um Platz für das Lager zu schaffen. Über dem sanften Klang des Regens hörte man die einsamen, scharfen Töne des tasmanischen Regenwaldes: den Wind hoch in den Wipfeln des Waldes, die Schreie der schwarzen Kakadus und Krähen. Aber Sonja achtete auf all das nicht. Ihre fliegenden

Finger rissen große Soden aus dem Boden und zerfetzten sie in Stücke, zogen die schwere Erde auseinander und fanden dabei weitere Porzellanstücke, alle auf ähnliche Weise in seltsamen, scharfen Winkeln zerbrochen.

Schließlich gruben die zehn schlanken Finger mit den abgekauten Nägeln unterhalb des Torfs und der wilden, nassen Erde darunter und schienen so rasend und wild, als ob sie sich in ein Land in ihrem eigenen Schädel eingraben wollten. Während sie so grub, schrie Sonja nicht und sagte auch nichts, abgesehen von einigen Grunzern und kurzem Keuchen.

Als ob sie versuchte, das Land zu gebären, das da in ihrem Schädel verlorengegangen war.

KAPITEL 8

1989

An jedem Ende des Pubs von Tullah befanden sich wie Stützen zwei massive Feuerstellen, in denen täglich riesige Holzscheite verbrannt wurden. Vergeblich, denn es war immer kalt in dem Pub, und er hatte das angeschimmelte Aussehen eines Gebäudes, das, wie viele seiner Betreiber, niemals ganz trocken geworden war. Sonja, noch durchnäßt von dem Regenguß, in den sie einige Stunden zuvor in Butlers Gorge geraten war, war so klug gewesen, einen doppelten Wodka zu bestellen und sich einen Tisch in der Ecke auszusuchen, wo sie nun saß und wartete.

Die Zukunft des Pubs war ebenso ungewiß wie die des entlegenen Bergweilers, den er versorgte, und vielleicht erklärte das die leichte Schwermut, die Sonja spürte, während sie dort saß. Er hatte auf seinem Weg alle Veränderungen und alle Daseinsweisen durchgemacht: den Boom, der kam, als Tullah Mitte der Siebziger zur Basis der Dammbauprojekte wurde, ebenso wie den jetzigen Niedergang. Jeden Tag gingen mehr Männer fort, beeilten sich, früh am Morgen die Stadt zu verlassen, um auf den gewundenen Bergpässen nicht hinter den Sattelschleppern hängenzubleiben, die langsam die Wohnwagen und Arbeiterunterkünfte wegbewegten, die anderswo wieder als ärmliche Wohnungen benutzt werden würden.

Eine Countryband spielte am anderen Ende des Raums mit wenig Erfolg gegen den Regen auf dem Blechdach an. Vielleicht lag es am Lärm des Regens, daß die Männer so wenig redeten, sich auf ein Achselzucken, ein ironisches Lächeln, ein gemurmeltes Lachen, ein leichtes Kopfschütteln beschränkten. In all dem lag eine seltsame Ruhe, die Sonja nicht erwartet hatte.

Mitten in einem Lied sah Sonja ihn hereinkommen und beobachtete, wie er nach ihr suchte. Der Klang des Regens, der auf das Blechdach knallte, war nun ohrenbetäubend für diejenigen, die drinnen tranken, und damit entschuldigte sie, daß sie nicht nach ihm rief. Jedenfalls schien er so wenig verändert, daß sie zuerst zu erschrocken war, um zu wissen, was sie tun sollte. Sonja hatte sich darauf vorbereitet, jemanden zu sehen, den sie nach so langer Zeit kaum wiedererkennen würde. Sie hatte erwartet, daß er vom Trinken dick oder von der inneren Leere schwach geworden wäre. Bei seinem Lebenswandel hätte er verschrumpelt oder aufgedunsen sein, hätte sein Gesicht eingefallen oder grob und schlaff sein müssen. Sie hatte angenommen, sie würde einen Mann treffen, der ihm nur noch entfernt ähnlich sah, einen Mann, der das Aussehen und die Figur seiner jungen Jahre mit Kleidern nachahmte, die ihm nicht mehr paßten.
Aber da war er, genau wie damals, sah immer noch aus wie aus dem Ei gepellt, das Haar immer noch erstaunlich voll und in sorgfältig geschnittenen, schimmernden Wellen, ein bißchen grau, aber wirklich nur ein bißchen. Er schien immer noch der gutaussehende Mann zu sein, als den sie ihn gekannt hatte. Denn woran auch immer sie sich sonst erinnerte, sie konnte nicht leugnen, daß er gut aussah, zart, fast schon feminin, mit einem herzförmigen Gesicht über einem kleinen Körper, der, wie sie schon von weitem sehen konnte, die gemessene Anmut seiner Bewegungen und Gesten beibehalten hatte, die sie von ihm geerbt hatte. Mit einem Anflug von Freude, den Sonja ebenso schnell unterdrückte, wie er in ihr hochstieg, bemerkte sie, daß er sich für diese Gelegenheit auf jene gediegene Weise schick gemacht hatte – er trug Anzughosen, ein gestreiftes Baumwollhemd und eine Strickjacke mit Fischgrätmuster –, die sie immer mit den europäischen Arbeitern ihrer Kindheit in Verbindung bringen würde. Er hat immer noch seinen Stolz, dachte sie, und vielleicht war es das, was sie mehr als alles andere erstaunte.

Endlich entdeckte Bojan Buloh Sonja und begrüßte sie mit einem Lächeln und einem nervösen Winken. Er kam herüber zu ihrem Tisch, und sie stand auf, aber sie umarmten sich nicht. Über solche falsche Vertraulichkeiten waren sie beide hinaus. Nicht nur sein Atem, sein ganzer Körper stank nach Tabak und Alkohol, wie er es immer getan hatte, aber jetzt erinnerte das ebenso an die Vergangenheit, wie es – wie schon immer – eine hoffnungslose Zukunft erwarten ließ. Jetzt, aus der Nähe, sah Sonja, daß ihr erster Eindruck nicht ganz zutreffend gewesen war und daß die Jahre durchaus ihren Tribut von ihm gefordert hatten. Seine olivfarbene Gesichtsfarbe konnte die geplatzten Äderchen nicht verbergen, die seine Wangen bedeckten. Während er bei ihr stand, spürte sie, daß seine Bewegungen irgendwie verwaschen waren, als ob sein Körper plötzlich verwirrt wäre. Sie überlegte, wie sie ihn nennen sollte, ob sie ihn Bojan nennen und damit Gleichheit ausdrücken sollte, oder ob sie Artie sagen sollte, das slowenische Kosewort für Vater. Am Ende benutzte sie keines von beiden, sondern griff zu einem Wort, daß ihm wie ihr fremd war und damit für sie beide einen Anklang von Förmlichkeit besaß.
»Dad«, sagte Sonja, »du siehst gut aus.« Sie wußte, es war weder wahr noch gelogen. Etwas hatte sich verändert, aber sie wußte nicht, was es war, und weil sie nicht wußte, was es war, konzentrierte sie sich auf das, was anscheinend unverändert geblieben war. »Komisch«, sagte Sonja. »Zweiundzwanzig Jahre, und du siehst kein bißchen verändert aus.«
In seinem Gesicht sah sie das ihre, in seinem Verhalten ihre Gesten. Verrückt, daß es ihr möglich gewesen war, solche Sachen zu vergessen: Ihre Erinnerungen – oder eher die Streiche, die ihre Erinnerung ihr spielte – handelten von einem Fremden, mit dem sie unfreiwillig ein paar Jahre verbracht hatte. Nicht mehr. Aber da war er, und seine harten Hände machten dieselben flinken, eleganten Bewegungen wie ihre eigenen, wenn sie etwas hochhoben, hielten, bewegten, trugen.

Bojan lächelte. Dieses zauberhafte, entwaffnende Lächeln, das sie mit soviel anderem vergessen hatte. Dieses Lächeln, mit dem er nervös seine Sätze betonte – lässig, sanft und beruhigend –, war dasselbe, das sie aufsetzte, wenn sie sich ihrer selbst nicht ganz sicher war, das Lächeln, das Menschen dazu brachte, sie zu mögen, das sie offen aussehen ließ, wenn nur sie selbst merkte, wie verschlossen sie war. Sie sah in ihm ihr ganzes Selbst und war gleichzeitig getröstet und erschrocken. Und er sah in ihr etwas, das ihn wie eine verrückte Nachahmung berührte: daß aus seinem lausigen Leben doch etwas Gutes hervorgegangen war.
Also wandten sie beide den Blick ab, um im anderen nicht die Teile ihrer selbst sehen zu müssen, die sie lieber versteckten.
»Wir wollen uns nichts vormachen«, sagte er nach einer Weile, und seine Worte waren schwer von seinem Akzent und von noch etwas, etwas anderem.
Sonja sah auf.
»Ich sehe aus, wie ich aussehe«, sagte Sonjas Vater. »Wie ein alter, versoffener Kanake.«
Und er lachte leise und traurig.
Im Pub von Tullah flackerten die Kaminfeuer, der Regen fiel mit Leidenschaft, und für eine Weile sprach keiner von ihnen, waren sie beide in ihren Gedanken und in dem peinlichen Gefühl versunken, daß sie einander so gut kannten und einander alles erzählen konnten und doch nichts zu sagen hatten.
Bojan versuchte einen neuen Anlauf: »Ich … ach nein. Nein …« Er hielt inne, sammelte die Gedanken in seinem Kopf und versuchte, ihnen den Anschein von korrektem Englisch zu geben. »Ich hätte geschrieben, äh, Briefe, aber, äh, mein Englisch, ist gut für Arbeit, gut für den Pub, nicht so gut auf Papier.« Er hob die Schultern und hielt die Hände nach außen, peinlich berührt. Sonja schenkte ihm ein kleines Lächeln, seiner Unsicherheit, seinen schönen Bewegungen, die so vertraut waren, und so vergessen, so anders als bei irgend jemand anderem, den

sie jemals gekannt hatte, und sie verzieh ihm mit einer Handbewegung.
»Es gibt Dinge, die wichtiger sind als Worte«, sagte sie. Dann hielt sie inne. Aber ihre Antwort hatte Bojan getroffen. Er wurde beinahe geschwätzig, wenn auch nicht ärgerlich, als er ihr widersprach.
»Vielleicht sagst du das, weil du viele Worte hast«, sagte er. »Du findest eine Sprache. Aber ich verliere meine. Und ich hatte nie genug Worte, um den Leuten zu sagen, was ich denke, was ich fühle. Nie genug Worte für einen guten Job.«
Er kam zum Ende. Abrupt. Sonja sah ihn an und spürte etwas so Gewaltiges in sich aufsteigen, daß sie sich fragte, wie sie so lange nicht hatte wissen können, daß es da war. Ohne Absicht, denn sie hatte niemals geplant, ihn so zu berühren, streckte sie die Hand aus und strich ihm mit dem Handrücken sanft über die ledrige Wange.
Als sie beide dieses Gnadenangebot bemerkten, schreckte Bojan zurück, als hätte man auf ihn geschossen. Seine Hand flog nach oben, und sie schlug Sonjas Hand weg, so heftig, daß sie sich auf die Lippe biß, um nicht vor Schmerz aufzuschreien.
Dann ließ auch er seine Hand sinken, ebenso schnell, wie er sie erhoben hatte, und er starrte sie an. Bojan Buloh sprach leise, wie zu sich selbst, so leise, daß sie sich vorbeugen mußte, um ihn sagen zu hören, was fast eine Entschuldigung für sein ganzes Leben war.
Um seine gebrochene Stimme zu hören.
Die flüsterte: »Nie genug Worte für dich.«

KAPITEL 9

1954

Es war nicht immer so gewesen, dachte Bojan Buloh. Er war einmal in der Lage gewesen, selbst in seinem zerbrochenen Ich das zu finden, das Geheimnis, das er mit allen anderen Männern und Frauen teilte. Aber das, was ihn mit sich selbst und mit anderen vereint hatte, es war fort, das Geheimnis war mit dem wilden Blizzard der letzten Nacht in den Wald geflogen, und alles, was ihm blieb, war eine erschreckende Gewißheit: daß er kein Mann mehr war, sondern nur noch aus Bruchstücken bestand, die immer weiter auseinander drifteten.

An dem Tag, der auf die Nacht folgte, in der Maria Buloh in einen Blizzard hinausgegangen war, stand Bojan Buloh schweigend mit allen anderen angehenden Neu-Australiern und ihren Familien und Freunden in der großen Blockhütte, die in Butlers Gorge als Kino diente, und wartete darauf, daß der Lokalpolitiker auf der staubigen Bühne seine Rede beenden würde.

»Ihr Männer und Frauen habt euch entschlossen, euer Schicksal mit dem des Staates Australien zu verbinden, indem ihr heute eingebürgert werdet«, sagte der Politiker ihnen, und seine Worte waren von häufigem Gebrauch so abgewetzt wie sein speckiger Anzugkragen. »Damit erschafft ihr für euch und eure Kinder eine bessere Welt. Dieser fünfte Tag des Mai 1954 ist ein wichtiger Tag für euch. Ihr und eure Kinder seid Teil einer neuen Vision von einem neuen Australien.«

Hinter dem Politiker saßen zwei Beamte an einem Tisch, und hinter ihnen hingen das rote australische Wappen und der Union Jack über Kreuz. In der vergeblichen Hoffnung, den Raum festlich erscheinen zu lassen, hatte man einige zerzauste Wimpel an die Balken gehängt, und an Nägeln, die jemand in das rohe Holz geschlagen hatte, hingen Bilder der jungen Königin und von Ming Menzies. Für die australischen Beamten war die Einbürgerungsfeier ein freudiges, festliches Ereignis, bei dem die Neu-Australier ihre bisherige Staatsangehörigkeit – ihr Heimatland, ihre Vergangenheit – aufgaben, um Australier zu werden. Für diejenigen, die da eingebürgert wurden, war es ein trauriger, aber notwendiger Schritt.

Der Politiker blickte von seinem Pult auf und sah in die Menge, das Kinn erhoben zu dem, was in seinen Augen die richtige Pose für einen Visionär war. Den nächsten Teil seiner Rede hielt der Politiker ohne die Hilfe seiner Aufzeichnungen, denn er kam von Herzen: »Der Weg zum neuen Australien wird nicht nur von der Elektrizität erhellt, die aus eurer Arbeit hier in Butlers Gorge hervorgehen wird, sondern auch von eurer Überzeugung, daß die neue Welt besser sein kann als die alte.«

Der Raum drehte sich vor Bojan Bulohs Augen. Die junge Mädchenkönigin und Ming Menzies umkreisten ihn wie Wölfe, und die ganze Menschenmenge und die Halle, alles und alle drehten sich um Bojan wie ein Kinderkarussell. Ihm war schwindelig, er spürte, wie sich der Boden unter ihm hob, aufbäumte und in seltsamen Winkeln schwankte, als befände die Halle sich auf See, als wäre er in einen wilden Sturm auf der Adria geraten. Er konnte nicht mehr tun als das Gleichgewicht halten und die schreckliche Angst bekämpfen, die einer Platzangst ähnelte und nicht nur seinen Körper, sondern auch seine Seele erschütterte. Er fühlte, wie sein Kopf unerträglich schwer wurde, fühlte ihn grotesk hängen und fühlte eine Willenskraft, die außerhalb seiner selbst zu sein schien, aber auf eine seltsame Weise unleugbar Teil von ihm war, und die den Kopf zurück in eine Stellung zwang, von der er hoffte, sie würde normal aussehen. Aber er konnte das Beben seiner Unterlippe ebensowenig beherrschen wie das leichte Zittern seines Kopfes.

Er fühlte die dreijährige Hand seiner Tochter Sonja, die einen seiner Finger umfaßt hielt, fühlte, wie sie diesen Finger mit all ihrer kleinen Kraft festhielt, und es schien ihm, als befände sich sein Arm in einem fremden Land, das er auf immer verließ und in das er vielleicht nie wieder zurückkehren dürfte. Und damit sein Kopf nicht von seinen Schultern fiel und auf den Boden rollte, ein Ball, aus dessen leeren Augenhöhlen Flammen emportanzen würden, drehte er ihn mit einer sehr steifen Bewegung, um sicherzugehen, daß er mit seinen Schultern verbunden blieb, um sich zu vergewissern, daß sie, Sonja, noch da war, neben ihm stand, ein dreijähriges Mädchen, das niedlich aussah in seinem förmlichen Festkleid, das Haar mit Bändern hochgeflochten.

Bojan wußte, daß er einen Arm besaß, weil er Sonja fühlte, die seinen Finger hielt. Das muß bedeuten, daß er mit einer Hand verbunden ist und die Hand mit einem Arm, muß das bedeuten, dachte Bojan Buloh. Und er wußte, er mußte noch Augen haben, selbst wenn er auch das bezweifelte, denn er konnte Sonja sehen. Das muß Augen bedeuten, die ich habe, und sie müssen wohl mit meinem Hirn verbunden sein, muß das bedeuten, dachte Bojan Buloh. Aber wenn er Sonja nicht mehr sehen könnte, wenn er ihre Gegenwart nicht mehr fühlen könnte, was würde das bedeuten? Darauf hatte er keine Antwort, nur eine ganz schrecklich verzehrende Angst, die er nicht leugnen konnte.

»Ihr bringt eure Hoffnung und Entschlossenheit mit«, fuhr der Politiker fort, »und dafür erhaltet ihr die große Gabe englischer Zivilisation, die englische Sprache und unseren Glauben an Gerechtigkeit und Fairneß.«

Ein polnischer Arbeiter, der neben Bojan stand, machte eine Seitenbemerkung, nicht direkt zu Bojan, sondern zu allen, die nahe genug standen, um ihn zu hören. »Ich hätte lieber das gute Fleisch und Gemüse und frische Obst, das die Tommy-Ingenieure und ihre Familien kriegen«, sagte er. Die Antwort war ein kurzes, unterdrücktes Lachen.

Das ist alles, dachte Bojan. Fleisch und überdehnte Knochen und

Scheiße und Holz, das in Form von Bäumen wächst und Fleisch dehnt, und Fleisch, das Holz glättet, um bedeutungslose Dinge herzustellen, wie diese Hütte, in der wir stehen, und dieses Geräusch, das nichts bedeutet. Es gab Geburt, es gab Liebe, und es gab Tod, und das waren die einzigen drei Geschichten im Leben, andere gab es nicht. Aber es gab auch dieses Geräusch, dieses endlose Geräusch, das die Leute verwirrte, sie vergessen ließ, daß es nur Geburt und Liebe gab und daß alles und jedes starb. Das ist alles, dachte Bojan, und er zog Sonja an seine Brust. Er begann zu schluchzen, erst ganz still, dann unkontrollierbar, und da legte Sonja ihre kleinen Arme um den Kopf ihres Vaters und wiegte ihn, als wäre er das zerbrechlichste Ding auf Erden, als wäre er aus Porzellan und könnte ebenso leicht in Stücke gehen.

Der Politiker nahm nach einem Seitenblick auf Bojan an, der weinende Einwanderer sei von der Freude über den Anlaß dieses großen Tages übermannt worden. Um die Peinlichkeit zu überspielen, die nach seiner und der Beamten Meinung durch diesen unangemessenen – allerdings, wie er wußte, für diese Rasse charakteristischen – Gefühlsausbruch hervorgerufen wurde, fühlte der Politiker sich ermutigt, seine Rede noch etwas zu verlängern. Er schloß einige langwierige Beobachtungen über die gegenwärtige Weltlage an, die er kürzlich gemeinsam mit einigen anderen führenden Staatsmännern auf einer Informationsreise durch das Empire gemacht hatte. Einige Freunde von Bojan traten zu ihm. Er fühlte ihre Arme um das, was wohl sein Körper war, und er fühlte, wie dieser Körper sie wegschob, hörte seinen Mund sich bewegen und in einer Sprache, von der er wenig wußte und die er hart fand, »Haut ab, haut ab«, sagen. Mit erhobenem Haupt stand er da, allein und ohne Stütze, sah durch den Politiker hindurch, als sähe er durch die einschließenden Wände in den Wald und sein schreckliches Geheimnis, allein in der Menge mit Sonja, schluchzend.

Als später am Nachmittag zwei Ingenieursfrauen Sonja abholten und er sich nicht wehrte – sie tat es allerdings, aber ohne Erfolg –, sprach man darüber, wie leer ihr Gesicht war. Sie hatte immer noch das Festkleid an. Sie schien weder glücklich noch traurig zu sein. Lange Zeit stand sie bewegungslos auf dem schneebedeckten Boden, als wäre sie Teil eines sorgsam komponierten Gemäldes: die hohen Eukalyptusbäume und der schwermütige Himmel voller dahinjagender Wolken im Hintergrund, davor die rauhen Blockhütten des Bauarbeiterdorfes mit ihrem einst saftig grünen, sumpfig-biegsamen Holz, das nun grau und verbogen war. Die Frauen hatten vor Sonja eine umgedrehte Sprengstoffkiste aufgestellt und mit einem provisorischen, rotkarierten Tischtuch bedeckt, auf dem ihr Spielzeuggeschirr aus Porzellan aufgestellt war, damit sie spielen konnte.

Sonja nahm die Teekanne, bewegte sie über das Tischtuch hinaus und ließ sie auf den Boden fallen, wo sie zerbrach.

Sie legte keine Kraft in ihr Tun, eher ein Fehlen von Kraft, eine Abwesenheit von Gefühl und Sehnsucht. Als die Kanne zerbrach, als sie sie fallen ließ, spürte sie weder Freude noch Zorn. Und so fuhr sie auf eine zielstrebige, gänzlich gefühllose Weise fort, das Teeservice zu zerschlagen. Obwohl ihr Gesicht auch dieses Gefühl nicht verriet, war sie einen Augenblick lang überrascht, daß das Geräusch des zerschlagenen Porzellans die anderen Geräusche, die sie in sich trug, nicht übertönen konnte. Erst die Teekanne, dann das Milchkännchen, dann die Untertassen und die Tassen, alles fiel zu Boden und zerbrach in Dutzende von Scherben. Aber egal, wie viele Teile des Teeservice zu Boden fielen, die anderen Töne kehrten wie ein Heulen sofort in ihren Kopf zurück und wollten nicht nachlassen: das Schluchzen ihres Vaters, der Schneesturm, der die Hütte, ihr Zuhause, in der Nacht zuvor so geschlagen hatte, das Singen ihrer Mutter, das Singen ihrer Mutter. Teekanne und Milchkännchen und Untertasse und Tasse auf Beton. Porzellan, perlenglatt

auf der Außenseite, scharf wie Glas und trocken wie der Tod an den Bruchkanten. Waren sie zerbrochen? Waren sie?
Teekanne und Milchkännchen zerschlagen. Das Singen ihrer Mutter. Das Schluchzen ihres Vaters. Tasse und Teller zerbrechen. Ein Heulen in ihrem Innern, das nicht weggehen wollte.
Ihr Vater und ihre Mutter.
Tasse und Teller.
Singen.
Tasse und Teller.
Zerbrechen.

KAPITEL 10

1989

Das Zerbrechen, Singen, Schluchzen und Heulen wurde leiser, und dann war es vorbei. Auch das Geräusch des eisigen Windes, der in den Stromleitungen über ihr wimmerte, verklang zum Glück in lang verflossenen Zeiten. Sonja atmete ein paarmal tief durch. Um all das richtig wegzudrängen, hoffentlich für immer, konzentrierte sie sich auf den Klang des Regens, der mit einem seltsamen, beharrlichen Rhythmus gegen das Aluminiumfenster ihres Motelzimmers schlug: fegend, kratzend, sich zurückziehend, als hoffte er, Einlaß zu finden. Dann gab er auf und verschwand.

Als sie sich endlich der Zeit und des Ortes sicher fühlte, sicher, daß die Zeit sich nicht zurückgedreht hatte und sie wieder in eine Vergangenheit gebracht hatte, mit der sie nichts zu tun haben wollte, öffnete Sonja langsam die Augen. Knipste die Nachttischlampe an. Vergewisserte sich, daß es ihr besser ging. Versuchte ihren Traum zu vergessen, indem sie sich auf die fremden und besonderen Einzelheiten des Motelzimmers einließ. Eine flache Welle schwachen Lichts ergoß sich von einer billigen Nachttischlampe zu dem Einbauschrank mit dem abblätternden, holzfarbenen Kunststoffurnier, das man mit Klebeband wieder befestigt hatte. Mit Klebeband, das sich jetzt kräuselte. Sie fühlte sich besser. Das Waschbecken war in den Schrank eingebaut. Darüber ein Spiegel mit vergilbten Ecken.

Der Plastiküberzug der Matratze knisterte, als sie sich aus dem Bett rollte und zu dem Spiegel hinüberging, um davorzustehen und ihr Spiegelbild anzustarren. Sie hob ihr Hemd und umschrieb mit der rechten Hand ihren Bauch als Kreis, rieb die weiche Haut um und um, als versuchte sie, eine neue, magische

Form hervorzubringen, einen dienstbaren Geist aus der Wunderlampe ihrer Taille. Aber dort war an diesem Abend keine Zauberei zu finden. Selbst in dem schwachen gelben Licht konnte sie erkennen, ohne Befriedigung oder Verzweiflung, daß ihr Bauch flach war.

Neben dem Waschbecken lag ein feuchter, verknoteter Schal. Sonja ließ ihr Hemd fallen und nahm den Schal, knotete die Schnur auf, die ihn zusammenhielt, und blickte auf die schmutzigen Porzellanstücke, die sie früher am Tag gefunden hatte. Stück für Stück entfernte sie den Schmutz, der hartnäckig wie schützendes Schmierfett an den Porzellanscherben haftete, spülte jedes unter dem Wasserhahn ab, klopfte die größeren Schmutzplacken ab und bearbeitete jede Scherbe noch einmal gründlich, indem sie sie mit der Zahnbürste abschrubbte. Sie beobachtete, wie das Weiß und das dunkelrote Rankenmuster allmählich aus dem Dunkel hervortraten, als wäre sie eine Malerin, die zum ersten Mal das Geheimnis ihres Motivs auf der Leinwand entdeckte. Dann trocknete sie die Scherben und Bruchstücke an einem Motelhandtuch ab, legte sie auf ihr Bett, und dort, im direkten Licht der Nachttischlampe, versuchte sie, sie zusammenzufügen.

Sie arbeitete sorgfältig, probierte es geduldig erst auf die eine, dann auf eine andere Weise, bis es ihr gelang, einige von ihnen in eine Ordnung zu bringen, die eine kleine Teekanne alter Machart andeutete. Am Ende brachte sie vielleicht ein Viertel der Teekanne zusammen, bevor sie frustriert aufgab. Denn die Stücke wollten nicht passen, wollten nicht wieder in eine Ordnung gebracht werden, die einen Sinn ergeben würde, die etwas, irgend etwas bedeuten würde.

Aber im Spiegel zitterte ein kleines Kind, das eine Teekanne umklammerte.

KAPITEL 11

1989

Sonja stand auf und ging zu der offenen Tür in Bojans Zimmer, um die Welt draußen anzusehen. Dort war es später Nachmittag. Für Sonja schmiegte sich die Stadt Tullah nicht in das Hochtal mit den wilden Bergen an allen Seiten, sondern sah eher aus wie ein Industrieunfall, den man zu ordentlichen Haufen zusammengekehrt und sich selbst überlassen hatte, damit er im sumpfigen Boden versank. Jeder, alles war vorübergehend. Außer dem Regenwald und dem Knopfgras, das wiederkommen würde, wenn dieses kurze Eindringen vorüber war. Dies war kein Ort, an dem Menschen geboren wurden oder zu sterben wünschten, sondern ein Ort, von dem sie sich einfach nur wegwünschten.

Das Versprechen, das man den Arbeiter-Einwanderern gemacht hatte, die Hoffnung, in Australien ein besseres Leben zu finden als im kriegszerstörten Europa, der flüchtige Regenbogen von Wohlstand und ruhigeren, friedlicheren Zeiten, war dünn und fern geworden, bis er nichts Reales mehr war, sondern nur noch ein halb erinnerter, kaleidoskopischer Traum, den man besser zu vergessen trachtete.

Bis er nichts mehr war als ein gelegentlicher, schmerzhafter Aufschrei, der schrill und unerwartet erklang und den man aus dem leisen Dröhnen dumpfer alltäglicher Gewißheiten nur mühsam heraushören konnte. Jeder brütete dumpf vor sich hin in dem sauren Sumpf, der sich Tullah nannte, wartete auf einen Augenblick der Katharsis, der die Monotonie aufheben würde: ein Toter beim Dammbau, ein Streit im Pub, der damit endete, daß jemand einen Topf mit kochendem Wasser durch den Raum schleuderte, ein paar Prostituierte, die für ein Wochenende

harter Arbeit von Melbourne herüberkamen, das damit begann, daß sie im Pub verlost wurden.
So wurden die Flüchtlinge in den Bauarbeiterlagern alt, bevor sie überhaupt wußten, daß ihre Zeit um war. Sie starrten um sich herum auf die Jungen, die hinter ihrem Rücken lachten, in Wirklichkeit aber Angst hatten: vor der Härte dieser alten Männer und vor der Zukunft, die sie in ihnen sahen. Und die alten Männer beobachteten die neuen Drogen - Haschisch, Speed und LSD -, die den Alkohol als notwendigen Begleiter dieses so elenden Lebens teilweise ersetzten. Die Auswahl war größer geworden, sonst hatte sich nichts verändert: Hatte man früher Zuflucht und Vergessen nur beim Trinken finden können, so fand man sie jetzt auch in unzähligen Tabletten, Pulvern und Kräutern. Die Alten hatten Augen wie gekochte Wurstbrühe, die Jungen hatten Augen wie Nagelköpfe. Die Alten tranken ein Bier nach dem anderen, die Jungen rauchten sechs Joints nacheinander und nahmen erstaunliche Mengen Amphetamine ein, bis ihnen das Herz ebenso schnell raste wie die unglückliche Seele und sie nur noch Tränen der Bitterkeit für diese Vereinigung von Körper und Geist übrig hatten.
Sonja sah quer durch Bojans Zimmer auf das Spiegelbild der Arbeiterunterkunft, in der sie stand: eine lange, dürre, einstöckige Baracke wie alle anderen, mit angerostetem Eisen verkleidet, Türen auf der Längsseite, eine Veranda darüber. Wäsche an der Vorderseite, aufgehängt an Stücken von Nylonschnur, die von einem Pfosten zum anderen gespannt waren: verschlissene Achselhemden, olivgrüne Arbeitshosen, ausgewaschen bis zu der schönen Farbe ausgebleichten Sandsteins, grobe Wollpullover in allen Farben und T-Shirts mit Aufschriften, Botschaften aus einer Welt, in der es keinen Platz für diejenigen gab, die sie trugen, Schicht auf Schicht auf Woche auf Monat auf Jahr. Männer kamen und gingen aus dieser Legebatterie, und Sonja beobachtete, wie sich am anderen Ende der gegenüberliegenden Unterkunft eine rollende Faust teilnahmsloser Männer ballte

und öffnete, an- und entspannte, als wären sie auf immer unsicher, ob ihre physische Stärke nicht in Wirklichkeit grausame Unfähigkeit sei. Sie sprachen in kurzen Sätzen gefolgt von langem, verlegenem Lachen.
Hinter jeder Tür befand sich eine elende Zelle von einem Zimmer, identisch mit dem, in dem sie stand, mit dem, das Bojan sich nach wie vor weigerte, ein Zuhause zu nennen, in dem er aber jahrzehntelang gelebt hatte, in verschiedenen Reinkarnationen an verschiedenen Staudammbaulagern. Jede neue Zelle glich so sehr der letzten, daß sie ihn in seinem Glauben bestätigte, keine einzelne von ihnen könne irgendwie etwas Besonderes sein. Drinnen stand ein eisernes Bett und sonst nichts, denn von allem anderen nahmen die Behörden zu Recht an, daß es gestohlen würde. Im übrigen gab es auch zu wenig Platz, um viel hineinzustellen; dennoch versuchten einige der Bewohner, die Zellen in Vorortwohnzimmer zu verwandeln, in lächerliche, eingeengte Träume von totgeborenem häuslichem Ehrgeiz.
Andere benutzten den Raum nur als Biwak, das sie bald für immer verlassen würden, wenn sie weitereilten, um ihrem Schicksal an einem anderen Ort zu begegnen, an jedem anderen, nur nicht in Tullah.
Bojans Zimmer gehörte wie Bojan selbst nirgendwohin. Es war ohne Hoffnungen, Illusionen, Träume. Es war durchaus ordentlich; an dem Tag, als Sonja zu Besuch kam, funkelte es geradezu in seiner strengen Leere, und sie wußte, in diesem Zustand würde es ihr Vater immer halten. Er hatte Schmutz immer gehaßt, Unordnung und alle Hinweise auf das, was gewesen war. Zusätzlich zu seinem eisernen Bett besaß Bojan einen kleinen Fernseher. Ein altes Transistorradio in einem Lederfutteral, das sie aus ihrer Kindheit noch kannte. Eine Kommode. Einen Küchenstuhl aus Stahlrohr und orangefarbenem Plastik. Einen kleinen Kühlschrank. Einen kleinen hölzernen Schrank, den er selbst verziert hatte. Auf jeder der beiden Türen eine

weiße Blume mit gepunkteten Blütenblättern. Das war eine Marotte von ihm, die sie vergessen hatte, daß er Blumen auf Gegenstände malte, selbst auf seinen Schutzhelm und auf ihren ersten Hockeyschläger.

Am Tag wurde Bojans Zimmer wie alle anderen durch das staubige Licht erhellt, das durch das kleine Fenster hoch oben in der Wand gegenüber der Tür fiel. Manchmal saß er da, die Silhouette eines Mannes, der durch die Lichtstrahlen in dieser Welt aufgespießt wurde, auf denen Staubkörner abwärts rollten wie verzierte Buchstaben in einer mittelalterlichen Handschrift. Dann stellte er sich vor, er wäre ein Mönch in einem entlegenen Kloster auf dem Balkan. Ein Mann, der alles zurückgelassen hatte und sein Fleisch täglich kasteite in der ewig unerfüllten und unerfüllbaren Hoffnung, seine Seele so von ihren schrecklichen Dämonen zu reinigen. Er strafte seinen unschuldigen Körper entsetzlich mit Alkohol und Arbeit, fühlte sein Fleisch knotig werden und verwittern, fühlte seine Eingeweide sich blähen wie bei einem Toten, fühlte seinen Kopf hämmern von all dem Schrecken. Aber in ihm gab es noch etwas Scharfes, das schnitt, etwas, das nicht zu leugnen war. Solange er diesen Schmerz spürte, wußte er, er hatte noch eine Seele in sich, und er hätte alles getan, um sie loszuwerden, hätte sie zurückgelassen, sie verkauft, sie wie Abfall auf die Straße geworfen und wäre weitergegangen.

Aber es war nicht möglich.

KAPITEL 12

1989

Bojan Bulohs Schatten fiel über den Tisch und verdunkelte das Essen, all das herrliche Essen ihrer Kindheit, das Fleisch und die Salate, die er mit solcher Sanftheit und Liebe zubereitete. Deshalb wußte sie, der Mann, der sie schlug, war nicht derselbe Mann, der ihr Vater war und dessen Finger so sanft das Hackfleisch und die Kräuter in die Wursthaut stopften. Der Mann, der so obszöne Sachen sagte, war nicht derselbe Mann, der ihr Vater war und der die Schönheit in einem Faß mit gärendem Sauerkraut so sehr zu schätzen wußte, der kicherte, wenn er im Frühjahr die ersten Schößlinge in seinem Gemüsegarten wachsen sah und der einmal eine Träne weggewischt hatte, als seine Tomaten in der Sonne glitzerten.

Sie bewegte ihren Stuhl ein wenig, um nicht in seinem Schatten zu sitzen und ihren Vater besser zu sehen.

»Was ist?« fragte er. »Magst du nicht? Kein Sydney-Futter. Magst kein Kanakenfutter mehr?«

»Nein«, sagte sie.

»Ich liebe es, Scheiße auch«, sagte er und lächelte. »'tschuldigung.«

Sonja lächelte auch, erstaunt, traurig, daß er sich jetzt wie ein kleiner Junge für ein einziges schlimmes Wort entschuldigte, wo er früher keine anderen benutzt hatte. Kaum andere kannte.

Hier in seiner eigenen Umgebung fühlte Bojan sich sicherer, aber sowohl er als auch Sonja waren in Gegenwart des anderen verlegen. Also sprach er über ein neutrales Thema, wenn auch eines, das ihm wichtig war.

»In der Kantine«, sagte Bojan, »gibt es Aussie-Essen, du weißt schon, hier, in diesen Berglagern, Steaks und Eintopf und Kuchen und Steaks, ist schon in Ordnung, weißt du, aber nicht für mich, also –«, und er hielt inne, lächelte, brummelte ein wenig vor sich hin und wartete auf Sonjas Antwort.
»Also?«
»Also«, sagte er mit einer Andeutung von Triumph in der Stimme, »also muß ich mir mein Zeug selber machen oder verhungern.«
Und mit einer schwungvollen Bewegung öffnete er den Kühlschrank, und sie sah, daß er vollgestopft war mit Zeug, das sie seit ihrer Kindheit nicht mehr gesehen hatte. Aus dem Kühlschrank und aus seinem Schrank, den er benutzte, um andere Lebensmittel zu trocknen, bereitete er eine aufwendige Platte zum Tee zu. Auf einem Spieltisch arrangierte er Würste, verschiedene Käse, Salate aus Bohnen, Kartoffeln und Tomaten, eingelegte Pilze, gegrillte Peperoni, geräucherte Forellen und Brot. Dann aßen sie, er auf der einen Seite des Spieltisches auf seinem Bett sitzend, sie auf der anderen Seite auf dem Stuhl mit dem orangefarbenen Plastikbezug.
»Wie findest du dieses Fleisch?« fragte Bojan und zeigte auf einen Teller mit Fleischscheiben.
»Wunderbarer Schinken«, sagte Sonja.
»Scheiße, Schinken, meine Fresse«, sagte Bojan. »Weißt du, was das ist? Das ist tausendmal besser als Scheißschinken. Das ist Känguruh!«
Sonja sah überrascht auf. Bojan lachte.
»Ja, Känguruh. Ich schieße es, lege es ein und räuchere es. Es ist wunderbar, echt wunderbar. Kein Choles-te-rin«, sagte er und kämpfte mit dem Wort. »Und das ist wichtig für die Gesundheit.«
Sonja lächelte. Ein wenig.
»Ich wette«, fuhr Bojan fort, »in Sydney eßt ihr kein Känguruh.«

»Nein«, sagte Sonja.
»Nein«, sagte Bojan und schüttete zwei Portionen einer klaren Flüssigkeit aus einer Colaflasche in zwei kleine Gläser. »Ganz klar. Auf keinen Fall. Und ihr seid nicht gesund, weil ihr Mist eßt.« Er gab Sonja ein Glas. »Jetzt trink das.«
Vor dem Trinken ließ Bojan den obligatorischen slowenischen Trinkspruch hören: »Nostrarvia!«.
»Gut, was?« sagte Bojan. »Aprikosenschnaps und Honig. Wir und sie.« Er lachte über diese ungewöhnliche Vereinigung von mitteleuropäischem Trinken und tasmanischem Essen. »Ein Kroate unten an der Straße macht ihn.«
So aßen und tranken sie, bis kaum noch etwas auf dem Spieltisch übrigblieb, nur noch die Flasche mit dem Honigschnaps. Und sie tranken und redeten, bis das Reden so einfach war wie Essen und Trinken. Sie fragte ihn, was er davon hielt, daß alle Flüsse aufgestaut wurden, ob er es gut oder schlecht fand, und er wurde gesprächig.
»Natürlich ist das schlecht«, sagte er. »Beschissen falsch ist das. Ich sage dir, ich bin früher am Ufer von diesem Murchison-Fluß und vom Mackintosh- und Pieman-Fluß entlanggegangen, rauf in den Regenwald; ich mag das sehr. Den ganzen langen Tag und dann manchmal sogar noch die Nacht und den nächsten Tag. Hab mir ein Nest wie ein blöder Vogel gemacht, ein schönes Nest mit schönen Myrtenzweigen und ausgelegt mit Wedeln vom Toter-Mann-Farn. Hab Forellen gefangen und sie zum Abendessen gekocht und zum Frühstück, wenn ich wach wurde. Hab so schön geschlafen, du glaubst nicht, was ich alles gesehen habe, und das Tollste war, einen Morgen liege ich in meinem Nest und sehe ihn: so einen blöden tasmanischen Tiger. Ja, ich weiß, angeblich sind sie ausgestorben, und ich hatte die ganze Nacht in meinem Nest getrunken, Pfirsichschnaps und Obstler, und ich weiß, ich war nicht so gut beieinander, aber ich weiß, was ich weiß, was ich sehe, und ich sehe diesen blöden tasmanischen Tiger, vielleicht so weit weg, vielleicht – höchstens drei

Meter. Und ich lache, denn weißt du, das ist schon komisch, ich da in dem Nest und der Tiger läuft vorbei, und ich fange an, mit ihm zu reden. Ich sage: ›Vielleicht bin es ja ich, der tot sein sollte.‹ Der Tiger sieht mich nur an. Ich sage: ›Vielleicht bin ich ja tot‹, und ich dachte, vielleicht hat mich das Obstzeug über den Rand gekippt und ich bin tot und im Himmel. Oder vielleicht an dem anderen Ort. Also frage ich ihn: ›He, Kumpel, ist das die Hölle?‹ Und ich lache wieder. Der Tiger sagt immer noch nichts, aber dann macht er sein Maul weit auf, so weit, du glaubst es nicht. Jeeesus Christus, ich dachte, es reißt ihm das Maul auseinander, und in seinem Maul sah ich all die schrecklichen Dinge aus meiner Kindheit, und, ja, ich sage dir, diesen beschissenen Obstler trinke ich nie wieder.«

So tranken sie und redeten. Bis die Flasche fast leer war, bis Bojan Sonja ansah, tief einatmete und fragte: »Hast du ’nen Kerl?«

Sonja versuchte es zu vermeiden, daß jemand in ihr Leben eindrang, denn wenn sie das zuließ, hieß das, auch sein Fortgehen anzunehmen, und das machte den Schmerz ihrer Einsamkeit so hart, sichtbar und unleugbar wie das erste Morgenlicht. Es war natürlich unmöglich, auch nur zu versuchen, so isoliert zu bleiben, nur als Abweisung von Leben zu existieren. Sie hatte gelegentlich die süße Wärme und die schweren Düfte eines geteilten Bettes und eines gemeinsamen Lebens kennengelernt, hatte mit vielen Männern und, als sie noch jünger war, mit ein paar Frauen geschlafen, manchmal aus Begehren, häufiger einfach zum Trost. Aber dann hatte sie gemerkt, daß sie das Begehren so nicht mehr befriedigen konnte und daß auch der Trost ausblieb.

Also sagte sie nichts, sah hinüber zu Bojan, lächelte leicht und schüttelte den Kopf. Bojan spürte, daß er da vielleicht einer Sache auf die Spur kam, aber er war auf der falschen Fährte. Er lächelte schlau, als hätte er soeben ein Tier gefangen.

»Ah, ich weiß,« sagte er. »Du hast einen Kerl.«
Wie man Männern gefiel, das wußte sie genau, das war so einfach. Mit ihrem Körper war sie höchst großzügig. Sie fühlte, wie ihr Leib sich im Einklang mit ihren Stößen und Schwingungen bewegte, manchmal sogar im Einklang mit den eigenen, fernen Wünschen. Aber in ihrem Kopf bewegte sich nichts. Nichts in ihrer Seele bebte. Sie tat alles, was Männer von ihr wollten, und sie tat es mit einer kalten Leidenschaft, die sie erotisch fanden.
Aber wenn sie sich danach im Schlaf umdrehten und sich spontan an sie schmiegten, wurde sie von der plötzlichen Wärme augenblicklich wach, und sie weckte sie, rollte sie wieder auf die andere Seite des Bettes, zog mit dem Zeigefinger eine imaginäre Linie durch die Mitte des Bettes und sagte: »Berühr mich nicht, wenn ich träume, ich kann es nicht ertragen, wenn man mich so anfaßt, wenn ich träume.«
Ihre Träume waren seltsame, unbegreifliche, unergründliche Tiefen, in die sie hinabstieg und nach Dingen suchte, die vor langer, langer Zeit verlorengegangen waren. Dinge, die sich einst bewegt und gezittert hatten, mit einer Kraft, die damals unwiderstehlich gewesen war.
»Ich hab viel zu viele Kerle«, sagte Sonja schließlich geradeheraus.
Aber Bojan mißverstand, was Sonja ihm sagen wollte. »Nein, ich weiß«, sagte er und fuchtelte mit einem Finger in der Luft herum. »Du hast einen besonderen Kerl. Stimmt's?«
Einige Male, wenn auch selten, war ihr ein Mann nähergekommen. Sie mochte einige von ihnen, das war nicht abzustreiten. Manchmal überkam sie eine vage Sehnsucht nach Berührung, nach Zärtlichkeit. Aber wann immer sie dies bei einem Mann empfand, wurde sie kalt und ließ es zu, daß sie als Paar voneinander wegtrieben, schnell, schnell, bevor mehr aus dem Gefühl wurde. Denn diese Männer waren schlimmer als die, die sie nicht mochte: Sie öffneten sie, als wäre sie nichts als eine

Auster und ihre Liebe nichts als Schlemmerei, öffneten sie, wenn sie doch geschlossen bleiben wollte. Ihre Kälte ihnen gegenüber kam über Sonja wie der Wechsel der Jahreszeiten, nicht im Zorn oder als ärgerlicher Schrei, nur eine Kühle, die sie durchdrang und nicht mehr wegging, bis der Mann, der sie hervorgerufen hatte, auch gegangen war.

So war sie meistens bei der einfacheren, geradlinigeren Gemeinschaft mit Männern gelandet, die sie betrogen, mit Männern, die spät nach Hause kamen, mit Körpern voller fremder Gerüche und Blumen in der Hand, oder mit Männern, die sie für Sex oder Gesellschaft oder Geld benutzten. Oder mit einer Mischung aus allen dreien. Mit ihnen fühlte sie sich jedenfalls sicher, denn sie stellten sie nur vor erträgliche, gegenwärtige Probleme, die ihre unerträgliche Vergangenheit nicht berührten.

Sonja gab es auf, so zu tun, als erzähle sie ihrem Vater die Wahrheit, und schüttelte nur in sanfter Mißbilligung den Kopf.

Bojan Buloh fuhr mit einiger Überzeugung und Entschlossenheit fort.

»Ich weiß schon, es geht mich nichts an, aber dieser Kerl, den du da hast, wann kriege ich ihn zu sehen?«

Er fuhr mit einer Hand durch sein schönes, gewelltes Haar. Sein widerspenstiges, dummes Haar, dachte sie. Es störte sie. Die Art und Weise, wie er immer noch dachte, er verstehe, wo er doch gar nichts verstand, am wenigsten von ihr. Am wenigsten er. Und weil das, was sie fühlte, Verzweiflung war, lächelte sie noch einmal und log.

»Nicht ... nicht so bald. Er konnte nicht mitkommen. Er ist noch in Sydney. Arbeit.« Sie hob die Schultern. Ihr Lächeln in diesem Augenblick war bezaubernd. »Sehr beschäftigt.«

»Er ist ehrlich, oder?« fragte Bojan. »Er wird dich richtig heiraten, ja?« Sonja sagte nichts, und Bojan wurde lauter. »Was hat dir der Bastard erzählt? Ich kann dir sagen, was er erzählen wird, wenn Bojan Buloh ihn besucht und ihm ein Messer an die Kehle setzt.«

Beim Sprechen machte Bojan Buloh bezeichnende Gesten, die das Schicksal des Kerls andeuteten, sollte er das Pech haben, Bojan in die Hände zu fallen. Sonja griff nach seinen gewaltbereiten Händen und hielt sie in ihren, aber es war nur eine leere Geste, die nichts überbrückte.

»Es ist in Ordnung. Es kommt alles in Ordnung«, sagte sie ihrem Vater.

Dann nahm sie die Colaflasche mit dem Aprikosen-und-Honigschnaps und leerte sie, goß großzügige Schlucke in die zwei Biergläser. Bojan spürte, daß sie etwas verbarg, und er dachte, es sei er, den sie vor einem neuen Freund versteckte.

»Ich verstehe«, sagte er. »Du willst nicht, daß er mich sieht. Ich verstehe. Warum auch? Nein. Ich bin nichts. Nichts, auf das man stolz sein könnte.« Er zuckte mit den Schultern und dachte laut weiter, ohne Selbstmitleid, ohne jedes Gefühl. »Ein Niemand am Ende der Welt. Wenn du ihn liebst, willst du nicht, daß er sieht, was dein Vater ist.«

»Nein«, sagte Sonja. »Das ist es nicht.«

»Aber du liebst ihn, oder?« sagte Bojan. »Und das ist ...«

Aber Sonja reichte ihrem Vater ein Glas, setzte das andere an ihre Lippen und hob mit einem weiteren dünnen Lächeln ihr Glas. Sie sagte den Trinkspruch, wenn auch in schwermütigem Ton – »Nostrarvia« –, warf den Kopf in den Nacken und leerte das Glas in der Weise der alten Welt mit einem einzigen Schluck. Dann, immer noch auf die mitteleuropäische Art, setzte sie den Daumen ihrer rechten Hand an ihre rechte Wange und wischte mit einer schnellen Bewegung des Zeigefingers ihre Oberlippe ab. Dann sank der Zeigefinger. Sie lächelte wieder. Aber ihr Gesicht war seltsam ausdruckslos, ohne Hoffnung. Der Film aus Alkohol wärmte ihr den Hals. Der Gedanke an Liebe kam ihr wieder einmal leicht komisch, sehr verräterisch und auf ewig unerreichbar vor.

»Wer«, sagte sie in geradem, sachlichem Ton, »wer hofft denn auf Liebe?«

Bojan Buloh wollte die Augen senken, aber sein Blick traf auf Sonjas. Seine Augen waren wie die Scherben einer zerschlagenen Bierflasche. Er zog die Unterlippe hoch, dachte nach, wollte Sonjas durchgehaltene Notlüge wiederholen, aber dann hielt er inne. Und sah weg.
Wer?

KAPITEL 13

1954

Was dann folgte, sollte so schnell wie möglich erzählt werden, denn so schien es auch zu geschehen, und jetzt scheint es, als sei es sogar noch schneller passiert, innerhalb von Stunden oder gar Minuten, obwohl es natürlich länger gedauert haben kann, wahrscheinlich Tage oder sogar Wochen. Aber über Bojan Buloh und seine kleine Tochter kam es wie eine Kavalkade, ein schreckliches Unglück, das immer weiter nach außen zu drängen schien, als wäre nicht der erste Gewaltakt das Schlimmste, sondern seine unvermeidlichen, wachsenden Folgen.

Niemand sprach viel mit Bojan Buloh. Einige tranken mit ihm, aber das Trinken hatte keine Wirkung auf seinen Körper, denn es war, als sei seine Seele aus seinem Körper geflohen und seiner Frau in den Wald gefolgt. Er schluckte Bier und selbstgebrannten Schnaps mit derselben Gleichgültigkeit, mit der er die Gebete von Pater Flannery schluckte, der ihn besuchte. Früher hätte er den Priester aus dem Haus gejagt, aber jetzt schüttete er lediglich für sich und ihn gleichermaßen große Mengen Alkohol ein, bis der geistliche Herr so betrunken war, daß man ihn später hinter der Wagenhalle sah, wo er sich übergab.

Bojan machte sich keine Gedanken darüber, ob er etwas fühlte oder nicht und ob er solche ungeheuren Mengen Alkohol vertragen konnte. Aber gleichzeitig wunderte er sich unwillkürlich, wieviel er aushielt, ohne zu zerbrechen, soviel Alkohol und soviel anderes, als wäre er dabei, sich in den Staudamm zu verwandeln, an dem er täglich schuftete. Als ihm das klar wurde, war er dem Weinen nahe, denn er erkannte darin den Schatten der riesigen, gestaltlosen Dinge, die ihn verändert hatten. Er fühlte sich, als reise er durch einen ungeheuren dunklen Tunnel

auf einen Nadelstich aus Licht zu, der weit entfernt war. Und eines Abends in einem plötzlichen Augenblick der Klarheit konnte er erkennen, daß dieser Lichtpunkt Sonja war. Aber dieser Erkenntnis folgten augenblicklich Frustration und Verzweiflung, denn wie weit und wie lange er in der Finsternis auch reiste, er konnte den hellen Lichtpunkt nicht erreichen. All diese verwirrenden und widersprüchlichen Dinge fühlte er, und anderes dazu. Es gab in diesem Denken keine klare Linie, nur ein einziges Chaos, und er war nichts als ein Gefäß dafür.
Das alles sollte man so langsam und sorgfältig wie möglich erzählen, denn so etwas braucht Erklärung und Verständnis, aber wie auch immer man es erzählt, nichts wird der Sache gerecht. Tage und Wochen rasten mit der Geschwindigkeit von wenigen Sekunden vorbei, und wenige Sekunden dehnten sich zu einer Ewigkeit des Leidens. Es war jenseits aller menschlichen Leidensfähigkeit und über allen menschlichen Verstand hinaus zusammengepreßt, und nichts davon kann man verstehen oder erklären.
Der Vorarbeiter sprach mit dem Aufsichtsingenieur, und der Aufsichtsingenieur sprach mit dem Bauleiter, dessen Frau vollgestopft war mit all den Geschichten, die im Lager umgingen, warum das alles passiert war und wie seltsam dieser Flüchtling und seine Frau gewesen waren, und über ihre Tochter, die überhaupt kein richtiges Kind war, sondern deren Gesicht eine Maske war, hinter der sich Gott weiß was für verquere Gedanken verbargen. Und der Bauleiter sagte dem Aufsichtsingenieur, und der wiederum sagte dem Vorarbeiter, der es dann Bojan sagte, er habe zwei Wochen Sonderurlaub aus Gründen des Beileids, was Bojan ein Rätsel war, weil er nicht verstand, was das englische Wort »Beileid« bedeutete. Er ignorierte den Vorarbeiter und trat weiterhin jeden Tag zur Arbeit an, weil sie ihm wenigstens eine Ahnung von einem Leben jenseits des Tunnels bot, selbst wenn er es nur aus großer, großer Entfernung betrachtete, wie ein Land, das er vielleicht eines

Tages erreichen würde. Nicht daß er nur so tat, als ob er arbeitete. Weit gefehlt.
Mit einem Vorschlaghammer brach er den Stein, als wäre es sein eigener Verstand. Der Hammer hob sich und fiel wie ein Trommelstock, schlug mit einem besessenen, knallenden Rhythmus auf den Stein des Tales, und seine außerordentliche Arbeit wurde von allen rund um den Staudamm mit Staunen beobachtet, während die Felsblöcke unter seinen Schlägen zu Geröll zerfielen. Wenn ein Filmteam auftauchte, um Bilder für die Kommission zu machen, die den Fortgang des Dammbaus aufzeichnete, war der wild arbeitende Kanake einer der bemerkenswerteren Anblicke, die man dem Filmteam zeigte, wert, aufgenommen zu werden.
Der Kameramann Earl Kane rahmte die Szene probehalber mit seinen Fingern ein. Ehrlich gesagt hatte er keine verdammte Ahnung, wie er das alles aufnehmen sollte, mit den miesen Geräten, die ihm für den Job zur Verfügung standen. Nicht mehr wie in alten Zeiten, mit der Nachrichtentruppe damals in Sydney. Gutes Gerät, gute Aufträge, gute Leute. Aber Arbeit war Arbeit, und heutzutage mußte ein Kameramann alles machen, wenn er nicht in eines dieser modernen Fernsehstudios gehen wollte, und das reizte ihn überhaupt nicht. Earl Kane seufzte. Er löste die Beine des Dreifußes, nur um festzustellen, daß eines gebrochen war. Herrgott, dachte Earl Kane, wie zum Teufel soll ich ...? Eine Stimme, die von einem Platz weiter oben auf der ausgefahrenen Schotterstraße kam, unterbrach seine Gedanken.
»He, Earl! Beweg deinen Hintern hier rauf. Von hier aus können wir die ganzen Arbeiten auf einmal draufkriegen.«
Wie, zum Teufel, dachte Earl Kane. Wie denn nur, zum Teufel. Aber letzten Endes wußte er, es war unerheblich. Die Kommission war nur eine große Behörde wie alle anderen, die alles aufgenommen haben wollte – auf Papier, Fotos, Film. Niemand würde es jemals im Kino sehen. Es war nur Archivmaterial. Bis

irgend jemand dazu kam, es sich anzusehen, wäre er längst auf und davon.
Als sie die Filme in der Woche nach dem Besuch zurückbekamen, war Earls Chef, ein ehemaliger Parteimann, mehr als zufrieden mit den Ergebnissen.
»Sieh dir das an!« sagte er, eine amerikanische Zigarette mit modernem Korkfilter in der Hand. »Diesmal hast du das richtige Feeling gehabt, Earl. Es ist ...« Der Chef suchte nach dem richtigen Wort, dann sagte er: »... heroisch, das ist es, Earl, es ist einfach heroisch.«
Er deutete mit der Zigarette auf den Bildschirm am Schneidetisch, wo das schwarzweiße Bildmaterial vor und zurückflimmerte.
»Es könnte ein riesiger sowjetischer Wasserkraftbau in Sibirien oder im Ural sein. Sogar der Hoover-Damm.«
Das Bildmaterial mit seinen heftigen Schwenks und gelegentlicher Überbelichtung suggerierte die Unmöglichkeit, das Riesenhafte zu beschreiben, was da stattfand, was schließlich der Mensch machte und was ihn gewaltsam und anscheinend für immer über die Natur stellte.
»Aber es sind wir, Earl. Wir, verdammt. Wir machen es, Earl«, sagte er. »Endlich, verdammt noch mal, passiert etwas in diesem Land.«
Die Kamera schwenkte über den Grund der Dammarbeiten. Verschiedene Männer bei der Arbeit an verschiedenen seltsamen Schichten, aber ob sie als Archäologen einen exotischen Ort ausgruben, irgendein Wunder der uralten Welt oder ein Wunder der neuen Welt erschufen, das wurde nicht unmittelbar deutlich. Es sah monumental aus, halb fertig, halb zerstört. Die Kamera bewegte sich über den Fluß, dorthin, wo die Dampfschaufeln sich wie Nagetiere in den Fels fraßen, dann langsam aufwärts an einem neuen Absturz entlang, der aus dem von Regenwald bedeckten Flußtal herausgegraben worden war. Darüber Straßen, wie Schnittwunden vom Messer eines

Straßenräubers, in wilden Winkeln eingeschnitten. Ein langsamer Schwenk die Außenseite der Staumauer hinauf, als Höhepunkt der halbfertige Rand, auf dem Männer hin und her rannten wie Ameisen auf dem Blatt einer Schaufel. Ein großer Betonbehälter senkte sich von einem komplizierten Kran zum oberen Rand der Staumauer hinab. Die Männer, die die Ladung lösten, hingen an seinem riesigen Hebel in der Luft wie Welpen mit den Zähnen an einem Hosenbein. Andere Männer, bis an die Knöchel im Zement, schaufelten emsig den Beton in die Verschalung, sorgten dafür, daß es keine Lücken oder Löcher gab. Dann Schnitt auf einen einzelnen Mann mit einem Vorschlaghammer, rundum von Felsen eingeschlossen. Der Mann hob und senkte den Hammer mit solcher Gewalt, daß es sogar die Männer in dem dunklen Schneideraum beeindruckte. Nach jedem Schlag sprang der Vorschlaghammer hoch, als träfe er auf Gummi und nicht auf Stein.

»Sieh dir diesen Irren an, Earl«, sagte der Chef. »Man fragt sich doch, was bringt einen Mann dazu, zu arbeiten wie ein solcher Dämon.«

Und sie beobachteten, wie Bojan den Hammer schwang.

Schnitt auf einen Stahlrahmen, der an der Innenseite der Staumauer an seinen Platz herabgesenkt wurde, als Geröllsieb am Eingang des Wassertunnels. Ein Mann wartete am Boden auf das Geröllsieb. Earl ließ das Bild anhalten, spulte zurück und spielte es noch einmal ab.

»Siehst du«, sagte er, »da ist der Verrückte wieder.«

Er ließ den Film noch ein wenig weiterlaufen. Das Geröllsieb kam etwa einen Fuß über dem Betonboden zum Halten. Sie beobachteten, wie Bojan den Rahmen in die richtige Stellung brachte.

»Sieht aus«, sagte Earl, »als wäre er für alle Zeit hinter diesen Gittern eingesperrt.«

KAPITEL 14

1989

Wie eine Armee böser Geister wischten die körperlosen Mäntel und Kleider durch die Luft, rasten auf sie zu. Unwillkürlich ging Sonja in Abwehrhaltung, der Reflex eines Menschen, der immer auf einen Schlag gefaßt ist. Sie drehte sich seitwärts, um den Angreifern nur die Schmalseite ihres Körpers auszusetzen. Dann entspannte sie sich wieder, aber langsam, denn ihr Verstand konnte ihrem Körper nicht ausreichend versichern, daß nichts zu befürchten war, hier, wo sie stand. Sie schämte sich dafür, sich an einem solchen Ort zu fürchten, für soviel kindisches Benehmen. Nach einer Weile, die lang schien, es aber nicht war, wurde ihr klar, daß es keinen Grund zur Beunruhigung gab. Sobald sie ihren Verstand zusammennahm und sich umsah, konnte sie sehen, daß ihre dumme Angst unbemerkt geblieben war. Im Lärmen und Treiben der riesigen Näherei in dieser Textilfabrik in Hobart waren alle viel zu sehr darauf konzentriert, ihren Tagesakkord zu erreichen, als daß sie bemerkt hätten oder sich gar darum gekümmert hätten, wie sich eine vorübergehende Fremde benahm.

Sonja sah auf die gewölbte Decke, auf den Staub, der auf Lichtbalken aufstieg und in den kleinen Fenstern hoch oben verschwand, als nähme er alle schwindenden Hoffnungen und Träume derer mit, die hier unten für ihren Lebensunterhalt schufteten. Durch diese Millionen von Staubteilchen flogen Kleidungsstücke an motorisierten Rampen von einer Arbeiterin zur anderen, jede konzentriert auf die eigenen Aufgaben: zuschneiden, nähen, sticken, Knöpfe annähen, verpacken.

Als sie ihren Weg durch den riesigen Raum wieder aufnahm, hörte sie, wie das Geklapper der Overlockmaschinen und das ansteigende und fallende Summen der Nähmaschinen zusammen ein seltsam machtvolles Dröhnen in den Raum brachten, das geradezu tröstlich war. Sie ging an Reihen von Näherinnen vorbei, streifte gelegentlich einen männlichen Vorarbeiter, bewegte sich zwischen Kleidungsstücken hindurch, die weiterrauschten. Die Kleider zogen über sie hinweg und ergaben für einen kurzen Moment eine halb gespenstische, halb menschliche Gestalt. Sie suchte bei jedem gesenkten Kopf nach einem Gesicht, von dem sie inzwischen nicht einmal mehr sicher war, daß sie es erkennen würde. Es war schwierig genug, eine Frau von der anderen zu unterscheiden, um so schwieriger, sich an ein Gesicht aus einer verschwommenen, weit zurückliegenden Vergangenheit zu erinnern.

Fast am Ende des Raums angekommen, bemerkte Sonja die Hände einer Arbeiterin. Sie blieb stehen. Alles, was sie von der sitzenden Frau sehen konnte, waren der gebeugte Kopf mit dem Tuch und die Hände. Aber in der Bewegung dieser Hände war etwas, das Sonja wiedererkannte, in dem Fluß, mit dem diese Hände das Material schnell und bestimmt unter der Nadel bewegten, war etwas, das Sonjas Aufmerksamkeit erregte. Sie stand da und sah zu. Die Hände beendeten einen Saum, und dann hob sich langsam der Kopf mit dem Tuch.

Ein kleines, kräftiges Gesicht schaute hinauf zu der Fremden, die hinunterstarrte.

Jede beobachtete bewegungslos den unveränderten Gesichtsausdruck der anderen, ließ den Blick fragend über ein Gesicht fahren, das vor langer Zeit gelernt hatte, nichts zu verraten.

Und dann bewegten sich die Lippen der alten Frau.

»Mein Gott. Mein Gott.«

Es waren nicht direkt die Gesichtszüge, die Sonja anfangs erkannte, denn die Zeit hatte das Gesicht verändert, sondern eine Laune am Rand, ein Mund, der zu lächeln schien, selbst wenn er es nicht tat, eine einladende Großzügigkeit in den Augen, die bei näherer Betrachtung tatsächlich waren, was erst

niemand glaubte – eins blau, eins braun –, diese auffallend scheckigen Augen, die Sonja einst so bezaubernd gefunden hatte.
Sonja ertappte sich dabei, daß sie der alten Frau in einem einzigen Wortschwall die Wahrheit erzählte.
»Ich bin zurückgekommen, weil ich das Gefühl hatte, ich mußte ihn sehen, weil ...«
»Ich höre nichts«, sagte die alte Frau und klopfte auf ihre Ohrmuschel. »Mein Gehör hier –« Sie hob den Kopf und deutete mit den Händen in einer Geste der Hilflosigkeit über die Reihen von Näherinnen, Maschinen, Rampen, über die ganze industrielle Katastrophe, die ihr Leben war. »– mein Gehör ist hin.«
Sonja hatte sich wieder im Griff. Dies war immerhin keine Beichte, und die alte Frau war ganz sicher kein Priester.
»Ich bin für die Ferien hier«, sagte Sonja und tat so, als wiederholte sie sich, während sie mit viel lauterer Stimme sprach. »Gutes Tasmanien. Für die Ferien. Viele Bäumc. Und so. Für die Ferien.«
»Das finde ich auch«, sagte die alte Frau. »Und ich glaube, ich mache dem Mädchen keinen Vorwurf. Wer sollte das auch tun, nach allem, was geschehen ist?«
Aber dann merkte die alte Frau mit Schrecken, daß sie Sonja falsch verstanden hatte, daß sie über gänzlich unterschiedliche Dinge sprachen und daß Sonja keine Ahnung hatte, wovon die alte Frau redete.
Die Finger der alten Frau bewegten sich zu ihren Augen, die sich mit Tränen füllten. Mit ihren Fingern, mit Bewegungen, die jetzt nicht mehr sicher, sondern zitterig und ungeschickt waren, erst mit einem Finger, dann, als das nicht mehr ausreichte, mit einem zweiten und einem dritten, wischte sie die Tränen von ihren ungewöhnlichen Augen, als ob sie mit dieser Geste auch ihre Gefühle loswerden könnte. Dann senkte sie den Kopf, so daß alles, was Sonja sehen konnte, ihr Kopftuch war, das leise

zitterte, und Sonja merkte, daß die alte Frau still vor sich hin schluchzte.
Sonja sprach den Namen aus, den sie mehr als zwanzig Jahre lang nicht mehr benutzt hatte.
»Helvi.«
Und obwohl die alte Frau nichts davon hörte und nicht aufsah, streckte sie den Arm aus und nahm Sonjas Hand.

KAPITEL 15

1989

Vielleicht war es in diesem Augenblick, daß Sonja ihren Entschluß aufgab, obwohl es zu dieser Zeit nicht so schien. Nach Helvis Schicht waren sie in ein Café unten in Salamanca gegangen. Sie saßen im Freien an einem kleinen, runden Tisch, wirklich nur pfenniggroß, unter dem sie sich weiter an den Händen hielten wie Schulmädchen. Aber diese Hände werden sich trennen, dachte Sonja, und diesmal für immer – ihre Hände würden bald einer Stewardeß die Bordkarte übergeben, Helvis Hände würden damit fortfahren, eine weitere Million Meter Stoff unter die tanzende Nadelspitze ihrer Nähmaschine zu schieben.

So spät am Nachmittag war Salamanca seltsam menschenleer und bewegungslos. Wo hinter den ehrwürdigen Warenhäusern aus Sandstein eine jahrhundertealte Ansammlung von Gebäuden hätte sein sollen, gab es nur die kalte Wildnis des Gebirges. Sonja ließ sich einen Moment lang von diesem Gedanken ablenken, von dem Mißverhältnis an diesem Ort, der nicht kosmopolitisch sein konnte, dafür aber etwas anderes, viel Selteneres war: er selbst. Es war eine gleichzeitig schräge, fremde und schöne Welt, und plötzlich begriff Sonja, daß Helvi wirklich ein Vogel aus einem fremden Land war, der zufällig hier gelandet war – sie hörte Helvis Englisch mit dem finnischen Trällern darin, wie Finkengezwitscher, sah Helvis kleine, geschmeidige Bewegungen, wie ein Spatz, der von einem Ast zu einem Zweig und wieder zu einem Ast schießt.

Sonja fragte Helvi nach Namen aus ihrer gemeinsamen Vergangenheit, nach Helvis verschiedenen Kindern, die inzwischen alle das Elternhaus, manche sogar Tasmanien verlassen und sie und

Jiri allein zurückgelassen hatten. Helvi sprach von ihnen und anderen, und sie lachten über die alten Geschichten, die sie teilten, und über die neuen, die Sonja noch nicht kannte. Weniger gesprächig war Sonja, als Helvi sie nach ihrem eigenen Leben fragte, denn das war ein Thema, das Sonja völlig uninteressant fand. Andere Menschen – ihre Geschichte, ihre Geschichten, ihre Erlebnisse – fand sie immer soviel faszinierender, irgendwie realer als die eigenen. Allzuviel über sich selbst nachzudenken empfand sie nicht nur als Luxus, sondern auch – obwohl es ihr natürlich fast nicht gelang, das zu denken, geschweige denn auszusprechen – gefährlich. Es war in jedem Fall – im besten Fall, und Sonja war sicher nicht einer von ihnen –, es war in jedem Fall nicht so einfach, das eigene Leben zu erklären, ein besonderes und geheimnisvolles Leben, undurchschaubar selbst für sie, die darin lebte.
Sonja betrachtete ihr Leben als eine Aufgabe in täglichen Schritten, und auf dieser Grundlage war es, wie sie Helvi sagte, ein gutes Leben. Sie mußte nicht lügen, um das zu sagen. Ihr Job war nicht von der Sorte, mit denen sie ihren Vater und seine Freunde ein Leben lang ihre Körper ruinieren gesehen hatte. Sie war von der Schreibkraft zur Sekretärin und dann zu einer untergeordneten Sachbearbeiterin bei einer Versicherung aufgestiegen, dann hatte sie eine Stelle als Produktionsassistentin bei einem Fernsehsender bekommen, der *Gameshows* produzierte. Es war nicht gerade glanzvolle Arbeit, und sie bekam nur ein Angestelltengehalt. Aber sie machte einem nicht das Kreuz kaputt oder riß einem Finger ab oder ruinierte das Gehör. Und sie verurteilte einen nicht zu einem Leben in der Diaspora verzweifelter Sehnsüchte, wie in den Bauarbeiterlagern und den Vororten von Hobart, in denen sie ihre Kindheit verbracht hatte. Sonjas Mietwohnung lag in keinem modischen Stadtviertel, aber es war der erste Ort, an dem sie länger als fünf Jahre gelebt hatte. Nicht *das* gute Leben, aber so gut, wie sie glaubte, es erwarten zu dürfen, wenn nicht sogar viel besser. Sie konnte

sich Dinge leisten, die sie als Kind niemals kennengelernt hatte – gute Kleider, Schmuck, gelegentlich ein Essen in einem Restaurant der Mittelklasse.
»Ein gutes Leben, Helvi«, sagte Sonja. »Nichts Großartiges, aber gut.«
»Und dann beim Fernsehen!« sagte Helvi, die sich diese Arbeit nur als das glänzendste und herrlichste aller Leben vorstellen konnte.
Sonja lachte. Sie erinnerte Helvi an die Delikatessenfabrik draußen in Derwent Park, in der sie einmal beide gearbeitet hatten, Helvi Vollzeit, Sonja nach der Schule und in den Ferien, wo sie aus billigem Fleisch Salami und Kochwurst machten.
»Beim Fernsehen ist es nicht anders, Helvi. Da packst du auch nur alles rein, was weg muß.«
Obwohl ihr klar war, daß Helvi sich irrte, wenn sie glaubte, daß irgend etwas von dem, was Sonja getan hatte, einem Erfolg gleichkam, wußte sie, in ihrer Geschichte steckte ein kleiner Triumph, den sie früher nie gespürt hatte. Aber bei Helvi hatte sich Sonja immer schon so gefühlt, als sei sie etwas wert.
»Aber es ist auch wieder nicht so schlecht für ein Flittchen aus Moonah«, sagte Sonja.
»Mußt du bald zurück?« fragte Helvi.
Sonja nickte und lächelte dann, und sie mußte es tun, um sich glauben zu machen, daß jeder Tag so gut ausging, wie man nur hoffen konnte, daß jede Entscheidung, die man traf, die einzige und bestmögliche Entscheidung war. Sydney bedeutete die Sicherheit ihrer Arbeit und der Person, die sie als Sonja Buloh selbst erschaffen hatte. Tasmanien bedeutete Wind, und sie konnte sehen, wie er langsam das Straßenpflaster hinunter auf sie zu wehte und beiläufig Parkscheine und weggeworfenes Einwickelpapier mitlaufen ließ. Sie konnte seine ersten Bewegungen jetzt unter ihrem Tisch fühlen. Und sie sprach mit fester Stimme in den Wind, obwohl sie alles andere als entschlossen war, obwohl sie spürte, wie die Furcht tief drinnen langsam nach

oben wanderte, sprach langsam und bestimmt in der Hoffnung, daß der Wind dann ihre Entschlossenheit bemerken würde und verschwinden und sie in Ruhe lassen würde, damit sie zu ihren bröckelnden Sicherheiten zurückkehren könnte.

»Zurück an die Arbeit, Helvi.« Sie machte eine Pause. »Du weißt ja, wie das ist.«

Helvi, die spürte, daß dieses anscheinend unverfängliche Gespräch sich irgendwie auf verbotenes Gelände bewegt hatte, wechselte das Thema.

»Wo wohnst du?«

»Im Sundowner Motel«, sagte Sonja. »Bei Warrane.«

Der Kellner stellte einen kleinen Schwarzen und eine Tasse Tee auf den Tisch.

»Nein, mein Kind«, sagte Helvi und drückte Sonjas Hand. Sonja fühlte die harten Schwielen, fühlte, wie die Jahre der Arbeit die Haut an Helvis Hand in eine ganz wunderbare lederne Glätte verwandelt hatten. »Nein«, sagte Helvi, ihr Griff löste sich, und sie schüttelte den Kopf. »Du wohnst bei mir und Jiri.«

Sonja protestierte natürlich, sagte, das sei unpraktisch und unfair und unnötig und überhaupt, was würde Jiri sagen? Sie entzog Helvi ihre Hand, um zu gestikulieren, um zu betonen, daß das nicht ging, und überhaupt! Aber Helvis Griff wurde ein zweites, ledriges Mal fest wie ein Gürtel, den man um den Bauch schnallt, wenn man sich zum Kampf bereit macht. Und Helvi bestand darauf, und der Wind raschelte kalt, und Helvi sagte, es sei Zeit zu gehen, und Sonja gab trotz all ihrer Bedenken nach.

So kam es, daß Sonja sich wiederfand, wo und wie sie es niemals beabsichtigt hatte, mitten in der Nacht mit verdrehten Augen in Helvis Badezimmer. Sie spürte eine Erschöpfung, die mehr war als Schlafmangel, spürte ihre Hilflosigkeit, weil sie ihre Übelkeit nicht in den Griff bekam, weil sie nicht in der Lage war, ihre Augen dem grellen elektrischen Licht auf dem weißen

Porzellan anzupassen. Sie wußte, ihr Haar war in Unordnung, ihr Gesicht hatte eine kränkliche, wachsgelbe Farbe. Hier, dachte Sonja, ausgerechnet hier einen so üblen, stechenden Gestank zu verursachen, solche heftigen Geräusche, sich ausgerechnet hier zu übergeben.

Sie hob den Kopf aus der Toilettenschüssel und drehte sich um, und im selben Augenblick bemerkte sie, daß sie die Tür nicht hinter sich geschlossen hatte. Am anderen Ende des dunklen Flurs erkannte sie Helvi im Morgenrock, die wahrscheinlich das ganze traurige Schauspiel beobachtet hatte, mit diesen seltsamen Augen, die alles sahen.

Helvi kam ins Badezimmer, legte ohne ein Wort ihre Hand auf Sonjas Unterarm und sah hinauf zu Sonjas Augen.

Sie ist so klein, dachte Sonja und war erstaunt, weil sie nie zuvor bemerkt hatte, wie klein Helvi wirklich war, und weil dies wohl das letzte war, an das sie jetzt denken sollte. Dann drehte sie sich um, und Helvis Griff löste sich. Helvi verließ das Badezimmer, um mit Eimer und Aufnehmer wiederzukommen. Sie sprach nur so viel, wie nötig war, um Sonja ins Bett zu drängen. Dann putzte sie leise das Badezimmer und die Toilettenschüssel.

Draußen hatte das Wetter gewechselt. Als sie im Bett lag, konnte Sonja den Westwind hören, der hart an den Fenstern in den Aluminiumrahmen riß, wie Gefangene, die mit wachsendem Zorn an ihren Gittern rütteln.

KAPITEL 16

1959

FÜNF JAHRE SPÄTER.

Nach fünf Jahren hätte Sonja sich an mehr Dinge erinnern sollen. Sie war drei gewesen, als Bojan Buloh sie dort zurückließ, und acht, als er sie für immer mitnahm. Nach fünf Jahren hätte sie sich an vieles erinnern sollen, aber das tat sie nicht. Sonja erinnerte sich daran, wie sie auf dem zerfallenden Betonmäuerchen vor dem Haus saß und sich darauf konzentrierte, den Beinen das Blut abzuschnüren – nur durch Konzentration konnte sie sie ganz taub und kribbelig machen –, und versuchte, das gleiche mit ihrem Herzen zu machen. Aber sie spürte nichts und fragte sich, ob das ging, ob es vielleicht schon funktionierte und ihr Herz ebenso taub war wie ihre Beine.

Blöde Sachen, würde Sonja Helvi später erzählen, taube Sachen – das war alles, woran sie sich erinnerte. Nicht die wichtigen Dinge, an die man sich erinnern soll.

Sie erinnerte sich an ihr Kleid zur Erstkommunion und daran, wie sie damit dastand und rot wurde, daß sie sich wie eine der Erdbeeren fühlte, die ihr Vater später anbauen und mit Joghurt bedeckt servieren würde – daß sie so auf einem alten hölzernen Küchentisch stand, bei dem man vor kurzem die Linoleumdecke und die rote Plastikumrandung erneuert hatte. Sie erinnerte sich, wie sie sich langsam im Kreise drehte, lächelte, das Kleid mit den Händen hob, stolz damit herumwedelte. Wie sie einen kleinen theatralischen Dreher vollführte und kicherte. Und die drei Europäerinnen, die mit Stecknadeln, Nähnadeln und Garn um den Tisch standen, lächelten zurück. Das Kleid war schön, sie erinnerte sich, wie schön es war und wie sehr sie es mochte, Vorkriegsstil im Schnitt, in der Länge und mit der vielen Spitze.

Da in der Mitte der kleinen Küche wirbelte sie ein zweites Mal in ihrem Kleid zur Erstkommunion herum, und wenn auch einiges erst zusammengesteckt war und einige Kanten noch nicht fertig waren, war es das Wunderbarste, was sie jemals getragen hatte. Es war ein Kleid aus einer anderen Welt, das darauf hinwies, daß das Leben etwas anderes sein könnte als das, was sie kannte, und für einen kurzen, herrlichen Augenblick dachte sie, sie könnte sich wie ein Engel in die Lüfte erheben und wegfliegen.
Dann war es Abend. In einem dunklen Schlafzimmer, nur von dem bißchen Licht erhellt, das durch die halb geöffnete Tür von der Küche hereinfiel, saß sie in ihrem Bett, in einem alten Nachthemd. Sie blickte fest auf den Rücken ihrer linken Hand. Von der Küche her hörte man die Frauen sprechen.
Vielleicht saßen sie um den Tisch, auf dem sie getanzt hatte, an dem linoleumbedeckten Tisch, auf dem sie für einen kurzen Moment soviel Gnade erlebt hatte. Vielleicht versuchten diese Frauen – mit ihren Körpern, die von der Arbeit und der Geschichte breit und hart geworden waren, mit ihren Gesichtern, die bitter und eng davon geworden waren, daß sie weder das eine noch das andere überwinden konnten –, vielleicht versuchten sie, das Wunder auf dem Tisch auf die kleinen Dimensionen ihres eigenen Lebens zu reduzieren, indem sie es nur als unbedeutende Grundlage ihrer eigenen Geschichten von Ausbruch und Rückkehr benutzten, von denen, die die allgemein akzeptierte Ordnung überschritten und unweigerlich schrecklich bestraft wurden. Vielleicht tranken sie Kaffee.
Aber Sonja erinnerte sich nur daran, was sie in der Nacht gehört hatte, nachdem sie erkannt hatte, daß es möglich war, ein Engel zu sein und sich über die Sünde zu erheben. Sie erinnerte sich nur an die Stimmen.
Die Italienerin sagte: »Jetzt hast du sie also, Maritza.«
Und Mrs. Maritza Michnik erwiderte: »Einer muß ja. Ihr Vater

kann es nicht. Da draußen im Urwald in diesen Lagern, das ist kein Platz für ein Kind.«
»Nicht, wenn man soviel trinkt wie er«, schnarrte die Italienerin. Dann lächelten Mrs. Maritza Michnik und die Italienerin vielleicht wissend. Vielleicht schaute dann die dritte Frau, die wie Mrs. Maritza Michnik ebenfalls Polin war, die beiden anderen etwas verwirrt an. Es war sicher ihre Stimme, rauh wie die eines alten Hundes, die das Kind Sonja dann hörte. »Und die Mutter? Was für eine Mutter ist das? Welche Frau kann denn ihr Kind so behandeln?«
Sonja erinnerte sich, daß sie ihre Hände ansah, vor allem ihre linke Hand, sich auf nichts konzentrierte und alles hörte.
»Du kennst ja die Geschichte«, sagte Mrs. Maritza Michnik.
»Das ist eine Todsünde«, sagte die Italienerin.
Während sie ihnen zuhörte, wie sie über ihre Mutter sprachen, drehte sie langsam ihre linke Hand und zeigte ihre offene Handfläche. Dann fuhr sie mit dem Zeigefinger der rechten Hand darüber.
»Ach, die Leute reden über Dinge, von denen sie nichts verstehen«, sagte Mrs. Maritza Michnik. »Die Mutter ist weg, der Vater ein Säufer. Aber er zahlt, was wir verlangen, damit das Kind ein Zuhause hat. Ein gutes, katho-o-olisches Zuhause. Was geht mich die Vergangenheit an? Die Mutter ist schon lange weg, und das Kind erinnert sich nicht an sie. Sie war zu klein, und niemand spricht darüber. Er zahlt gut, und sie spricht nicht darüber, das ist alles, was zählt.«
Dann nahm Sonja mit ihrer rechten Hand die vier Finger der offenen linken Hand und schloß sie sehr langsam über ihrer Handfläche.
Das war's: ein Kleid, ein Engel und Kartenspiele mit ihren Fingern. Das war alles, woran sie sich aus fünf Jahren erinnerte.
Dumme Sachen, taube Sachen.
Nicht die Dinge, die wichtig waren.

KAPITEL 17

1959

Hätte Sonja sich an mehr erinnert, hätte sie sich auch ins Gedächtnis rufen können, wie alles begann. Aber sie erinnerte sich wirklich nur an Bruchstücke, durchscheinende Fragmente, die scharf und hart auftauchten, nur um wieder in der Bedeutungslosigkeit zu verschwinden, wenn sie versuchte, sich auf sie zu konzentrieren. Als würde sie wieder die Dutzende von Rosenkränzen beten wie in jener bitterkalten Winternacht vor langer Zeit, wo alle im Kreis in Mrs. Maritza Michniks Wohnzimmer knieten und Rosenkränze in den Händen hielten, sie, die achtjährige Sonja im Nachthemd, und die drei bösen Frauen – die Polin, die Italienerin und Mrs. Maritza Michnik – in ihren Arbeitsschürzen. Die Rosenkränze der Frauen waren kunstvoll bemalte Holzdinger, während Sonjas Rosenkranz ein billiges Modell für kleine Mädchen war, mit rosa Plastikperlen. Sie blickten alle auf den Boden, sahen nichts wirklich an und beteten:

»GegrüßetseistduMariavollderGnadenderHerristmitdir...«

Draußen das Geräusch eines Autos, das die Auffahrt hochkam, still wurde, eine Autotür, die sich öffnete und schloß. Das typische Geräusch beim Absterben des Motors, das leichte Quietschen der Tür, all das erkannte Sonja als wirklich, als etwas, das zu ihr gehörte, als die Geräusche des Holden FJ, den ihr Vater im Jahr zuvor gekauft hatte und auf den sie beide so stolz waren. An einigen seltenen Wochenenden war er mit dem neuen Auto zu Besuch gekommen, und sie hatten den ganzen Samstag damit verbracht, das Auto zu putzen, zu waschen und zu polieren, bis es wie ein kostbarer Edelstein in der Sonne glänzte. Am Sonntag fuhren sie dann, zum Entsetzen von Mrs.

Maritza Michnik, den Huon hinunter, um Pilze zu sammeln, oder zum Baden an den Strand.
Der FJ war noch fast neu gewesen, als Bojan ihn kaufte, und viele, die er kannte, beneideten ihn darum. Zuerst war es ein schönes Auto, und vielleicht sah Bojan darin die Zukunft, in die er aus einer immer noch unbefriedigenden Vergangenheit entkommen konnte. Immerhin war es etwas, das niemand, den er kannte, in Slowenien besessen hatte: ein Auto wie in den amerikanischen Filmen. Und es war für die in Slowenien ebenso wie für die in Australien der Beweis dafür, daß er das geworden war, was er geplant hatte: Australier.
»Das hier«, erklärte er Sonja eines Tages, unterbrach sich einen Augenblick lang darin, Politur auf dem FJ zu verreiben, und streckte seine Hand nach dem FJ aus, als wäre der eine göttliche Erscheinung. »Deswegen sind wir gekommen.« Später wurde der FJ zum Symbol seiner beschränkten Gegenwart – sein Zuhause und Begleiter, seine Liebste und sein heimischer Herd, seine Hoffnung und sein Trost, alles bequem in einem beweglichen Bündel aus Stahl eingewickelt. Und am Ende wurde er zum Bild seiner Vergangenheit, mit der er nicht anders umgehen konnte als mit einer gewissen destruktiven Verachtung.
Als also Sonja in Mrs. Maritza Michniks Wohnzimmer das Geräusch des FJ hörte, vergaß sie für einen Moment sowohl ihr Gebet als auch Mrs. Maritza Michniks inbrünstige Frömmigkeit und wagte aufzublicken. Aber Mrs. Maritza Michnik drückte Sonjas widerstrebenden Kopf fest wieder zu Boden und zischte: *»Konzentrier dich!«*
Und so ging es weiter:
»...gebenedeitististdieFruchtdeinesLeibes...«
Sonjas Blick hob sich wieder, als die Hintertür geöffnet –
»...JesusheiligeMaria...«
– und geschlossen wurde –
»...MutterGottesbittefürunsSünderjetzt...«
– und dann raste ihr Herz auch schon zum Zerspringen, als sie

hörte, wie die Wohnzimmertür geöffnet wurde und dann noch zwei – drei – vier Schritte folgten. Sie nahm all ihren Mut zusammen und sah wieder auf, und als sie es tat, merkte sie, daß die Litanei aufgehört hatte und auch die anderen den Kopf gehoben hatten. Und vor ihnen stand ihr Vater, Bojan Buloh.
Er stand still, aber seine Augen wanderten über den Kreis der Knienden. Sein Atem roch nach Bier, und in seinem Blick war etwas, das an große Traurigkeit erinnerte. Diesmal drückte Mrs. Maritza Michnik Sonjas Kopf nicht wieder hinunter.
Schließlich ging Bojan zu seiner Tochter und streckte seine Hand nach ihr aus, die sie ergriff. »Komm«, sagte er. »Du verläßt dieses Haus.«
Sie gingen aus dem Wohnzimmer in ihr Schlafzimmer, wo er schnell und gegen seine Gewohnheit ihre paar Kleidungsstücke und Habseligkeiten als unordentliches Bündel in ihren alten Pappkoffer warf. Sie sprachen beide nicht, nicht im Schlafzimmer, nicht auf dem Weg aus dem Haus und an den Frauen vorbei, die sich ihnen in den Weg stellen wollten, nicht, als Bojan den Koffer auf den Rücksitz des FJ warf, nicht, als Sonja, jetzt im Bademantel, auf den Vordersitz kletterte. Mrs. Maritza Michnik zog mit einer Hand ihre Strickjacke gegen die kühle Nachtluft zu, mit der anderen begann sie wild zu gestikulieren. »Wie können Sie sie mitnehmen?« fragte sie.
Bojan schwieg unnachgiebig, und er war wütend, er brannte vor Zorn, den Mrs. Maritza Michnik nur undeutlich wahrnahm. Denn hätte sie ihn bemerkt, hätte sie kaum den Mut gehabt, mit ihrer Strafpredigt fortzufahren.
»Sie wissen doch gar nicht, wohin mit ihr«, fuhr Mrs. Maritza Michnik fort. »Und diesen Sonntag ist ihre Erstkommunion ...«
Bojan, der schon gebückt stand, um in den FJ einzusteigen, warf den Oberkörper zurück, stand ganz aufrecht, lehnte sich dann über das Dach des Wagens und fixierte Mrs. Maritza Michnik mit einem Blick so voll kalter Raserei, daß selbst sie zurückwich.

»Ich will sie nicht bei der verdammten Kirche haben. Ich sag es Ihnen«, sagte Bojan mit harter, gepreßter Stimme. »Von Anfang an hab ich das gesagt, verdammt. Und dann komme ich hierher und sehe, Sie lassen sie auf dem Boden knien und beten.« Mrs. Maritza Michnik schluckte. »Ich hab Ihnen gutes Geld gegeben.« Bojan wühlte in seiner Hosentasche nach den Schlüsseln, fand aber nur ein Bündel Wechselgeld von seinem Besuch im Pub und zog es heraus. »Scheißgeld«, sagte Bojan Buloh und knallte die Pennys und Schillinge und Sixpences mit so viel Wucht auf das Autodach, daß sie wie Schrapnelle auf Mrs. Maritza Michnik zuflogen.
»Scheißkirche.«
Er setzte sich auf den Fahrersitz und warf die Autotür zu. Von der anderen Seite des Wagens schrie Mrs. Maritza Michnik in einem Versuch, sowohl ihre Würde als auch den strategischen Vorteil wiederzuerlangen, durch Sonjas Seitenfenster gegen das an, was sie als Blasphemie empfand: »Was wissen Sie von Gott?«
»Ich weiß, was ich sehe«, sagte Bojan, jetzt sichtlich aufgebracht. Während er weiter in seinen Taschen nach den Schlüsseln fummelte, kurbelte Sonja ihr Seitenfenster etwa ein Drittel weit herunter. »Was ich gesehen, verdammt, als die Deutschen in Slowenien einmarschiert sind«, brüllte Bojan, »und die verdammte Kirche stand hinter den verdammten Faschisten.«
Endlich hatte er seinen Schlüssel gefunden und rammte ihn ins Zündschloß. »Alle waren sie da«, brüllte er Mrs. Maritza Michnik weiter an, »und klatschten den Domobran Beifall, gaben der SS Listen mit unseren Namen.« Er startete den FJ und rief noch lauter, um den Motor zu übertönen. »Der SS! Ich kenne Ihren Gott.«
Mit aller Kraft, die sie hatte, warf Sonja die rosafarbenen Plastikperlen ihres Rosenkranzes Mrs. Maritza Michnik ins Gesicht, dann drehte sie das Fenster schnell wieder hoch. Als Bojan sich umwandte, sah er, eingerahmt im Fenster des Beifahrersitzes, für einen Moment den lächerlichen Anblick der

rosa Plastikperlen in Mrs. Maritza Michniks Gesicht, bevor die Schwerkraft die Perlen zu Boden zog, und er brach in Gelächter aus.

Sonja jedoch wagte nicht zu lächeln oder auch nur die Frau anzusehen, bei der sie fünf Jahre von dem verlebt hatte, was nicht ihr Leben war. Sie saß aufrecht auf dem Sitz und starrte ausdruckslos geradeaus durch die Windschutzscheibe. Sie konzentrierte sich auf die Dunkelheit vor ihr und ignorierte die wütende Mrs. Maritza Michnik an ihrer Seite. Die schüttelte jetzt in ihrer geballten Faust all die rosafarbenen Plastikperlen, die sie aufgefangen hatte, als sie von ihrem Gesicht herabfielen. Über dem Dröhnen des hochdrehenden 138er-Motors ließ sie ihre Wut an Sonja aus.

»Du undankbares kleines Miststück. Genau wie deine Mutter. Läßt die im Stich, die dich lieben. Jedenfalls haben wir dich nie geschlagen.«

Aber Mrs. Maritza Michniks Gesicht, verzerrt von gerechtem Zorn, glitt schon in die Dunkelheit, als das Auto in die schwarze Nacht hinausfuhr, und ihr Schimpfen verebbte.

»Und glaub bloß nicht, daß du wiederkommen kannst«, rief sie Sonja hinterher. »Du kannst nie mehr zurückkommen. Du ...«

Aber da waren sie schon aus der müden Stadt geflohen, auf der leeren, einsamen Straße Richtung Hobart, fuhren in den Wald, den der Frost in dieser klaren, kalten Nacht schon mit Reif überzog. Sonja wischte das Seitenfenster mit ihrer Hand frei, und in dem Augenblick, bevor es wieder beschlug, war sie sicher, absolut nichts in der Schwärze zu sehen.

Im unergründlich tiefen Arbeitsmantel ihres Vaters kauerte Sonja auf dem Vordersitz des FJ neben Bojan. Sein ausdrucksloses Gesicht war vom schwachen, nikotinvernebelten Glimmen des Tachometers angeleuchtet, ihres lag im Dunkeln. Sonja wußte nicht, wohin sie fuhren, nur, daß es von den Michniks fortging, daß sie auf der Flucht waren und daß es durch die

Nacht ging. Das war genug. Alles weitere hätte in die Wirklichkeit von morgen geführt, und mit ihren acht Jahren hatte sie gelernt, daß morgen immer nur Schlimmeres brachte.

Sie blickte aus dem rauhen, schwarzen Wollkragen des Mantels auf die riesigen Eukalyptusbäume, die rund um das Auto erleuchtete Säulen bildeten, links, rechts und vor ihm, und auf Bojan und sie zurasten. Durch die Lücken zwischen den heranstürmenden Bäumen konnte sie Mond und Sterne erkennen. Wohin er führte, dieser bedrohliche und beängstigende Korridor, in ihre Vergangenheit oder in die Zukunft, wußte sie nicht. Die Bäume gaben natürlich keine Antwort, riefen ihr nichts zu, brachten keine Geisterstimmen hervor, die das Ganze irgendwie erklären konnten. Sie waren nur eine Frage. Aber sie wollten nicht weggehen.

Nach einiger Zeit, die Sonja sehr lang vorkam, wandte sie den Blick von den Bäumen ab und ihrem Vater zu. Er nahm eine Hand vom Lenkrad und rieb seine brennenden Augen, um seinen Blick wieder auf die dunkle, leere Straße zu zwingen, auf der sie fuhren.

»Ich muß nicht zurück, oder, Artie?« fragte sie.

Bojan sagte nichts. Sonja drängte weiter.

»Kann ich jetzt bei dir wohnen? In einem Zuhause, unserm Zuhause?«

Bojan blickte auf sie hinunter, mit Augen wie verlassene, rostige Zimmermannsnägel, und wirkte besorgt, denn so sah die Wahrheit nicht aus.

»Tut mir leid, Sonja«, sagte er. Er atmete durch, und als er wieder sprach, war seine Stimme blaß geworden. »Du weißt, das geht nicht. Ich muß in dem Baulager in den Bergen arbeiten und du … du mußt anderswo leben.«

Wieder sah Sonja auf die Bäume, die von ihr wegflogen, durchbohrt und zerteilt durch die Weiterfahrt des FJ. Sie wußte nicht mehr, ob Bojan und sie vor den Bäumen flohen oder die Bäume vor ihnen. Dann traf Sonja der Gedanke, daß der FJ sich vielleicht gar nicht bewegte, sondern der Wald, der wie ein Fluß an den Seiten des Wagens entlangströmte.

Zuerst fand sie den Gedanken tröstlich, dann beängstigend. Für immer bei ihrem Vater zu bleiben war ihr größter Herzenswunsch. Aber zwischen ihrer gegenwärtigen Gelassenheit und den Bäumen, die sie ins Nichts schwemmten, stand der Wille ihres Vaters, und sie wußte nicht, ob er stark genug war, um einem solchen Wald zu widerstehen und sie doch beieinander zu halten.

Als Bojan wieder auf Sonja blickte, sah er sie schlafen, ihr feuchter Kopf lag in seinem Schoß. Er fuhr weiter in den Wald hinein, bis das Auto ein paarmal spuckte und hustete und dann ganz abstarb, und er bemerkte, daß der FJ kein Benzin mehr hatte. Innerlich fluchend, rollte er den Wagen bis zu einem Parkplatz am Straßenrand. Mit den Bewegungen eines Menschen, der mit seinem Körper und seinen Händen arbeitet und weiß, wie man sich mit vorsichtiger und gleichzeitig geschickter und kraftvoller Zielstrebigkeit bewegt, zog er sehr langsam seine Beine unter Sonja hervor. Er zog seinen Pullover aus, rollte ihn zusammen, hob vorsichtig Sonjas Kopf an, legte den Pullover als Kopfkissen darunter und breitete dann den Arbeitsmantel als Decke über Sonja aus.

Er schloß die Fahrertür und stand nur in Hemd und Hosen in der klirrenden Kälte dieser Nacht auf einer einsamen Straße im Wald. Er fühlte den braunen Schotter unter den Schuhsohlen, spürte mit einem Schaudern, wie die Kälte von der aufgesprengten Erde am Straßenrand hochstieg, sah hinauf zu dem riesigen Südhimmel, der sich ewig langsam drehte.

Dann fand er auf dem Rücksitz des FJ in einen seltsamen Schlaf, wie ein Fötus zusammengerollt, verwundert und staunend, daß ein so zerbrechlicher Augenblick der Gelassenheit zu einer solchen Zeit an einem solchen Ort möglich war.

KAPITEL 18

1959

Wie der Tag enden würde, der sich da in den FJ schlich, konnte weder Bojan noch Sonja wissen.

Bojan rieb sich die Augen, und als er sich an die unglückliche Tatsache erinnerte, daß seinem FJ der Sprit ausgegangen war, fluchte er auf italienisch, um seine Muttersprache nicht zu entweihen. Er setzte sich auf und stellte fest, daß Sonja auf dem Vordersitz noch schlief.

Als sie aufgewacht war, ließen sie sich von einem Holztransporter bis in die nächste Stadt mitnehmen. Der Lastwagenfahrer sprach viel, und Bojan nickte und lächelte und fluchte gerade so viel, daß der Fahrer entspannt blieb.

Seine Geschichten kamen immer wieder auf den Tag zurück, an dem sein Sohn, der in derselben Holzfällertruppe in dem *Skidder* gearbeitet hatte, unter einem großen Baum zerquetscht worden war.

»Vor den windigen Tagen muß man sich gar nicht so sehr in acht nehmen«, sagte er. »Es sind die stillen Tage nach dem Sturm. Wenn der Baum vom Wind und von der darauffolgenden Nacht geschwächt ist und trocknet. Dann fallen diese verdammten großen Äste wie Regentropfen, dann haut es die Bäume um, und dann sollte niemand diesen kaputten, großen Bastards zu nahe kommen. So ein schöner Tag war das, als Kenny von uns ging, so ein Tag, ein so großartiger Tag zum Sterben.

Mum hat es hart getroffen, wirklich hart. Mir geht's gut. Muß ja. Ich bin drüber weg, muß ja, sage ich mir, ich muß ja.« Er hielt inne, steckte sich eine Zigarette in den Mund und drückte den Zigarettenanzünder des Wagens ein.

»Aber Mum, nein, Mum ist nie drüber weggekommen.«

Der Fahrer sah nie zu ihnen hinüber, nur immer auf die Straße, als würden hinter der Straße im Wald Geister lauern, die zu furchtbar waren, als daß man sie wahrnehmen konnte.
»Nein«, sagte er. »Mum hat das nie geschafft.«

Als der FJ wieder lief, fuhren sie nach Hobart, im Regen, der von einem frischen Westwind herangetragen wurde und immer heftiger wurde. Sonja schwieg; Bojan war vor lauter Schuldgefühl und Traurigkeit auf einmal ungewöhnlich gesprächig, sein Ton entschieden munter.
»Keine Sorge, Sonja«, sagte er. »Ein paar Monate, dann finde ich einen Job in Hobart, verlasse das Baulager, suche uns eine Wohnung, und dann wohnen wir zusammen.«
Sonja sagte nichts.
»Bis dahin bleibst du bei den Picottis, die sorgen gut für dich.«
Sonja sagte nichts.
»Ich spreche mit Bertie, ein guter Kerl, paßt auf, daß dir nichts passiert. Auch keine Religion. Was sagst du, he?«
»Gehen die mit mir zur Erstkommunion?«
Bojan sah seine Tochter an. Er grinste verschwörerisch in der Hoffnung, bei Sonja dieselbe gespielte Verachtung hervorzurufen. Aber sie lächelte nicht zurück.
»He!« sagte er, immer noch lächelnd. »Scheißkommunion – wofür soll das gut sein?« Aber sie blieb ernst. Er hörte auf zu lächeln. »He – du hast doch was Besseres zu tun.«
»Artie – mein Kleid – mein Kleid – ich will mein Kommunionkleid tragen.«
»Ich kauf dir neues Kleid, Sonja, ein verdammt schönes neues Kleid.«
»Aber, Artie, können wir nicht zusammen zu meiner Erstkommunion gehen? Wie andere Familien?«
Bojan steckte sich nervös mit einem Ölanzünder eine Zigarette an, paffte, nahm die Zigarette aus dem Mund und schnippte das

bißchen Asche, das daran war, aus dem Fenster. Er wußte nicht, was er ihr antworten sollte. Statt Sonja anzusehen, wie er es vorher getan hatte, fuhr er sich mit der Hand durchs Haar und hielt er den Blick fest nach vorn auf die Straße gerichtet. Auch sie blickte geradeaus. Bojan warf einen vorsichtigen Seitenblick auf Sonja und steckte die Zigarette mit einer kleinen Geste großer Qual wieder zwischen die Lippen, nur um sie fast augenblicklich wieder herauszunehmen.

»Sonja ... ich ... Herrgott ...«

»Meine Kommunion«, sagte Sonja. »Du kommst zusehen.«

Bojan versuchte zu sprechen, aber weil er nicht die rechten Worte fand, steckte er die Zigarette wieder in den Mund. Beide sahen immer noch hinaus durch die Halbkreise der Scheibenwischer. Eine Katze rannte vor den Wagen. Bojan versuchte ihr auszuweichen, aber es mißlang. Das Auto schleuderte ein wenig, und man hörte einen dumpfen Aufprall. Bojans Augen zuckten hinauf zum Rückspiegel. Er nahm die Zigarette aus dem Mund und schüttelte den Kopf.

»Haben wir sie verpaßt?« fragte Sonja.

»Nein«, sagte Bojan dumpf. »Blöde, verdammte Katze.«

Der Rauch fiel in blauen Wolken aus seinem Mund. Sonja fürchtete sich. Sie sagte: »Mrs. Michnik sagt, wenn ich zu Gott bete, bringt er alles wieder in Ordnung. Wenn ich bete, bringt er die Katze wieder in Ordnung.« Und mit einem Stimme, die vor Panik und Angst immer höher wurde, sagte sie: »Das ist doch so, nicht, Artie? Wenn du betest, Artie, wenn du betest, kommt alles in Ordnung.«

»Nein«, sagte Bojan. »Sie ist tot, verstehst du das nicht. Tot.«

In seiner Pein legte er sich die rechte Hand auf die Stirn, wischte damit über sein Gesicht und drückte seine hohlen Wangen dabei zusammen. Und er drehte sich zu ihr und sah sie an, mit einem Ausdruck so großen Leidens, daß das Kind instinktiv vor ihm zurückschreckte und sich an die Beifahrertür drückte.

»Und den Toten kann nichts mehr helfen. Verstehst du?«

Dann, als er merkte, daß er ihr unabsichtlich angst gemacht hatte, tätschelte er ihr das Knie, zwang sich zu einem Lächeln und zog seine Hand zurück zum Schalthebel, um in den zweiten Gang zu schalten, so daß er eine scharfe Kurve nehmen konnte. Der Wagen rumpelte bei dem abrupten Gangwechsel, und mit einem unsicheren Schwanken fuhren Vater und Kind eine neue Straße hinunter.

KAPITEL 19

1989

Als Sonja um kurz nach sieben in die Küche kam, war Helvi, für die Kaffee ebenso lebenswichtig zu sein schien wie die Luft zum Atmen, schon bei ihrer fünften Tasse und mahlte gerade frische Bohnen für eine neue Kanne. Jiri saß in einem olivgrünen Overall an dem kleinen, sechseckigen Küchentisch, den er aus Myrtenholz geschreinert hatte, und blätterte in der *Picture Post*. Sein großer Brustkasten schob den noch größeren Bauch nach vorn wie eine Baggerschaufel einen Erdwall, die Finger, dick wie Salamis, hielten gefühlvoll eine Scheibe Toast.

Manche Geheimnisse kann man gleich als solche erkennen; Sonjas Geheimnis war aber eines, das sie lieber im verborgenen hielt. Sonja versuchte nie, etwas von sich zu erklären, und sie glaubte auch nicht, daß viel Gutes darin lag, Dinge zu besprechen. Sie fand Wörter interessant, sogar machtvoll, aber niemals verläßlich, schon gar nicht vertrauenswürdig, vor allem dann nicht, wenn es darum ging, das unbekannte Land ihres eigenen Herzens zu erkunden. An diesem Morgen gab es Dinge, die sie Helvi und Jiri erklären mußte, über die sie aber nicht sprechen wollte, die auszusprechen sie nach Kräften vermeiden würde, denn in ihrem Herzen hegte und pflegte sie auf eine verdrehte Art ihr Geheimnis als die eine Sache, die sie eines Tages erlösen könnte.

Während also das frühe Morgenlicht durchs Küchenfenster fiel, aßen sie schweigend, und alle fühlten sich deutlich unwohl. Aber irgend etwas mußte gesagt werden, und schließlich tat Helvi es.

»Magen verdorben?«

»Helvi«, seufzte Jiri mit erschöpftem Ton und streckte seine

Hände weit gespreizt von sich, als wollte er eine einstürzende Mauer aufhalten. Dann nahm er Zuflucht dazu, seinen Kaffee zu schlürfen, verborgen hinter der sich aufbauschenden *Picture Post,* die er nun wie eine Fliegenklatsche schwang, bereit, jede weitere unpassende Bemerkung niederzuschlagen.
Es entstand eine lange Pause. Dann sagte Sonja, kurz angebunden: »Mein Magen ist in Ordnung.« Aber nichts war in Ordnung, und sie wußten es alle. Sonja versuchte, ihre Worte abzumildern, indem sie ein »Jetzt« anfügte. Sie nahm eine von Jiris Zigaretten und wollte sie anzünden.
»Du bist schwanger«, sagte Helvi.
Jiri blickte erschrocken von seiner *Picture Post* auf und prustete in seinen Kaffee.
Sonjas Feuerzeug blieb an der Spitze der unangezündeten Zigarette in ihrem Mund stehen. Ihr Kopf war nach links geneigt und erhoben, in der falschen selbstsicheren Pose, die manche Leute annehmen, wenn sie sich eine Zigarette anzünden. Mit einer Drehung nach rechts sah sie Helvi an. Obwohl Sonjas Gesicht kein Gefühl verriet, behielt es doch eine gewisse Würde. Immer noch den Blick auf Helvi gerichtet, betätigte sie den Zünder des Feuerzeugs und ließ es aufflammen. Das leise Zischen des Gases war das einzige Geräusch im Raum. Die Zigarette flammte auf und glühte dann hell, als Sonja einen tiefen, trotzigen Zug nahm. Sie verzog ein wenig das Gesicht, vor allem rund um die Wangen und Lippen, während sie den Rauch einsog, und verriet damit eine Nervosität, die nicht zu ihrer Kopfbewegung paßte. Sie strich mit einem leicht zitternden Zeigefinger seitlich die Wange entlang, nahm dann die Zigarette aus dem Mund und sprach, noch bevor sie ausatmete.
»Ja.«
Dann blies sie eine langgezogene Rauchwolke aus, die sie den Blicken der anderen teilweise entzog.
»Dann wirst du wohl keinen Kaffee wollen?« sagte Helvi. Es war ein Scherz, ein kleines Angebot, und Sonja lächelte.

»Nein.« Sonja lachte leise. »Heute nicht. Ein Weilchen nicht, denke ich.« Alle drei lächelten, höflich und ungeschickt. Wieder entstand eine lange Pause, während alle darüber nachdachten, was als nächstes zu sagen wäre.
»Ich werde –«, sagte Sonja, und fast im gleichen Augenblick fragte Helvi: »Wann –«, hielt dann aber inne, damit Sonja ihren Satz beenden konnte. »Ich werde ... es wegmachen lassen. Wenn ich zurückfahre. Nach Sydney. Muß ja doch zurück. Ich muß, Helvi.« Mit gespreizten Fingern rieb sich Sonja mit dem Handrücken die Stirn. Die Zigarette war ausgegangen. »Ich habe schon einen Termin, wißt ihr. In einer Klinik. Ihr wißt ja, wie das ist.« Sie zündete die Zigarette wieder an, legte sie aber nach einem einzigen Zug im Aschenbecher ab, wo sie nun vor sich hin qualmte und alle drei mit ihren dunstigen Fragezeichen einhüllte.
Dann zuckte Sonja mit den Schultern, griff wieder nach der Zigarette und nahm einen weiteren Zug.
»Was hat das schon zu bedeuten?« sagte sie, und Helvi und Jiri waren sich nicht sicher, ob das eine Frage oder eine Feststellung war. Herrgott, dachte Jiri. Alles, dachte Helvi. Aber sie antworteten nicht. Nichts, dachte Sonja. Es bedeutet nichts, genausowenig wie ich.

KAPITEL 20

1989

In ihren Träumen hoffte Sonja die Unschuld zu finden, die ihr im wahren Leben auszuweichen schien. Denn im wachen Zustand fühlte sie sich schuldig, hatte sie das Gefühl, daß alles, vor allem ihr eigenes Ich, ihr Fehler war. Es war der Charakterfehler eines Menschen, der vollkommen unfähig zum Guten war. Es war ein idiotisches Gefühl, das wußte sie, aber es gelang ihr eher, es aus ihren Gedanken zu verbannen, als ihre Seele davon zu reinigen. Vielleicht hatte sie deshalb so lange Zeit so viele schlechte Männer ertragen. Vielleicht hatte sie deshalb auch, als sie in Koló Amado endlich einen guten Mann gefunden hatte, ihn am Ende fast ebenso schlecht behandelt, wie sie von den früheren Männern in ihrem Leben behandelt worden war. Es war verrückt, und sie wußte es. Aber sie spürte kein Bedürfnis, ihn im Arm zu halten oder zärtlich zu ihm zu sein, und im Bett lag sie still da wie die Erde, wunderte sich höchstens über die schweißtreibende Mühe, die er in dem nutzlosen Unterfangen vergeudete, ihren Körper zu erregen. In solchen Augenblicken verglich sie ihren Körper mit einem Stück Erdboden, das von einer Autobahn bedeckt war, von unzähligen Wagen befahren, und ihr Körper darunter verkümmerte zu bitterem, leblosem Lehm unter unzähligen Schichten von Schwärze. Am Ende seines zunehmend verzweifelten, verwirrten Gefummels entschuldigte sich Koló Amado dann auch noch, als wäre es seine Schuld. Sie wünschte sich, daß er sie liebte, manchmal dachte sie sogar, sie könnte ihn lieben, aber sie war unfähig, eine derartige Liebe zu zeigen, und wunderte sich, daß er das nicht verstehen konnte, wenn er sie doch liebte.

»Mein armer Vorstadtjunge«, flüsterte Sonja manchmal, obwohl Koló Amado, das Ergebnis einer kurzen Affäre zwischen einem Ladenbesitzer aus Timor und einer albanischen Krankenschwester, ein Jahr älter war als sie und aus dem nördlichen Queensland kam. Trotzdem strahlte er eine Sanftmut aus, die sie gleichzeitig mochte und ablehnte.
In seiner Verzweiflung griff Koló Amado zu Perversionen, um sie zu erreichen, und obwohl sie das ein wenig amüsierte, langweilte sie sich bald bei seinem leeren Sex-Theater, fühlte sich wieder schuldig und riet ihm, die Sache einfach und schnell hinter sich zu bringen und es dabei zu belassen, damit sie schlafen und träumen konnte. Aber sosehr sie auch in ihren Träumen nach Erlösung suchte, sie brachten ihr nur das, was sie im Wachen verdrängen konnte. So lebte sie viele Jahre lang, täglich hin und her geworfen zwischen der Vergangenheit in ihren Träumen und der Gegenwart in ihren wachen Stunden, ohne eines von beiden zu wollen, und unfähig, das eine mit dem anderen zu versöhnen.
Und so spürte sie immer, wenn sie auf der Seite liegend morgens wach wurde und Koló Amado immer noch da war, wie er so hinter ihr lag, sein Arm auf ihrer Hüfte, seine Lenden dicht an ihren Hinterbacken, einen seltsamen Augenblick des Ärgers. Vielleicht hatte sie ihn deshalb bitten müssen zu gehen, als sie bemerkt hatte, daß sie schwanger war.
Koló Amado protestierte. Er war ein herzensguter Mann und hätte sie niemals verlassen, hätte er gewußt, daß in ihr ein gemeinsames Kind heranwuchs. Aber eben weil er ein herzensguter Mann war, hatte er sie dann doch verlassen, weil sie es so wollte, wenn er es auch kaum verstehen oder sich einen Reim darauf machen konnte.

In dieser Nacht gab es keine Träume. Sie war in einem seltsamen Einzelbett mit einer handgewebten finnischen Decke gelandet, geschmückt mit einem abgetragenen Flanellpyjama von Jiri.

Sonja saß da und blickte in die Höhle, die ihre Beine auf dem Laken bildeten, und auf die Porzellanscherben aus Butlers Gorge, die dort lagen. Rund um sie lastete das Schweigen, das es nur im Bauch des Regens gibt, wenn er auf ein Blechdach fällt. Eine alte Kinderlampe warf ihr Licht, schwach und tröstlich, von der kleinen, billigen Kommode, auf der sie stand. Das Bett stand direkt an einer Wand aus gehobelten und gestapelten Fichtenstämmen, die sich in die Dunkelheit erhoben, und an einer der Wände, die im Schatten lagen, hing eine alte Jagdflinte und darüber ein Känguruhfell zur Dekoration. Eine finnische Einrichtung mit Schnörkeln vom anderen Ende der Erde.

Wieder einmal versuchte sie, die Bruchstücke aus Porzellan zusammenzufügen. Nur mühsam im Gleichgewicht gehalten, waren sie Teile eines dreidimensionalen Puzzles, das immer wieder auseinanderfiel: etwas, das einmal eine Teekanne gewesen war – der untere Teil und ein Stück der Tülle waren deutlich zu erkennen.

Nach einer Weile gab sie auf und ließ die Scherben aus ihren gewölbten Händen auf ihren Schoß fallen. Dann hob sie den Saum ihres Hemdes, zog es von der Taille bis zur Brust hoch und legte ihren Bauch frei. Mit ihrer rechten Hand nahm sie eine Porzellanscherbe, drückte die Spitze in die weiche Haut ihres Bauches und zog sie langsam gerade herauf über die Mitte ihres Magens bis zur Brust, wobei sie sie fest in ihr Fleisch drückte, als wäre sie ein Messer. Sie spürte, wie die scharfe Kante ihre Haut zu zerschneiden drohte und hörte seine Stimme wieder.

Die sagte: *Und den Toten kann nichts mehr helfen.*

Die Scherbe hinterließ einen heißen, roten Streifen. Als sie die Erhebung um Sonjas Nabel erreichte, änderte sie ihren Weg. Ohne den Druck von dem Porzellan zu nehmen, zog sie es quer hinüber auf die rechte Seite ihres Oberbauchs und dann wieder herunter und rundherum, bis sie den Vollmond ihres Bauches umschrieben hatte. Aber dann wurde ihr Griff schwächer und ihre Bewegungen langsamer und rhythmischer, bis sie ihren Bauch mit der Porzellanscherbe streichelte. Die Scherbe fiel wie aus Zufall in ihren Schoß, und es blieb nur ihre Hand, die in seltsamem Staunen sanft über ihren Bauch strich, der sich allmählich rundete.

KAPITEL 21

1989

Dieselbe Nacht, aber ein anderes Regengetrommel auf einem rostigen Eisendach. Eine andere Dunkelheit. Und mittendrin, auf der anderen Seite der Insel, in einem abgelegenen Lager in den Bergen, in seinem Bett in seinem Zimmer in der Arbeiterunterkunft von Tullah, setzte sich Bojan Buloh plötzlich auf, knipste das Licht an, rieb sich mit den Händen die Augen und dann den Kopf.

In seinen Augen hatte er den gehetzten Ausdruck eines Mannes, der von bösen Träumen heimgesucht wird.

Bojan sah seine Arme an; sie waren schweißbedeckt. Dann fuhr er ein zweites Mal mit der Hand über sein Gesicht und bemerkte, daß auch sein Gesicht naß war.

Er stand auf und öffnete die Tür. Draußen tobte der Wind. Er schloß die Tür nicht wieder, sondern ließ sie offen und schob einen Keil darunter, damit sie nicht zuschlug. Er ging auch nicht gleich wieder zurück und setzte sich auf sein Bett, sondern blieb statt dessen dort stehen, eine dunkle Gestalt, eingerahmt von der Türöffnung, während der kleine Raum hinter ihm von der nackten Glühbirne hell erleuchtet war und sein Atem in der Kälte Nebelwolken bildete.

Manchmal war alles im Gleichgewicht, das war sehr schön. Es konnte dann sogar erschüttert werden, und er konnte es dennoch halten. Konnte alles für Wochen, Monate, sogar Jahre niederhalten. Aber dann geschah etwas, ein Geruch, ein Lied, eine weiße Blume – und alles kam zurückgerast, eine riesige Welle, die ihn unter sich begrub. Egal wie schnell er auch rannte, er war nicht schnell genug. Er wünschte, sie hätte es auch erlebt, so daß es sie nicht voneinander trennte, diese wäßrige Welle der

Erinnerung, die ihm jede Nacht eine Gänsehaut einjagte. Vielleicht trank er deshalb gern mit Jo und Pavel und den anderen. Nicht etwa, weil er sie mochte.
Denn wenn er überhaupt etwas für sie empfand, dann mochte er sie *nicht.*
Sie waren Säufer. Sie waren manchmal gewalttätig. Manchmal schlechte Männer. Das konnte er sehen. Aber es spielte keine Rolle, ob er sie mochte oder nicht. Hätte man ihn gefragt, was er von ihnen hielt, hätte er wahrscheinlich sagen müssen, daß er ihren Haß, ihre Gewalt und ihre Sehnsucht nach der Finsternis sogar fürchtete und daß er am meisten fürchtete, schon genauso geworden zu sein wie sie. Aber auch sie hatten einiges gesehen und auch sie hatten selten – wenn überhaupt – darüber gesprochen.
Pavel hatte erst in der polnischen Armee, dann in der Roten Armee gedient und war dann, 1941 von der Wehrmacht überwältigt, dazu gezwungen worden, in der russischen Armee der Deutschen zu kämpfen. Als er 1943 wieder von der Roten Armee gefangengenommen worden war, war er nur durch blitzschnelles Reden und das Hervorziehen eines lange versteckten Komsomolausweises einer Kugel entgangen und statt dessen für sieben Jahre in die Arbeitslager von Kolyma geschickt worden.
Und worüber sprach Pavel? Wie man in der arktischen Kälte von Kolyma die Läuse dadurch loswurde, daß man die Jacke über Nacht im Permafrostboden vergrub und nur einen Zipfel der Jacke über der Erde ließ. Den Kolymazipfel, witzelte Pavel, denn in ihm sammelten sich alle Läuse, die in der Jacke hausten, damit sie nicht zu Tode froren. Diese Ansammlung mußte man dann verbrennen.
Der Kolymazipfel, witzelte Pavel, das sind wir.
Das waren die Geschichten, die sie einander erzählten: komische Geschichten, seltsame Geschichten, die in ihrer Gegenwart widerhallten. Sieben Jahre Gulag. Wie der englische Sachbearbeiter in das Bewerbungsformular der Hydro geschrieben hatte:

»Sieben Jahre Waldarbeitererfahrung, Rußland.« Das war eine witzige Sache, über die sie alle lachten. Das war etwas, worüber sie alle reden konnten. Aber es gab viel mehr, über das sie zu schweigen beschlossen hatten.

Wovon sprach Pavel nicht?

Davon, daß bei seiner Rückkehr nach Polen seine Frau und Kinder verschwunden waren, exekutiert, wie die kommunistischen Behörden sagten, von den Deutschen, die ihrerseits alles abstritten und behaupteten, die Russen hätten es getan. Pavel war es gleichgültig, wer es getan hatte. Seine Familie war mit zahllosen anderen massakriert und in eine Grube geworfen worden, deren Decke aus Erde sich hinterher noch stundenlang bewegt hatte, so wurde erzählt.

Was erzählte Bojan Buloh? Wie er als Kind Kurier für die Partisanen gewesen war, und wie er 1944 zu einem Haus am Ende eines entfernten Tales geschickt worden war, wo er, als er näher kam, Verdacht schöpfte. Ein paar hundert Meter vor dem Haus hatte der junge Bojan plötzlich kehrtgemacht und war weggerannt, und da kamen aus dem Haus ein Dutzend deutsche Soldaten, die ihn verfolgten, wie Bojan berichtete, ein wenig wie die *Keystone Cops.*

Und was erzählte Bojan Buloh nicht?

Daß er, als er endlich um vier Uhr morgens am folgenden Tag nach Hause kam, seine Familie schon auf den Beinen angetroffen hatte, bereit zur Flucht, denn sie glaubten, die Deutschen hätten den jungen Bojan gefangen und würden nun bald nach ihnen suchen, nachdem sie das Kind dazu gebracht hätten, sie zu verraten. In einer Ecke saß seine stumme Tante Angelica und war an einen Küchenstuhl gebunden, damit sie sich nichts mehr antat. In ihrer großen Angst hatte sie an diesem Abend versucht, sich die Kehle durchzuschneiden, um sich umzubringen. Er hatte voller Entsetzen auf das dicke, blutgetränkte Tuch gestarrt, das man ihr um den Hals gewickelt hatte, ein dunkelroter Schal aus unaussprechlicher Angst.

Davon erzählte er nichts, auch nicht von den vielen unglücklichen Toten, die er gesehen hatte, auch nicht von dem einen, der ihm immer noch Alpträume bereitete. Einmal, als er in den Bergen Vieh gehütet hatte, war er unabsichtlich Zeuge geworden, wie eine von slowenischen Faschisten geführte deutsche Kolonne ein verlassenes Grenzhaus angegriffen hatte. Dieses wurde gelegentlich von Partisanen benutzt. Bojan hatte gesehen, wie die deutsche Kolonne auf das Haus zumarschiert war, und er hatte sich daraufhin ein paar hundert Meter weiter oben am Hang in einer Fichte versteckt. Er sah, wie sie die Partisanen wie Hasen erschossen, als diese aus dem Haus rannten, aber das Kind, das er war, war völlig unvorbereitet auf das, was als nächstes geschah.
Sie töteten alle Partisanen bis auf einen, den sie dazu zwangen, ein Loch in den Boden zu graben. Es war noch früher Morgen, und nach etwa einer halben Stunde, in der der Partisan in dem felsigen Boden noch nicht weit gekommen war, waren die deutschen Soldaten anscheinend des Wartens müde, denn das Loch war alles andere als tief genug für seinen Zweck. Sie zwangen den Partisan, sich in das flache Loch zu hocken, dann füllten sie das Loch wieder, so daß nur noch sein Kopf heraussah.
Und dann traten sie nach diesem Kopf, vor und zurück, wie nach einem schrecklichen, befestigten Fußball, bis der Partisan tot war. Und sie gingen, in munterer Stimmung, wie nach einem schönen Jagdtag. Bojan, der fürchtete, entdeckt zu werden, blieb für den Rest des Morgens und den ganzen Nachmittag lang hoch oben in der Fichte und kam erst herunter, als die Sonne unterging. Und während dieser langen Zeit in der Fichte schluchzte Bojan lautlos und starrte hinunter auf diesen Kopf, der in einem seltsamen Winkel aus der Erde stak wie eine abgebrochene Blüte.
Bojans jetzige Freundschaften, wie sie eben waren, schloß er mit Fremden, die, ohne daß man ihnen etwas dazu sagen mußte, den Schrecken in der Geschichte des anderen verstanden, die

keine Erklärungen forderten und sich für ihr eigenes Verhalten nicht rechtfertigten. Sie erzählten diese Geschichten nie, vielleicht, weil sie wußten, daß nichts Bemerkenswertes daran war, weil sie wußten, sie wurden von Millionen und Abermillionen von Menschen geteilt, weil alles, was sie gesehen hatten, sie diese eine schreckliche, für jeden Menschen unerträgliche Wahrheit gelehrt hatte: daß die Menschen über jegliche Vorstellungskraft hinaus grausam und böse sind. Es gab Schlimmeres. Es gab Schrecken, die Bojan für sich behielt, ohne auch nur eine Geschichte zu besitzen, in die er sie einschließen konnte; Schrecken, die er in ihrer Formlosigkeit beließ, in der Hoffnung, sie würden sich irgendwann auflösen.

Aber manchmal, wenn Bojan früh an einem Wintermorgen zur Jagd in den Busch ging und der Himmel klar genug war, so daß die Sonne die schwarze Wolkendecke aufbrechen konnte, dann konnte er spüren, wie das Geschwür der Angst aus seinem Magen in den Busch rund um ihn hinauswucherte. Und obwohl er wegblicken wollte, mußte er es wieder ansehen, noch einmal, indem er hinauf in die Bäume sah.

In die Bäume, lieber Himmel, dachte Bojan, als er sich auf sein Bett setzte, was für ein Gedanke ist das?

Er nahm ein Handtuch von dem Haken an der Tür und wischte sich den Schweiß von Armen und Hals. Er zog sein nasses Unterhemd aus und trocknete seinen Oberkörper ab. Er legte das Handtuch ordentlich auf das Geländer am Fußende seines Bettes. Dann zündete er sich eine Zigarette an, saß auf der Bettkante, nur mit der Unterhose bekleidet, rauchte und dachte nach.

Sonja ist gegangen. Sonja ist gekommen.

Wie ein Gespenst, das ich nicht sehen will. Wie die Gespenster, die Maria anschrie, wenn wir ins Bett gingen, die sie anflehte, doch sie mitzunehmen, nicht ihren Vater. Maria ist gegangen. Und sie und ihre Gespenster kamen niemals wieder. Bis dahin. Bis jetzt.

Sonja kommt wieder.
Was will sie, was will das verdammte Miststück von mir? Als sie mich noch gehaßt hat, war es besser. Siehst du, das versteht man, da kann man folgen. Aber das hier, das versteht man nicht, da kann man nicht folgen. Denn es ergibt keinen Sinn, weißt du. Wie die alten Sachen.
Draußen schlurfte ein Arbeiter in einem schwarzen Blaumann mit einer leuchtend orangefarbenen Schultertrage vorne an der Unterkunft vorbei und in die Dunkelheit. Hätte er sich für einen Augenblick umgedreht und hingeblickt, hätte er gesehen, wie der Regen diagonale Striche über eine offene Tür zog, hinter der ein kleiner, zusammengekauerter Mann halbnackt auf einem Bett saß, während das Licht einen gelben Lichtkranz um seinen alternden Körper bildete. Aber die gleitende Gestalt drehte sich natürlich nicht um. In einer solchen Nacht, nur um einen alten Kanaken anzuglotzen, warum sollte er?
Ich hasse sie, zum Teufel, ich hasse all die alten Sachen. Alte Häuser, wie man sie jetzt gern hat, ich finde, das ist nichts als elender Quatsch, und warum kümmert sich einer darum? Ich mag Resopal und Fensterrahmen aus Aluminium und den Geruch von trocknendem Lehm zwischen den Ziegeln. Das mag ich. Die neuen Sachen, weißt du, kannst du riechen, und sie riechen nur nach dem Schweiß des Mannes, den dieser vergossen hat, als er sie machte. Ich mag den neuen Geruch von Schweiß und Klebstoff, Mörtel und dem Staub von Gasbeton. Ich mag das Neue, verstehst du, weil es an nichts erinnert.
Zum Teufel.
Warum kommt sie zurück?
Nach einer Weile begann Bojan zu frieren und zu zittern. Er zog sich seine Arbeitsjacke über die Schultern. Eingewickelt in die schwarze Steifheit der Jacke setzte er sich wieder hin, immer noch zitternd, rauchend, grübelnd.

Im Gegensatz zu denen seines alten Freundes Bojan waren Jiris Träume alles andere als unruhig. Er aß kräftig, trank zuviel und schlief gut. In seinen Träumen hatte er immer Schwierigkeiten, auf dem Boden zu bleiben, und eine Neigung dazu, sich in die Lüfte zu erheben, manchmal nur einige Zoll, zu anderen Zeiten mehrere Meter hoch. Von dort aus und durch diesen einzigartigen Vorteil besaß er gerade in dieser Nacht die außergewöhnliche Macht, den Menschen in die Seele zu blicken, die ihnen, wie er feststellte, wie die leuchtende Federhaube eines Kakadus am hinteren Ende des Scheitels saß. Er sah Bojan, einen alten Vogel in einem Käfig, der sich unaufhörlich alle Federn ausriß, und jeden Tag wuchsen die Federn zur Trauer des Vogels nach. Er sah Sonjas Scheitel, und der sah bizarrerweise aus wie ein Ei mit Federn. Er roch Helvis schlafenden Körper, der neben ihm lag. Ein warmer, schwerer Duft. Wie Kompost, dachte er. All die vielen, vielen Jahre lang, die er mit ihr zusammen war, hatte er immer die heimliche Freude, die Verbundenheit, das außerordentliche Gefühl genossen, Helvi zu riechen, wenn sie schlief. Vorsichtig drückte er seine Nase etwas näher an ihren windgebeugten Rücken, und beschwipst von dem starken, berauschenden Duft der schlafenden Helvi, einem Duft irgendwo zwischen Früchten und Brot, glitt er wieder in einen seiner Träume, hoch, hoch über den Erdboden, und suchte weiter nach Kakaduscheiteln.
Dann plötzlich stürzte er aus dem Himmel und krachte wieder auf die Erde. Mit einem plötzlichen Zusammenschrecken und wildem Grunzen und Stöhnen war er aufgewacht, um festzustellen, daß Helvi nicht mehr neben ihm lag, sondern auf dem Stuhl neben ihrem Bett saß und alte Fotos ansah.
»Ich konnte nicht schlafen«, sagte Helvi, als sie sah, daß ihr Mann wach war.
Jiri murmelte nur eine Bestätigung, zog die Decken zur Seite und ging ins Badezimmer, um sich zu erleichtern. Ein Arbeiter von ungefähr vierundsechzig und einem halben, schweren Jahr

war er, und er schüttelte verzweifelt den Kopf über den armseligen Strahl, der da langsam in die Toilettenschüssel plätscherte. Voller Neid erinnerte er sich an die Hochdrucktage seiner Jugend. Draußen schüttete der Regen wie zum Spott.

Als er ins Schlafzimmer zurückkehrte, blickte Helvi immer noch auf die Fotos.

»Du weißt, daß du dich schon wieder einmischst«, sagte Jiri. »Es ist schwierig genug für sie, armes Mädchen. Laß sie das allein entscheiden.«

»Ich bin es ihrer Mutter schuldig«, sagte Helvi. Sie sah zu ihrem Mann auf, dessen Gesicht aussah wie ein ramponierter Poller mit einem immerwährend erschrockenen Ausdruck.

»Finde ich, Jiri. Für Maria«, sagte Helvi.

Jiri sah, daß sie noch besorgter war, als er zuerst gedacht hatte. Er winkte mit seiner großen Hand abwehrend durch die Luft.

»Ach, Helvi, warum siehst du dir diese alten Fotos an, sie regen dich doch nur auf. Tu sie weg.«

Da brach Helvis Haltung plötzlich zusammen; die Tränen rollten ihr die Wangen hinunter. Jiri saß neben ihr auf der Bettkante. Er legte ihr eine Hand um den Rücken, aber Helvi, die mit ihren Erinnerungen beschäftigt war, wollte sich nicht trösten lassen und rückte nicht näher. Sie blieb so sitzen und weinte leise. Und während sie weinte, sprach sie noch einmal, nicht mit Jiri, sondern mit etwas, das gleichzeitig weit weg und allgegenwärtig war.

»Nach all den Jahren«, sagte Helvi, »trauere ich immer noch.«

KAPITEL 22

1989

Es ist schon eine komische Sache, mein Leben, dachte Jiri, als er sich wieder hinlegte. In der Tschechoslowakei hatte er mit den Zigeunern getrunken. In Tasmanien trank er mit den Aborigines. Weder von den einen noch von den anderen wurde er wirklich akzeptiert, aber eigentlich hatte er sich als halber Sudetendeutscher und halber Tscheche nie irgendwo ganz angenommen gefühlt.

Beim großen Exodus der Sudetendeutschen nach dem Ende des Krieges war Jiris Familie in Mähren geblieben, weil sie sich als das fühlte, was die Tschechen ihnen nicht zugestehen wollten: als Tschechen. Dann waren die Zigeuner in großer Zahl nach Mähren gekommen, aus der Slowakei, wo sie während des Krieges von den Hlinka-Garden der slowakischen Faschisten verfolgt worden waren. Sie glaubten, sie reisten nur immer weiter *o lungo drom,* auf der langen Straße, und die verlassenen deutschen Häuser in Mähren, die sie in Anspruch nahmen, waren nur Stationen am Wege. Jiri war für sie ein *gadjo,* ein Nichtzigeuner, ein Außenseiter für dieses Volk von Außenseitern. Später wurde Jiri für die Australier ein Flüchtling, dann ein Kanake. Die Zigeuner sangen Lieder von der ewigen Reise – keine romantischen Balladen, sondern bleiche Klagelieder, und in ihnen hörte Jiri etwas über sich, das er bisher nicht gekannt hatte. Sie sangen:

Der Jüngste Tag,
er wird bald kommen.
Laß ihn kommen,
es ist egal.

Jiri war ein kleiner stämmiger Mann, immer noch mit einem Schopf voll feinem blondem Haar. Er pflegte zu fast allem zu lächeln, was andere sagten, teils, weil er als junger Mann entdeckt hatte, daß das seinen Weg durchs Leben erleichterte, teils, weil er es als Maske benutzte. Er hatte Spaß an der Verstellung, an der Art und Weise, wie es die Leute zufrieden und glücklich stimmte, wenn sie glaubten, er sei zufrieden und glücklich. Wie die Zigeuner benutzte er verschiedene Masken: beim Sprechen, im Verhalten, in seiner Persönlichkeit. Damit er darunter sich selbst treu bleiben konnte. Er sah trotz seines Alters und seiner Körperfülle jungenhaft aus und benahm sich häufig entsprechend, wenn er übermäßig trank, sich schlecht benahm und mit anderen Frauen als mit Helvi flirtete. Zu seinem Glück wurden seine Laster, so wie sie sich darstellten, von seinen Tugenden, die ebenso groß und manchmal eigenwillig waren, im Gleichgewicht gehalten. In Wahrheit mochte er fast jedermann gern, liebte viele Menschen und tat fast alles, um anderen zu gefallen, selbst wenn es unsinnig, mühsam oder seinen Interessen zuwider lief. Aber so war er, weil er wirklich ein *gadjo* war, ein ewiger Außenseiter, nicht in der Lage, dazuzugehören. Jiris Lebensmotto war es, das Beste aus allem zu machen, denn wie die Roma und die Schwarzen hatte er nie eine andere Wahl gehabt.

Unmittelbar nach seiner Ankunft in Australien als junger Mann hatte Jiri auf Anweisung der Behörden in der Zinkfabrik von Hobart Abfallbehälter manövriert. Die Fabrik war eine wild wuchernde, grauenhafte Einrichtung, die aussah, als hätte man sie aus einem anderen Jahrhundert hierher verfrachtet. In dieser gewaltigen, ausgehöhlten Ruine hatte er ein Jahr lang mit Deutschen und Polen gearbeitet, mit Ukrainern, Litauern und Weißrussen, mit Bulgaren, Ungarn und tschechischen Landsleuten. Sie alle, selbst die abenteuerlichsten unter ihnen, wünschten sich nichts anderes als eine ganz gewöhnliche Welt, ein Land, das ein bißchen kleiner, weniger leicht brennbar und durchschaubarer erschien und etwas besser in die kleine Kugel grauer Masse paßte, die der zerbrechliche menschliche Schädel enthielt. Australien war uninteressant, und selbst wenn es das nicht war, wollten sie es nicht wissen. Sie wollten einfach eine Welt, in der die Hoffnung regierte, daß die Ordnung so lange erhalten bleiben würde, bis man ein Zuhause gefunden und eine Familie gegründet hätte. Im Gegenzug wollten sie, daß ihre Kinder mit den eigenen Kindern zurückgehen und sterben würden in dem Bewußtsein, daß man bekommen hatte, was man zu Recht von einem Leben erwarten konnte, in dem man nicht verheerende Kriege, Besatzung, Revolutionen, Zerstörung von Häusern, Städten, Nationen, Ländern, Sprachen, Völkern erleben mußte.

Jiri blieb ein Jahr lang in der Zinkfabrik und wäre wohl auch noch länger geblieben, aber er hatte sich mit einem Polen zusammengetan, der in Krakau Geschichtsprofessor gewesen war, bis er seinen Posten wegen seiner angeblichen Sympathien für die Bourgeoisie verloren hatte. Nun war der Geschichtsprofessor wenig mehr als ein Lastesel, aber er füllte seine neue Rolle mit einigem Genuß aus: Auch wenn er bereits mittleren Alters und von kleiner Statur war, schien er in seiner Erniedrigung eine Art privater Rache zu finden. Er entdeckte in sich eine außerordentliche Fähigkeit zu körperlicher Arbeit, als ob im Hirn dieses Gelehrten schon immer der Geist eines Bauarbeiters gehaust hätte. Und je schwerer der Professor arbeitete, desto mehr lachte er, denn nichts kam ihm komischer vor als der Gedanke, daß ein Mann, der einst seinen angeblich bourgeoisen Sympathien zum Opfer gefallen war, sich nun als ausgezeichneter Proletarier erwies, der Stachankowitz der *Risdon*-Zinkfabrik.

Und je mehr der Professor lachte, desto schwerer arbeitete er, denn nun sah er deutlich, daß es sein Schicksal war, ein Leben zu leben, das man nur als Witz auffassen konnte. Das war nun die Pointe, der Lohn für den unendlichen Scherz, den er bis jetzt hatte erleiden müssen. Glücklich darüber, daß das Schicksal ihm diese verrückte Genugtuung gönnte, hatte ihn eines Vormittags der Schlag getroffen. Wie die sterbenden Fische, die mit dem Bauch nach oben um die Anlegestelle der Zinkfabrik trieben, war er auf den benachbarten Schienenweg gerollt. In diesem Augenblick wurde ein anderer Förderwagen in entgegengesetzte Richtung geschoben, gelenkt von einem Weißrussen, den die Australier Wheelbarrow nannten, weil sie seinen Namen für unaussprechlich hielten, und einem Letten, dessen Namen niemand kannte. Bevor es Jiri gelang, zu seinem Arbeitskameraden hinüberzukommen, fuhr Wheelbarrows Bahn dem armen Professor genau über den oberen Teil des Kopfes. So beendete der frühere Geschichtsprofessor aus Krakau sein Leben mit zerbrochenem Schädel auf Gleisen, die zu einem Schmelzofen in der *Risdon*-Zinkfabrik in Tasmanien führten. Und an der Stelle, wo nun die kleine Kugel grauer Masse aus seinem Schädel versickerte, glitzerte der schwarze Schotter der Bahn vor Feuchtigkeit.

Danach verlor Jiri den letzten Rest an Begeisterung für die Zinkfabrik, und er stellte Anträge bei den Behörden, ihn an eine andere Stelle zu versetzen. Normalerweise führte das zu wenig, denn man erwartete von den Kanaken während der ersten zwei Jahre, daß sie dorthin gingen, wo man sie hinschickte, und dankbar waren. Schließlich hatte auch das Gewöhnlichsein seinen Preis, genauso wie das Ungewöhnlichsein.

Aber zu seiner Überraschung wurde Jiri tatsächlich versetzt, wenn auch zu seinem Bedauern in ein abgelegenes Wasserbaulager im tasmanischen Hochland. Jiri hatte sich den Brief, in dem alles erklärt wurde, von einem rumänischen Linguisten übersetzen lassen, der im Zellenraum arbeitete und Metalle sortierte. Jiri bat ihn, den Namen des Lagers zu wiederholen, in dem er von nun an leben sollte.

»Buttleroos Gorgeh«, sagte der rumänische Linguist und betonte

langsam jede einzelne Silbe. »Buttle-roos Gor-geh.« Er war Spezialist für die indische Sprachengruppe gewesen.
In Butlers Gorge sollte Jiri zum ersten Mal mit der Frau schlafen, die seine zukünftige Ehefrau Helvi wurde, und das, während der Wind draußen schlimmer heulte als alles, was die beiden jemals gehört hatten. Und dort sollte Jiri am folgenden Morgen die schicksalhafte Lastwagenfahrt mit einem jungen jugoslawischen Arbeiter unternehmen, der Bojan Buloh hieß.

KAPITEL 23

1959

In jenem langen Herbst 1959, als die Welt an anderen Orten nahende Veränderungen spürte, so groß und schwer, daß die Erde zitterte wie beim Herannahen einer noch unsichtbaren Lokomotive – in diesem Monat April sah in der Stadt Hobart nichts so aus, als ob es sich jemals verändern könnte, nicht in einer Stadt, die sich damit abgefunden hatte, niemals etwas anderes zu sein als der Arsch der Welt: armselig, hart und schmutzig. Hier bestand der staatsbürgerliche Ehrgeiz darin, alte Gebäude aus der Kolonialzeit aufzukaufen, sie schnell niederzureißen und den Staub augenblicklich mit Asphalt für Autos zu bedecken, die die meisten Menschen niemals besitzen würden. Es war der Stolz der Stadt, jeden unglücklichen Säufer in den Knast zu stecken, den man im Park liegend vorfand, und aller Gemeinschaftssinn erschöpfte sich darin, jeden mit einer etwas dunkleren Haut als Boong-Bastard zu bezeichnen, außer, wenn er flotte Kleider trug, denn dann war er ein dreckiger Kanaken-Bastard. In diesem Monat April also, als die Kälte langsam auf ihre Winterreise ging und sich wochenlang allmählich von den stahlblauen Flanken der Berge herab ausbreitete, an einem frühen Samstagmorgen, schlängelte sich ein FJ durch die schäbigen Seitenstraßen im Norden von Hobart zum Haus von Umberto Picotti.

Hätte Sonja vorhersehen können, was auf sie zukam, wäre die Stimmung in dem FJ an diesem Morgen anders gewesen. Sie hatte Angst, ja, aber ihre Angst wurde durch Bojans Versprechen gedämpft, daß es diesmal nur vorübergehend sein würde, daß er sie diesmal jede Woche besuchen würde, daß sie jedes Wochenende zusammen verbringen würden, und so bald wie möglich würde er nach Hobart ziehen und ein Haus für sie beide besorgen, für Vater und Tochter, eine Familie – »Was sagst du dazu, Sonja?« –, und Sonja sagte: »Das ist alles, was ich will, Artie, das ist alles.«

Vielleicht war es die Gemeinsamkeit, die sich aus dem Entkommen und der Flucht vor den Michniks ergab. Vielleicht war es das Aufwachen in dem großen, kalten Wald gewesen, die Angst, verloren und allein zu sein; vielleicht plötzlich zu sehen, wie sich ihr Vater vom Rücksitz erhob, lächelte, kicherte, ein Gesicht zog und eine Stimme hatte wie ein Papagei, um Mrs. Maritza Michnik nachzuäffen, die sagte: »Glaub bloß nicht, daß du jemals zurückkommen kannst.« Sie hatten beide gekichert, und Bojan hatte gesagt: »Verdammte alte Ziege, als ob wir das wollten, als ob wir das jemals wollten.« Da hatte Sonja gewußt, sie war nicht allein, sie beide waren zwischen diesen gewaltigen Bäumen, die bis zum Mond und zur Sonne reichten, durch etwas verbunden, das sie immer als etwas außerordentlich Mächtiges gekannt hatte, wie oft sie sich auch machtlos gefühlt hatte. Etwas, das man nicht verraten konnte, so oft ihr Vater sie auch verriet. Und sie fühlte es im Schwung und meeresgleichen Schaukeln des FJ, roch es in der Polsterung und im schalen Zigarettenrauch, hörte es im Rumpeln der Straße und im Rattern des Motors.

Aber als sie und Bojan an diesem Morgen die von Schlaglöchern durchfurchte Straße hinauffuhren, um schließlich vor einer heruntergekommenen Blechhütte im Norden Hobarts anzuhalten, verflog das Gefühl schnell und wurde durch eine böse Vorahnung in ihrer Magengrube ersetzt.

Maja Picotti, üppig und mit einem aufgedunsenen Gesicht wie das Fruchtfleisch einer Pflaume, die zu lange in Kirschwasser gelegen hat, war schon da und begrüßte sie, bevor sie überhaupt aus dem Auto gestiegen waren. Sie umarmte Sonja, hob sie in die Luft und sagte ihr, sie müsse nicht rot werden, denn dies sei nun ihr Zuhause. Sonja sagte, sie sei gar nicht rot geworden.

Sie sagte nicht, daß sie rot war vom Fieber der Angst. Sie fragte nicht, wie es ihr Zuhause sein konnte, wenn Bojan dort nicht bei ihr war.

Umberto war an der Vordertür stehengeblieben. Er war klein und hatte das Falkengesicht eines schmierigen Typen. Sein kräftiges, borstiges schwarzes Haar war mit Brillantine nach hinten gekämmt, aber einige rebellische Haare standen immer noch hoch. Sein Blick erforschte unablässig den seiner Frau auf jedes Anzeichen von Untreue – und den jeder anderen Frau auf die Chance einer Affäre hin. Als sie zum Haus gingen, drehte sich Umberto um und zog sich ins Innere zurück wie ein Ameisenigel, der in die Finsternis seines unterirdischen Baus hineinkriecht. Sie fanden ihn drinnen, wo er auf sie wartete, am Küchentisch saß und rauchte, beide Arme auf der Tischplatte.

In diesem Moment roch Sonja ihn und verstand fortan. Sein Geruch war der von ungewollter Annäherung, von angemaßter, unangenehmer Vertraulichkeit. Es war neben vielem anderen der Geruch von billigem Rasier- und Mundwasser und Mentholzigaretten, von süßen Sachen, die er zum Frühstück gegessen hatte und die nun in seinem Mund mit den ungeputzten Zähnen vor sich hin gärten, von selbstgebranntem Schnaps und starkem Pulverkaffee, von ätzendem Industriequalm, der sich in den Kleidern mit Naphthalin mischte. Es war, kurz gesagt, der Geruch von Schmutz, der sich als Reinlichkeit tarnt. Umberto Picotti warf Sonja einen schnellen, gleichgültigen Seitenblick zu. Dann zählte er auf dem Tisch sorgfältig das Geld, das Bojan ihm für Sonjas Beherbergung gegeben hatte. Und die ganze Zeit lachte und scherzte Bojan mit dem neuen Besitzer seiner Tochter, und sie sah, daß ihr Vater seinen Trost wieder einmal in der grausamen Kumpanei der Männer fand.

Wäre sie älter gewesen, hätte sie vielleicht losgeschrien: Es gibt keine Ehre!

Aber so konnte sie nur mit schreckerfüllter Faszination zusehen, wie Picottis Finger mit den protzigen Ringen jeden Geldschein befühlten, jede Münze mit langsamem, sinnlichem Genuß berührten, als wäre es Haut und kein Geld, das er befummelte. Und obwohl sie noch kein einziges Wort miteinander gesprochen hatten, dachte sie mit der Intensität und Klarheit, mit der nur Kinder solche Dinge denken können: Wie sehr ich ihn hasse.

KAPITEL 24

1959

Der Großteil von Sonjas Leben drehte sich von nun an darum, Picotti aus dem Weg zu gehen und Maja bei der endlosen Schufterei mit dem Waschen und Trocknen und Bügeln und Wegräumen von Kleidern, beim Abwasch, beim Putzen von Bad, Toilette, Schlafzimmern, Küche und Schränken und bei der Arbeit im Gemüsegarten zu helfen. Sonja entdeckte eine gewisse Freude an der mühseligen Arbeit: Es war eine Möglichkeit, das Denken zu vermeiden. Bojan rief gelegentlich an, normalerweise aus einem Pub, und obwohl sie ihn durch das Telefon nicht riechen konnte, um sicher zu sein, wußte sie, daß er betrunken war. Und nach jedem derartigen Anruf verdoppelte sie ihre Anstrengungen und half Maja dabei, Feuerholz zu spalten und es unter dem Haus zu lagern, Salami zu machen, Kohl zu hobeln und die spröden Stücke in Müllfässern aus Plastik einzustampfen, bis ihr Handgelenk weh tat und ihre wunde Faust brannte vor Schmerz. Jeden Morgen war es Sonjas Aufgabe, die Steine von dem Brett zu nehmen, das dieses gärende Sauerkraut zusammendrückte, und während sie den langsam blubbernden Schaum mit einem Geschirrtuch wegwischte, fragte sie sich, in was sie sich verwandelte.

Eines Morgens in den Schulferien, nachdem Picotti zur Arbeit gegangen war, öffnete Maja alle Fenster, die sie geschlossen gehalten hatte, weil die Sommerluft bei ihm Allergien auslöste. Eine Brise flatterte herein wie ein willkommener alter Freund, der endlich zu Besuch kommt, und sie und Sonja verbrachten den Morgen damit, Aprikosen einzukochen. Sonja wusch das altgoldenrote Fruchtfleisch jeder einzelnen Aprikose, als wäre es ein rauhes altes Gesicht, das sie liebte, sie halbierte das füllige

Fleisch jeder Aprikose, warf jeden einzelnen gerillten Aprikosenkern in den Ausguß. Gemeinsam mit Maja drückte sie Hunderte von Aprikosenhälften in die großen, grünen Gläser, Hunderte von Aprikosen, die sie am vorhergehenden Nachmittag von den vier knorrigen alten Aprikosenbäumen im Hinterhof der Picottis gepflückt hatten. Es machte Freude, die Küche mit dem warmen, süßen Duft der Aprikosen zu füllen und den Tisch mit Gläsern voll mit eingemachten Früchten zu bedecken. Es war ein guter Tag, dachte Sonja. »Der beste aller Tage«, sagte Maja.

Als sie fertig waren, ging Maja mit dem Baby zum Einkaufen und ließ Sonja mit dem Abwasch zu Hause.

Hätte Sonja eine Farbe für Picottis Kleidung aussuchen können, so dachte sie, während sie das Spülbecken füllte, hätte sie Schwarz gewählt, nicht das blauglänzende Schwarz des Raben, in dem etwas gleichzeitig Verführerisches und Magisches liegt, sondern einfach ein dumpfes Schwarz, so wie sie es auf dem Boden des angebrannten Topfes sah, den sie gerade schrubbte, so dunkel, erschreckend und erstickend wie eine Decke über dem Kopf. Aber Umberto Picottis Kleidung richtete sich nicht nach Sonjas Vorstellungen, niemals, auch nicht an diesem Tag, an dem er früh von der Arbeit nach Hause kam. Auf dem Heimweg war er eindeutig schon irgendwo anders eingekehrt, denn er trug nicht seine schmierigen, olivgrünen Arbeitshosen, das alte Hemd und den schäbigen braunen Pullover, sondern erschien in einer wilden Zusammenstellung von Kleidern: in einem blauen Hawaiihemd mit gelbem Bananenmuster, das er in eine leuchtendgrüne Kunstfaserhose gestopft hatte. Als er feststellte, das Maja nicht da war, verdächtigte er seine Frau sofort, bei einem anderen Mann zu sein. Er setzte sich an den Küchentisch, zündete sich eine Zigarette an, sah sich um. Trotz all der grellen Kleider blieb sein hageres Gesicht für Sonja ein Schatten. Als er endlich sprach, tat er es mit einer gedämpften Trauerstimme, als hätte er soeben eine schreckliche Verletzung oder einen Verlust erlitten.

»Wo ist sie?« fragte er Sonja.

Sonja drehte sich vom Abfluß zu ihm um, antwortete aber nicht sofort.

»Wo? Wo ist Maja?«

»Sie holt Fleisch für dich zum Abendessen«, sagte Sonja.

Picotti sah sich um, zog die Unterlippe über die obere und nickte, als sei er zu seinen eigenen Schlüssen gekommen, wo Maja war. Im überschatteten Land seines Gesichts konnte sie seine Augen in schnellen Zuckungen flackern sehen, eine Regung seiner Nerven, die ihn immer dann überkam, wenn er mit Sonja allein war, und die sie verabscheute. Seine Laune schien sich zu verändern, doch der Ton, in dem er sprach, blieb leise. Er atmete aus und sagte dann.

»Ja, das sagt sie, sicher sagt sie das, aber ich weiß etwas anderes. Die meisten Nachmittage ist sie nicht hier.« Er schien müde, schien über etwas sehr Gewichtiges zu grübeln. Beiläufig fegte er ein Glas mit eingemachten Früchten vom Tisch. Sonja schreckte unwillkürlich zurück, aber ihr Gesicht blieb unverändert. Sie sah, wie das Glas langsam durch die Luft segelte.

All die Arbeit.

All die Liebe.

Als es leicht aufhüpfte, als es zu Boden fiel, hoffte sie, es würde nicht zerbrechen. Aber die Risse im Glas brauchten nur den Bruchteil einer Sekunde, um sich durch das ganze, nun offene Glas zu ziehen, und es fiel auf den Boden zurück, in einen Haufen aus Glasscherben, Sirup und Früchten. Und die ganze Zeit, während sie das Glas beobachtete, wie es fiel und zerbrach, sah er sie an, starrte sie an, sagte nichts, regungslos, ein Tier mit blinkenden Augen, das seine Beute abschätzt. Das Gespräch war zu einem Verhör geworden, obwohl für ein paar Augenblicke niemand sprach, bis Picotti wiederholte:

»Wo. Wo ist sie hin?«
Picotti durchforschte Sonjas Gesicht nach einer Bestätigung für seinen Verdacht und war rasend, weil er nichts fand, weil sie ihn wieder einmal an die Gemeinschaft böser Frauen erinnerte, die ebenso sicher wie offensichtlich war. Er legte seine Finger unter den Tisch, prüfte das Gewicht, hob ein Ende ganz leicht vom Boden und hielt es dort.
»Warum? Warum geht sie? Ein anderer Mann, das ist es. Weißt du?« murmelte Picotti, und seine Stimme blieb leise, seine Finger balancierten vorsichtig den Tisch in seiner Schräge. »Sie ist weg, mit einem anderen Mann im Bett. Weißt du, was sie tun?« Er lächelte, und dann war das Lächeln verschwunden und, Sonja wußte, er war wütend, als wäre sie es gewesen, die gelächelt und ihn damit beleidigt hatte, als wäre sie es, die mit ihm spielte. Immer noch sprach er ruhig. »Weißt du?«
Dann drehte Picotti durch. Plötzlich stieß er den Tisch um. Sonja sprang zurück. Der Tisch flog hoch und knallte herunter, Glas klirrte gegen Glas, als Tisch und Gläser mit einem entsetzlichen Krachen auf den Linoleumboden fielen.
»Natürlich weißt du es!« brüllte Picotti, und seine Stimme wurde zu einem Sturm, bei dem Sonja fürchtete, er würde sie hinwegfegen.
Erschrocken, fest an den Abfluß hinter ihrem Rücken geklammert, sah Sonja auf das Linoleum, auf sein abstraktes Muster, die leuchtend bunten Linien und Quadrate, die sich immer wiederholten, und das trotz ständiger Anstrengungen von Maja und ihr schon bessere Tage gesehen hatte. Teilweise war es fast bis auf die Gewebeschicht abgelaufen, und über diese schäbige Landschaft aus Linoleum ergossen sich nun der dicke Sirup und Dutzende von Aprikosen in einem bunten Gletscherstrom und hinterließen Moränen aus reifen Früchten und zerbrochenem Glas.
Dann fuhr Sonjas Kopf hoch, um festzustellen, daß Picottis

Zwinkern ebenso seltsam und unerklärlich verschwunden war, wie es begonnen hatte, und daß er mit anklagendem Finger auf sie zeigte.

Sonja wußte nicht, was sie sagen oder tun sollte, aber sie fürchtete, was Picotti als nächstes tun würde, wenn sie nichts sagte. Also griff sie nach einem Aufnehmer und schrie »Ich mache das sauber, Herr Picotti«, und ihre Stimme war zuerst hoch und klang, als wäre es ihre Schuld, dann brach sie, als sie erfolglos versuchte, sie tiefer klingen zu lassen, um ihre Angst vor ihm zu verbergen.

»Nein«, sagte Picotti. »Nein. *Du* wirst sie mir zeigen«, sagte Picotti und drehte den Kopf nach oben und zur Seite, als hätte er soeben eine Messerstecherei in einem Pub gewonnen, sichere sich aber noch nach allen Seiten gegen eine letzte, unerwartete Finte. Sonja konnte seinen keuchenden Atem hören. »Du zeigst mir, wo *sie* ist.«

Er ließ seine halb gerauchte Zigarette in den Haufen eingemachter Aprikosen auf dem Boden fallen, als wäre etwas irgendwie Anstößiges an den Dingen, die Frauen taten, gern taten.

Picotti befahl Sonja, ihn auf einer Fahrt in seinem leuchtend feuerorangeroten Pontiac zu begleiten, um seine untreue Ehefrau und ihren Phantomliebhaber zu finden. Auf dem Rücksitz des riesenhaften Autos fühlte Sonja sich eingesperrt, die weichen, eierschalenfarbenen Sitze umgaben sie wie Arme, die sie zurückhielten. Während sie sich auf die Vorderkante des Sitzes wand, um die Stelle zu finden, wo das Auto den geringsten Einfluß auf ihren Körper hatte, belästigte Picotti sie mit Details über die angebliche Untreue seiner Frau.

»Das Miststück«, fluchte er. »Sie schläft mit einem anderen Mann. Ich weiß das, ich kenne Maja, und jetzt finde ich die beiden, und dann werden sie bezahlen dafür, daß sie mich lächerlich machen.« Sie bemerkte, daß seine Lippen feucht von Speichel waren. Er betonte seine Worte mit einem großartigen

Wurf seiner linken Hand, so energisch, daß seine Stirnlocke mit all ihrer Brillantine ihren ordentlich hingekämmten Platz verließ.
»Und das mir! Umberto Picotti! Das Miststück! Die dreckige Hure! Frauen wie sie sind nicht gut, Sonja. Sie sind schlecht zu ihren Männern und zu ihren Kindern.« Er legte die Finger seiner rechten Hand an die herabhängende Stirnlocke, die quer über seinem Gesicht saß wie ein Rest schwefligen Teers, und warf das Haar zurück in seine korrekte Lage. »Wie deine Mutter, weißt du?«
Für Picotti war das nur eine hingeworfene Bemerkung, aber im Rückspiegel sah er, wie Sonja aufblickte, und er versuchte sich wieder herauszureden, teilweise, weil ihm das Ganze peinlich war, teilweise aus Neugier, um herauszufinden, was Sonja an ihrer Mutter interessierte, die sie, wie er wußte, seit vielen Jahren nicht gesehen hatte.
»Ich sag dir das jetzt, weil du ein gutes Mädchen bist«, fuhr er fort und beobachtete sie die ganze Zeit im Rückspiegel, »weil du so bist wie dein Vater, sag ich dir, daß deine Mutter ihm nicht treu war, und deshalb ... deshalb ist sie nicht hier.« Sonja wandte den Blick ab von der Windschutzscheibe und von Picotti. Sie lehnte sich an eine Seitentür und starrte den vorbeifahrenden Autos nach, als hörte sie gar nicht zu. »Sie hat deinen Vater nicht geliebt«, sagte Picotti und dachte dabei: Aber du hörst zu. Du hörst alles, was ich sage. »Und dich auch nicht.«
Er unterbrach sich, um eine Zigarette anzuzünden.
»Deine Mutter hat dich nicht geliebt, sonst wär sie jetzt hier. Hä? Wär sie doch. Wenn sie dich lieb hätte, wäre sie hier und würde für dich sorgen. Du verstehst, was ich sage – deine Mutter hat dich nicht geliebt. Das ist schwer für dich, ich weiß, aber es ist besser, wenn du alles weißt.«
Er machte wieder eine Pause.
Zog den Rauch ein.

Atmete aus.
Dachte genau darüber nach, was er als nächstes sagen würde.
»Sie war eine Hure, eine dreckige Hure, und ich sag dir, es ist wirklich besser, daß sie weg ist.«
Ohne Ankündigung zog er den Pontiac zum Halten an den Straßenrand. Der große Wagen schleuderte und schaukelte wie ein steuerloses Boot, das von einer heftigen Welle getroffen wird.
»He, Sonja. Komm her und setz dich auf den Vordersitz.«
Picotti lächelte dem Rücken des Kindes zu, als Sonja ohne Begeisterung und Wachsamkeit hinüber auf den Vordersitz kletterte. Sie setzte sich und drehte sich um, um festzustellen, daß Picotti wieder sein Zwinkern bekommen hatte. Er langte herüber, legte seine Hand auf die Innenseite von Sonjas Bein und begann, sie an ihrem Schenkel hochzuziehen.
Sie spürte, wie sich ihr Magen verkrampfte, ein Gefühl, das sich später oft wiederholen sollte, spürte schreckliche Angst, spürte, daß er sie in seiner Gewalt hatte. Aber ihr versteinertes Gesicht verriet nichts. Sie wußte, wenn sie diese Sache überleben wollte, mußte ihr Gesicht so bleiben. Seine Hand erreichte den Saum ihres Kleides und hörte immer noch nicht auf, nach oben zu gleiten.
»Was tust du?« fragte sie und versuchte, ihre Stimme nicht zittrig klingen zu lassen.
Picotti lächelte immer noch und sprach so sanft, so leise, so angenehm, daß Sonja gern glauben wollte, was er sagte.
Aber sie glaubte ihm nicht.
»Hab keine Angst, mein Kind«, sagte er.
Aber sie glaubte ihm nicht, würde ihm niemals glauben. Seine Hand näherte sich dem oberen Ende ihres Schenkels, als er niesen mußte, und in diesem Augenblick der Ablenkung entzog sie sich ihm und faßte nach dem Türgriff. Den Blick fest auf seine zwinkernden Augen gerichtet, öffnete Sonja vorsichtig die

Tür und schob sich aus dem Auto. Picotti bewegte sich nicht weiter auf sie zu. Sonja ging auf dem Gehweg davon. Als sie etwa zehn Meter entfernt war, lehnte sich Picotti über den Beifahrersitz und schloß die Tür.
Und ohne zurückzublicken fuhr er den Hügel hinunter davon und ließ Sonja zurück. Sollte sie sehen, wie sie nach Hause kam.

KAPITEL 25

1960

Die Tage wurden zu Wochen und Monaten. Aus dem Herbst wurde Winter, aus dem Winter Frühling. Der Regen kam mit großer Gewalt, aber Bojan nicht. Man sprach von furchtbaren Überschwemmungen oben im Norden, und dann war der Frühling auch vorbei und der Sommer gekommen, doch Bojan war immer noch nicht da, und Sonja war irgendwie Teil des seltsamen kleinen Haushalts geworden. Jede Nacht betete sie zu der Madonna, von der ihr Mrs. Michnik erzählt hatte, und jede Nacht flehte sie die Madonna an, ihr am nächsten Wochenende ihren Vater zurückzubringen, und jedes Wochenende wartete sie, und ihr Vater kam nicht. Sie konnte daraus nur schließen, daß die Madonna, wie so viele andere Erwachsene, aus unerklärlichem Grund böse auf sie war. Picotti war viel unterwegs, auf Schichtarbeit im Zellenraum der Zinkfabrik oder beim Trinken, und das paßte Sonja gut und auch Maja Picotti, die trotz all ihrer Behauptungen des Gegenteils ohne ihren Mann viel glücklicher zu sein schien.
Maja Picotti beobachtete Sonja und fragte sich, wer sie war. Sonja half ihr im Haus, aber sie sprach wenig. Maja fand, daß sie vertrauenswürdig war und hart arbeitete, aber fremd blieb. Sie übernahm jede Aufgabe, die man ihr gab, ohne Klagen oder Kommentar. Bis zu dem Tag, als Maja zum Einkaufen gegangen war und ihr schlafendes Baby in Sonjas Obhut gelassen hatte. Beinahe unmittelbar nachdem sie gegangen war, war das Baby aufgewacht und hatte zu schreien begonnen. Sonja beobachtete es und wartete gelassen. Sie machte keinen Versuch, dem Baby zu helfen, es hochzuheben oder zu trösten. Sie wartete, daß Maja Picotti zurückkam, aber Maja Picotti, die durch einen Schwatz

mit einer Freundin aufgehalten worden war, kam und kam nicht, und das Baby schrie immer noch.
»Die ist wie ihr Papa«, hatte Maja gesagt. »Sie wacht erst auf, wenn es Zeit zum Essen und Trinken ist.«
Aber das Baby war aufgewacht, und immer noch kam Maja Picotti nicht, und das Baby schrie immer noch, und plötzlich konnte Sonja das Schreien nicht mehr länger ertragen. Sie griff nach dem Bettchen, schüttelte ein bißchen daran, und als das keinen Erfolg brachte, schüttelte sie kräftiger, damit das Baby zu schreien aufhörte. Jetzt brüllte das Baby wie am Spieß. Mit aller Kraft schob Sonja das Bettchen vor und zurück. Und in diesem Augenblick kam Maja Picotti herein, sah, was passierte, schnappte sich ihr Kind und schimpfte mit Sonja.
»Madonna! Was machst du da, du dummes Kind! Siehst du nicht, wie du das Baby erschreckst?«
Das Geheul des Babys wurde leiser, als Maja Picotti es auf ihrer Schulter vor und zurückschaukelte. Sie drehte sich um und starrte Sonja wütend an. Sie erforschte das Gesicht des Kindes nach einer Erklärung für ein so irrsinniges Verhalten. Sie sah genau hin, fand aber nichts. Wahrscheinlich hatte das Kind Angst vor den Folgen, aber sie schreckte nicht zurück oder versuchte sich zu entschuldigen.
»Na?« sagte Maja Picotti. »Na, was hast du dazu zu sagen?«
Sonja wollte sagen, daß das Baby aufgewacht war und geschrien hatte und daß sie sein Geschrei nicht ertragen konnte.
»Man weint nicht«, sagte Sonja. »Egal wie schlimm es dir geht, nicht weinen.«
Sonja wollte sagen, daß ihr das Baby unendlich leid tat, aber es mußte lernen, was sie gelernt hatte, sonst würde es sterben. Aber all das wollte sie dem Baby sagen, nicht seiner Mutter, wollte ihm sagen: Hüte dich, hüte dich und lern von mir – nichts fühlen, niemals etwas fühlen, wie ich.
Das Baby heulte wieder los. Sonja machte keinen Schritt auf das Bettchen zu, sondern blieb stehen, wo und wie sie gestanden

hatte, als Maja zu schimpfen begonnen hatte. Sie starrte durch das Baby hindurch und begann zu singen.

»Weine nicht, mein Fischlein,
weine nicht, weine nicht,
weine nicht, mein Fischlein.«

Maja Picotti starrte Sonja an und verstand nichts. Dieses seltsame Kind verwirrte sie. Sie schüttelte den Kopf und wünschte sich für einen Augenblick, sie könnte Sonja hochheben und für immer in ihren Armen halten.
Sonja sang weiter:

»Weine nicht, weine nicht,
Uffi, kleines Fischlein,
weine nicht, weine nicht.«

Aber später machte sich Maja Picotti doch Sorgen um alles, was da geschehen war und was sie gefühlt hatte, und bevor sie an diesem Abend zu Bett ging, betete Maja Picotti einen Rosenkranz für die sichere Heimreise von Sonjas Seele von dort, wohin sie offenbar geflohen war.

»Uffi, kleines Fischlein«,

sang Sonja in ihrem Bett an diesem Abend.

»Weine nicht, weine nicht.«

Sonja sang.
Doch für die Leere, von der sie singen wollte, gab es keine richtigen Worte. Am Ende gab sie es auf, laut irgendwelche Lieder zu singen, die sie kannte, und statt dessen begann sie, langsam den Mund zu bewegen: mit Worten, die nicht existier-

ten, für namenlose Gefühle. Ihre Lippen bildeten einen Kreis und klappten dann zusammen, immer wieder, wie ein Fisch, der nach dem lebenspendenden Wasser schnappt, während er in der übelriechenden Luft eines Fischerkorbes stirbt.

Kurze Zeit darauf kam Bojan zurück.

Er, Umberto und Maja Picotti und Sonja saßen jeder an einer Seite des Küchentischs. Sonja war von der plötzlichen schrecklichen Vision erfüllt, wie Picotti sie alle wie eingemachte Aprikosen zur Seite fegen würde. Bojan, Maja und sie, sie würden alle zu Boden fallen und zerbrechen, und Picotti würde mit einem Lächeln Asche auf sie schnippen. Er zwinkerte, einmal, zweimal, ständig. Bojan lächelte. Sonja zitterte. Bojan hatte keine Ahnung, was geschehen war, weshalb Umberto Picotti die Verabredung, für Sonja zu sorgen, beenden wollte. Er hatte die Picottis immerhin anständig dafür bezahlt. Die Atmosphäre war drückend, der Kaffee, den Maja gekocht hatte, blieb ungetrunken, die Kuchenstücke auf dem Teller in der Mitte des Tisches unberührt. Umberto Picotti zählte etwas Geld ab und schob es über den Tisch Bojan zu, vorbei an einer Schüssel mit Brühe, die Maja nicht hatte abräumen dürfen, als Bojan gekommen war.

»Dein Geld, abgezogen das, wo wir sie hier hatten«, sagte Picotti.

Bojan antwortete nicht. Er war verwirrt. Umberto Picotti wandte sich, ohne Bojan anzusehen, wieder seiner Suppe zu.

»Und jetzt raus mit ihr.«

Er rieb seine zwinkernden Augen, drehte seine geballten Fäuste wie einen Bohrer, als wollte er sie ausbohren.

Bojan war verblüfft. »Aber, Bertie ...«, begann er. Aber Picotti unterbrach ihn, bevor er zu Ende geredet hatte.

»Ich werde sie nicht vermissen«, sagte Umberto Picotti und zwinkerte den Nudeln in seiner Hühnersuppe zu. »Ungehorsames kleines Miststück.«

KAPITEL 26

1989

Der tasmanische Größenwahn – das Ergebnis von eineinhalb Jahrhunderten der Verzweiflung, die sich an immer verrücktere Phantasien klammerten – zeigte sich in dem Flughafen von Hobart auf eine Weise, die nicht sofort offensichtlich war. Einige Jahre zuvor, in der eitlen Annahme, daß eine solche Einrichtung unweigerlich das bedauerlicherweise abwesende internationale Publikum anziehen würde, hatte man einen internationalen Terminal gebaut und die Rollbahn für Jumbo-Jets verlängert. Die Satrapen am Ort suchten wie die Frachtgutkapitäne früherer Zeiten immer noch den Himmel nach den fabelhaften Jumbos voll mit wohlhabenden asiatischen Touristen ab; in ihren Reden versicherten sie ihrer Anhängerschaft, die Erlösung der Insel als das Singapur des Südens sei nahe. In der Zwischenzeit wurde der internationale Terminal von einer winzigen Fluggesellschaft genutzt, die die Bewohner in sechssitzigen Maschinen zu den abgelegenen Ecken der Insel brachte.

Von derlei netter Exzentrik abgesehen, war der Flughafen von Hobart, wenngleich klein, seiner Machart nach ein unauffälliges Exemplar, und aus diesem Gedanken zog Sonja etwas Trost, als sie mit Helvi an ihrer Seite in der Schlange vor dem Reservierungsschalter wartete, bereit zur Rückkehr nach Sydney. Flughäfen hatten immer eine tröstliche Wirkung auf sie, weil sich das Vertraute dort im Allgemeinen auflöste, das wichtige Besondere in der Unbedeutsamkeit der Masse. Flughäfen waren die Kettensägen des Lebens, beseitigten die Sicherheiten des Ortes und hinterließen gerodete Einöden, die überall auf der Welt gleich aussahen. Menschen, die rauchten, Menschen, die weinten. Asche und Papiertaschentücher, dachte Sonja, als sie der Angestellten das Ticket reichte. Jiri, der bisher einen respektvollen Abstand zu den beiden Frauen eingehalten hatte, trat vor und übergab den Koffer zum Einchecken. Sein bestes Stück, eine Kunstlederjacke aus den siebziger Jahren, quietschte. Dann trat er zurück.

»Du könntest hierbleiben«, sagte Helvi. Die Angestellte gab das Ticket mit der Bordkarte Sonja zurück, als wollte sie Helvis Worte zurückweisen. »Du weißt das. Es ist noch nicht zu spät«, fuhr Helvi fort, aber an der ruhigen Art, mit der sie sprach, konnte man erkennen, daß sie selbst nicht mehr daran glaubte. Sonja hielt Helvi das Ticket und die Bordkarte vor die Nase, als wäre es ein Urteil, das sie akzeptieren mußte. Sie zuckte mit den Schultern, dann schüttelte sie den Kopf und lächelte über soviel Hartnäckigkeit. Mit sanfter, vorgeblicher Strenge, als ermahne sie ein Kind, sagte sie: »Helvi!«

Helvi sah Sonja an und sah alles wieder. Fühlte die Trauer, die großen Felsbrocken, die auf ihren Bauch und ihre Stirn drückten, sie fast überwältigten. Um das Thema zu wechseln, sagte sie: »Du hast deinem Vater nicht gesagt, daß du schwanger bist?«

Sonja schien kühl. »Nein«, sagte sie. »Was hätte ich sagen sollen?«

»Die Wahrheit.«

»Ach ja«, sagte Sonja gefühllos. Sie machte sich mit schnellem Schritt auf den Weg zur Abflughalle. »Die Wahrheit.« Sie marschierte weiter, lächelte ein bißchen, versuchte zu schlucken, merkte aber, daß ihr Mund trocken war wie Sand, und dann sagte sie, ohne Helvi anzusehen: »Er möchte gerne glauben, daß es in meinem Leben eine ernsthafte Liebe gibt, daß wenigstens ich glücklich bin.« Und obwohl sie wütend auf Helvi war, die sie sosehr drängte, lachte sie ein kleines, trockenes Lachen. »Die Wahrheit ist kaum wissenswert, Helvi, weißt du? Sie tut weh. Lügen sind einfacher.« Und die ganze Zeit ging sie weiter, die ganze Zeit blickte sie starr geradeaus und nicht zu Helvi hinüber. »Was bringt es, ihm zu erzählen, daß es keinen Vater gibt, der das Kind will, kein richtiges Zuhause, keine Zeit, die ich von der Arbeit abknapsen kann. Nicht genug Geld. Nichts. Daß ich dem Kind nichts bieten könnte.« Plötzlich blieb sie stehen und fixierte Helvi mit einem scharfen Blick. »Daß ich arm in jeder Hinsicht bin und daß eine Abtreibung billiger ist.«

Obwohl der Kampf verloren war, war Helvi noch nicht bereit, die Niederlage anzuerkennen.

»Manchmal ist eine Abtreibung das Richtige«, sagte Helvi. »Manchmal zerstört ein Baby das bißchen, was eine Frau besitzt.« Sonja sah weg und fragte sich, wieviel sie noch aushalten mußte, bevor sie endlich gehen durfte, obwohl sie dankbar war, daß Helvi endlich ihre Partei ergriff. »Aber manchmal«, fuhr Helvi fort, »ist sie auch falsch. Manchmal kann ein Baby helfen, geheilt zu werden.«

Das war zuviel für Sonja. Energisch umarmte und küßte sie Helvi und Jiri, und dann eilte sie allein zum Eingang der Abflughalle.

Sie ging durch die Sicherheitsschleuse, sah, wie ihre Handtasche durch das Röntgengerät lief, ihr Kopf war leer und beobachtete nur die trivialsten Einzelheiten. So sah sie den uniformierten Arm herunterlangen und ihre Handtasche zur Seite ziehen, aber ihr Kopf maß dieser Bewegung nicht die geringste Bedeutung bei. Sie sah nur den Schamhaaren ähnlichen Flaum auf den Fingern der Hand, die den Riemen der Handtasche ergriff, sah den dicken goldenen Trauring, den blauen Pulloverärmel und fragte sich ohne Sinn, ob er wohl aus reiner Wolle oder aus Mischfasern war. Zuerst hörte sie nicht einmal die Worte des Sicherheitsbeamten, die er an sie richtete.

»Entschuldigen Sie, Ma'am, würden Sie bitte Ihre Handtasche für mich öffnen?«

Eine mittelalte Frau hinter ihr gab Sonja einen Stups, und sie ging herum auf die andere Seite des Laufbandes und öffnete ihre Handtasche auf einem melaminbeschichteten Brett. Sie entfaltete den Schal, der darin lag, und ließ einige zerbrochene Stücke einer Teekanne sehen.

»Ach, das war es«, sagte der Beamte. »Vielleicht sollten Sie lieber Kaffee trinken.« Er lächelte. »Danke, Ma'am, das war alles.«

Aber Sonja berührte die Porzellanscherben nicht, machte keine Anstalten, den Schal zusammenzufalten und die Handtasche zu schließen. Sie starrte auf die Bruchstücke der Teekanne, und ihre Gedanken rasten. Ihr Kopf fühlte sich heiß und schwindlig an.

»Danke, Ma'am«, sagte der Sicherheitsbeamte, der mit seinen Inspektionen fortfahren mußte. »Wenn Sie jetzt Ihre Tasche nehmen würden. Bitte. Ma'am? Geht es Ihnen gut? Das war ein Witz. Mit dem Kaffee. Ein Witz.«

Sonja starrte die Bruchstücke der Teekanne an, und sie sah viele Dinge, und ihre Augen wurden feucht. Sie sah eine Tür, die sich schloß. Eine Teekanne, die zerbrach. Ihren Vater. Ihre Mutter. Sich selbst. Waren sie zerbrochen? Waren sie das?

Dann plötzlich kam sie zu sich, nahm die Handtasche, warf dem Sicherheitsbeamten ein verschämtes, ungeschicktes Lächeln zu und murmelte eine Entschuldigung.

»Ja«, sagte sie. »Kaffee. Statt Tee. Ein guter Witz.«

Aber statt in die Abflughalle zu gehen, drehte sie sich um und schlug die entgegengesetzte Richtung ein, erst mit gemessenen Schritten, dann im Trab, schließlich rannte sie. Leute drehten sich nach ihr um, leicht schockiert über soviel unpassendes Benehmen.

Sonja floh, nicht vor dem, was sie war, sondern zurück dorthin. Sie hielt kaum inne, wenn sie Leute anrempelte und zur Seite schob, während sie gegen die allmächtige Unterströmung der Bewegung anschwamm, die sie wegzuschwemmen drohte, so weit weg. Alle Menschen verloren die Kontur vor ihrem Blick, und der Flughafen löste sich in seltsame schmierige Kleckse aus Farbe und Geräuschen auf. Sie konnte nur eine einzige Sache deutlich sehen: Ein Stück Spitze, und es flog in dem Wirbelsturm von Menschen davon, von Menschen, die ankamen und abreisten, ankamen und abreisten. Jeder hier war jetzt ein *Reffo*, ein Flüchtling, der vor dem Namenlosen, dem Unaussprechlichen floh, und für einen Augenblick dachte sie wirklich, sie sei wieder in einem Flüchtlingslager der Nachkriegszeit. Aber sie jagte immer noch diesem Stückchen Spitze hinterher, vorbei an all den Geschäftsleuten, Surfern, Touristen und Familien, die jetzt in graubraune Lumpen gekleidet waren und keine Kunststoffkoffer oder Rucksäcke mehr trugen, sondern Pakete aus braunem Papier, mit Schnüren zusammengebunden. Und sie alle, alle sahen verloren aus, und immer noch lockte die Spitze Sonja weiter, und endlich erreichte sie sie, und die Spitze wurde zu einem roten Regenmantel aus Nylon und einer Kunstlederjacke aus den siebziger Jahren, und sie schwamm darauf zu, so schnell sie konnte, und plötzlich schrie sie: »Es ist noch nicht zu spät?«

Erstaunt und verwirrt drehte sich ein Paar nahe bei einer Ausgangstür langsam um, und indem sie das taten, hatten Helvi und Jiri, ohne es zu wissen, Sonjas Frage schon beantwortet.

KAPITEL 27

1960

Die späte Nachmittagssonne verwandelte den FJ in ein leuchtendes Wunder, so daß er in all seinen herrlichen metallischen Farben wie ein riesiger Weihnachtskäfer durch die nördlichen Vororte von Hobart glitt, als suche er nach einem vertrauten Gummibaumast, der sein Zuhause werden könnte. Es ging vorbei an den alten Backsteingebäuden und den neuen Häusern aus Blech und Betonblöcken, die die Wohnungsbaugesellschaft errichtet hatte. In dem FJ blickte Sonja hinüber zu Bojan und hoffte, er würde auch sie ansehen.

Aber das tat er nicht. Er blickte weiter geradeaus. Keiner von ihnen sagte etwas. Sie dachte an Picotti. Sah ihn vor sich, wie er sie aufforderte, sich vom Rücksitz zu ihm nach vorne zu setzen. *Komm!* Haßte seine schmierigen Kleider. Sein fettiges Haar. Schob den Anblick zur Seite. Brachte sich dazu, den süßen, nahen Geruch von Bojans Zigarettenrauch einzuatmen. Brachte sich dazu, die schachtelförmigen Häuser aus Betonblöcken und Blech zu beobachten. Brachte sich dazu, die geschotterten Bankette wahrzunehmen, auf denen Kinder spielten. Die Abwesenheit von Bäumen, Schmuck, Unterschieden. Die Nacktheit.

Sie teilten das Schweigen wie ein lebenspendendes Brot, und entsprechend brachen sie es auch.

Langsam. Mit einiger Ehrerbietung für das, was das Brechen bedeuten könnte.

»Sonja«, sagte Bojan endlich, »du bist nicht traurig, daß du von den Picottis wegmußtest?«

»Nein«, sagte Sonja nach einer Weile. Sie sah ihn nicht an, sah nur, wie er zuvor, starr geradeaus. Sie hustete. »Nein«, sagte sie, und ihre Kehle war rauh.

Bojan wandte den Blick von ihr ab und schaute zurück auf die Straße, die sich vor ihm abspulte.

»Ich weiß nicht, warum sie mich bitten, zu kommen und dich zu holen«, sagte er, ehrlich verwundert. »Du warst doch ein braves Mädchen?«

Sonja sagte nichts. Bojan ahnte, was geschehen war.

»Ich konnte den Kerl noch nie leiden.«

Er spürte ein altes, unaufhörliches Entsetzen in seinem Innern und fuhr weiter, als könnte er davor davonrasen, aber es saß in ihm drin, und er konnte es nicht so einfach abschütteln, nicht jetzt und niemals. Das Lenkrad zitterte, als würden die Räder unter seinen bebenden Händen aus der Verankerung gerissen.

»Bei wem wohne ich jetzt, Artie?«

»Bei mir«, sagte Bojan. Ruhig. Dann sagte er es ein zweites Mal, diesmal mit einem leichten Lächeln über das angenehm Fremde an einer so simplen Idee, und das Zittern seiner Hände ließ nach: »Bei mir.«

Bei diesen Worten spürte Sonja, wie sich ihre Stimmung plötzlich hob. Ein Schwall von Hochgefühl und Neugier.

»Im Lager? Du und ich im Lager?«

»Nein«, sagte Bojan. »Hier. Hier in Hobart. Ich habe den Job bei der *Hydro* geschmissen und uns eine Wohnung gesucht, bevor ich dich abgeholt habe. Als das Arschloch anrief und sagte, ich muß dich holen, ja, ich, ich ...« Einen Augenblick lang hielt er verwirrt inne, dann fing er wieder an, und diesmal purzelten die Worte nur so: »Ich finde, vielleicht ist es gut, wenn wir jetzt zusammen leben. Ich finde das nicht richtig mit diesen anderen Leuten.«

Sonja konnte es noch nicht glauben. »Du willst für mich sorgen?«

Bojan warf in schulderfüllter Ratlosigkeit eine Hand in die Luft.

»Lieber Himmel, ich bin dein verdammter Artie, oder?«

Sonja sah Bojan lange und genau an.

Er sagte: »Ich weiß, was du denkst.«

Er spürte ihren Blick, schrecklich und suchend, und wußte, sie hatte die kindliche Fähigkeit, hinter die Worte zu blicken.
Und dann beschrieb er, was er fühlte, ruhig, entschlossen, als wäre es sein Schicksal, in das er sich jetzt fügen mußte und dem er nicht mehr entkommen konnte. Er wollte es als einfache Feststellung sagen, aber es endete irgendwo zwischen einer Frage und einer Enthüllung.
Er sagte: »Aber ich *bin* dein Artie.«

Der FJ kam zu einem Haus mit einer langen Auffahrt an der Seite, und Bojan bog hinein, fuhr an einem neueren Haus aus Holzschindeln vorbei, das ein Blechdach trug und wassergrün gestrichen war. Dort, in der hintersten Ecke des Hinterhofes, so nah am Hang, daß man zum Hügel hinüberspucken konnte, stand ein kleiner Schuppen; seine unverkleideten Holzbohlen waren schwarz vom Sumpföl.
Sie stiegen aus dem Wagen. Bojan winkte ungeschickt einer Frau – ihrer Vermieterin – zu, die im Haupthaus hinter einer Kaffeehausgardine aus Nylon Geschirr abwusch. Sonja folgte ihrem Vater durch den Schuppen, den man in eine Wohnmöglichkeit verwandelt hatte, wenn auch in eine von der schmutzigen und einfachen Sorte. Sie liefen draußen herum, und Bojan zeigte ihr, wo er Tomaten pflanzen und wo sie Möbel bauen würden. Dann gingen sie wieder hinein und standen in der Küche.
Bojan grinste schief. Breitete seine Arme weit aus, als sei das, was sie umfaßten, über alle Maßen riesig und nicht die drei kleinen, vollgestopften Räume des Schuppens, die Wohnküche, das Schlafzimmer und das Bad.
»Doma« sagte er. »Weißt du, was *doma* bedeutet, Sonja? Es bedeutet Zuhause. Auf slowenisch bedeutet *doma* Zuhause. Weißt du, wie die Australier so etwas nennen, Sonja? ›Kanakenbude‹ sagen sie. Das heißt, das hier ist nichts für australische Leute. Nur für die Kanaken. Für uns.« Dann grinste er noch mehr

und lachte, ein großzügiges, offenes, glückliches Lachen. Sonja blickte auf, und als sie sah, daß er glücklich war, lächelte und lachte sie auch.
Die ganze nächste Woche arbeiteten sie daran, aus dem Schuppen ein Zuhause zu machen. Bojan kaufte ein gebrauchtes Radio aus Bakelit und stellte es auf das Fensterbrett in der Küche, und sie ließen es ständig spielen. Er kaufte ein Sofa, einen Sessel und einen Kühlschrank auf Abzahlung, aber den Hoover-Staubsauger kaufte er in bar, und sie waren beide ganz begeistert, weil er aussah wie ein Raumschiff. Er kaufte einen alten Kleiderschrank, eine neue Matratze, vier Kochtöpfe, eine Bratpfanne und – in der unbewußten Hoffnung auf bessere Zeiten – jeweils vier Messer, Gabeln, Löffel, Teller und Schüsseln von Woolworth. Während Elvis und Dean Martin in einem Schwall abgehackter Klänge aus dem Radio sangen, bedeckten sie den Linoleumboden mit alten Decken, schnitten Bilder aus *Women's Weekly* aus und steckten sie in Rahmen, die Bojan aus geschnorrtem Holz baute und die Sonja leuchtend blau und rot anmalte.
Zuerst hatten sie nur ein Bett, und so schliefen sie zusammen. So war er aufgewachsen: So ist das eben, hätte er gesagt, daß man das Bett mit älteren Brüdern und Schwestern teilt, und obwohl er es nicht einmal sich selbst gegenüber zugegeben hätte, war es ganz tröstlich für ihn, das Bett mit jemandem zu teilen, sosehr Sonja auch im Schlaf zappelte und um sich trat. Die australische Vorstellung, jeder müsse sein eigenes Bett haben, kam ihm fremd und zerstörerisch vor. Allein zu schlafen war eine Strafe und traurig. Es war eine Lüge, wenn man das Leben in seinen grundlegendsten, schlichtesten Aspekten nicht teilte. Hätte man ihm gesagt, daß manch einer ein solches Verhalten etwas weniger großartig fand, hätte ihn das abgestoßen. Er wußte nur allzu gut, was manche Erwachsene mit Kindern machten, hatte als Zwölfjähriger eines Nachts seinen eigenen Onkel erdulden müssen. Aber wenn sie Bojan Buloh

gekannt hätten, hätten sie gewußt, so etwas kam bei ihm nicht in Frage, und für Bojan Buloh war die Sache damit erledigt. Er kannte sich. In seiner dickköpfigen Art kam er nie auf den Gedanken, daß andere Menschen auch eine Meinung von ihm haben könnten, die sich von seiner eigenen etwas unterschied. Eines Abends saß Sonja noch wach da, als Bojan ins Bett kam. Sie sah sich alte Fotos an, die er in einem Schuhkarton aus Pappe aufbewahrte. Vor allem ein Foto zog sie an, eine Schwarzweißaufnahme eines dünnen Mannes mittleren Alters, der in einem blumengeschmückten Sarg lag. Bojan legte sich ins Bett, drehte Sonja den Rücken zu und versuchte zu schlafen. Sonja hielt ihm das Foto mit dem Mann in dem Sarg unter die Nase.

»Und das?«

»Dein Großvater. Mamas Artie«, murmelte Bojan in die Bettdecke.

»Warum haben sie Blumen um ihn rumgelegt, als er schlief?«

»Weil er tot ist. Wenn man tot ist, bedecken sie einen gern mit Blumen. So machen sie das da. Und jetzt schlaf.«

»Das ist schön.«

»Klar.«

»Und Mama? Wo sind die Fotos von Mama?«

»Weiß nicht«, schwindelte Bojan. »Irgendwo.«

»Kann ich sie ansehen?«

»Klar.«

»Jetzt?«

»Nein. Ein anderes Mal. Jetzt schlafen wir.«

Aber er konnte es nicht. Lange, nachdem Sonja eingeschlafen war, lag er immer noch wach. Er zog das Foto von Marias totem Vater aus Sonjas schwitzigem Griff und legte es weg, ohne länger als nötig darauf zu blicken. Dieses Bild war das beste Foto von Maria, das er hatte, aber wie sollte er das seiner Tochter jemals erklären, oder irgend etwas von all dem, was er selbst nicht verstand. Ein Mann kann so stolz sein, wie er will, dachte Bojan Buloh, er kann versuchen, aus einer Kanakenbude ein

Zuhause zu machen, er kann versuchen, aus einem schlechten Leben ein gutes zu machen, aber seine Vergangenheit wird ihn immer wieder mit Haut und Haar einholen, wie ein Pilz verwitternde Baumstümpfe. Er kann versuchen, seine Tochter zu beschützen, und er kann scheitern, er kann sogar mit Blumen bedeckt werden, wenn er tot ist, aber alle Leichen sind gleich, auch die eine, die er einmal gesehen hatte, wie sie im Augenblick der Erlösung eine Blume gegessen hatte.

Aber was bedeutete das? Was bedeutete das alles? Er hätte weinen können, aber er glaubte, daß Tränen für die Lebenden das bedeuteten, was Blumen für die Toten waren: der Beweis für die Nutzlosigkeit von Gefühlen.

KAPITEL 28

1960

Jeden Teller, jedes Messer, jede Gabel spülte Sonja mit so viel Aufmerksamkeit, als wären es chirurgische Instrumente, die in einem medizinischen Hörsaal benutzt werden sollten. Sie hatte entdeckt, daß ihr Vater ein reinlicher Mann war. Bojan konnte nicht ertragen, was er als »Dreck« bezeichnete. »Dreck« umfaßte alles, von dem Bojan Buloh glaubte, es sei nicht klinisch sauber, und das war eigentlich alles. Vom Staub auf der Oberkante eines Fensterrahmens bis zu einem Bierglas, in dem das Bier nicht ordentlich schäumte, weil die Seife nicht genug abgespült worden war – all das war Dreck, all das regte ihn gleichermaßen auf, und aller Dreck mußte aus seinem Haus verbannt werden. Die Herstellung von Ordnung und Sauberkeit jedoch war Frauenarbeit, und das war Sonjas Rolle, seit sie neun Jahre alt war, eine unerbittliche Menge an Hausarbeit, die er von ihr erwartete, und zwar absolut im Einklang mit seinen eigenen Arbeitsweisen und Maßstäben.

Sonja war beim Abtrocknen, als Bojan hereinkam. Er hatte draußen auf der Veranda an einem Satz von Schränken gearbeitet, die er verkaufen wollte. Er sah, daß seine Tochter leise weinte, bemerkte, daß ihre Arme sich schnell, aber steif bewegten, daß jede Bewegung ihr ein gewisses Maß an Schmerz bereitete.

»Sonja?« fragte er, und sie drehte sich um, und ihre feuchten Augen waren wachsam. Sie unterdrückte ein Schluchzen. Aber als er weitersprach, merkte sie, daß er nicht böse auf sie war, weil sie beim Waschen oder Spülen seine Ansichten über Reinlichkeit mißachtet hatte. »Geht's dir gut?« fragte er sanft und kam dorthin, wo sie auf einem Hocker stand.

Sie drehte sich um und begrub ihren Kopf an seiner Brust. Er merkte, daß ihre Arme mit einem heißen, roten Ausschlag bedeckt waren. Er fuhr mit den Fingerspitzen über ihre Haut, spürte, wie trocken sie war, und daß sie in schmerzhaften Schuppen wegsprang wie eingetrocknetes Gebäck. Bojan hatte so etwas nicht mehr gefühlt, seit er mit Maria zusammengewesen war, als sie ähnlich gelitten hatte. Er bog langsam den Arm am Gelenk, aber vorsichtig und nur ein bißchen vor und zurück, einmal, zweimal, dann hörte er auf und sagte, indem er ihren Arm leise wiegte: »Tut weh, wenn man ihn beugt, oder?«
Sonja nickte.
»Wie lange schon?«
»Seit den Picottis«, sagte Sonja. Sie spürte, wie ihr dünner Unterarm sanft in seiner Hand ruhte, staunte, wie er ihren Arm hielt, als wäre er eine Kostbarkeit, freute sich daran, wie sanft seine Berührungen sein konnten. Sie zuckte mit den Schultern.
»Schon in Ordnung«, schwindelte sie, um ihn zu beeindrucken.
»Es tut nicht wirklich weh.«
»Ekzem«, sagte Bojan. Was er nicht sagte: daß sie dies, ebenso wie ihr Temperament und ihr Aussehen, von ihrer Mutter geerbt hatte.
In dieser Nacht schrieb Bojan einen Brief in seiner Muttersprache, seit Jahren zum ersten Mal, und er mußte ihn dreimal schreiben, bis alles stimmte. Er war nie ein Gelehrter gewesen, und nach so vielen Jahren, die er von zu Hause weg war, fand er es sehr schwierig, zu wissen, was er schreiben sollte, und einen Weg zu finden, all das zu sagen, selbst in seiner eigenen Sprache. Er schrieb langsam und sorgfältig mit einer ordentlichen, altmodischen Handschrift, die sich über die Seite schlängelte und wirbelte, und er konzentrierte sich ebensosehr darauf, daß die Schrift schön anzusehen war, wie die Worte bedeutsam zu lesen sein sollten. In seiner Jugend in Slowenien waren seine Bilder, die er auf Bienenstöcke malte, einigermaßen gefragt gewesen. Er verzierte sie mit Szenen aus dem Leben in den

Bergen, manche konventionell, manche etwas kühner, ganz nach dem Geschmack des Kunden. In Tasmanien waren Bienenstöcke, wie so viele andere Dinge, ohne Schmuck, also hatte er seine grobe Kunst aufgegeben. Was blieb, war (neben einigen der Bienenstöcke, so hoffte er jedenfalls) ein gewisser Ruf bei weit entfernten Menschen, den er nicht aufs Spiel setzen wollte, indem er einen schlecht geschriebenen Brief abschickte. Als er endlich zufrieden war, schüttelte er seine Schreibhand einige Male, um sein schmerzendes Handgelenk zu entspannen, verschloß den Brief in einem Umschlag, und die Adresse, die er auf die Vorderseite schrieb, endete mit dem Wort *Jugoslawien.*

Einige Wochen später fand Sonja ihren Vater, wie er mit einer elektrischen Heckenschere hantierte, die er als ziemlich wild aussehendes Messer zweckentfremdet hatte. Er versuchte, die Schnüre um ein Päckchen aus braunem Papier zu zerschneiden, das mit jugoslawischen Briefmarken bedeckt war. Als Bojan vorsichtig das innere Päckchen auseinanderfaltete, war Sonja enttäuscht von dem, was zum Vorschein kam. Es war nichts Exotisches, nichts Wertvolles, nicht einmal etwas Interessantes, sondern nur ein staubiges Häufchen kleiner, getrockneter Blüten.

An diesem Abend bereitete Bojan ein Vollbad in der alten, fleckigen Badewanne vor. Während Sonja sich im wabernden Dampf auszog, verteilte Bojan die Blumen über dem Badewasser und rührte sie mit seinen Händen hinein, bis das Bad einem wirbelnden, wäßrigen Komposthaufen ähnelte. Sonja kicherte.

»Was machst du da, Artie?«

Sonja setzte erst einen, dann den anderen Fuß in das Bad, blieb für eine Minute stehen, während sich ihr Körper an die Temperatur gewöhnte, und setzte sich dann in das Blumenwasser. Bojan lächelte und verteilte ein paar Blumen auf ihrem Haar.

»Ist das nicht schön, in Blumen zu schwimmen?« fragte er. Er nahm eine der Blumen heraus und hielt sie dicht vor Sonjas

Gesicht. »Kamílica«, sagte Bojan. »Ich hab geschrieben und deiner Großmutter in Slowenien von deiner Haut erzählt, und sie hat die Kamílica für dich gepflückt und getrocknet, hat sie über den Ozean geschickt, sie will, daß ihre Sonja gesund wird.« Mit einer nassen, blumenbedeckten Hand zeigte er auf das Wasser. »Jetzt mußt du dich hineinlegen.«

Bojan verließ das Badezimmer, und Sonja ließ sich in die Kamillenblüten sinken. Als nur noch ihre Nase und Augen über der Wasseroberfläche waren, nahm sie eine einzelne Blüte in die Hand, drehte sie hierhin und dorthin und sah sie genau an. Und flüsterte leise zu sich selbst.

»Kamílica … Kamílica.«

In dieser Nacht hatte Sonja einen seltsamen, schönen Traum von einem Zauberland, zusammengesetzt aus dem, was sie aus Tasmanien kannte, und dem, was sie sich unter Slowenien vorstellte.

Da war ein starker Duft, voll, dampfig und wunderbar, es war der Duft des Grases und der Erde unter einem nassen Berg, wenn die Sonne herauskommt. Da war ein grüner Abhang in einem steilen, blauen Gebirge, und es war das Land hinter Mount Roland, wo Sonja einmal mit Bojan gewesen war, um Känguruhs zu schießen. Mit gebeugtem Rücken pflückte auf diesem grünen Abhang eine alte Frau Blumen; sie war gekleidet wie die slowenischen Bäuerinnen auf Bojans Fotos – ein Tuch um den Kopf und ein langes schwarzes Kleid, eine geblümte Schürze, die am Rücken geknotet war. Ein Gesicht, voller Flecken und verzogen wie eine Kartoffel, die in harter Erde gewachsen ist. Ein Gesicht, das kein Gefühl erkennen ließ außer einer gewissen wilden Entschlossenheit, auszuhalten. Sie stand auf und trug die Blumen in ihrer Schürze den grünen Berghang hinab, wo – als wäre es der natürlichste Ort der Welt für so ein Ding – ein offener Sarg stand. Und in dem Sarg war Sonjas toter Großvater aufgebahrt und sah, wie Sonja die Stimmen rundum sagen

hörte, im Tod viel besser aus, als es ihm im Leben jemals gelungen war.
Als aber die alte Kartoffelfrau zu dem Sarg kam und hineinsah, lag nicht mehr der alte Mann darin, sondern Sonja, und Sonja blickte an den Wänden des Sargs hinauf und sah eine Lawine von Blumen, die schönsten Blumen der Welt, die auf sie niederfielen. Sie fühlte sich ganz friedvoll, während sie in dem Sarg lag, spürte keine Angst, während die Blütenblätter auf sie herunterregneten. Ihr Blick wanderte von den schweren Stiefeln und groben Strümpfen zu dem schwarzen Kleid und der Schürze mit dem Blumenmuster, bis er endlich bei diesem Gesicht ankam, einem außergewöhnlichen Gesicht, eingerahmt von einem Tuch, eckig, schön und jung, so jung, nicht mehr das der Kartoffelfrau, sondern das Gesicht ihrer eigenen Mutter, Maria.
Durch den Regen von Blütenblättern lächelte sie auf Sonja hinab.
Als Sonja am Morgen nach diesem Traum erwachte, stand sie auf wie so viele Monate zuvor, erhob sich langsam und vorsichtig aus ihrem Bett, mit der Angst vor Schmerzen. Aber dann merkte sie, daß sie sich mit Leichtigkeit aufsetzen konnte. Sie sah ihre Arme an: Sie waren sauber. Das rote, trockene Ekzem war fast ganz verschwunden, ihre Haut sah nicht mehr aus wie trockenes, schuppiges Gebäck.
Es war ein Sonntag, und Bojan mußte nicht arbeiten. Sie fand ihn in der Küche, wo er eine große, gußeiserne Bratpfanne auf einem Holzbrett auf dem Tisch abstellte. Aus der Pfanne spritzte und zischte es – herrlich fettige Geräusche. Frisch gebratene Eier, die Eigelbe noch feucht, das Eiweiß blubbernd wie lebendige Lava, gespickt mit Tomaten und Stücken polnischer Wurst. Bevor Bojan auch nur aufgesehen hatte, um sie zu bemerken, sprach Sonja schon: »Artie! Artie! Meine Arme sind besser.«
Bojan drehte sich um, hob Sonja hoch, untersuchte ihre Arme und lächelte sie an. Er fand noch eine Kamillenblüte in ihrem

Haar und zog sie heraus, kitzelte ihre Nase damit und fuhr damit an ihrem Arm herunter bis zum Ellbogen.
»Kamílica«, lachte er. Und dann mit einer verstellten ernsten Stimme noch einmal: *»Kamílica.«* Und sie lachten beide.
Bojan setzte Sonja ab.
»Jetzt essen wir«, sagte er.
Mit dicken Stücken von europäischem Brot aßen sie auf slowenische Weise aus der Pfanne, zerdrückten die Eigelbe und löffelten Ei, Wurst und Tomate zusammen mit einem einzigen Stück vom gebrochenen Brot auf, lachend und lächelnd, denn das Essen war gut, und sie teilten es, wie es war, schoben Gelb und Weiß und Rot in den Mund und schmeckten Süß und Heiß und Scharf und Fettig, alles auf einmal.

KAPITEL 29

1960

Die Heaneys waren eine von den Familien, die überall sind, die Sorte, deren Kinder sich unvermeidlich wie verschüttete Soße über die Straße verteilen - schmutzig, braun und überall schwer zu umgehen und schwierig loszuwerden. Die Kinder waren von der Sorte, die an den Nachbarzäunen stand und Fragen stellte, zum Beispiel, warum sie dieses und jenes im Garten machten, nur um einen dann mit Details darüber vollzuschwatzen, wie *ihr* Dad - der nach Ansicht der Nachbarn im wesentlichen nichts anderes tat, als sich zur Fischereiarbeit zurückzuziehen, wenn ihm seine Familie zuviel wurde, und das geschah häufig -, wie also ihr Dad so etwas machte und daß sie wirklich fanden, man müsse es so machen wie ihr Dad. So eine Familie waren sie, eine, deren Kinder das Straßenpflaster mit kaputten alten Fahrrädern terrorisierten, die bei jeder Geschwindigkeit unsicher waren. Vor allem aber bei dem Tempo knapp unterhalb der Schallgrenze, mit dem sie in den entgegenkommenden Verkehr hineinrasten, nur um im letzten Augenblick mit schadenfrohem Lachen auszuweichen. Sie waren Kinder von der Sorte, deren Münder noch mehr liefen als ihre immer laufenden Nasen. Aber es war eine Familie, die immer da war, wenn ein Nachbar Hilfe brauchte, und bei verschiedenen Gelegenheiten auch dann, wenn man sie nicht brauchte. Wie viele Heaneys es gab? Weiß der Himmel, hätte die Straße mit einem Seufzer erklärt, denn das war eine ständige Streitfrage. Nüchterne Schätzungen legten ihre Zahl auf sechs fest, aber der häufige Zustrom von Vettern und Kusinen, die beliebig lange bleiben konnten, von ein paar Stunden bis zu ein paar Monaten, machte das Raten schwierig.

Für Sonja waren die Heaneys faszinierende Geschöpfe aus einer anderen Welt, sommersprossige, rotznasige Außerirdische, und sie machte es sich zur Gewohnheit, am Ende der Auffahrt zu der Kanakenbude zu sitzen und die Menge der Heaneys anzustaunen, die rund um das heruntergekommene, ungestrichene Betonplattenhaus auf der anderen Straßenseite spielten, in dem sie zu Hause waren. Nicht, das sie gehofft hätte, mitspielen zu dürfen; vielmehr beobachtete sie sie und ihre Eskapaden. Für eine lange Zeit hätte sie nicht sagen können, was sie an den Heaneys anzog. Bis zu dem Tag, als sie einen der Heaney-Jungen die Straße herunterkommen sah, freihändig auf einem viel zu großen alten Fahrrad und gleichzeitig damit beschäftigt, mit drei Mandarinen zu jonglieren. Das Obst gehörte, wie sich herausstellte, nicht ihm, sondern dem griechischen Ladenbesitzer Mr. John Kerr, dessen standesamtliche Namensänderung durch die Geschichte später als weniger glücklich beurteilt werden sollte. Und dieser kam in einigem Abstand hinter ihm her gerannt und schrie dabei wütend. Es war ein absolut großartiger Anblick: ein spindeldürres Kind auf einem lächerlichen alten Knochenbrecher, verloren in seinem Traum von Leichtigkeit und Wunder, verfolgt von einer Raketenkugel von einem Mann.
Das konnte natürlich nicht gutgehen: Das Jonglieren ging schief, der Junge ließ erst eine, dann zwei Mandarinen fallen, und als die Harmonie erst einmal dahin war und seine Träume Richtung Erde plumpsten, lehnte er sich mit seiner Linken ein klein wenig zu weit zur Seite, um die dritte Mandarine zu schnappen. Das Vorderrad stellte sich quer, das Fahrrad schlingerte und blieb abrupt stehen – im Gegensatz zu seinem Fahrer, der in einer Entfernung, die Sonja beträchtlich vorkam, halb zu Boden katapultiert wurde, halb fiel. Als er den Boden berührte, war er drauf und dran loszuheulen, aber da sah er im Aufblicken über sich das rote Gesicht von Mr. John Kerr, der auf ihn nieder starrte.

»Na«, sagte er, und jedes Wort war ein Schlucken, »ich konnte ja kaum Wassermelonen nehmen.« Als wäre sein Mandarinendiebstahl irgendwie angemessen und moderat gewesen.
Im Gegensatz zu Mr. Kerr, der den Jungen am Ohr nahm und mit ihm zu dessen Mutter marschierte, brach Sonja in Lachen aus. Die Heaneys, stellte Sonja fest, machten sie glücklich.
Die Mutter der Kinder, eine große, schnell gealterte und stets schwangere Frau, die der Straße nur als Mrs. Heaney bekannt war, kam schon aus dem Haus. Sie hatte sich vom Wohnzimmerfenster aus mit der Lage vertraut gemacht, und nun betrat sie die Straße in der Manier einer Marinestrandlandung im Film. Sie versuchte, ihre schwache Position wettzumachen, indem sie eine überwältigende Kraft zur Schau stellte, die im wesentlichen Illusion war. Sie schnauzte Mr. John Kerr an, das arme Kind in Ruhe zu lassen, fragte die ganze Straße, wofür sie wohl Kredit hätte, wenn Mr. John Kerr nicht einmal ein paar lausige Stücke Obst anschreiben könnte, und warum eigentlich irgend jemand hier noch Geschäfte mit einem machen sollte, der nicht einmal verstand, wie ein Kredit funktionierte. Sie tobte so sehr, daß Mr. Kerr am Ende nicht mehr tat, als dem Ohr des Jungen einen letzten, gemeinen Dreher zu verpassen, auf dem Absatz kehrtmachte und davoneilte, während er atemlos in der Sprache seiner Väter einige schreckliche Flüche losließ.
Dann richtete Mrs. Heaney ihr Feuer auf den glücklosen Mandarinenjongleur. »Das war das letzte Mal, daß du mit dem verdammten Ding gefahren bist, wenn du nicht mit dem Blödsinn aufhörst. Und du sollst nicht klauen. Du weißt das: Du sollst das verdammte Klauen lassen. Wenn dein Vater von See zurück ist –« Sie sah auf und bemerkte Sonja, die auf der anderen Straßenseite saß. Indem sie ihre Strafpredigt kurz unterbrach, rief Mrs. Heaney eine ihrer Töchter zu sich, und während sie mit ihr sprach, zeigte sie mit einem Finger in Sonjas Richtung.
Das Mädchen ging langsam zu Sonja hinüber, immer noch mehr

hüpfend als gehend. Sie baute sich vor Sonja auf, und obwohl die beiden einander jetzt genau gegenüberstanden, sahen sie beide überall hin, nur nicht zu der anderen.
»Tag«, sagte das Heaney-Mädchen nach einer Weile, verzog den Mund und blickte hinunter auf den Weg, wo ihr rechter Fuß nach dem braunen Schotter stieß.
»Tag«, sagte Sonja und blickte zu den Hochspannungsleitungen hinauf.
»Mum sagt, wir sollen mit dir spielen«, sagte das Mädchen und sah auf, »damit du nicht denkst, wir schneiden dich, bloß weil du eine von den Kanaken bist.«
Die Einleitung war gut gemeint gewesen, wenn sie auch unfreundlich klang. Sonja wußte nicht, was sie sagen sollte, also sagte sie nichts.
»Moira«, sagte das Mädchen, nachdem sie eine Weile vergeblich auf eine Äußerung gewartet hatte. »Moira Heaney.«
Anders als die anderen Heaneys, die eher klein und schmächtig waren und in Größe, Tempo und Vorlieben am ehesten den Frettchen für die Kaninchenjagd ähnelten, die Mr. Heaney im Hinterhof in Käfigen hielt, war Moira, obwohl auch sie dunkles Haar hatte, eher pummelig und etwas ungeschickt in ihren Bewegungen. Ihr langes, immer unordentliches Haar war heute in einer Art Knoten zusammengesteckt, der wie ein erschöpftes Ausrufezeichen über ihrem stets grinsenden Gesicht saß. Ihre Stimme war laut, ihr Lachen heiser, und ihre Spiele schienen unweigerlich in ein Abenteuer oder eine Katastrophe zu führen, meistens in beides. Ihre Stimme war langsam und singend, mit einer Aufwärtsbewegung am Ende des Satzes. Diesen Akzent würde Sonja für den Rest ihres Lebens als den ihren annehmen: Ohne es selbst zu wissen, wollte sie so sein wie dieses Mädchen, das sich selbst nicht als fett und plump wahrnahm, sondern als eine, deren Leben die Einladung zu einem Ereignis war, das man um jeden Preis genießen mußte.

Mit der Zeit wuchs diese Freundschaft, die sich aus der Anziehungskraft der Gegensätze ergab: Sonja war ebenso still und reserviert wie Moira laut und überschwenglich. Sonja brachte Moira slowenische Wörter bei. Moira brachte ihr *Gammoning* bei. *Gammon* hieß, sich etwas auszudenken, und das war es, was Moira mehr liebte als alles andere: Sie organisierte alle Heaneys und jeden anderen, den sie auf der Straße auftreiben konnte, in alle möglichen Arten seltsamer Spiele.
Die Art, wie Moira Sonja in die Familie einführte, war typisch für sie: Moira hatte Mr. und Mrs. Heaneys Schlafzimmer in ein aufrührerisches Chaos verwandelt, in dem das Ehebett eine wunderbare Theaterbühne darstellte. Der Raum war voll mit Heaneys und handverlesenen anderen Kindern. Moira stand auf dem Bett und kündigte an: »Und dann kam von weit, weit her –«, dann wartete sie eine dramatische Pause lang, während Sonja in einer irrsinnigen Mischung von alten Tüchern, Hüten und Kleidern von Mrs. Heaney, die ihr eine gleichzeitig großartige und etwas lächerliche Erscheinung verliehen, langsam über die Stühle auf das Bett kletterte. Moira ließ den Kopf sinken, warf ihn dann theatralisch ganz herum, als wolle sie sie alle in ihr Vertrauen einschließen, und fuhr dann mit leisem Wispern fort: »– die Prinzessin aus dem Orient.«
Wie eine Königin stolzierte Sonja in die Mitte des Bettes und breitete weit ihre Arme aus, wie Moira sie vorher angewiesen hatte. Moira blickte Sonja voll Zuneigung und Stolz an.
Dann schrie sie: »Die Prinzessin aus dem Orient! Die beste und schönste von allen!«
Alle jubelten Sonja zu.
In diesem Augenblick gab ein Hinterbein des Betts unter der Horde trampolinspringender Heaneys nach. Noch bevor das Bett ganz zusammengebrochen war, noch bevor Sonja sich vom Fußboden hochgerappelt hatte, war der Raum leer, bis auf Moira, die an Sonjas Arm zerrte und ihr riet, abzuhauen, bevor Mum etwas merkte.

Aber Mrs. Heaney, die schnell am Schauplatz des Verbrechens aufgetaucht war, blieb gelassen. »Das Bett war schon hin, lange bevor ihr Kinder raufgeklettert seid«, sagte sie und half Sonja auf die Beine. »Die Hauptsache ist – ist alles in Ordnung?«
Sonja lächelte. Sie fühlte sich fast so, als sei sie ein richtiger Mensch. Sie spürte, wie sich ihr Gesicht vor lauter Lächeln so sehr in die Breite zog, daß sie fürchtete, es könnte zerspringen. Sie fühlte sich als ein anderer Mensch. Anders. Und merkte, daß es möglich war, jemand anderer zu sein und gleichzeitig man selbst. Und sie begann zu kichern, weil es so komisch war, weil das Leben so lustig und warm sein konnte, und sie lachte und wieherte und gackerte und kicherte, und sosehr sie es auch versuchte, sie konnte nicht aufhören zu lachen.

KAPITEL 30

1989

Durch den Geruch von fehlbarem, fruchtbarem Fleisch schnitt der messerscharfe Duft vergällter alkoholischer Reinigungsmittel. Fetzen von Gerüchen drangen in Helvis Nase: zerstückelte Andeutungen von ranzigem Schweiß, geronnenem Blut und Schleim. Es fiel ihr schwer, all das mit dem Gedanken an eine Geburt zusammenzubringen, ein Ereignis, das doch so oft mit der Erwartung eines besseren, erfüllteren, bedeutsameren Lebens begrüßt wird – besser als das Leben, in das sie einbricht. Sie wischte sich mit einem Papiertaschentuch die Nase und drehte sich um, um an der langen, raupenartigen Reihe billiger Plastikstühle entlangzublicken, die an der Wand im Warteraum der staatlichen Entbindungsklinik aufgereiht standen: winzige Glieder einer Kette aus aufgeschwollenen Frauenbäuchen. Einige der Frauen waren sehr jung – vierzehn oder fünfzehn Jahre alt –, und einige von ihnen sahen schon jetzt zerschlagen und lebensmüde aus. Ihre Kleider, Jogginghosen, Esprit-Pullover und ähnliches, die Wohlstand suggerieren sollten, waren in Wirklichkeit das moderne Erscheinungsbild von Armut. Hier und da die Mutter einer Mutter, Frauen, die noch jung waren, aber älter aussahen, mit harten Gesichtern jenseits der Traurigkeit darüber, daß das, was einmal als ihr Versprechen begonnen hatte, nun in diese verzweifelte Lage geraten war. Gelegentlich ein jugendlicher Vater, mager wie eine Eidechse, nichts als flaumiger Schnurrbart, Flanellhemd und Finger, die nach den verbotenen Zigaretten tasteten. Sie täuschten Lässigkeit vor, aber sie konnten niemanden täuschen, am wenigsten sich selbst. An den Wänden festgeklebte und -gesteckte Plakate, die von Gewalt in der Ehe, Vergewaltigung, Kindesmißbrauch und AIDS

sprachen, die vielfältigen, bitteren Wahrheiten, die sich hinter dem Versprechen von Hoffnung verbergen, das sich mit dem Wort *Geburt* verbindet.
Einer der vielen Bäuche in der Raupenschlange – wenn auch einer der weniger runden – gehörte Sonja, die neben Helvi saß. Sonja trug noch nicht einmal weiter geschnittene Kleidung, obwohl sie ihr Dickerwerden als eine Enge empfand, die nach außen drängte, eine Schwere, die sie mit der Macht des Schlafes erdwärts zog. Sie warf einen Seitenblick auf Helvi, die still und wachsam dasaß wie ein Vogel auf einem Zweig, etwas gebeugt, aber mit der sicheren Stärke derjenigen, die nichts als harte Arbeit kennengelernt haben. Sonja fragte sich, ob sie da ihre eigene Zukunft sah und ob das die Zukunft war, die sie sich wünschte.
Ein paar Kinder spielten mit einem Ball. Ohne Vorwarnung kam der Ball von seiner Bahn ab, traf Helvi auf der Brust und fiel ihr in den Schoß. Das starre, harte alte Gesicht öffnete sich, wie sich der Erdboden nach einer Trockenheit dem Regen öffnet. Das braune und das blaue Auge funkelten, und die alte Frau ließ ein Glucksen hören, dann lachte sie, täuschte mit dem Ball und warf ihn dann in eine andere Richtung, immer noch mit so viel Genuß lachend, daß einige Mütter sie vorwurfsvoll ansahen.
Eine Schwester mit einem Klemmbrett in der Hand blickte auf ihre Aufzeichnungen und dann vage in Sonjas Richtung, während ihre Augen hin und her wanderten.
»Miss Buloh?« fragte sie.
Ohne auf Helvi zu warten, eilte Sonja durch die Tür, die man ihr zeigte. Bis Helvi nach unten gegriffen, ihre Handtasche genommen und wieder aufgeblickt hatte, war Sonja schon in einem Untersuchungszimmer verschwunden. Helvi war ein wenig verwirrt, aber sie verstand, daß sie nicht folgen sollte, und so setzte sie sich wieder und wartete auf Sonjas Rückkehr.

Ein Paar durchsichtige Gummihandschuhe wurden ausgezogen und fielen in das Krokodilmaul eines leuchtend gelben Abfalleimers. Die fleischigen Hände eines Klinikfrauenarztes platschten auf die Holzimitation einer Tischplatte und griffen nach einem Stift.
In der fensterlosen Zelle des Untersuchungszimmers klang seine Stimme jung: geschmeidig und rund, voller Erfolg, Erwartungen, Zuversicht. Der Akzent war ebenso glatt und deodorisiert wie die Haut seines ebenso glatten, abwärtsgewandten Gesichts. Die Worte plätscherten ohne rauhe Kanten dahin, verrieten nichts als Beruhigung.
»Ich gratuliere«, sagte er. »Sie sind in der zehnten Woche schwanger.«
Sonja erhob sich auf dem Untersuchungstisch aus der Rückenlage zum Sitzen. Sie sah ihn ausdruckslos an, sah einen kleinen, gepflegten Mann mit kräftigem, schwarzem Haar, das schon dünn wurde, nicht gerade gutaussehend, aber makellos gepflegt, als wäre er soeben aus einem Haarfön gesprungen. Die seltsam fleischigen Finger begannen herumzufummeln.
»Natürlich müssen wir vielleicht erst einige Blutuntersuchungen machen. Mit Ihren achtunddreißig Jahren und zwei früheren Abtreibungen ist das Risiko von Komplikationen bei dieser Schwangerschaft, nun, lassen Sie mich sagen, höher als bei einer jüngeren Frau ohne Ihre medizinische Vorgeschichte. Aber bei Ihnen scheint derzeit alles in Ordnung.«
Der Frauenarzt fühlte sich verpflichtet, fortzufahren, bevor er eine Reaktion bekam.
»Natürlich ist das Risiko eines spontanen Abgangs erhöht.«
Und als er sah, daß Sonjas Gesicht etwas Interesse zeigte, fuhr er fort.
»Spontaner Abgang – eine Fehlgeburt, wie man normalerweise sagt.«
Es war verblüffend, dachte der Frauenarzt, wie schockiert die Leute darüber waren, daß es immer noch Fehlgeburten gab. Er

hätte ihr erzählen können, daß sie tatsächlich an der Tagesordnung waren und daß Ungeborene und Babys trotz aller medizinischen Wunder und Wissenschaften immer noch starben. Und er hätte ihr sagen können, daß er sich auf die Geburtshilfe spezialisiert hatte, weil er die Körperlichkeit des Fleisches haßte. Er haßte diese beharrliche Vergänglichkeit, die die Medizin trotz all ihrer protzigen Klugheit letztlich nicht verleugnen konnte. Doch selbst hier, auf einem Gebiet, in dem es nur darum gehen sollte, bei Schwangerschaft und Entbindung zu helfen, erwies sich, daß das Leben immer noch unvermeidlich mit dem Tod verbunden ist. Er war entschlossen, das nicht zu akzeptieren, diese Verbindung mit all seinen Fähigkeiten zu bekämpfen, und doch hatte er gerade an diesem Morgen bei der Geburt eines toten Sechs-Monats-Fötus helfen müssen. Zu seinem Entsetzen hatten die Eltern darauf bestanden, dem Kind einen Namen zu geben und es sogar zu fotografieren – als wäre dieser tote Fötus ein menschliches Wesen, wo er für ihn doch ein Nichts war, nur der Beweis für die grausame Anarchie des Fleisches. Und nun hatte er hier eine Frau vor sich, die, mit der Möglichkeit eines neuen Lebens konfrontiert, uninteressiert schien bis hin zu einer stummen Feindseligkeit.
Je mehr er in seinem Beruf lernte, desto mehr stellte er fest, daß das Leben nicht nur beschränkt, sondern unerklärlich war. Natürlich sagte er nichts von alledem, sondern versuchte sich auf den Triathlon zu konzentrieren, an dem er am folgenden Wochenende teilnehmen sollte.
»Aber ich betone, im Augenblick ist alles in Ordnung, und bei vorsichtigem Verhalten wird auch weiterhin alles in Ordnung sein.«
Sonja hörte seine Worte, aber nicht, was er sagte.
»Alles in Ordnung?« fragte sie sich selbst.
Sie starrte den Frauenarzt an, diesen jungen Mann, der sich so sehr bemühte, ihr ein Gefühl von Zuversicht zu vermitteln. Es

gefiel ihr nicht, wie er sein Kinn in einer seltsam kämpferischen Art nach vorne schob, wenn er sprach.

»Ja.«

Sonja blickte zur Seite und dachte nach.

Der Frauenarzt hatte das Gefühl, daß sie etwas sagen wollte.

»Sonst ist nichts, oder, Miss Buloh?«

Sonja sah auf, offensichtlich in Gedanken weit weg, und stand auf, um zu gehen.

»Nein«, sagte Sonja. »Nichts.«

Schon beim Abschied konnte er sich nicht mehr an ihren Namen erinnern, aber er wußte, wie man solche Schnitzer ohne Peinlichkeit überspielte. Gutes Benehmen ist die halbe Miete, dachte er. Draußen im Warteraum blickten Patientinnen und Schwestern auf, als sich die Tür öffnete.

Er lächelte.

Sie sollen sehen, dachte er, daß ich ein guter, fürsorglicher Mann bin.

KAPITEL 31

1990

Auf diese seltsame, zögernde Art kam Sonja Buloh langsam und mit viel Nachdenken dazu, zu akzeptieren, daß sie nicht nach Sydney zurückkehren und keine Abtreibung vornehmen lassen würde. Nicht durch Worte oder Taten, sondern durch Unterlassungen, durch Resignation, dadurch, daß sie die Dinge so ließ, wie sie waren. Aber es sollte viel länger dauern, bis sie ihr Leben von der Seite des Tuns her betrachtete; einstweilen dachte sie nur über das nach, was sie nun nicht mehr tun mußte. Es war eine Sache, telefonisch den Job zu kündigen, von dem sie plötzlich mit Freude erkannte, daß sie ihn immer gehaßt hatte, und von dem man annahm – und dies ziemlich wahrheitsgemäß –, daß sie schlicht und einfach vor ihm geflüchtet war. Es war eine Sache, die Auflösung und Räumung ihrer Wohnung in Sydney zu organisieren, so daß ihre wenigen Habseligkeiten nach Tasmanien verschifft werden konnten. Schließlich kostete es sie nur viel Geld von einem sich rapide leerenden Konto, die Wohnung zu halten. All das schien Sonja lediglich die Anerkennung der Richtung, in die das Schicksal sie führte. Wie die Entschuldigung für einen verpaßten Termin beim Friseur. Es war nichts anderes als ihre Zustimmung dazu, daß das Leben und nicht sie bestimmte, was geschah. Aber es war eine ganz andere Sache, ihrem Leben tatsächlich eine andere Richtung zu geben, sich einen neuen Job zu suchen, eine Wohnung, anderen zu sagen, was sie monatelang nicht einmal zu sich selbst sagen konnte: »Ich kriege nächstes Jahr ein Kind.« Helvi war mit solchen Dummheiten nicht einverstanden. Aber in der Zeit, die Sonja brauchte, um sich auf ihre Denkweise einzulassen, hatte sie keine andere Wahl, als alles für das arme

Kind zu tun, was sie konnte – obwohl Sonja nun fast in mittlerem Alter war, war sie für Helvi immer noch ein Kind. Und für das Baby, das erst noch geboren werden sollte.
Helvi wollte, daß Sonja bis zur Geburt bei ihr und Jiri wohnen blieb. »Du mußt«, sagte Helvi. »Es ist nicht der Buckingham-Palast, aber es ist billig.« So billig, daß Sonja, wie oft sie ihr Geld auch anbot, tatsächlich nichts bezahlte und sich darauf verlegen mußte, Helvi durch Einkäufe von Lebensmitteln und Geschenken zuvorzukommen. Die Tage wurden kürzer und kälter. Und als der Winter kam, wandten sich Helvis Gedanken dem Vorhaben zu, eine Wohnung für Sonja zu finden, wo sie leben konnte, wenn das Baby erst einmal da war.
Sie saßen in Helvis altem blauen Corolla, parkten neben einem von Hunden zerrissenen Müllsack und sahen über die schmale Straße auf ein schmutziges, heruntergekommenes Häuschen aus Holzschindeln, das eingezwängt in einer Reihe anderer, ebenso verwitterter Häuser stand. Am einen Ende der Barracouta Row gab es einen geschlossenen Videoladen, am anderen Ende eine offene Pizzabude, wo auch kein Mensch zu sein schien. Während Helvi sprach, wanderten ihre Augen über das baufällige Äußere: den zerbrochenen Briefkasten, der von Wurfsendungen überlief, der blasige Anstrich, der zu Erdfarben verwittert war, das rostige Dach der Veranda, die teilweise verrotteten Fensterrahmen, mehr Humus als heimelig.
»Ich hab die Frau von Ahmet, dem Albaner, getroffen«, hatte Helvi gesagt, »und sie sagt, Ahmet hat vielleicht was Passendes für Sonja.«
Sie öffneten das Haus mit Hilfe des Schlüssels, den Ahmets Frau Helvi geliehen hatte. Das Haus war nicht verfallen, aber es machte einen schrecklich heruntergekommenen Eindruck wirklicher Armut: Dreck, Risse in der Wand, abblätternde Tapeten, zerbrochene Fenster, ein Backofen, dessen Tür nicht richtig schloß, ein billiger Kunstfaserteppich, auf dem man nur deshalb keine Flecken sah, weil der ganze Teppich eine wolkige Senf-

farbe angenommen hatte, schließlich die Schränke, in denen Sonja die Hinterlassenschaften von Ratten entdeckte. Sonja versuchte, die Spülung der vergilbten Toilette zu betätigen. Es gab ein Geräusch, als wenn man Stahlnägel in einer rostigen Blechdose schüttelt. Sonst geschah nichts.
Aus Gründen, die Sonja nicht ganz durchschauen konnte, war Helvi ganz versessen darauf, daß Sonja es nahm.
»Du könntest hier leben, hä?«
Ohne ein Jota Überzeugung oder Begeisterung stimmte Sonja zu.
»Könnte ich.«
»Es ist billig.« Nicht einen Augenblick lang ließ Helvi sich durch den wirklichen Zustand des Hauses von den Plänen abbringen, die sie inzwischen für Sonja gemacht hatte. »Ich weiß, es sieht nicht nach viel aus, aber wir könnten es saubermachen, Jiri repariert, was kaputt ist, und Ahmet läßt es uns für ein Viertel dessen, was du irgendwo anders bezahlen müßtest.«
»Das wird er schon müssen«, sagte Sonja.
»Also hast du dich entschieden, es zu nehmen?«
»Ich habe noch nie etwas entschieden, Helvi.«
»Du hast entschieden wegzugehen. Und wiederzukommen.«
»Vielleicht. Aber ich weiß nicht, warum.«
»Weil du es wolltest. Weil man tut, was man will.«
»Tut man das?«
»Natürlich tut man das«, sagte Helvi. Sie zeigte auf einen Kaminsims, der in viele Schichten leuchtender, abblätternder Lackfarbe gehüllt war, weiß, blau, mit einer letzten, bröckelnden Schicht Rot. Ein aufgelöster Union Jack von einem Kamin. »Das hat Charakter, hä?«
Sonja lächelte. Helvi zog den Backofenrost heraus, der mit schmutzigem, ranzigem Fett verkrustet war.
»O Gott! Sieh dir das an. Der verfluchte Ahmet.«
»Jeder Backofen ist recht, wenn er nur eingefettet ist«, sagte Sonja, und sie lachten beide.

Helvi ließ den dreckigen Rost mit triumphierendem Scheppern wieder in den Backofen krachen, denn ihre Logik hatte Erfolg gehabt, ohne daß Sonja irgendwelche ernsthaften Einwände erhoben hätte.
»Du irrst dich«, sagte Helvi. »Du kannst dich dafür entscheiden.«
Sonja gab ein kleines Lachen von sich, mehr ein höfliches Ausatmen als irgend etwas anderes.
»Ja, ich denke, das könnte ich.« Sonja zog den Rost wieder heraus und warf einen leeren Blick auf das ranzige Fett. »Denke ich.« All das machte ihr nichts mehr aus. Helvi wollte, daß sie diese Wohnung nahm, und sie stand über alle Maßen in Helvis Schuld. Und außerdem hatte sie so wenig Geld, daß sie eine absurd niedrige Miete – selbst für eine solche Bruchbude – nicht so einfach ausschlagen konnte. »Solange die Toilettenspülung geht und die Türen schließen, ist es mir recht.«
»Ahmet sagt, er hält es dir frei, bis du im Sommer so weit bist, daß du einziehen kannst. Vielleicht macht er noch etwas dran, bis dahin.«
Es war ihr weder übel, noch war sie müde an diesem Tag, als sie mit Helvi in der klaustrophobischen Verkommenheit dieser fast baufälligen Entschuldigung für ein Haus stand. Sie wußte, das Schlimmste war, daß es ihr einfach nichts ausmachte. Es sollte sie interessieren, aber das tat es nicht, und je mehr Helvi drängte, desto weniger spürte sie, und für dieses Nichtspüren gab es keine Entschuldigung. Sonja wußte, Helvi hatte recht. Sie mußte ein Zuhause haben, mußte sich für die Zeit organisieren, wenn es – das alles – passierte, aber vorher mußte noch etwas anderes geschehen. Und weil sie noch nicht wußte, was dieses andere war, konnte sie nur warten, bis es auf sie zukam, den Knoten löste, sie weckte.
Und dann, wußte sie, würde sie auch alles andere spüren, und es würde sie interessieren.
»Ich nehme es«, sagte Sonja.

KAPITEL 32

1990

Nachdem sie Ahmets Haus verlassen hatten, gab es Schneeregen oben auf dem großen, blauen Berg, der die zitternde Stadt Hobart überragte. Aber dann hörte der Schneeregen auf, die Wolken lösten sich auf, und die Sonne brach auf eine seltsam gewalttätige Art durch, als wäre sie wütend darüber, daß man sie verleugnete. Und dann war der Wind weg, und der Berg war still.

Über die riesige Wildnis im Südwesten der Insel, über einen Ozean, der sich ohne eine Behinderung durch Land in westlicher Richtung um den halben Planeten erstreckte, bevor seine Wellen an die Strände Südamerikas schlugen, und in südlicher Richtung um ein Viertel des Planeten, bevor er vor der Antarktis Eisschollen bildete: So kam das Wetter fast immer in Hobart an. Es war wild und wütend, hatte seinen Sinn irgendwo da draußen in der schmerzlichen Leere der See verloren. Das Meer war fett von Fischen, sein Rhythmus war der der wilden Vierziger und brechenden Wellen, riesiger Wasserwände, die sich nur erhoben, um plötzlich zu schaumiger Flachheit zu zerfallen. Eine heiße Sonne folgte auf Schneeregen und scharfe Hagelstürme, die das Meer beschossen, und diese folgten auf Schnee und der auf Sonne. Alles Wetter der Welt, und zwar nicht etwa im stetigen An- und Absteigen der Jahreszeiten, sondern alles an einem Morgen oder Nachmittag, alle Zeit und alle Welt und alle Jahreszeiten des Lebens in der Unendlichkeit einer Stunde.

In der kurzen Wärme des Spätnachmittags, die nun folgte, dampften die Pflanzen, die Erde keuchte, und zwischen efeubewachsenen Felsbrocken und öder Heide stieg in hexenhaften

Wölkchen der Nebel auf. Und in jedem Keuchen dieses süßlich-feuchten Zwielichts lebte ein ungeheurer Schmerz.

Hierher, auf diesen Berggipfel, war Sonja früher manchmal mit Bojan gekommen, wenn sie vom frühmorgendlichen Pilzesammeln am Huon zurückkehrten. Gemeinsam waren sie über tauschwere Weiden durch lange, schattige Täler gewandert, hatten mit scharfem Blick nach den Pilzen gesucht, die erst wenige Stunden zuvor aus der feuchten, fruchtbaren Dunkelheit ans Licht gekommen waren. Wenn sie über ihrem Stiel schon einen Schirm gebildet hatten, klopfte Bojan vor dem Pflücken ein paarmal darauf, damit die Sporen in die Erde zurückkehrten und dafür sorgten, daß beim nächsten Mal noch mehr Pilze dasein würden. Und wenn es auf dem Berg geschneit hatte, gingen sie auf der alten Huon-Straße zurück und spielten eine Weile im Schnee auf dem Gipfel, bis es zu kalt wurde und sie nach Hause fuhren. Zwei Sporen, vom wilden Wind geblasen, die über die stille, nasse Erde trieben.

An diesem Nachmittag war Sonja nicht ruhig, und ihre Stimmungen waren nicht leichter zu begreifen als die des Berges. Sie bewegte sich in Gedanken an ihre Mutter, daran, wie sie einmal einen Brief an ihre Mutter geschrieben hatte. Sie hatte ja keine Adresse, die sie vorn auf den Umschlag schreiben konnte, und so konnte es auch keine Antwort geben, das wußte sie natürlich. Es würde keinen Brief geben, der zurückkam und mit den Worten begann: »Meine geliebte Sonja ...« Und doch war die Vorstellung geblieben, irgendwann eine Antwort ihrer Mutter im Briefkasten zu finden, in der Maria Buloh ihrer Tochter sagte, was sie mit ihrem Leben anfangen sollte. Vielleicht ein Rezept oder zwei, vielleicht auch nur der kleine Satz, der Sonja alles sagen würde, was sie jemals wissen müßte, ein Satz, der ihr sagte: »Ich liebe dich.« Das war natürlich eine dumme, närrische Idee, aber obwohl sie wußte, es würde keine Antwort geben, obwohl sie wußte, daß es keine geben *konnte*, brach es ihr doch das Herz. Denn es machte ihr klar, sie konnte

letzten Endes nicht einmal vorgeben, daß sie etwas anderes als allein war.
Sonja hielt sich weder für einen guten noch für einen starken oder gar netten Menschen. Manchmal fragte sie sich, ob sie anders gewesen wäre, hätte sie ihre Mutter gekannt und wäre ihre Mutter dagewesen, als sie aufwuchs: besser, netter, stärker, und nicht immer bestraft. Denn sie fühlte sich bestraft, und sie fühlte, daß ihre Strafe ganz und gar verdient sein mußte, denn wenn das nicht so war, welchen Grund gab es dann dafür? Wenn es keinen Grund für all den Kummer gab, dann gab es womöglich keinen Grund für irgendein Leid in der Welt. Dann war es womöglich einfach nur das Schicksal von Männern und Frauen, Leid zu zeugen, wenn sie einander zeugten. Und so drehte Sonja manchmal plötzlich den Fernseher ab oder hastete am Zeitungsstand vorbei, um all das Unerträgliche nicht mehr ertragen zu müssen. Manchmal eilte sie nach Hause und hoffte gegen alle Logik, hoffte gegen alle Wirklichkeit, hoffte, hoffte verzweifelt, einen Brief von ihrer Mutter zu finden, der ihr sagte, daß das alles nicht wahr war. Kinder wurden nicht geboren, um zu leiden, es war nicht so, und ihre Mutter und sie wußten, es war nicht so. Aber jeden Abend kam Sonja nach Hause und jeden Abend waren da nur Versandhauskataloge, die von Familienwerten nur so strotzten, und unfreundliche Werbebriefe, die »mit freundlichen Grüßen« endeten und um Geld oder Wählerstimmen warben, aber von ihrer Mutter kam kein Brief, in dem von Liebe die Rede war.
Sonja drehte sich um und sah Helvi auf sich zukommen, mit einem kleinen Strauß Bergblumen in der Hand, den sie gepflückt hatte. Sie starrte Helvi an.
»Was ist mit Mama passiert, Helvi?« fragte sie. Sie stand zwischen Reihen von kleinen, gebeugten Teebäumen, die verbogen und verkrümmt waren, als hätten sie schlimmes Rheuma, als wären sie gezwungen, durch Jahreszeit auf Jahreszeit kalter, grausamer Winde den Kopf einzuziehen. Sonja richtete sich

abrupt auf, stand plötzlich in einem Winkel, der nicht mehr zu den Pflanzen rund um sie paßte. »Was?«

Die knotigen Finger an Helvis Hand umklammerten die kleinen Zweige, die sie in der anderen Hand hielt, drehten einen widerspenstigen Zweig hierhin und dorthin, ordneten Teile, um das Ganze ansehnlicher zu machen. Helvi dachte über all die Dinge nach, die sie Sonja über ihre Mutter erzählen konnte, und dann über all die Gründe, weshalb sie nichts von alledem sagen konnte. Sie überreichte Sonja den Strauß, als wäre er eine Art Antwort, und Sonja nahm ihn lächelnd an, aber er erklärte nichts.

»Was ist geschehen, Helvi?« fragte sie noch einmal.

Aber eigentlich wollte sie es gar nicht wissen, ebensowenig, wie Helvi davon erzählen wollte. Es war einfach etwas, das zwischen sie geraten war, und wenn es eine Möglichkeit gegeben hätte, es zu nehmen wie einen Stein und in das Geröllfeld rund um sie zu werfen, hätte Sonja es getan. Sie wünschte sich ein neues Leben, und es machte sie wütend, daß sie irgendwie das Bedürfnis verspürte, einen Teil ihres alten Lebens auszutreiben, der jedenfalls für sie immer nur als Abwesenheit existiert hatte. Sie hatte nie eine Mutter gehabt, und es hätte so einfach sein können, aber das war es nicht. All das dachte sie, und auch, wie schön der Berg war, und daß alles so einfach und schön wie der Berg sein sollte. Aber das war es nicht und würde es nie sein. Sonja dachte, wie sehr sie in diesem Augenblick ihre Mutter haßte, weil ihre Mutter sie nicht in Ruhe ließ, nicht einmal auf dem Berg. Sie dachte auch, wie sehr sie in diesem Augenblick den Berg haßte.

Helvi hatte ihr schon oft Marias Geschichte erzählen wollen. Aber so dringend Sonja diese Geschichte hören mußte – es war nicht Helvi, die sie erzählen sollte. Sie war keine Geschichtsschreiberin, die törichterweise so tun konnte, als sei es möglich, alle Einzelheiten zu sammeln und dann vorne anzufangen und am Ende aufzuhören. Sie war nur eine alte Frau, eine Näherin,

ebenso närrisch und unzulänglich wie ihre eigenen Augen; sie atmete in flachen Zügen und verstand nichts als die Unaussprechlichkeit dieser Geschichte.
Um Sonjas Starren zu entgehen, blickte Helvi weiter über den Kanal.
»Sag es mir, Helvi. Bitte.«
Helvi sprach mit vorgetäuschtem Desinteresse, als rede sie nur über die Aussicht.
»Maria war unglücklich.«
»Das weiß ich«, sagte Sonja. »Aber warum, Helvi? Warum? Was ist geschehen?«
Helvi versuchte das ganze Gespräch mit einer Erklärung abzuschließen, die ebenso unbefriedigend wie rätselhaft war.
»Sie hat während des Krieges schlimme Dinge gesehen«, sagte Helvi ruhig. »Sehr schlimme Dinge.«
Sonja sagte kalt: »Als Mutter hat sie nicht viel getaugt.«
»Sie war eine gute Mutter«, sagte Helvi, eher noch ruhiger, und sah Sonja immer noch nicht an. »Maria war eine gute Frau, eine gute Mutter. Und sie hatte dich so lieb. Sie nannte dich ihren kleinen Knedel – Knödel heißt das wohl. Aber du weißt das. Und jeder mochte deine Mama. Sie war lustig, sie konnte tanzen, sie konnte einem Mann mit ein paar kurzen knappen Sätzen den Kopf zurechtsetzen.«
Sonja hatte niemals gehört, daß ihre Mutter sie irgendwie genannt hatte. Sie hätte diese Geschichte kennen sollen, denn es war ihre Geschichte. Ebensosehr wie ihr eigener Arm gehörte diese Geschichte ihr, aber irgend jemand hatte sie all die Jahre für sich behalten und nicht einmal daran gedacht, sie ihr zurückzugeben, bis jetzt, und jetzt warf man sie ihr so achtlos, so nachlässig ins Gesicht. Sie mußte das und noch soviel mehr über ihre Mutter wissen, mehr wissen und mehr fühlen als jetzt. Denn das Schlimmste war ja, daß sie nichts fühlte, und Sonja hoffte, wenn sie erst etwas wüßte, könnte sie auch etwas fühlen.
»Waren sie glücklich zusammen? Mama und Artie?«

»Sie haben sich geliebt.«
Sonjas Flehen wurde fast verzweifelt. »Das ist nicht dasselbe, Helvi. Und wenn es nur für einen Tag war, sie müssen glücklich gewesen sein. Wenn es nur für eine Stunde gewesen ist, sie müssen glücklich gewesen sein, nicht, Helvi?«
»Liebe ist eine Brücke, Sonja«, sagte Helvi. »Und es gibt Lasten, die kann eine Brücke nicht tragen, ohne zu zerbrechen.«
Sonja drehte sich um und ging zurück über die weite Bergspitze zu dem fernen Punkt, wo sie ihr Auto geparkt hatten. Helvi sah sich um, schluckte schwer und folgte ihr.
Weit unter ihnen breitete sich der Sonnenschein über dem D'Entrecasteaux-Kanal aus. Eine riesige Fläche vergoldeten Wassers, jetzt still und voller Erwartung. Jiri sah aus beträchtlicher Entfernung von dem bleichen Gipfelparkplatz aus zu, wie weit, weit weg zwei kleine Striche auf einem endlosen Geröllfeld langsam und vorsichtig ihren Weg zurückgingen. Hinter ihnen stand ein aprikosenfarbener Himmel, großartig, offen, und er legte sich so zärtlich um sie wie die Hand einer Mutter.
Jiri wünschte, er könnte etwas tun, um Sonja zu helfen, obwohl er noch weniger Worte hatte als Helvi und noch weniger wußte, was man tun konnte. Aber er würde es tun, versprach er diesem Himmel, er würde es tun.

KAPITEL 33

1990

Einiges von der Rätselhaftigkeit dieser Geschichte mag eine Frage des Charakters gewesen sein. Aber wer von uns bestimmt schon das, was wir für das Grundlegendste halten, für den wahrhaftigsten Ausdruck unserer Seele? Natürlich gibt es Menschen, deren Lebensumstände ausreichend günstig sind, um die endlosen Möglichkeiten des Charakters zu durchforschen, sich selbst neu zu erfinden wie ein Rockstar aus den Siebzigern oder ein Politiker aus den neunziger Jahren. Solche Menschen können bestreiten, daß Charakter das ist, was uns ausmacht, daß Charakter Schicksal ist und daß wir wählen, ob wir unser Leben als Gedicht oder als Tragödie leben. Sie behaupten, daß wir sein können, wer wir sein wollen.

Bojan Buloh hatte keine derartigen Phantasien.

Bojan Buloh hielt sich nur an das, was er mit seinen Händen greifen konnte, und wenn er nicht gerade arbeitete, war das meistens eine Flasche, die sich leerte, und eine glimmende Zigarette.

Jahrelang lebte er, wie und wo auch immer, in der gleichgültigen Gemeinschaft von Männern, die ebenso heimgesucht waren wie er. Vielleicht hatten sie ein solches Leben aus freien Stücken gewählt, vielleicht nicht. Vielleicht hatten sie anfangs geplant, da herauszukommen, mit dem armseligen Kett- und Schußfaden ihrer Arbeit etwas Besseres aus ihrem Leben zu machen, vorwärtszukommen, Wohlstand zu erlangen, wenn nicht Glück, so doch eine gewisse heitere Gelassenheit zu finden. Aber es schien nicht möglich. Ein paar schafften es, aber nur eine Handvoll. Am Ende war das einzige von Bedeutung, daß es kein Entkommen zu geben schien, wirklich nichts, außer dem Tod und dem

Alkohol. Nach einer Weile zerrann alles andere. Einige waren zufrieden damit, einige nicht, aber wie es auch war, die meisten beschlossen am Ende, daß es einfach am besten war, sich nicht allzu lange mit diesem Schicksalsjoch aufzuhalten, das sie so grausam niederdrückte. Nach einer Weile verloren sie das meiste: Familie, Geld, Hoffnung. Was ihnen blieb, war eine gewisse Kumpanei der Verlorenen, was auch immer sie wert war, meistens wenig, gelegentlich sehr viel. Und es blieb das Gefühl, daß sie ebenso zum Untergang verurteilt waren wie die Bäume, die sie für die Straßen der Geologen fällten, wie die Felsen, die sie zu Schotter zersprengten, wie die Flüsse, die sie zu ertränken suchten. All das führte nur dazu, daß sie das Gefühl hatten, mit Flüssen, Felsen und Bäumen hätte es schon lange so kommen müssen, ebenso wie mit ihnen, und sie verdienten es, zerstört zu werden. Große und kleine Grausamkeiten wurden als unbedeutend abgetan, was sie ja auch waren. Die Männer lebten in einer Art Vorhölle und ließen sowenig wie möglich zu, daß irgend etwas sie aus ihrem entsetzlichen Dämmerschlaf aufstörte. Ihre Seelen versuchten sie in einem Vakuum zu bewahren, ihre Körper hatten sie vor langer Zeit an den Alkohol und die Bedrängnisse lebenslanger körperlicher Arbeit ausgeliefert. Die Körper wurden aufgedunsen oder nahmen die verschrumpelte Erscheinung lebloser Dinge an, die man in Alkohol aufbewahrte. Der Rücken brach, und das Gehör ging ebenso verloren wie gelegentlich ein paar Gliedmaßen. Das Gehirn schrumpfte ein, und die Leber verrottete, und doch gelang es diesem geschminkten Fleisch, jeden Morgen wieder aufzustehen, um die Arbeit zu tun, die es an eine solche Strafe band, in einer wundersamen Bestätigung der Macht der Lebenden über die Toten. Denn ihr Leben mochte ihnen bitter erscheinen, aber daran ließen sie sich lieber nicht erinnern, verloren sich lieber in den gleichmäßigen Rhythmen und der codierten Arbeitssprache und verwarfen die Behauptung der Frechen und Dummen als kindische Dummheit: daß ihre Situation die Folge ihres Charakters war. Bojan Buloh hielt sich nur an das, was er mit Händen greifen konnte, und in dieser Nacht war das ein Brief in der einen Hand und eine Fotografie in der anderen.

Er saß auf der Bettkante seines Bettes in der Unterkunft der Arbeiter. Er legte das vergilbte Schwarzweißfoto eines Paares mit einem Baby auf sein Kopfkissen. Den Brief beäugte er mißtrauisch, als wäre es eine Bombe.

»Das steht da?« fragte er noch einmal.

»Sicher«, sagte der Italiener, der ihm auf dem einzigen Stuhl gegenübersaß, den Bojan besaß, einem hölzernen Küchenstuhl. Und plötzlich warf Bojan dem Italiener den Brief zu.

Bojan mochte Wörter nicht, schon gar nicht den unerträglichen Sumpf der englischen Sprache, durch den er seinen langen, ungeschickten Weg auf einem groben Floß aus ein paar kahlen Ästen von Sätzen machte, die er hier und da von einem struppigen Baum abgerissen hatte. Er glaubte nicht an Wörter wie Nation. Wie Geschichte. Arbeiterklasse. Management. Effizienz. Nationale Interessen. Widerlicher Sozialismus. Oder auch Wörter wie Technologie. Wirtschaft. Wildnis. Lebensstil. Oder Zukunft.

»Was heißt das?« fragte er oft den Italiener, der, wie sie beide vorgaben, der schlauere von ihnen war. »Was, zum Teufel, heißt das alles?« Bojan ließ den Italiener sogar all diese Wörter niederschreiben, all diese trügerischen Wörter, und dann ließ er sich jedes davon genau erklären. Aber bei jeder Definition, die der Italiener hervorbrachte, zeigte Bojan ihm, daß die Wörter in Wirklichkeit überhaupt nichts bedeuteten, daß sie einfach Mittel waren, damit man nichts verstand, nichts sah und nichts hörte. Als wären sie eine freiwillige, bewußte Weigerung, die traurige, verrückte, schlechte Welt zu sehen, wie sie ist. Manchmal wünschte Bojan, er könnte an diese Wörter glauben, die anderen offenbar soviel bedeuteten, wünschte sich den Glauben selbst, aber alles, was er wußte und verstand, war, daß Brot Brot war, manches gut, das meiste schlecht, daß Paprika und Tomate gut

zusammenpaßten, vor allem in einer Schüssel mit Polenta, und Sauerkraut und Knoblauch nicht. Die Erklärungen des Italieners bereiteten Kopfschmerzen, aber ein starker türkischer Kaffee mit dem Saft einer halben Zitrone konnte sie heilen. Resopal konnte abspringen, Holz aber brechen. Er glaubte nicht einmal an sich selbst, sondern nur an die Fähigkeit seiner Hände, Holz abzumessen, zu schneiden, zusammenzufügen. Er besaß nur wenige, rauhe Worte, aber er war aus gutem Grund vorsichtig damit, andere zu verwenden.
»Willst du, daß ich fertig lese?« fragte der Italiener, der es müde geworden war, darauf zu warten, daß Bojan etwas sagte.
»Sicher«, sagte Bojan Buloh.
Bojan Buloh hob eine halbleere Flasche mit langem Hals vom Boden auf, nahm einen Schluck, verschränkte die Arme lose über seinem Schoß und senkte den Blick. Der Italiener überflog den Brief, bis er die Stelle gefunden hatte, zu der er gekommen war, als Bojan ihm den Brief aus der Hand gerissen hatte. Er hüstelte, sah Bojan an, sah wieder auf den Brief und fragte Bojan noch einmal: »Sicher?«
»Sicher?« sagte Bojan. »Ja, sicher bin ich scheißsicher.«

KAPITEL 34

1990

Mit schwerem Akzent und gestelzter, träger Stimme, als deklamiere er etwas von einer Bühne herunter, begann der Italiener wieder laut zu lesen: *»... also habe ich mich entschieden, in Tasmanien zu bleiben, um das Baby zu bekommen«*, und fügte als Seitenbemerkung des Erzählers hinzu: »Bis dahin war ich gekommen.« Bojans gesenkter Kopf nickte. Der Italiener fuhr fort: *»Es soll Mitte des Jahres kommen, am 1. Juni, so rechnen die Ärzte jedenfalls.«*

Bojans Blick bewegte sich vom Boden aufwärts, um den Italiener beim Lesen des Briefes besser beobachten zu können. Aber sein Gesicht blieb bewegungslos, als wäre es eine Maske.

Als er dachte, Bojan habe seinen Schock überwunden, wurde sein italienischer Arbeitskollege richtig aufgeregt.

»He, Bojan – du wirst Großvater. Opa Bojan, he. Zum Teufel! Gratuliere!«

»Hat nichts mit mir zu tun. Das ist ihre Sache. Jetzt lies das Ding!«

Der Italiener stand auf, den Brief in der einen Hand, die Bierflasche in der anderen. Wie Bojan war er mittleren Alters und hatte viel Schweres erlebt, war aber sanfter, offener und umgänglicher als Bojan. Bojans Antwort machte ihn verlegen und erstaunte ihn. Er kratzte sich mit der Flasche an der Schläfe. Dann nahm er seine ulkige Lesung wieder auf, gleichzeitig gestelzt und dramatisch, lächerlich und doch auf seine Weise ergreifend.

»Vielleicht können wir, wenn es geboren ist, kommen und Dich sehen, und Du kannst kommen und uns manchmal besuchen. Im Augenblick habe ich einen Job in einem Pub und wohne bei

Helvi und Jiri, die sehr nett zu mir sind. Wir haben eine Wohnung für mich gefunden, nicht gerade großartig, aber billig. Nächsten Monat ziehe ich ein. Helvi und Jiri lassen Dich ganz lieb grüßen, genau wie ich. Ich hoffe, es geht Dir gut. Deine Tochter Sonja.«

Der Italiener entspannte sich, setzte sich wieder, nahm einen Schluck aus seiner Flasche, ging zum Gesprächston über und sagte: »Und dann sind da ein paar Küsse untendrunter.« Er trank einen weiteren guten, langen Schluck Bier, rülpste und sagte: »Ich schreib dir eine schöne kleine Antwort darauf. Kostet dich nur ein Dutzend Flaschen.«

Bojan Buloh hätte so gern geglaubt, daß er und Sonja etwas Gemeinsames finden könnten, hätte so gern geglaubt, daß es möglich war, auch nur daran zu glauben, aber es war natürlich unmöglich, das wußte er.

Er erinnerte sich an die Zeit, als er ein Kind gewesen war, erinnerte sich an Kriegszeiten, wie seine Mutter – die das zweite Gesicht besaß – ihm vorausgesagt hatte, daß die Flüsse Blut mit sich bringen würden, und wie es auch geschah: An guten Tagen war es nur eine ganz leichte Färbung, die sich schnell in der Strömung auflöste, an schlimmen Tagen war es schäumendes Rosa. Er erinnerte sich, daß die Leute damals an eine Menge Sachen geglaubt hatten, an die nationale Revolution, die die Unterdrücker aus dem Land werfen würde, an die Domobran, die sie drinlassen würde, aber zu vernünftigen Bedingungen, wie sie aneinander glaubten und wie jeder Glaube verraten worden war.

Bojan Buloh sprach oft mit seiner Mutter, die nun seit langer Zeit tot war, denn er hatte sonst niemanden, mit dem er in Tullah viel reden konnte. Vor allem hatte er niemanden, mit dem er über das Essen reden konnte, das er als Kind gegessen hatte. Er fragte sie um Rat bei Rezepten und besonders beim Abschmecken. Manchmal hielt er einen Löffel, der naß war vom Rühren in einem Topf oder von einer Salatsoße, und sagte:

»Aber ist es das, Mama? Ist es richtig so hier drin?« Und dann zeigte er auf seinen Mund und lachte und sagte, verlegen und doch stolz: »Na, zum Teufel, Mama, ich glaube, es ist nicht zu elend schlecht, glaube ich.«

Er hätte so gern geglaubt, daß er und Sonja derartige Augenblicke teilen könnten, aber er hatte eine Welt gesehen, die sich in Blut auflöste, und doch führten die Menschen ihr alltägliches Leben einfach weiter, waren immer noch besessen von Neid und Habgier und sahen andere nur als diejenigen, die irgendwie ihr Unglück verschuldet hatten. Und doch war alles, was er als Kind hatte sehen können, Blut gewesen. Blut, das aus den zehn Leuten aus dem Dorf spritzte, die sie vor den Augen der versammelten Schulkinder mit Maschinengewehren erschossen, als Vergeltung für einen ihrer Soldaten, den die Partisanen getötet hatten, und kein Kind durfte die Augen schließen. Blut, das als dunkle Kruste auf dem Körper des Partisanen gerann, den sie vor der Scheune auf dem Hof seiner Tante erschossen hatten, dem Körper, den drei Tage lang niemand wegschaffen durfte. Blut, das auch aus ihnen lief, an dem Tag, als er einen Angriff der Partisanen beobachtete und sah, wie vierzig von ihren Soldaten in große, rote Pfützen fielen. Menschen starben wie die Fliegen, und nur die Fliegen wurden fett in dieser Zeit. Die Erwachsenen schienen das Blut nicht mehr zu bemerken, sobald es im Straßenschotter zu schwarzen Schatten geworden war, aber er sah es überall.

»Mama«, sagte er manchmal, »heute abend koche ich *kransky klabasha,* so wie du sie immer gekocht hast. Ich werde das Sauerkraut mit Zwiebel, Knoblauch und Pfefferschoten schmoren, und dann werde ich es in die Auflaufform tun und die *kranskys* darin einbetten, und darüber werde ich wie einen schweren Regen Speckstücke fallen lassen, und dann werde ich es langsam backen, denn langsam ist es am besten, und dann, Mama, werde ich es essen und die Zeit vor dem Krieg schmecken. Ich werde Glaube und Hoffnung schlucken und es

genießen, denn bald ist mein Teller leer, und dann ist nichts von alledem mehr da.«
Weil er jung gewesen war und gelernt hatte, schnell zu rennen und sich zu verstecken und nie die Wahrheit zu sagen oder das, was man dachte, und niemandem zu trauen, lief nie Blut aus ihm. Aber etwas anderes war aus ihm herausgewaschen, und er wollte es wiederhaben. Er wollte es wiederhaben und wußte, es war nicht möglich.
Er hatte gesehen, wie seine Welt in Stücke zerbrach, und er hatte gelernt, daß jeder Versuch, sie wieder zusammenzusetzen, hoffnungslos war. Er hatte überlebt, indem er aus den Bruchstücken ein Lager machte und rohe Steckrüben von frostigen Nachtfeldern aß. Er erinnerte sich daran, wie die Leute von Schlachten sprachen, die an Orten geschlagen wurden, von denen er niemals zuvor gehört hatte, und wie sie sagten, der Krieg wäre bald vorbei, manche in der Überzeugung, daß sie gewinnen würden, manche in Erwartung der Niederlage.
»Nein«, sagte Bojan Buloh. »Keine Antwort.«
Der Italiener lächelte und breitete seine Arme weit aus, als gäbe er sich geschlagen.
»Na gut, ein halbes Dutzend.«
»Nein«, sagte Bojan.
Nach dem Krieg hatten sie gesagt, das Leben würde wieder normal werden. Er wußte nicht, was das war, normal. Er wußte, es schmeckte und vielleicht roch es auch anders als Kordit-Schießpulver und Angst, aber wenn der Krieg endete, endete auch seine Welt. Und ob das gut oder schlecht war, wußte er nicht. Wie die Menschen waren, das wußte er. Die Menschen waren schlecht, und sie würden auch danach noch schlecht sein, ob es nun nächsten Monat zu Ende war oder nächstes Jahr oder erst in fünf Jahren. Wie die Welt war, das wußte er.
Die Welt war leer von allem, was wichtig sein könnte.
»Aber ist es das, Mama? Ist es richtig so, hier drin?« fragte er und zeigte auf seinen Kopf, und dann lachte er und kochte

weiter, denn der Geschmack mußte richtig sein, auch wenn alles andere falsch war, der Geschmack mußte richtig sein.
»Was?« fragte der Italiener.
»Du taub?« sagte Bojan. »Scheißetaub oder was? Keine Antwort.«
»Sie ist deine Tochter, und sie kriegt ein Kind.«
»Sicher. Und wenn sie was will, weiß sie, wo sie mich findet.«
»Du solltest ihr schreiben.«
»Gut, schreib: *Ich kann dir nicht helfen.*«
»Wie kann ich das einer Tochter schreiben?«
»Gut, dann schreib nichts. Ich schreib sowieso nie was an scheißniemanden.«

KAPITEL 35

1961

So kam es, daß Bojan Buloh die Leere, die er überall sah, in die Form von Tischen und Kommoden hämmerte und hobelte. Er verkaufte sie für ein bißchen Extrageld, das er in ein bißchen Extratrinken umsetzte. Er zauberte etwas aus einer Welt, die eigentlich ein Nichts war, eine kleine Lüge, daß einige Bruchstücke doch erfolgreich zusammengesetzt werden konnten und beieinander blieben, ein Betrug, den er und Sonja teilen konnten, wenigstens so lange, wie er an dem Tisch oder der Kommode arbeitete.

Bojan Buloh sägte den langen Herbst von Sonjas Kindheit in gerade, traurige Formen, die keine Unregelmäßigkeiten oder launischen Winkel kannten. Beim Sägen und Hämmern, Hobeln und Kleben kannte er eine Zurückhaltung, die ihm Anmut verlieh. Er wußte, wie lange er ein Stück Holz schmirgeln und wann er aufhören mußte. Er wußte, wie man einen Pinsel tränkte und wie man die Hand ruhig halten mußte, bis die Locke seiner Borsten all ihre nasse Ladung auf dem langen Weg über eine Tischplatte abgegeben hatte, wußte, daß er keine schwere Lackschicht auftragen durfte und daß die Dinge nicht schwer gebaut sein durften: »Muß leicht aussehen«, sagte er immer. »Sonst ist nicht gut.« Und im Tanz des Hammers und im süßen Rhythmus der Säge sah Sonja, daß in ihm ein anderer Mann steckte, ein guter Mann, der Mann, den sie als ihren Vater liebte. Vielleicht arbeitete sie deshalb so gern mit Bojan in der provisorischen Werkstatt, die er unweigerlich aufbaute, wo immer sie lebten, manchmal nur zeitweise auf einer Veranda, manchmal ein bißchen dauerhafter in einem gemieteten Schuppen. Es war der einzige Ort, wo sie ein klein wenig Harmonie zu finden schienen.

Sonja wußte, der Tisch, an dem sie jetzt arbeiteten, war anders als die, die sie an den Abenden und Wochenenden bauten, diejenigen, die Bojan an Kollegen verkaufte, tagsüber auf der Baustelle oder nachts im Pub. Seine Tische waren immer gut gebaut und solide, aber keinem von ihnen hatte er soviel Sorgfalt gewidmet wie diesem. Er hatte verzierte Kanten für die Tischplatte gemacht und hobelte eine Schräge in die Tischbeine, damit der fertige Tisch eleganter aussah.

Sonja unterbrach ihre Schmirgelarbeit an einer Schranktür, kam herüber und stand neben ihrem Vater. Er sah sie an, lächelte und hielt ihr den Hobel hin. Sie griff danach, und mit einem fachmännischen Blick übernahm sie das Hobeln des Tischbeins. Bojan ging zu der Schranktür und begann mit dem Schmirgeln, was, wie das Lackieren, normalerweise Sonjas Aufgabe war. Sie schaute hinüber zu ihm und sah, daß er tief in Gedanken versunken war und lächelte.

Ich mache den Tisch viereckig und gut, dachte Bojan, während er die Schranktür schmirgelte. Ich mache ihn aus Schierlingstanne, so schön wie für eine Geige, zwei Stücke habe ich die Finnen im Sägewerk für die Tischplatte zurechtsägen lassen, und die Maserung paßt zusammen, und meine Fuge ist so gerade und genau, daß man sie fast nicht bemerkt. Schönes Geigentannenholz, nicht die elende Kiefer, die ausfranst; Abfallholz, das schnell auch wie Müll aussieht, sondern zwei große Stücke schönes Geigentannenholz, groß genug, damit Jean und der alte Archie und Sonja und ich daran sitzen können.

Sonja beobachtete einen langen Span aus Schierlingstanne, der sich langsam aus dem Hobel ringelte, um ein schimmerndes Fragezeichen zu bilden, das sich immer tiefer zurückzog, je weiter sie den Hobel das Bein entlangschob. Sie sah über ihre Schulter zu ihrem Vater und fragte sich einen Augenblick lang, was er wohl denken mochte. Der Span flatterte zu Boden.

Schönes Geigentannenholz, dachte Bojan Buloh, schönes Geigentannenholz, groß genug für eine Familientafel.

KAPITEL 36

1961

Es war zu der Zeit, als sie den Tisch bauten, oder auch schon ein wenig früher, daß Bojan die Gewohnheit annahm, Sonja jeden Sonntag bei den Heaneys zu lassen. Er machte nur vage Angaben darüber, wohin er ging, aber zum Trinken ging er nicht, denn er roch nie nach saurem Schweiß und frischem Brot, wenn er nach Hause kam, sondern seltsamerweise nach Apfelblüten. Sonja vermutete, daß er Karten spielte oder Besuche machte oder etwas Derartiges. Tatsächlich kümmerte sie sich nicht sehr darum, weil sie gern bei den Heaneys war – eine Heaney war, Teil der Familie, wenigstens für einen Tag in der Woche. An einem solchen Sonntag sah sie, daß es noch etwas anderes in Moiras Leben und in dem aller Heaneys gab. Sie hatte es nie bemerkt, bis zu dem Tag mit dem zerbrochenen Teller.

Draußen regnete es, und drinnen herrschte ein Chaos von Kindern, die nicht draußen spielen konnten. Sonja beobachtete mit großem Interesse, wie Mrs. Heaney aus einer gewachsten Tasche geschnittenes Brot nahm, ein Lebensmittel, von dem Bojan der Ansicht war, es entweihe den Küchentisch. Das Haus war wie ein überfließender Eimer voll mit Schreien und Quietschern und heftigen Streitereien, die mindestens eine Minute dauerten. Da waren Jungen, die anderen Jungen mit Pistolen nachjagten und dabei *kill-kill-kill* schrien, Mädchen, die die Jungen ankreischten, weil sie über das provisorische Zelt trampelten, eine Decke zwischen zwei Stuhllehnen, unter der die Puppen und Teddybären beim Picknick saßen. Sonja ließ sich von dem Krawall nicht stören, denn für sie war es mehr eine Untermalung, eine aufgeregte Atmosphäre, in der sie mitfieberte. Mrs. Heaney dagegen versuchte das Ganze zu ignorieren. Statt dessen konzentrierte sie sich darauf, das Brot unter dem Grill zu toasten, wies Sonja an, es mit Butter zu bestreichen und dann zwei Scheiben auf jeden Teller zu legen, damit Mrs. Heaney gebackene Bohnen darauf häufen konnte.

»Das haste noch nie gesehen, Kleine, oder?« Mrs. Heaney leckte die Kelle kurz ab und senkte sie wieder in den Topf, um mehr herauszuholen. »Das Gesundheitsessen einer ganzen Nation. Hat uns zu dem gemacht, was wir heute sind.« Mrs. Heaney hielt kurz inne und fügte dann trocken hinzu: »Kein Wunder, daß manche Leute auch mal was anderes essen wollen.«

Dann rief sie plötzlich in dem vorgetäuschten Ärger, den verzweifelte, erschöpfte Eltern anstimmen: »Billy! Ich habe dir schon tausendmal gesagt, du sollst dir kein *Vegemite* auf den Toast tun, wenn du gebackene Bohnen ißt!« Sie bewegte sich schnell zu einer Seitenbank hinüber und konfiszierte ein Messer und ein offenes *Vegemite*-Glas von Billy, der seinen durchweichten Toast unter den gebackenen Bohnen herausgezogen hatte und mit *Vegemite* bestrich. Dann eine Bemerkung zu Sonja: »Kinder, sage ich dir, Sonja, sind eine Plage.« Und dann, mit einem mächtigen Brüller: »Also, ihr Zirkustiere, Abendessen ist fertig.«

Die Kinder kümmerten sich nicht darum.

Mrs. Heaney rief noch einmal.

»Los! Kommt her, verdammt, und zwar *jetzt!* Und eßt euer elendes Abendessen.« Aber die Heaney-Kinder machten weiter mit ihrem Aufruhr. Mrs. Heaney versuchte einen entfernten Eindruck drohender Autorität zu erwecken und schrie: »Euer Vater kommt bald nach Hause«, aber das brachte noch weniger als ihre bisherigen Bitten, denn die Kinder wußten ebensogut wie sie selbst, daß er, selbst wenn er dagewesen wäre – was er nicht war und wohl auch einige Wochen lang nicht sein würde, denn es war Hauptsaison für Jakobsmuscheln –, doch nichts getan hätte, sie einfach ignoriert hätte, in aller Ruhe getrunken und geraucht und dabei Radio gehört hätte.

Das Chaos ging ohne Pause weiter, und ihre Rufe waren nur ein zusätzliches dissonantes Element in dem heiseren Haus. Mrs. Heaney verfluchte sich selbst dafür, daß sie eine so hohle, blöde Drohung benutzt hatte, die den Kindern doch nur ihren eigenen Mangel an Autorität zeigte. Sonja bemerkte, wie sie zusammenzusinken schien, und spürte etwas davon, was Mrs. Heaney wirklich war: nicht die mächtige, leichtfüßige mütterliche Präsenz, vor der Sonja mehr als nur ein wenig Ehrfurcht hatte, der riesige, unerschütterliche Mittelpunkt einer Welt, die Sonja so gern umkreiste. Für einen einzigen, ungewöhnlichen Augenblick sah Sonja Mrs. Heaney in all ihrer Zerbrechlichkeit: eine verzweifelnde Frau, auf die sich zu viele Menschen verließen, deren Schwangerschaft nur eine weitere Last für einen frühzeitig erschöpften Menschen war, die sich selbst als ebenso unattraktiv und ausgelaugt ansah wie das fadenscheinige, schmuddelige Geschirrtuch auf ihrer Schulter.

Zum dritten Mal rief Mrs. Heaney, aber ihre Stimme hatte keine Kraft mehr und klang einfach nur noch verzweifelt und flehend.

»Könnt ihr aufhören. Bitte. Kommt zum Essen.«

Aber sie kümmerten sich nicht darum, sprangen weiter auf Stühle und rannten unter dem Küchentisch hindurch. Ein Junge war dabei, auf einen Schrank zu steigen.

»Komm da runter, Sean«, sagte Mrs. Heaney, aber bevor sie noch den Satz beendet hatte, hörte man etwas zerbrechen, und Sonja sah vor sich auf dem Boden die Scherben eines zerbrochenen Serviertellers mit Blumenmuster liegen. Es war eines der wenigen Stücke, die für Mrs. Heaney einen Wert besaßen, ein Hochzeitsgeschenk. Als ob ein Schalter umgelegt worden wäre, waren die Kinder still und rannten nicht mehr herum. Sean, der die Untat begangen hatte, kletterte langsam mit hängendem Kopf vom Schrank herunter.

Mrs. Heaney starrte auf den Boden.

Sie starrte eine, wie Sonja fand, sehr lange Zeit, und ihre Augen bewegten sich kein einziges Mal.

Dann zerbrach etwas in Mrs. Heaney, so deutlich und vollständig wie der Teller.

Mit einer einzigen Bewegung drehte sie sich zur Küchenbank um und riß die Schnur des Teekessels aus der Steckdose. Sie schwang die Schnur wie eine Peitsche, ihr Gesicht wurde rot, und sie brüllte: »In die Ecke! Alle! Auf der Stelle!«

Die Kinder sahen einander nervös an und vermieden den Blick ihrer Mutter.

»Moira hat gesagt ...«, begann Sean, aber seine Mutter war nicht in der Stimmung, ihm zuzuhören.

»Halt die Klappe, Sean«, sagte sie. »In die Ecke, sage ich.« Jetzt schrie sie nicht mehr. Ihre Stimme war ruhig geworden, leidenschaftslos, eisig wie der Kühlschrank. »Auf der Stelle.«

Alle Kinder bis auf Sonja, die als Zuschauerin auf der anderen Seite des Raumes stand, bildeten einen unsicheren, ängstlichen Haufen in der Ecke.

»Jetzt reicht's mir mit euch allen«, sagte Mrs. Heaney. Sie atmete heftig und schwer und wünschte sich nur, sie könnten und würden begreifen, wie schwer es war, zu tun, was sie tat, sie auf diese Welt zu bringen, sie mit fast nichts aufzuziehen, mit diesem Nichts zurechtzukommen, so schwer zu arbeiten, daß du auf einmal eine fette alte Hexe bist, viel zu früh, und deine Kinder streiten und plärren die ganze Zeit und machen Schwierigkeiten, und dein Mann ist nie da, und wenn er da ist, will er dich die ganze Zeit, dabei bist du so, so müde, und ansonsten wollte er nichts mehr von ihr wissen – wußten sie das? Wußten sie, wie schwer, wie elend schwer das alles war, wußten sie irgend etwas davon? Sie würden es erfahren; sie würde dafür sorgen, daß sie erfuhren, wie weh dieses Leben tat.

»Ich werde euch alle so verdreschen, daß ihr es bis an euer Lebensende nicht vergeßt.«

Mrs. Heaney tat einen Schritt auf ihre verschreckten Kinder zu.

Obwohl sie nicht die Älteste war, war es Moira, die sich vor die anderen stellte. Ihr Blick traf den ihrer Mutter. Moira zitterte, ihre singende Stimme bebte jetzt vor Angst.

»Mum ...«

Mrs. Heaney ging weiter auf sie zu.

»Mum ... Mum ...«, schluckte Moira.

Aber Mrs. Heaney ging weiter.

»Bitte, Mum«, sagte Moira und streckte ihre Arme in einem hoffnungslosen Versuch aus, die zu verdecken, die hinter ihr kauerten. »Tu uns das nicht an.«

Mrs. Heaney blieb stehen. Sie schob die Unterlippe zwischen die Zähne und bemerkte überrascht, wie sie plötzlich am ganzen Leib von einem heftigen Zittern erfaßt wurde, so daß sie sich ganz furchtbar leicht fühlte, als könnte sie sich plötzlich in die Luft erheben, als wäre sie nicht mehr fest in der Erde verwurzelt, als hätte etwas, das sie normalerweise gut versteckt hielt, ihren Körper für einen Augenblick von seiner alltäglichen Schwere befreit. Sie sah das regennasse Fenster, sah, wie der Regen am Glas hinunterlief, wie Tränen.

Sonja beobachtete, wie Moira nun zögernd, langsam, sehr, sehr langsam auf ihre Mutter zuging und sie dabei die ganze Zeit im Auge behielt wie einen tollwütigen Hund. Sie setzte ihren weiten, weiten Weg durch die kleine Küche auch fort, als Mrs. Heaney leise zu weinen begann, ging weiter, jetzt mit ausgestreckter Hand, und Mrs. Heaney stand einfach da, als wäre sie an der Stelle festgefroren, als würde die Welt rund um sie sich drehen, sich immer schneller und wilder drehen, und ihr Kopf schlug vor und zurück, und die ganze Zeit schluchzte sie. Als Moira sie endlich erreichte und die Hand ihrer Mutter öffnete, leistete Mrs. Heaney keinen Widerstand. Ihre Hand war hart und trocken, von Schnitten und Schmutz bedeckt, die Finger groß, zäh und glänzend, die Nägel abgekaut und schmutzig. Moira

nahm die Schnur aus dieser außerordentlichen Hand, fühlte, wie ihre eigenen weichen, dünnen Finger langsam wegglitten von diesem ehrwürdigen Steinbruch, geformt von einem Leben, das ihr geraubt worden war.
Moira zog sich wieder zurück, aber Mrs. Heaney wölbte sanft ihre Hand um den Hinterkopf ihrer Tochter und zog das Kind an ihren Bauch.
Dann, nach einer Weile, streckte sie ihren linken Arm allumfassend aus. Die anderen Kinder kamen herüber, wachsam und langsam, aber sie kamen. Mrs. Heaney sah Sonja an und lud auch sie mit einer leichten Kopfbewegung zu sich ein. In den großen, schwabbeligen, willkommen heißenden Armen schloß sich Sonja den anderen an. Mrs. Heaney umfaßte sie alle mit den Armen, und sie ließen sich in ihre Umarmung fallen, denn sie war ihre Mum, ihre schöne, schöne Mum, und sie hielt sie alle sicher und zusammen. An diesem Tag in ihrer Küche.
Aber, dachte Mrs. Heaney, wie lange noch?
Sie war soweit gewesen, daß sie ihnen beinahe weh getan hätte, ihnen, für die sie alles getan hätte, um Schmerz von ihnen fernzuhalten, für die sie gestorben wäre, um sie zu schützen, und es quälte sie entsetzlich, daß sie so weit heruntergekommen war, sich ihnen und sich selbst als einen so schlechten Menschen vorzuführen. Wie konnte sie sie vor anderen schützen, wenn sie selbst zur Gefahr wurde?
»Es tut mir leid«, krächzte Mrs. Heaney mit einer kaum hörbaren Stimme. »Es tut mir so leid.«
Die Kinder sagten nichts. Alles, was sie hören konnten, war das Schluchzen ihrer Mutter. Mrs. Heaney hielt sie alle im Arm, und sie fühlte ein überwältigendes Mitleid für sie alle und sich selbst. Und dann spürte sie die Kinder neben sich als eine Gegenwart, so rätselhaft und riesig wie das Universum selbst, und für eine Weile verlor sie jedes Gefühl für Zeit und sich selbst. Sie spürte ein Mitleid und eine Liebe, so unendlich wie das

Universum, für alle Dinge, die lebenden und die toten, die in ihm waren, die für diesen kurzen Augenblick in ihr und ihren Kindern existierten.
Später hörte der Regen auf, und Sonja folgte den anderen Kindern nach draußen zum Spielen. Niemand sprach über das, was geschehen war. Es bedeutete zu viel, und niemand sprach darüber.

KAPITEL 37

1961

Zwei Teller mit Schottenmuster standen mit Buttertoast auf dem Tisch aus rosa Marmorimitat, der einen stolzen Platz in dem seltsam leeren und verlassenen Raum, der Bojans und Sonjas Wohnküche war, einnahm. Zwei Teller mit Schottenmuster, mit Buttertoast und gebackenen Bohnen, die sich jetzt über den Toast ergossen, und darüber, mit der geneigten Pfanne in der Hand, stand Sonja in ihrer Schürze und servierte das selbstgemachte australische Essen, auf das sie so stolz war. Das war etwas, wovon sie etwas verstand und er nicht. Bojan saß am Tisch und betrachtete das seltsame Essen auf dem Teller mit ehrfürchtiger Scheu, mit einem Blick irgendwo zwischen Verachtung und völligem Staunen.

Bojan blickte hinunter auf den Tisch und dann wieder hoch zu Sonja, und weil er den Stolz auf ihre Leistung spürte, wandte er sich wieder dem Essen zu. Aus der Salatschüssel in der Mitte des Tisches häufte er ölige Endivien auf seine Gabel, dann tauchte er die grün beladene Gabel in die gebackenen Bohnen und den Toast und brachte dann die ganze bemerkenswerte Mischung in den Mund. Er kaute, kaute noch mehr, aber kein Vorkauen konnte etwas gegen die Fremdheit des Essens in seinem Mund tun. Ganz gegen seine Gewohnheit richtete er den Blick himmelwärts und bat die Muttergottes darum, ihm Kraft zu geben. Dann schluckte er.

»Sonja«, sagte er, als er seine Kehle endlich von Salat und Bohnen befreit hatte. »Die … die Heaneys … du bist sicher, daß die so was essen?«

»Ja«, erwiderte Sonja ernsthaft, fast streng. »Aber nie mit *Vegemite*.«

Bojan sah Sonja an, dann das Essen, dann wieder Sonja, endlich wieder das Essen, und tat so, als ob er verstand.
»Ja, ja«, sagte Bojan, »natürlich nicht.«
Und er häufte wieder Salat und Bohnen auf seine Gabel und aß weiter, während er innerlich die ganze Zeit die höllische, komische Rückständigkeit der Australier und all die widerlichen Dinge verfluchte, die sie für Essen hielten.

Später an diesem Abend tat Bojan etwas Seltsames, etwas Unerwartetes und doch Willkommenes. Er ging zum Kleiderschrank, stellte sich auf die Zehenspitzen, um ans oberste Fach zu kommen und holte die uralte Singer-Nähmaschine herunter. Er stellte sie auf den Tisch aus rosa Marmorimitat. Dann packte er Stücke Seidenpapier aus, die mit gepunkteten Linien bedeckt waren – für Sonja sowenig zu entziffern wie ein Morsecode –, und steckte diese Papierstücke rundum an Sonja fest. Er fuhr mit der Schere hier entlang und dort entlang, während er vor sich hin murmelte und manchmal leise fluchte. Schließlich nahm er das Papier wieder ab und zog aus braunem Packpapier eine Rolle glänzende rosa Baumwolle heraus, auf der er nun die Papiermuster feststeckte. Bald war er vollständig darauf konzentriert, die Form auszuschneiden. Er schien nicht zu bemerken, daß es weit über die Zeit war, zu der er Sonja normalerweise ins Bett schickte, schien nicht einmal mehr ihre Anwesenheit zu bemerken. Sonja war wie hypnotisiert von diesem Anblick, wie er sich so fest auf eine Aufgabe konzentrierte. Beleuchtet von dem kleinen gelben Licht an der alten Nähmaschine zogen und schoben seine Hände geschickt die rosa Stoffstücke unter der tanzenden Nadel vor und zurück. Diese Hände, die so sicher waren, wenn sie etwas herstellten. Sie lauschte dem rollenden Klang der alten, schwarzen Singer bei der Arbeit, wie sie in trommelndem Rhythmus schneller und langsamer wurde, als wäre es eine Reise und sie alle führen mit.
Dann, nach einer ganzen Weile, hörte das Trommeln auf, und

der Tanz der hüpfenden Nadel kam zum Stehen. Bojan zog den Nähfuß hoch, stand auf, stellte Sonja mit ihren nackten Füßen mitten auf den Küchentisch, zog ihr die Kleider aus, die sie gerade trug, und ließ dafür ein schön gemachtes rosa Festkleid über ihren Kopf und ihre erhobenen Arme fallen.

Sonja wirbelte herum.

Das Kleid paßte. Bojan lachte. Sonja sah ihr entferntes Bild in einem kleinen Spiegel an der gegenüberliegenden Wand und fuhr mit den Händen über das Kleid, um es zu fühlen, zu glätten, zu streicheln. Etwas Seltsames ging hier vor, sie wußte nicht, was, aber sie war dankbar dafür, selbst wenn der Grund für das Ganze ihr unerfindlich war. Nie zuvor hatte sie ein eigenes Festkleid gehabt. Nie zuvor hatte sie erlebt, daß ihr Vater sich so seltsam benahm. Er hatte schon öfter Kleider für sie genäht, aber nur die notwendigen Dinge, Schulkleider und dergleichen. Niemals etwas so Leichtfertiges wie ein Festkleid. Etwas *sehr* Seltsames ging hier vor. Erst der schöne Tisch. Dann ein Kleid ohne entsprechenden Anlaß. Und er, der so gut zu ihr war, breitete die Arme aus, und sie sprang vom Tisch an seine Brust. Er hielt sie leicht, und zusammen tanzten sie um die Nähmaschine zu einem alten Country-Lied aus dem Radio. Dann stellte er sie wieder auf den Küchentisch, damit sie seine Arbeit noch einmal gemeinsam bewundern konnten.

Sonja war glücklich. Sie spürte so etwas wie Gnade. Eine Leichtigkeit, ein plötzliches Begreifen, daß es diese grundlegende Güte im Leben gab, daß man tanzen konnte, und sie durfte dabeisein.

Und sie wirbelte herum und herum und herum –

Bis ihr so schwindlig war, daß sie einen Augenblick lang dachte, sie sei ein Stück Spitze im Wind und es sei ihre Mutter, die sie so herumwirbelte.

KAPITEL 38

1961

Im besten rosa Baumwollkleid und weißer Strickjacke saß Sonja auf dem Beifahrersitz des FJ, die langen Beine an die Brust gezogen, so daß die verschorften Knie ihr bis ans Kinn reichten. Bojan saß neben ihr auf dem Fahrersitz, ein Bein müßig aus der offenen Tür hängend, das andere in Wartestellung, halb hochgezogen auf dem Türrahmen. Sie waren früh und mit einiger Eile aufgestanden - ungewöhnlich für Bojan, der fast alles in einer gemessenen, sorgfältigen Weise tat –, und er hatte den Tisch aus Schierlingstanne auf dem Dach des FJ festgebunden. Dann waren sie wie die Wahnsinnigen die kurvige, wilde Schotterstraße zum Huon hinuntergerast, wo der FJ endlos durch eine Kurve nach der anderen schlingerte und Sonja Mühe hatte, sich nicht zu übergeben. Endlich hatten sie plötzlich auf diesem Hügel angehalten. Hier und da hob sich früher Morgennebel und verdeckte die Obstwiesen, die sich unter ihnen ausbreiteten. Sie standen so hoch, daß die Sonne sie traf, aber trotz ihrer Strahlen war die Kälte der Frühlingsnacht noch nicht vergangen, und so war es gleichzeitig heiß und kalt.

»Das ist es«, sagte Bojan, und obwohl er nicht hinzeigte, wußte sie, daß ihr Vater auf ein altes Haus in einiger Entfernung unter ihnen, den überwachsenen Hügel an der einen Seite, eine Apfelwiese an der anderen, starrte.

Vom Hügel aus konnte Sonja die Hütte betrachten. Eine stupsnasige Veranda war wie eine alte Mütze über die grün bemalten Schindeln gezogen, die im flachen Sonnenlicht glitzerten. Das Haus sah kaum anders aus als Hunderte von anderen Häusern, mit denen das Obstwiesental gespickt war. Sie waren nah genug,

daß Sonja Details ausmachen konnte. Die Obstwiese, mit den noch halbkahlen Apfelbäumen. Der prächtige Garten, in dem die Rosenbüsche gerade Knospen ansetzten, ein paar hohe Fichten, die hufeisenförmige Schotterauffahrt vor dem Haus. Die langen Schatten und wechselnden Strahlen des frühen Morgenlichts bedeckten ein Seitenfenster mit zittrigen Streifen, die sich so anmutig bewegten, daß sie sich fragte, ob die Hütte vielleicht ihre feste Form verlieren und sich in Wölkchen und Wellen auflösen würde. Rund um den Fensterrahmen, der Blasen warf und absplitterte und – ebenso wie die schuppigen Schindeln der Wände – dringend einen frischen Anstrich nötig hatte, begann eine große, buschige Kletterrose mit violetten Blüten gerade zu blühen. Sonja konnte auch eine weiße Spitzengardine erkennen, die in der Morgenbrise an dem alten, geöffneten Fenster sanft hin und her wehte.
Spitze und verwittertes Holz. Beides in Bewegung. Hier ist etwas, entschied Sonja, etwas Gutes. Aber die enge Verbindung von Spitze und Holz machte sie auch unruhig, kam ihrem Ich zu nahe, als daß sie sich behaglich gefühlt hätte.
Zwei Stunden lang saßen sie da in dem FJ und sahen das Haus in seiner idyllischen Umgebung an, dann warf Bojan seine zehnte Zigarette für diesen Morgen aus dem Fenster, spuckte kräftig aus, sah sich im Rückspiegel an, zog seine Krawatte fester, lockerte sie, zog sie wieder fest, feuchtete seine Fingerspitzen mit der Zunge an und fuhr mit ihnen seitwärts durch sein frisch geschnittenes Haar, atmete dann tief durch, ließ den Wagen an und fuhr den Hügel hinunter.
»Du erinnerst dich, letztes Jahr bei den Hisketts?« fragte Bojan, als sie in den Nebel eintauchten und näher kamen.
Sonja nickte.
»Du erinnerst dich auch an die Jean, die wir dort getroffen haben?« fragte Bojan, als sie von der Straße abbogen und die Auffahrt entlangfuhren.
Sonja nickte wieder. Sie erinnerte sich. Jean Direen. Still, aber

seltsamerweise nicht ängstlich. Ein scharf geschnittenes Gesicht, noch betont durch die Art, wie sie ihr langes, leicht ergrautes Haar zu einem Pferdeschwanz zurücknahm, und durch ihre geschwungene Brille. Ungewöhnliche Augen, grün und sanft. Sonja sah Erwachsenen nie in die Augen, nur wenn es sich nicht vermeiden ließ, zum Beispiel in der Schule, wenn Lehrer es verlangten. Aber sie hatte festgestellt, daß sie Jean Direen in die Augen sehen konnte, ohne sich bedroht zu fühlen. Sie war Sonja alt vorgekommen, vielleicht sogar älter als ihr Vater, aber mit einem unerwartet jugendlichen Körper. Stark, geschmeidig, ein Argument gegen die Art, wie sie ihr Gesicht präsentierte, und gegen die unansehnlichen Kleider, die sie trug. Sie war sanft, erinnerte sich Sonja. Sanft und lässig.
Und da auf einmal wußte Sonja, wo ihr Vater an den Sonntagen gewesen war, wenn er sie bei den Heaneys gelassen hatte. Selbst damals bei den Hisketts waren Jeans Gefühle für Bojan Sonja nicht verborgen geblieben, und vielleicht war das der Grund dafür, warum Sonja sich nach diesem zufälligen Treffen so gut an sie erinnerte. Denn Jeans Interesse an Sonjas Vater war wie ein Erröten sichtbar gewesen, und Sonja hatte es als glühende Hitze gespürt. Zuerst hatte ihr der Gedanke gefallen, daß sich ihr Vater auf eine Liebesbeziehung mit Jean einließ, denn es war interessant, sogar aufregend, und auf alle Fälle besser als die Nächte beim Kartenspiel zu verbringen oder auf dem Parkplatz eines Pubs darauf zu warten, daß er fertig wurde.

Und dann wurde es Nacht und wieder Morgen, es vergingen einige Wochen, dann waren fast ebenso viele Monate vergangen, und das alles auf eine Weise, die ewig weiterging und doch so kurz schien wie die Zeitspanne, die Bojan Buloh brauchte, um seine Krawatte festzuziehen, zu lockern und wieder festzuziehen. Das Leben nahm ein Muster an, das Sonja beruhigend und zunehmend angenehm fand. Während der Woche Arbeit und Schule in Hobart, mit einem veränderten Mann zum Vater, glücklich und locker im Umgang. Und jedes Wochenende fuhren sie an den Huon zurück zu Jean. Dort half Bojan im Obstgarten, reparierte Maschinen und Zäune, arbeitete an den Bäumen, spritzte und beschnitt sie, pflückte und verpackte. Auch Sonja half beim Pflücken und Verpacken der Äpfel, arbeitete manchmal neben Jean, manchmal neben ihrem Vater. Der Packschuppen war warm und voll von Licht und dem klappernden Geräusch der Äpfel, die auf das halbe Dutzend Helfer zurollten, auf Männer, Frauen und Kinder, und Sonja wickelte ihre Äpfel so sorgfältig und schnell in das weiche, rote Seidenpapier ein, wie sie nur konnte. Bis sie keine Lust mehr hatte; dann rannte sie hinaus in das grüne Gewirr des Obstgartens und half eine Weile beim Pflücken, bis es sie wieder in den Schuppen zurücktrieb. Und sie war nie im Wege, und niemand sprach jemals ärgerlich oder grob mit ihr. In der Geschäftigkeit dieser kleinen Obstplantage lag in diesem Sommer soviel Harmonie, und sie empfand es als Segen, daß sie daran teilhaben durfte, als wäre die Arbeit des ganzen Sommers ein unausgesprochenes und doch gemeinsames Gebet und sie ein fester Bestandteil dieses Gebets.

Jeden Sonntagmorgen stand sie kurz vor Sonnenaufgang auf, weil sie noch im Schlaf spürte, wenn das schwache Licht des Morgengrauens das Haus zu erfüllen begann. Sie ging in die Küche, stand im Nachthemd zwischen Vorhang und Fenster und beobachtete, wie die Sonne schwere, graue Wolken in aprikosenfarbenes, rosa und silbernes Licht tauchte. Der Himmel sah für sie aus wie eine riesige Regenbogenforelle, die über Jeans Hütte sprang. Sie sah den Obstgarten und dahinter einen Hügel, der von Buschwerk bedeckt war und sich aus ihrem Blickfeld erhob. Selbst von ihrem Standort in der Küche aus ließ der Blick, auch wenn er nicht weit reichte, ein Gefühl von Weite, von Offenheit zu.

Sonja steckte Papier und Holz in die kleine, von Asche gesäumte Feueröffnung des alten Herdes. Sie zündete das Papier an und hatte bald ein Morgenfeuer: laute, krachende, zischende gelbe Flammen. Damit der Qualm nicht die ganze Küche füllte, schloß sie die rußige, gußeiserne Tür des Herdes. Während das Holz spuckte und zischte, füllte sie den großen schwarzen Kessel am Wasserhahn aus Messing, stellte die Teekanne mit dem Blumenmuster, Tassen, Zucker und Milch auf ein Tablett. Die Teekanne war so groß und schwer, daß sie sie kaum heben konnte. Sie holte die Teedose herunter und füllte die große Kanne mit Teeblättern. Und während sie darauf wartete, daß das Wasser kochte, dachte sie oft, wie sehr sich ihr Leben verändert hatte seit diesem Morgen, als sie mit dem neuen Tisch aus Schierlingstanne angekommen waren, auf dem das Tablett jetzt stand.

Sie hatten alle in Jeans Küche herumgestanden und ihn bewundert, sie und Bojan und Sonja und der alte Archie, der im Haus lebte und seit dem Tod von Jeans Eltern ihrem Bruder Merv half, die Obstplantage zu betreiben, während Jean in der örtlichen Schule im Büro arbeitete. Sie stellten den Tisch hierhin und dorthin, um zu sehen, wohin er am besten paßte. Jean mochte den Tisch, schlicht und gut proportioniert anzusehen, elegant ohne Künstlichkeit. Er sei so schön bearbeitet, sagte sie. Das ganze Frühjahr, den Sommer und den Herbst waren Bojan und Sonja jedes Wochenende hierher zurückgekehrt, um an dem Tisch zu essen, um sich zu seltsam exotischen Mahlzeiten zusammenzusetzen. Manche hätte Bojan in seinem eigenen Haus niemals zugelassen, zum Beispiel Kürbis und Pastinaken mit Minzsoße. Sie aßen gebratenes und geschmortes Lammfleisch, von dem Bojan immer behauptete, das sei nur etwas für Serben, aber statt Jean zu beschimpfen, machte er ihr Komplimente, wie wunderbar sie es gekocht habe. Und sie aßen Suppen mit Sahne und Milch, was sowohl Bojan als auch Sonja erstaunte, obwohl Jeans Brot, wie Bojan sagte – und er meinte es auch so –, tatsächlich besser war als das seiner Mutter. Sie aßen mindestens ein Dutzend verschiedene Varia-

tionen von Apfelpudding und tranken süßen Tee mit Milch aus großen, bauchigen Bechern, groß genug, um darin Wäsche zu waschen.
Jean duftete immer nach Apfelblüten, unabhängig von der Jahreszeit, und Sonja und ihr Vater machten heimlich Witze darüber, denn ihr Duft war ebenso unausweichlich, wie er oft völlig unpassend war.
Eines Tages hatte Sonja hinten im alten Packschuppen ein strohgepolstertes Nest entdeckt, in dem eine Glucke ein Nest voll gelber Küken hatte, lebendige flauschige Bälle, die zirpten und piepten und auf und davon überall herumrollten. Da hatte nicht einmal der Duft von Apfelblüten Jeans Gegenwart verraten. Und weil Sonja dachte, sie sei allein, sang sie den Küken etwas vor.

»Spancek, zaspancek
crn mozic
hodi po noci
nima nozic.«

Sonja sang leise, liebevoll, ein Lied, das sie so lange kannte, daß sie sich nicht mehr daran erinnerte, wann sie es gelernt hatte, ein slowenisches Wiegenlied.

»Tiho se duri
okna odpro
vleze se v zibko
zatisne oko.

Lunica ziblje:
aja, aj, aj,
spancek se smeje
aja, aj, aj.«

Erst einen Moment bevor das Beifallklatschen einsetzte, konnte Sonja die Apfelblüten riechen. Erschrocken blickte sie auf und sah Jean, die am Ende des Schuppens stand und lächelte. Sonja sprang auf.

»Das war schön, Sonja«, sagte Jean. »Was heißt das auf australisch?«

Sonja lächelte verlegen zurück. Sie bewegte sich an der Seitenwand entlang, schnell wie eine Spinne, die Schutz sucht, sah die ganze Zeit Jean an, rannte aus dem Schuppen und rannte weiter durch den Obstgarten bis zum Fluß.

Was bedeuteten die Worte? Sie hatten keine Bedeutung. Es waren Nonsensworte wie »Humpty-Dumpty«. Und doch bedeuteten sie alles. Sie wußte, sie bedeuteten alles. Sie wußte, sie bedeuteten Liebe, aber warum? Sie rannte schnell, ihr Atem ging stoßweise, rollend …

Sie kam zu sich und merkte, daß der Teekessel kochte, wild sprudelte und Wasser auf den heißen Ofen platschte und zischte. Sie ergriff den Kessel mit einem zusammengelegten Geschirrtuch, nahm ihn vom Ofen und verbrühte sich in der Eile ein wenig. Sie goß das kochende Wasser in die Teekanne. Dann ging sie wie an jedem anderen Sonntagmorgen von der Küche durch den Mittelflur, der noch dunkel war und muffig und friedlich und vertraut nach Schlaf duftete. Sie ging langsam und vorsichtig mit gesenktem Blick ins Schlafzimmer, konzentrierte sich fest auf das schwere Tablett, um sicherzugehen, daß es waagerecht blieb und sie nichts verschüttete. Sie stellte das Teetablett auf einen kleinen, alten Tisch, der an der Wand unter einer Spitzengardine stand, die am Fenster hin und her wehte. Sonja blickte vom Tablett auf und in Jeans Schlafzimmer umher. Es war ein wunderschönes Zimmer, in einem verwaschenen, gesprenkelten Grün gestrichen, hatte hohe Wände, und vom Fenster aus sah man den jetzt blühenden Apfelgarten. Das Sonnenlicht strömte wie ein Fluß durch das Fenster und ergoß

sich über Jean und Bojan, die zusammen in einem hohen Holzbett lagen.
Sonja dachte, wie ruhig und glücklich sie aussahen. Hier war für sie wie für ihren Vater eine Insel des Friedens. Lange hatte sie den Tee ins Schlafzimmer gebracht, hatte manchmal ein bißchen gesprochen, aber aus Scheu vor Jean hatte sie sich bald entschuldigt und war gegangen. An diesem Morgen jedoch merkte Sonja, daß ihre Scheu verflogen war und daß sie sich nichts in der Welt mehr wünschte, als einfach zu ihnen auf diese Insel zu klettern, zu Bojan und Jean in dieses hohe Holzbett zu kommen und den Strom aus Licht rundum zu fühlen. Sie sah Jean an, und Jean zog schon die Decke zurück, und Sonja war schon fast in Jeans warmer, schlaftrunkener Umarmung angekommen, als Bojan, ohne daß Jean es sehen konnte, den Kopf schüttelte und sie mit einer Handbewegung wegscheuchte.
Zwei kleine Gesten, aber sie rissen Sonja zurück.
Sie zögerte, blickte ihren Vater scharf an und kletterte dann pflichtschuldig wieder von dem großen Bett herunter. Jean drehte sich um und sah Bojan an, der sich an ihren Rücken geschmiegt hatte. Er lächelte und küßte sie auf die Nase. So konnte Jean die tonnenschwere Einsamkeit nicht sehen, die über Sonjas Gesicht hereinbrach, als sie an dem Spitzenvorhang vorbeiging und das Schlafzimmer verließ.

KAPITEL 39

1961

Er roch nicht nach saurem Schweiß und frischem Brot, also wußte Sonja, sie hatte nichts zu befürchten. Und doch war es ungewöhnlich, daß Bojan sie von der Schule abholte und sie in einer Stimmung nach Hause fuhr, die sie nur ansteckend albern finden konnte: An der Tür hieß er sie stehenbleiben und die Augen schließen und legte ihr eine Hand über die Augen.

In der vollkommenen Finsternis hörte sie Bojans Stimme sprechen, nicht, wie er noch im FJ und überhaupt immer gesprochen hatte, mit rollendem slowenischem Akzent, sondern in einem gestelzten Australisch, als finge er mit jedem Wort einen neuen Satz an.

»Von heute an sprechen wir richtiges Englisch.«

In der Schwärze, die so vollständig und rätselhaft war, hörte sie ihre eigene, aufgeregte Stimme.

»Aber Artie – du bist lustig, wenn du Slowenisch sprichst und all deine Späße machst.« Obwohl Bojan im allgemeinen darauf bestand, daß sie Englisch und nicht Slowenisch sprachen, neckte er sie manchmal ein bißchen, wenn er guter Laune war, und spielte mit Worten aus seiner Muttersprache.

Aber in diesem schwarzen Universum klangen seine englischen Worte unerbittlich.

»Nein, Sonja, es wird nichts aus dir, wenn du Slowenisch sprichst, dann geht es dir am Ende wie mir. Von jetzt an wirst du richtiges Englisch sprechen. Dann hast du vielleicht eine Chance.«

»Englisch taugt nicht für Späße.«

»Englisch taugt für Geld.« Immer noch hielt er seine große Hand über ihre Augen. »Jetzt komm mit.« Mit ihm dicht auf den Fersen stolperte sie in die Richtung, in die er sie führte. Es war ein seltsamer Tanz durch die Tür und durch die Wohnküche, der sie daran erinnerte, wie anmutig seine Bewegungen sein konnten. Dann blieben sie stehen.

Er lachte und rief dann voller Freude: »Augen auf!« Und damit nahm er seine Hände weg.

Ihr ganzes Blickfeld wurde ausgefüllt vom seltsamsten Anblick aller Zeiten: Da standen vor ihr in der Ecke des Wohnzimmers vierundzwanzig Bände einer Enzyklopädie. Die schwarzbraunen Rücken standen ordentlich aufgereiht in einem nagelneuen Bücherregal von der kümmerlichen Art, wie man sie als Zugabe zu den Büchern bekam. Bojan hatte die Bücher und das Regal so in der Wohnung aufgestellt, daß es an die Grotten erinnerte, die man überall auf den Feldern Sloweniens fand und die der Jungfrau Maria in der Hoffnung auf göttliches Eingreifen geweiht waren. Denn dies war eine Liebesgabe, von der Bojan sich eine ebenso wunderbare Erlösung erhoffte. Um die Bedeutung der Enzyklopädie noch zu betonen, hatte er das kümmerliche Bücherregal auf eine Kiefernkommode gestellt, die er gebaut hatte und in der sie Kleider und Wäsche aufbewahrten. Auf der Kommode, zu beiden Seiten des Bücherregals, stand je eine neue rote Kerze auf einer Untertasse. Abgesehen von der Enzyklopädie war das Bücherregal leer, denn es gab keine anderen Bücher im Haus, und so hatte Bojan oben auf das Regal voller Stolz ihre Salatschüssel gestellt.

Sonja starrte vor sich hin. Sie war verwirrt. Bojan stand hinter ihr und strahlte.

»*Encyclopaedia* scheiß *Britannica*«, sagte er nach einem langen Schweigen, und seine Stimme war voll von berechtigtem Staunen und Stolz. Er war so aufgeregt, als hätte er in den vierundzwanzig einheitlich gebundenen Bänden endlich den Schlüssel zu ihrer gemeinsamen Freiheit gefunden.

Sonja näherte sich den Büchern und spürte, wie sich ein schweres Netz aus vergeblicher Hoffnung um sie zusammenzog.

Sie fuhr mit den Fingern über die Raupe aus dunklen, zusammengedrängten Buchrücken. Etwas mutiger geworden, nahm sie einen der Bände heraus, fühlte sein Gewicht, beobachtete, wie die vollgestopften Seiten unter ihren Fingerspitzen verrannen, als sie hineinspähte.
»Jetzt lernst du Englisch richtig gut«, sagte Bojan stolz. »Jetzt geht es dir nicht wie mir.«
Seltsam und fremd, wie das Geschenk war, bewirkte es eine gewisse Spannung in Sonja, und mehr noch die offensichtliche Freude, die es ihrem Vater machte. Aber sie spürte auch eine angstvolle Vorahnung. Ohne auch nur ein Wort gelesen zu haben, fragte sie sich, wie sie das alles oder auch nur einen Teil davon verstehen sollte, denn es gab keine Geschichte, keine erkennbare Person, die sie durch dieses Labyrinth aus Wörtern führen könnte. Und ohne einen Führer, das wußte sie, würde sie sich verlaufen. Und dann gab es noch etwas, das ihr plötzlich Sorgen bereitete.
»Artie«, fragte sie, »wieviel hat das gekostet?«
»Keine Sorge. Der Verkäufer und ich haben verhandelt, ich muß es nicht jetzt gleich bezahlen.« Bojan lächelte gütig. »Ich zahl drei Jahre lang, soundso viel im Monat.« Er zuckte mit den Schultern. »Aber das laß meine Sorge sein.« Er sank neben Sonja auf die Knie, sah mit glühendem Blick die Enzyklopädie an, als wäre sie eine Erscheinung der leibhaftigen Jungfrau Maria, und legte Sonja einen Arm um die Taille. »Der Verkäufer, der sagt, besser kann man nicht Englisch lernen, als wenn man *Encyclopaedia Britannica* liest.« Sonja schien noch nicht recht überzeugt, also sprach Bojan weiter, um sie zu begeistern. »Alles, was du tun mußt«, sagte er, »ist lesen.«

Für kurze Zeit, für eine sehr kurze Zeit, vielleicht zwanzig Minuten insgesamt, fand Sonja die Enzyklopädie interessant. Für eine viel längere Zeit las sie sie nur aus Respekt für ihren Vater. Sie begann mit Band eins und war entschlossen, die ganze Enzyklopädie Seite für Seite zu lesen, Band für Band, wie mühsam diese Arbeit auch sein mochte. Bojan fand, das sei ein weiser und fleißiger Gebrauch der Bücher. Sonja las pflichtschuldig ein paar hundert Seiten, bis sie merkte, daß sie ihre Augen nicht daran hindern konnte, glasig zu werden und über Wörter, dann Sätze, dann ganze Artikel und große Abschnitte wegzugleiten. Sie merkte, es war möglich, das Geschriebene genau zu lesen, ohne daß es etwas bedeutete, ohne daß es sie in irgendeiner Weise klüger machte. Als sie dies langsam sich selbst gegenüber zugab, wurde ihr erst richtig klar, wie fruchtlos ihr Ehrgeiz war.

Dennoch, einige Monate lang saßen sie jeden Morgen an dem Küchentisch aus rosa Marmorimitat und frühstückten. Vor jedem standen zwei Schüsseln, eine mit dampfend heißer goldgelber Polenta, die andere leer. Sonja füllte die leeren Schüsseln mit dem dicken, schwarzen, türkischen Kaffee, dann senkte jeder seinen Löffel in die Polenta, und wenn er voll war mit dem leuchtendgelben Mais, tunkte man ihn in den dunklen, süßen Kaffee und steckte sich, über die Schüssel gebeugt, die vom Sirup bedeckte Polenta in den Mund. Bojan warf einen Blick in die *Sporting Globe,* die er zu einem leichter zu handhabenden Viertel gefaltet hatte, und hielt sie auf Armlänge von sich weg. So hielten einige der alten Kerle bei Smoko ihre Zeitungen, so kam es ihm passend und richtig vor, selbst wenn er nur gelegentlich einen Satz und einige Bilder verstand. Sonja hatte an ihrer Seite einen dicken Band der *Encyclopaedia Britannica.* Sie las darin, mehr aus Pflichtbewußtsein denn aus Begeisterung oder Interesse, und manchmal fragte er sie, wie weit sie war, und sie antwortete: »Band zwei, Seite 316«, oder »Band drei, Cr bis Da, Seite 1562«, und um ihm ihre Ergebenheit zu beweisen und ihm zu versichern, daß sie keinen Unsinn redete, stellte sie ihm seltsame, nicht zu beantwortende Fragen wie: »Wußtest du, daß es mehr als 782 Arten von Krustentieren gibt?«

»Meine Fresse«, sagte Bojan dann unvermeidlich in seinem

schönsten Australisch, und manchmal lachte er, über seine eigene Unwissenheit und aus Stolz darüber, daß sie all das wußte. Aber er lachte auch darüber, wie hirnverbrannt all dieses Wissen war, denn Bojan war kein Dummkopf, und er fand, ganz richtig, dieses Wissen in Wirklichkeit vollkommen nutzlos. Er dachte aber auch, ganz falsch, daß sich am Besitz all dieses nutzlosen Wissens der Unterschied zwischen Scheitern und Erfolg im Leben ermessen ließ. Sonja lächelte dann zurück und dachte, wie immer, wenn sie sah, wie sich der Löffel mit dem Haufen goldener Polenta in die Schwärze des Kaffees senkte, an die Sonne, die am Abend in die Nacht versinkt.

KAPITEL 40

1962

Sie hatten Äpfel gepflückt, Cox Orange Pippins, den ganzen, für die Jahreszeit zu strahlenden und heißen Tag lang und den größten Teil des Tages zuvor. Sonja fragte sich, wie lange es dauern würde, ihren Leinensack zu füllen, ob es wohl soundso viele Bäume sein würden oder ob sie das Ende ihrer Reihe erreichen würde, bevor Bojan auf der anderen Seite ankäme, und wenn ja, ob er, wenn sie ihren Sack schneller füllte als er, für immer bei ihr bleiben würde, und ob es immer so sein würde wie jetzt, oder ob das nur dann geschehen würde, wenn sein Sack als erster voll war? Und immer war sein Sack doppelt so schnell voll wie ihrer, und die Fragen blieben immer unbeantwortet – Konnte es für immer und immer so bleiben wie jetzt? Konnte es? Konnte es das? –, nie beantwortet, und der Sack wurde niemals voll.

Dann war Sonja zu der Toilette gegangen, ein hölzerner Außenverschlag, den sie bei Tag liebte und nachts fürchtete. Er hatte eine Neigung wie der schiefe Turm von Pisa, und noch wunderbarer für ein Kind war die Innenausstattung, denn er war von oben bis unten mit Bildern aus Zeitschriften und Zeitungen tapeziert. Einige waren alt und vergilbt, einige blätterten ab, einige waren neu und leuchtend bunt. Teile der Wand waren mit Postkarten von fernen Orten gepflastert. Ein altes Bild von Touristen auf einer Piazza in Venedig, ein Doppeldeckerbus in London, eine alte, verfärbte Postkarte von Dubrovnik.

Wie liebte Sonja es, in der schläfrigen Abgeschlossenheit dieses Verschlags zu verweilen! Sonnenlicht fiel durch die Ritzen in der Tür und erhellte das Innere – die hölzerne, frisch mit grüner Farbe gestrichene Sitzbank, auf der Sonja saß und den Schlüpfer um die Knöchel hängen ließ, der schwere, leuchtend rot gestrichene Deckel. Und diese Bilder, diese verzaubernden Bilder! Sie hörte den alten Archie den kleinen Hügel zu dem Verschlag hinaufkommen, wie er mit seiner flachen, alten Stimme, die ebenso klapprig und beruhigend klang wie die Sortiermaschine für die Äpfel, sein Abschiedslied für den Cox Orange Pippins zum Ende der Pflückzeit sang:

Die letzten Pippins sind gepflückt,
und gelbe Blätter taumeln von den Bäumen.
Die letzte volle Kiste, das Markenzeichen eingebrannt,
fährt mit der Bahn zum Schiff nach Übersee.

Wir haben wie Vieh geschuftet,
mit einem Pflücksack im Nacken.
Wir haben die Pest und das Wetter bekämpft,
die uns die Ernte bedrohen.

Sonja saß und blickte auf die Zeitschriftenbilder, die die Wand schmückten, Bilder von entlegenen, romantischen Orten. Sie hatte den praktischen Grund ihres Aufenthalts auf der Toilette längst vergessen, und ihre Gedanken wanderten durch verfärbte Träume von Europa, über denen Archies Lied murmelte und sich schlängelte:

Den Pflug habe ich jetzt aufgegeben.
Ich laß ihn ohne Seufzer stehn.
Und zu den Äpfeln, die in Zukunft wachsen,
sag ich: Leb wohl, Mr. Pippins, leb wohl.

»Warst du schon mal in Dubrovnik, Archie?« fragte Sonja. Sie starrte auf das wellige Bild von Dubrovnik, das für sie genauso aussah, wie sie sich eine Stadt aus den Erzählungen von Flaschengeistern und Sultanen vorstellte.

»Warst du da, Archie? In Dubrovnik, Archie?« fragte Sonja. Draußen befestigte Archie die Sicherheitsnadel, die seinen Hosenträger und die Hosen zusammenhielt, steckte das ausgeblichene blaue Flanellhemd wieder in die Hose, nahm dann einen letzten Zug aus seiner Selbstgedrehten und warf den Stummel weg.
»Nein«, sagte Archie, und er sprach, als redete er mit dem Himmel. »Aber ich bin sicher bis zum Arsch der Welt und zurück gereist, bis du von diesem verdammten Thron runterkommst.«

Bis zum Nachmittag hatten Hitze und Arbeit ihren Tribut von Sonja gefordert, und sie legte sich in den Obstgarten, um sich auszuruhen, und schlief sofort ein. Sie erwachte ganz benommen und sah Jean, die auf der obersten Sprosse einer Leiter stand und einige Äpfel von einem Baum pflückte, nicht weit von der Stelle entfernt, wo Sonja lag. Bojan stand unter ihr und sammelte die Äpfel in eine Holzkiste, und die Baumreihen bildeten eine grüne Grotte um sie beide. Dann stieg Jean hinunter, und sie umarmten sich zärtlich. Sie küßten sich.
»Sonja ...?« fragte Jean und nickte zu der Stelle, wo Sonja auf einem nahen, sonnigen Grasfleck zu dösen schien. Sie wollte das Kind offenbar nicht kränken.
»Keine Sorge«, sagte Bojan. »Sie schläft.«
Sonja zwinkerte, blinzelte und konzentrierte sich reglos auf das, was da stattfand. Sie beobachtete mit einem ungemütlichen Gefühl, wie Bojan zärtlich mit seinen Händen durch Jeans Haar fuhr, wie er mit der gleichen Zärtlichkeit eine ihrer Brüste in die Hand nahm und ganz langsam darin rollte. Diese Gesten beunruhigten Sonja, wie es der Anblick ihres Vaters mit Jean im Bett seltsamerweise nicht getan hatte. Im Bett hatten sie es sich gemütlich gemacht, aber hier und jetzt war eine Intimität im Schwange, die über das hinausging, was sie mit ihrem Vater jemals erlebt hatte, und die Folgen dieser Intimität störten sie. Aber die Sonne war stark und das Gras weich, und ihre Schläf-

rigkeit gemeinsam mit dem Bewußtsein, daß sie etwas gesehen hatte, das nicht für sie bestimmt war, ließ sie die Augen wieder schließen.

Und ihr Tagtraum machte einem schrecklichen Alptraum Platz. Wieder saß sie auf dem Rücksitz von Picottis Pontiac, kauerte in der Ecke. Picotti saß auf dem Fahrersitz, das Gesicht Sonja zugewandt, lächelnd forderte es sie auf, zu ihm zu kommen. Sie warf einen Seitenblick aus dem Fenster und sah Bojan, der im Obstgarten mit Jean sprach. Sie schrie nach Bojan um Hilfe, hörte aber nichts, und ebensowenig, das wurde Sonja klar, hörte Bojan etwas, der sich von ihr abwandte und Jean umarmte. Je mehr ihr Entsetzen wuchs, um so mehr schrie Sonja lautlos, um so weniger schienen sie ihre Not zu bemerken und um so leidenschaftlicher wurden ihre Umarmungen und Küsse. Es schien keine Hoffnung zu geben, keine Möglichkeit der Rettung, der Sicherheit.

Später erinnerte sich Sonja, wie der Alptraum nahtlos in die Wirklichkeit übergegangen war, denn plötzlich wurde sie von einem Schlagloch wachgerüttelt und setzte sich auf, um sich auf dem Rücksitz des FJ wiederzufinden, der auf einer Nebenstraße mit Apfelgärten zu beiden Seiten eine große Staubwolke aufwirbelte. Bojan sah herüber zu Sonja und lächelte.

»Wach jetzt?« sagte er.

Sonja war noch schläfrig und murmelte ihre Antwort nur. Bojan atmete ein. Vor sich sah er einen Zaun, der alt war und dessen uralte, zersplitterte Pfosten dringend ersetzt werden mußten, einen Packschuppen, dessen Blechdach lose war und vor dem Winter noch befestigt werden mußte. Er sah Dinge, die erledigt werden mußten, auf die man aus verschiedenen Gründen aber nicht geachtet hatte.

»Gutes Wochenende, hm?« sagte Bojan. Für Sonja war es ein Wochenende gewesen, das mehr oder weniger jedem anderen in diesem Sommer glich. Sie nickte vage. »Sonja – was denkst du, wenn Jean und ich, wenn wir heiraten? Wenn Jean deine

Mama wird?« Er sagte es lässig, als bedeute es nichts, als fragte er nur, ob sie mehr oder weniger Essig auf dem Salat mit Öl wollte.
Sonja kam zu sich. Ihr Traum hatte sie verschreckt und empfindlich gemacht. Sie brauchte ihren Vater sehr, und der sagte ihr gerade, er werde sich wohl an einen anderen Menschen binden. Außerhalb des FJ sah sie eine Welt, die grün war, einen blauen Himmel, eine Welt, in der die Menschen in Ordnung zu sein schienen, in der das Leben so war, wie es anscheinend sein sollte. Sie hatte zu viel Wechsel erlebt und wollte keinen mehr. Sie fühlte, wie die Verwirrung der Liebe an ihr zerrte, fühlte ihre Sehnsucht, die Dinge so zu lassen, wie sie waren, fühlte dies mit ihrem Wunsch kämpfen, alles zu verändern oder alles zu vergessen, fühlte die Angst der Liebe davor, daß eine andere Liebe die ihre womöglich überschwemmen könnte.
»Nein, nein, Artie, nein ... Ich will das nicht. Sie ist ...« Sonja suchte nach einem Argument gegen Jean, fand aber keins. Das Arrangement dieses Sommers hatte ihr gefallen, Jean als die Gebende, sie beide, die alles miteinander teilten: Es war keine Bedrohung für sie. Sonja griff nach dem Offensichtlichen. »Sie ist zu alt. Ich will bloß dich. Ich will sie nicht. Ich will uns.«
Bojans Lächeln verschwand langsam.
»Zusammen. Uns. In unserem Zuhause.«
Bojan schluckte. Keiner von ihnen sprach mehr ein Wort auf dieser Heimreise, die lange dauerte, länger als irgendeine, an die sich einer von ihnen zurückerinnern konnte.

KAPITEL 41

1962

Danach war nichts mehr wie zuvor. Am folgenden Samstag arbeiteten sie in der Werkstatt, Sonja hatte wieder das Schmirgeln übernommen, Bojan markierte ein Stück billiger tasmanischer Eiche, aus dem die Bretter für ein kleines Bücherregal geschnitten werden sollten, hatte eine qualmende Zigarette im Mund und eine offene Bierflasche auf der Werkbank neben sich stehen.

Die drückende Hitze dieses Tages nahm mit der schläfrigen, für den Herbst ganz untypischen Abendschwüle kein Ende. Keiner von ihnen hatte viel gesprochen, und Sonja, die die Schwermut ihres Vaters wie ein körperliches Gewicht spürte, nahm all ihren Mut zusammen, um nach dem zu fragen, das sie beide verstört hatte.

»Warum fahren wir dieses Wochenende nicht zum Obstgarten?«

Bojans wehmütige Melancholie verschwand sofort. Er sah das Maßstück genauer an, als sei der nächste Zug der Säge weit wichtiger als alles, was Sonja sagen konnte.

»Du hast gesagt, du liebst Jean«, sagte Sonja. Sie hatte weder das noch irgend etwas anderes sagen wollen, aber es rutschte ihr so heraus, weil er sie mit keinem Blick zum Schweigen brachte.

»Sicher«, sagte Bojan. »Das habe ich vielleicht gesagt. Vielleicht auch nicht. Aber ich habe dich.« Und um es ebenso klar wie endgültig zu machen, fügte er hinzu: »Wir fahren da nicht mehr hin, Sonja. Nie mehr. Das hast du so gewollt, und das hast du jetzt bekommen.«

Damals jagten seine Worte Sonja noch keinen Schrecken ein, denn sie wußte nicht, daß er es wirklich so meinte. Sie wußte,

er war aufgewühlt, aber sie dachte, es würde vorübergehen, und dann würden sie zu Jean zurückkehren, und alles würde sein wie vorher. Sie konnte nicht wissen, daß er jahrelang daran arbeiten würde, die Kraft seiner Entschlossenheit zu beweisen, niemals wieder dorthin zu fahren, nur um an der grausamen Unfairneß dessen festzuhalten, was er einmal gesagt hatte.
Sonja wollte nicht aufgeben. Sie griff ein Thema auf, über das er nie sprach und für das sie sich neuerdings interessierte und dachte, das täte er auch.
»Ist Slowenien schön, Artie?«
Bojan richtete sich auf und sah sie an. Als sie merkte, daß er zuhörte und nicht ärgerlich wurde, fuhr sie fort.
»Und Europa? Ist es wie auf den Bildern in Jeans Toilette?«
Auf irgendeine Weise schien das mitten in seine Traurigkeit zu treffen.
Vielleicht hatte Bojan Jean heiraten wollen, hatte aber allein nicht die Kraft, es wirklich durchzuführen. Vielleicht hatte er Sonjas Begeisterung für den Gedanken gebraucht, weil er solche Angst hatte. Und vielleicht fühlte er sich ebenso wie sie letztlich sicherer, wenn er nichts riskierte. Es gab Gedanken, die ihn jede Nacht erschreckten, wenn ihm die Idee in den Sinn kam, wieder mit einer Frau zusammenzuleben. Hinter diesen Gedanken strömten die Erinnerungen, begleitet von dem Gefühl, er selbst sei so niedrig und verächtlich, daß er fürchtete, was passieren würde, wenn er sich jemals auf ein so vergebliches Wagnis wie eine neue Ehe einließ. Denn er liebte Jean, und Jean liebte ihn, aber er glaubte nicht mehr an die Liebe. Es gab Dinge in dieser Welt, hatte er erkannt, die mächtiger waren als die Liebe.
»Ist es schön da, Artie?«
Und als er antwortete, schien er ebensosehr über Jean, über sich, über sie alle zu sprechen wie über Europa. Er hielt sich bei jedem Wort auf und brachte unabsichtlich eine ganz andere Bedeutung in den Satz.

»Es war«, sagte er, »... *saumäßig* –« Er hielt inne, anscheinend verwirrt vom fremden Klang der englischen Worte. »... schön.« Er beugte sich hinunter und legte das Maßstück wieder auf die tasmanische Eiche, bereit, seine Arbeit wieder aufzunehmen, aber dann streifte ihn eine Erinnerung. Er hielt noch einmal inne und richtete sich wieder auf. Er sah Sonja noch einmal an.
»Ich erzähle dir die beste Geschichte, die ich über Europa kenne. Es war vor dem Krieg. Der reichste Mann in unserem Dorf – ein dicker, fetter, gemeiner Bastard war er, Jesses, du hättest ihn sehen sollen! –, und dieser Bastard hat das meiste von seinem Besitz in Schweine gesteckt, die er unten in seinem großen Haus hält.
Na, eines Nachts, mitten im Winter, Schnee überall, fängt das Haus des reichen Mannes Feuer. Alle im Dorf helfen, die Schweine aus dem brennenden Haus retten. Aber so schnell, wie sie sie aus dem brennenden Haus zerren, rennen die Schweine zurück in die Flammen.«
»Warum?« fragte Sonja.
»Warum?« wiederholte Bojan. »Du fragst mich, warum? Wer weiß, warum? Das ist Europa. Das meine ich. Kannst du das glauben? Ich nicht. Keiner konnte. Es war, als ob das Feuer sie verhext hätte und sie verliebt wären.« Er lachte, aber es war klar, daß er die Geschichte nicht lustig fand. »Am Ende waren die Schweine alle verbrannt, und die Stadt stank tagelang nach verbranntem Schweinefleisch. Witzig, hä?«
Aber er lächelte nicht.

Das war das Ende. Der Winter kam. Die weiße Spitzengardine in dem alten Holzfensterrahmen vergilbte, ein Kokon, aus dem der Schmetterling vor langer Zeit ausgeflogen war. Jean stand drinnen, die Arme verschränkt, sah aus dem Fenster ins Weite, als warte sie auf Bojans und Sonjas Rückkehr.
Sie stand viele Tage lang so, manche Leute unten am Huon sagen, für einige Monate, und ein paar sagen sogar, jahrelang.

Aber es war sinnlos, auch nur für eine Stunde dort zu stehen und zu warten. Die vielversprechende Staubwolke kündigte viele vorbeifahrende Wagen an. Aber nie war es Bojans FJ, der unter einer Last neuer Möbel herankroch, die Bojan geschreinert hatte, um sich selbst von dem zerbrechlichen Gedanken zu überzeugen, daß etwas noch Größeres als seine Liebe zu ihr oder etwas noch Schöneres als ihre Liebe zu ihm existieren könnte, nämlich der Gedanke, daß Menschen ein gewisses Maß an Gnade finden können, wenn sie zusammenleben.
Es begann zu regnen, erst ein paar sanfte Spritzer, dann ein langsames Trommeln auf dem Blechdach. Es wurde dunkler. Nach einer Weile fand Jeans Starren und Denken ein Ende, und sie streckte die Arme aus, um das alte Fenster herunterzuziehen und dann schwere, dunkle Vorhänge vor das Fenster, vor die Spitzengardine zu ziehen, und die Spitzengardine spielte nicht mehr in der sanften Morgenbrise, sondern wurde still und spröde und sammelte schweren Staub an. Der Regen fiel weiter auf das Glas, bildete Rinnen und Bäche im Schmutz auf dem Fenster.
Die Rosen neben Jeans Schlafzimmerfenster welkten und starben. Ihre Blütenblätter fielen zu Boden, um dort die letzte Farbe und Form und den letzten Duft zu verlieren, und Jean zog keinen Trost aus dem Wissen, daß die Blumen langsam in die feuchte Erde zurückkehrten. Man konnte, so hatte sie vor langer Zeit beschlossen, wenig Trost aus irgend etwas ziehen außer aus anderen Menschen. Sie war sich nicht sicher, ob sie noch die Kraft hatte, diesen zerbrechlichen Trost zu suchen.

KAPITEL 42

1962

Dann ging das Bücherlesen zu Bruch, als ob das Buch in der Nacht, während sie schliefen, unhörbar zugeklappt worden sei; und nichts konnte mehr so sein, wie sie es haben wollten, es konnte nicht einmal mehr so sein, wie es war. Bojan griff wieder zur Flasche, und Sonja haßte ihn dafür, o Gott, wie sie ihn dafür haßte. Sie mußte es mit ihm aushalten, weil sie ein Kind war, weil sie seine Tochter war und er ihr Vater, aber beides hörte auf, Wirklichkeit zu sein und wurde zu Worten, denen keiner von ihnen traute und die keiner von ihnen verstand. Er wußte nicht, was er mit sich anfangen sollte, geschweige denn mit ihr, und obwohl sie wußte, was sie wollte, gelang es ihr nicht, es zu erreichen, und so ging sie einfach jeden Nachmittag nach der Schule mit Bojan.

Sie ging zu Fuß oder fuhr mit dem Bus, meistens von beidem ein bißchen, um zu der Baustelle zu kommen, wo Bojan zu der Zeit gerade arbeitete, und dort wartete sie im FJ, stundenlang, bis zum Feierabend. Im FJ las sie nicht in ihren Schulbüchern, denn das Lesen war ein Fremdling, dessen Bekanntschaft zu machen ihr, wie sie erkannt hatte, nicht bestimmt war. Sie zeichnete Blumen. Manchmal stieg sie aus dem Auto, ging spazieren, beobachtete ihren Vater aus der Ferne und bewunderte ihn, dachte, so würde sie sich immer an ihn erinnern, mit seinem ständig gebeugten Rücken und den schönen Bewegungen unter der lose sitzenden alten Arbeitskleidung. Sie hatte in ihrem kurzen Leben genug körperliche Arbeit verrichtet, um ihn um seine harte *Yakka* – wie er es in der Art seiner Arbeitskollegen nannte – nicht zu beneiden. Aber sie sah ihn gern so, und manchmal wünschte sie sich, mit ihm auf der Baustelle zu arbeiten. Manchmal tat sie es sogar, machte sauber, holte Material und Werkzeug, denn dabei sah sie das Beste in ihrem Vater. Dann verstand sie, wie er die Welt und alle Menschen darin sah: durch seine Arbeit mit anderen.

Aber wenn die Tagesarbeit getan war, fuhr Bojan in den Pub statt nach Hause und ließ Sonja auf einem kleinen Schotterparkplatz im Wagen zurück.

»Keine Sorge«, sagte er unweigerlich, »ich trinke nur ein Glas.«

Die Sonne stand schon niedriger. Sie blinkte auf Windschutzscheiben, glitt über den spiegelnden Chrom der neuen Zephyrs, Hillmans und Holdens, versank in den warmen, erdigen Ockerfarben der Roststellen an den älteren Autos. Die Sonne sank. Bojan blieb im Pub. Wenn es auf dem Parkplatz dunkel wurde, gingen die Straßenlaternen an, und Sonja wartete immer noch. Dann, wenn sie es am wenigsten erwartete, wenn sie alle Hoffnung aufgegeben hatte, stand Bojan wie aus dem Nichts am Seitenfenster des Wagens und winkte mit etwas in seiner Hand. Endlich, dachte Sonja, endlich, endlich können wir nach Hause. Sie lächelte. Bojan steckte den Kopf zur Tür herein und bot ihr mit einem schiefen Lächeln eine große, eingewickelte Tafel Schokolade an.

Sonja ignorierte die Schokolade und sah direkt zu Bojan auf. Sah in seine vom Bier glasigen Augen. Ruhig und gelassen sagte sie: »Artie, können wir bitte nach Hause fahren.«

Bojan, unvermeidlich betrunken, lachte unvermeidlich und sagte: »Es ist eine Familientafel.« Und lachte noch mehr. »Die Schokolade – eine Familientafel.« Das tat er immer, wenn er betrunken war, daß er seine Witze erklärte, als ob ihr Scheitern sich aus der unzureichenden Sprachkenntnis des anderen ergab. Es schien ihm nie aufzufallen, daß vor allem der Witz vielleicht nicht ganz so lustig war. Und sie machten sie so wütend, diese Witze.

»Ich will nach Hause.«

»Wohin?« fragte Bojan. »Welches Zuhause? Du und ich haben

kein Zuhause, Sonja. Verstehst du?« Er lachte noch mehr, und dann verwandelte sich sein Lachen in Weinen. Der vom Bier glasige Blick wurde von seinen Augen abgewaschen. »Wir haben eine Kanakenbude, meine Sonja. Eine Kanakenbude. Verstehst du das nicht?«

Und dann drehte er sich um und ging zurück in den Pub. Die Männer, die später am Abend aus dem Pub heraustaumelten, sahen, wie an so vielen anderen Abenden, das Auto mit dem kleinen Mädchen darin, angeleuchtet von einer nahen Straßenlaterne.

Manchmal sahen sie, wie das kleine Mädchen auf dem Fahrersitz saß und zum Horizont blickte, als ob es irgendwo hinfuhr, sehr weit weg, und schon viele, viele Stunden auf der Reise war. Manchmal, wenn sie näher kamen, fanden sie sie fest schlafend auf dem Rücksitz. Und manchmal, sehr spät in der Nacht, konnten sie sie am Fenster auf der Beifahrerseite sehen, wie sie die Hände ans Fenster legte und schrie, einen ganz entsetzlichen Schrei, lang und leise und klagend.

Drinnen im Pub, der alles ausschloß außer der Kumpanei männlicher Erwachsener, herrschte Lärm, tiefe Traurigkeit und eine selbstsüchtige Verzweiflung. Auf der Höhe der Theke hätte ein Kind – wenn ein Kind einen solchen Ort jemals beehrt hätte, was es natürlich, ebensowenig wie eine Frau, niemals tat –, hätte also ein Kind nur Gläser gesehen, die gehoben und gesenkt wurden, Bierpfützen auf der Tischplatte, Zigaretten, die im Aschenbecher ausgedrückt wurden, Hände, die gestikulierten. Zwischen Biergläsern, die wie Gitterstäbe dastanden, hätte das Kind gerade eben zum Fenster hinaus und zu dem Auto sehen können, in dem Sonja saß und schrie. Aber statt der Schreie hätte das Kind nur das Klirren der Gläser und das Lachen der fröhlichen Männerrunde hören können. Es hätte vielleicht einen von Bojans Trinkkumpanen gehört, wie er seinem Nachbarn heimlich etwas zugeflüstert hätte, hätte vielleicht gehört, wie er sagte: »Laß dir das nächste Glas von dem Kanaken bezahlen. Er ist jeden Abend hier. Es ist ihm egal, was er mit seinem Geld macht. Die nehmen es ja sonst doch nur, um die Mama aus Griechenland herzuholen.«

Und es hätte vielleicht die Antwort des Nachbarn gehört: »Bojan, alter Bastard, zahlst du die nächste Runde, oder was ist?«

Und es hätte gehört, wie Bojan lachte und sagte: »Jau, zum Teufel, ich kauf dir soviel blödes Bier, wie du willst. Wofür, zum Teufel, verdiene ich sonst mein Geld?«

Allgemeines Gelächter. Und aus dem fröhlichen Blickwinkel des Pubs hätte Sonja in ihrem Autogefängnis nicht einmal unglücklich ausgesehen, eher wie ein Insekt in einem Marmeladenglas, scheinbar zufrieden.

Aber das Insekt schrie, und jeder Schrei entfernte das Insekt weiter von dem einzigen Menschen, dem es nahe sein wollte und der es wieder in einen Menschen verwandelt hätte.

KAPITEL 43

1990

Und so war es gekommen, daß Sonja, als dieser verzauberte Sommer vor so langer Zeit im Regen endete und Bojan Jeans Liebe verschmähte und seine unterbrochene Beziehung zur Flasche wieder aufnahm, damit aufhörte, Äpfel zu essen, nur um um so mehr von ihnen zu träumen. Sie hatte irgendwann wieder Äpfel gegessen, natürlich, aber das war viele Jahre später, als sie schon längst erwachsen war, in Sydney lebte und sicher war, daß das Gefühl von zerrissener Haut, abgerissenem Fleisch und süß-sauren Säften, das ihren Mund füllte, die Macht ihrer alten Welt nicht mehr in ihr Leben zurückbringen konnte. In Sydney hatte es weder *Geeveston Fanny* noch *Jonagold* noch *Tassie Snow* oder *Cox Orange Pippins* zu kaufen gegeben, nur den allgegenwärtigen *Golden Delicious*. Aber als sie in den Apfel gebissen hatte, hatte Sonja nur vollkommene Leere und Verlust geschmeckt, denn der Apfel war mehlig und schmeckte nach Brei. Und da war ihr klargeworden, daß sie nur noch das besaß, was sie in sich trug und so lange verleugnet hatte, daß es jetzt nicht mehr möglich schien, etwas davon zurückzufordern. Als sie gespürt hatte, daß alles verloren war, hatte sie sich unvermittelt vor den Obstkisten aufs Straßenpflaster gesetzt und war in Tränen ausgebrochen, während Tausende von Berufspendlern um sie herum und schließlich über sie hinwegschritten.

Als sie einen Tag frei hatte von ihrem Thekenjob, borgte sich Sonja Helvis alten Corolla und fuhr auf der neuen Schnellstraße an den Huon. Es kostete sie ein paar Anläufe und falsche Abzweigungen und eine Reifenpanne, bis sie endlich die Stelle auf dem Hang gefunden hatte, wo sie vor so vielen Jahren im FJ gesessen hatte, als sie zum ersten Mal Jean besucht hatte, als Bojan seine Krawatte festgezogen und wieder gelöst hatte, festgezogen und wieder gelöst. Diesmal regnete es, und Sonja sah aus dem Wagen dorthin, wo Jeans Obstgarten gewesen war, während sich die abgenutzten Wischerblätter quietschend hin- und herbewegten. Es war wenig übriggeblieben. Durch die Halbkreise, die klar wurden und dann wieder im Regenschleier verschwanden, sah sie, daß aus dem Obstgarten eine Koppel geworden war. Der Garten war ganz verschwunden, und das Haus war nur noch ein verfallener Schuppen. Die Kletterrose war fort. Die Spitzengardine war fort.

Während es heftig weiterregnete, sah sie, wie ein Stück heruntergekommene Dachrinne vom Dach abbrach, einen langen, schweren Wasserstrahl auf eine noch geschlossene, rote Tulpe lenkte und sie flach zu Boden drückte, dort, wo einmal Jeans Zuhause gewesen war.

Alles, was geblieben ist, dachte sie, war sie selbst. Und er. Aber sonst war nichts mehr da als ein Zuhause, aus dem ein Schuppen, ein untergepflügter Obstgarten, aus dem eine leere Koppel geworden war. Der Duft eines Baums ohne Blüten. Der Blick auf Jeans Fenster ohne die Spitzengardine. Der Klang vom Klatschen mit einer Hand.

In den Jahren, die zwischen Jeans Sinken in Bojans Umarmung und Sonjas Sinken auf das schmutzige Straßenpflaster von Sydney lagen, hatte Sonja nie einen Obstgarten sehen können, ohne sich schuldig zu fühlen für das, was sie für ihren Verrat hielt. Sie hatte nie die Namen alter Apfelsorten hören können, ohne vor sich zu sehen, wie ihr Vater für einen Augenblick wunderbar glücklich zu Jean aufgeblickt hatte und wie das Glück mit den alten Äpfeln verschwunden war und mit ihnen der alte Archie, der am Ende der Pflückzeit sein zittriges Abschiedslied für den *Cox Orange Pippins* gesungen hatte.

Den Pflug hab ich jetzt aufgegeben.
Ich laß ihn ohne Seufzer stehn.
Und zu den Äpfeln, die in Zukunft wachsen,
sag ich: Leb wohl, Mr. Pippins, leb wohl.

Alles war verschwunden: Jean und Bojan und der alte Archie und der *Cox Orange Pippins* und der wunderbare Geschmack von all dem, bitter und süß und knackig, alles zusammen.

KAPITEL 44

1990

In der Nacht nach ihrer Rückkehr vom Huon wurde Sonja von einem alten Traum heimgesucht:
Sie war wieder ein Kind und wartete nach der Schule auf der Baustelle, beobachtete, wie ihr Vater und die Männer die Bodenplatte für ein Haus gossen, einen großen, nassen Ozean aus grauem Schlamm. Jiri war nicht dabei, als Bojan in den Zement fiel. Es ging schnell und doch auch wieder langsam vor sich: so schnell, daß er mit einer einzigen Bewegung im Zement verschwand und dort, wo sein Körper gewesen war, nur eine nasse, griesige Welle hinterließ; so langsam, daß sie es sah, sah, wie er sich drehte und mit dem Gesicht voran eintauchte, all das ohne Angst oder Panik sah, erwartungsvoll darauf wartete, daß Bojan und seine Flüche wieder an die Oberfläche kämen. Aber es gelang ihm nur, seinen Oberkörper und Kopf ein wenig über den nassen Zement zu bringen, bevor er ein zweites Mal untertauchte. Sie wußte nicht, konnte nicht wissen, konnte aber irgendwie sehen, daß sich sein Overall in der verborgenen Eisenarmierung verfangen hatte, und je mehr er kämpfte, desto mehr verstrickten sich seine Kleider im Eisendraht. Die Welle schwappte hoch, und Bojan kam ein zweites Mal an die Oberfläche. Sein Gesicht, seine Kleider und Haare glänzten richtig naß und dunkel vom Beton, als wäre er eine Statue, als wäre er ein Geist, und er streckte den Arm nach ihr aus und rief ihren Namen mit einer mitleiderregenden, flehenden Stimme, aber sie wußte nicht, was sie tun sollte oder wie sie ihm helfen könnte. Sie zögerte, während seine nassen, eisernen Finger sich so weit wie möglich ausstreckten, in der vergeblichen Hoffnung, sie zu erreichen, als ob sie ihn retten könnte, als ob sie ihn erreichen

könnte. Sie wußte nicht, sollte sie schreien oder sich in den gefährlichen Teich aus Estrich stürzen, um ihrem Vater zu helfen. Sie schüttelte den Kopf, und in diesem Augenblick rannte Jiri an ihr vorbei, sprang in den nassen Beton wie ein Rettungsschwimmer in ein trügerisches Meer, und der flüssige Beton platschte um seinen massigen Körper und in seine Gummistiefel. Er pflügte auf Bojans umgedrehten Körper, der einem Seehund glich, zu und zog mit solcher Kraft, daß er Bojans Overall von der Stahlarmierung losriß und Bojan bei der Gelegenheit eine häßliche Wunde am Oberschenkel zufügte. Bojan schrie vor Schreck und Schmerz und vor Erleichterung über seine Befreiung. Jiri lachte, und seine mächtige, rettende Hand klopfte Bojan auf den nassen Rücken, so daß sich ein feiner Regen aus grauem Beton in das Wellensittichblau des Morgenhimmels hob. Und dann verschwand der Beton, seine Farbe wurde rot und er nahm die Form eines Vorhangs an, und eine Hand zog ihn zurück, und das Morgenlicht erfüllte das Schlafzimmer.

»Wie geht's mit der Schwangerschaft?«

Sonja schaute hoch und sah, daß Helvi mit einem Frühstückstablett hereingekommen war: süßes finnisches Brot und Tee. Sonja starrte aus dem Fenster. Ihre Blase war ungeheuer voll.

»Gut. Ich muß mich nicht mehr übergeben.« Sonja wandte das Gesicht ab und sah aus dem Fenster, versuchte sich wieder in der Welt außerhalb ihrer Träume zu orientieren. »Ich trinke keinen Kaffee mehr. Mein Rücken tut weh, in meinen Beinen pocht es.« Sie stand auf, voller Angst, allein zu sein, solange der Traum noch nicht wirklich weg war und sie sicher wußte, es war nicht wahr, daß ihr Vater in einem See aus nassem Zement ertrank und sie ihm nicht helfen konnte. »Und wenn ich jetzt nicht gehe, überschwemme ich das Schlafzimmer.«

KAPITEL 45

1990

Helvi drückte und dehnte den Teig, bis er so geschmeidig und kugelrund war wie das Hinterteil eines molligen Babys. »Das ist die Kunst daran«, sagte Helvi immer, »den Teig zu dehnen, wenn du knetest, ihn nicht zu schlagen oder zu verprügeln oder das Leben aus ihm herauszukrachen. Sondern drücken und dehnen, drücken und dehnen, und der Teig wird weiter, nachgiebiger, bis er lebendig und zum Wachsen bereit ist.«

»Das ist alles, was man tun muß, wenn man Brot machen will«, sagte Helvi zu Sonja an diesen langen Tagen, an denen sie zusammen im Haus arbeiteten. »Du mußt der Hefe und dem Mehl zeigen, daß sie zusammen zu etwas Besserem heranwachsen können.« Sonja beobachtete die große Kugel aus Teig, rund, elastisch, fachmännisch geknetet von Helvis knotigen alten Händen. »Ich liebe diesen Duft«, sagte Helvi und berührte den Teig fast mit der Nase, indem sie den Biergeruch einatmete. »Wie der Kopf eines Babys. Warm und hefig. Riechst du das?«

»Ehrlich gesagt, nicht so sehr«, sagte Sonja.

»Ach – Schwangerschaft«, sagte Helvi. »Du siehst wunderbar aus und fühlst dich schrecklich. Dein Rücken tut weh, es pocht in deinen Beinen, du mußt dich übergeben und kannst nicht mal Kaffee trinken. Und du, Sonja, kannst nicht mal Brot riechen.«

Sonja lächelte.

Helvi knetete den Teig noch ein bißchen weiter und hatte ihn gerade hochgehoben, als Sonja zu sprechen begann. »Das liegt nicht wirklich an der Schwangerschaft, Helvi.« Sonja hielt inne, dachte nach, dann fuhr sie fort. Ihre Stimme war müde, sie erzählte langsam. »Als ich jung war, hat mich Artie einmal zu

sehr geschlagen.« Helvi ließ den Teig mit einem dumpfen Plumpsen auf das Brett fallen. Sie knetete weiter. Aber sie hörte genau zu.
»Und meine Nase wollte nicht mehr zu bluten aufhören. Im Krankenhaus haben sie die Schleimhaut verschmort und so die Blutung zum Stillstand gebracht. Aber seitdem kann ich nichts mehr riechen.« Die ganze Zeit, während sie sprach, trug sie ein kleines, ironisches Lächeln im Gesicht. »Blumen. Oder Brot.«
Helvi wußte nicht, was sie sagen sollte. Sie hatte das Gefühl, es wäre falsch, die Geschichte mit irgendeinem Kommentar zu umrahmen. Ein Lächeln voll trauriger Solidarität blitzte auf. Dann schob sie den Teig über die Platte zu Sonja.
»Hier – du knetest.«
Sonja begann den Teig ungeschickt zu bearbeiten.
»Hat dein Vater schon geschrieben?«
»Nein. Wird er auch nicht. Er schreibt nie, niemandem.«
»Vielleicht solltest du hinfahren und mit ihm reden.«
»Wozu?« fragte Sonja mit wenig Begeisterung, aber doch mit einer winzigen Hoffnung irgendwo. »Es bringt doch nichts. Es ist zu weit. Und es ist so lange her.« Dann öffnete sie sich, ein ganz kleines Stück und voll Wehmut. »Es wäre schön, Helvi. Wirklich. Aber das Leben ist nicht schön. Oder?«
Energisch nahm Helvi den Teig aus Sonjas Händen und begann ihn wieder richtig zu kneten.
»Dehnen sollst du das Brot, Sonja. Dehnen. Wenn du es nicht dehnst, wächst es nicht.« Helvi lachte. »Wie dein Vater.«
Sie schob den Teig zurück zu Sonja, die noch einmal, diesmal mit mehr Können, versuchte, ihn hin und her zu dehnen, hin und her.
»Bojan-Brot«, erwiderte Sonja. Helvi ließ den Teig in eine Brotbackform fallen und schob die Form in den Backofen. »Um den blöden, alten Hund zu dehnen, brauchst du eine Streckbank.«
Und sie lachten beide. Aber dann hörte Sonja auf und blickte vom Backofen auf.

»Was, wenn sich herausstellt, daß ich so bin wie er? Wenn ich so bin wie sie? Manchmal frage ich mich, Helvi, was für eine Mutter ich abgeben werde. Ob ich eine schlechte Mutter werde. Was, wenn ich nie da bin, wenn das Baby mich braucht? Was, wenn ich so wütend werde, daß ich es schlage?«

Helvi erwiderte nichts. Sie wünschte sich, sie wüßte, was sie sagen sollte, aber sie wußte es nicht. Sie konnte Sonja nur ihr Zuhause und ihr Brot anbieten.

»Ich habe Angst, Helvi«, sagte Sonja. »Manchmal habe ich derartige Angst davor, daß ich das alles nicht zusammenhalten kann. Teile von mir sind tot, aber ich weiß nicht, welche.«

Sonja erinnerte sich, wie sie damals bei ihrer Ankunft in Sydney vor allen Dingen von der Gleichgültigkeit der Stadt erstaunt gewesen war. Am Flughafen hatte sie plötzlich den Namen ihres Vaters geschrien, und es gab keine Antwort, und sie hatte gelacht, aus Angst und Erleichterung – und die Menschen waren ihr bewußt ausgewichen, mehr als vorher, hatten sie einfach nicht mehr gesehen. Ob man normal war oder verrückt, die Stadt nahm es gleichgültig auf und bemühte sich sehr, es nicht zur Kenntnis zu nehmen. Mitten in all dem erlebte Sonja ein Gefühl von Freiheit, als hätte sie sich einer riesigen Bruderschaft von Verdammten angeschlossen, die sich alle miteinander weigerten, zuzugeben, daß ihnen der Teufel im Nacken saß. Sinnvoll gelebtes Leben existierte nur in Gerüchten und in der Werbung. In einem großen Rauchschwaden schwebten eine Milliarde kleiner Rauchteilchen, ätzende Überbleibsel von Millionen ähnlich eingeäscherter Leben. Die Stadt erfüllte sie mit der Anonymität der anderen, und in diesem riesigen Strom von geteiltem Nichts, wo die Menschen angeordnet waren wie Batteriehennen und arbeiteten wie Maultiere und nur in ihren Alpträumen menschlich wurden, fand Sonja endlich ein wenig Erleichterung.

Sie fand mit der Zeit sogar Trost in der bedrückenden Enge des

Klimas, der flachen Hitze, die über allen Dingen und Orten lag, fand darin eine Art Sicherheit. Sie suchte den Freiraum nicht, nach dem andere Stadtmenschen lechzten, war vielmehr froh darüber, daß er fehlte, froh über die endlos vielen Gelegenheiten, ein Privatleben zu leugnen. Sie zog es vor, an der Oberfläche des Lebens zu bleiben, und es beunruhigte sie, wenn Leute, die sie mochten, versuchten, sie in die finstere Tiefe mitzunehmen. Solche Leute, die fanden, daß Freundschaft unbedingt auch hieß, grundlegende Wahrheiten über einander kennenzulernen. Sie wollte im Flachen herumhüpfen, wo ein Entkommen immer möglich war, wollte ein Rätsel bleiben, sogar für sich selbst.

Aber dann war dieser Tag gekommen, dieser Tag, der nur wenige Monate zurücklag.

Sonja war zufällig in einem Schneideraum gewesen und hatte ein paar Quittungen zusammengesucht, während dort das Bildmaterial für eine Fernsehdokumentation über die Staudammbaumanie im Australien der Nachkriegszeit zusammengeschnitten wurde.

Sie gingen ein Interview mit einem alten Gewerkschafter namens Preston durch, der über die Flüchtlinge sprach, über die Gewalt, das Trinken, die Selbstmorde und Morde. Sie versuchten, einige von Prestons Äußerungen über Archivbilder zu legen, die körnig, zerkratzt und ohne Ton waren, vom Bau eines Staudamms in Tasmanien in den frühen fünfziger Jahren.

Und da sah sie das wahnsinnige Tier, das den Vorschlaghammer schwang.

Sonja brauchte ein paar Augenblicke, um zu erkennen, wer das war. Der alte Gewerkschafter namens Preston erzählte eine so unaussprechlich traurige Geschichte von einer Frau, die er nie kennengelernt hatte, deren Weg er aber mitten in einem Schneesturm vor so vielen Jahren kurz gekreuzt hatte. Er hatte sie nur von seinem Motorrad aus gesehen, es war Nacht gewesen, und er war gefahren, und es hatte geschneit, aber er erinnerte sich,

sie trug einen scharlachroten Mantel, und darunter ein Kleid mit einer Spitzenborte.
»Das schneiden wir raus«, hatte die kleine, rothaarige Frau neben dem Cutter gesagt. »Ein sinnloses, unnötiges Detail.«
Das Band wurde zurückgespult und lief noch einmal, aber da rannte Sonja schon, schneller als das Videoband, den Flur hinunter, die Treppen hinunter und auf die Straße und atmete tief durch, als wäre sie eine Ertrinkende, die man gerade aus dem Meer gerettet hatte.

Was Sonja dann tat, hatte nicht Helvi ihr zu tun geraten, nicht einmal vorgeschlagen. Es war nicht unvermeidlich, sondern geboren aus dem Gefühl, daß, wenn sie jetzt nicht selbst etwas tat, das Unausweichliche, mit dem sie bisher gelebt hatte, eingreifen würde. Es mochte sein, daß schon alles niedergeschrieben war, wie Jiri zu sagen pflegte, aber vielleicht hatte Helvi doch recht, wenn sie regelmäßig darauf antwortete: »Mag sein, aber es ist besser, du bist selbst der Schreiber als irgendein Idiot, der für dich immer nur schlechte Rollen schreibt.«
Von nun an, beschloß Sonja, würde sie etwas von der Schreibarbeit selbst erledigen, würde wenigstens versuchen, dem Strom, der sie verfolgte, bewußt eine Gestalt zu geben, statt ihr Leben und das Leben aller Menschen um sie herum dem Abfallkorb der unnötigen Details zu überantworten.
Sonja sah aus ihrem Schlafzimmerfenster, sah so weit, wie sie konnte, in den Morgenhimmel, bis die Sonne, die dasaß wie eine Flamme in bleichem Wasser, ihre Augen so sehr schmerzen ließ, daß sie sie verdrehte und wegsah. Und sie dachte wieder einmal über das nach, worüber sie so lange Zeit nicht hatte nachdenken wollen, fragte sich, wo ihr Vater war und was er gerade dachte.
Und sie fragte sich auch: Aber warum schreibt er nicht? Warum?

KAPITEL 46

1990

Wie ein Wirtshausschläger, der nicht von seinem Gegner ablassen will, auch wenn der arme Kerl nur noch eine breiige, zitternde Masse ist, die nicht mehr von dem blutverschmierten Fußboden aufstehen will oder kann, schlug der Regen in dieser elenden Winternacht weiter auf das Blechdach der verkommenen Arbeiterunterkunft von Tullah ein. Der Wind kreischte und traf die Arbeiterunterkunft mit gelegentlichem Krachen, wie ein Klageweib, von Westen. In Bojans jämmerlichem Zimmer zeichnete ein kleiner Heizstrahler eine dünne rote Linie und verhieß eine Wärme, die er nicht lieferte.

Atemlos verfluchte Bojan das unaufhörliche Geklapper des Regens. Das Licht der Glühbirne fiel genau auf einen fast leeren Pappkarton mit *Cascade Bitter,* der mitten auf Bojans Bett gleich neben ihm stand, und aus dem Bierkarton wuchsen seltsame Schatten bis in die Außenbereiche der kleinen Zelle, als wäre der Bierkarton das einzig reale, greifbare Ding im Raum.

Scheiß drauf, dachte Bojan Buloh. Scheiß auf alles. Auf diesen elenden Ort. Auf mich. Er griff in den Karton und zog eine neue Flasche heraus. Er steckte den Flaschenhals seitlich in den Mund, schlug mit den Backenzähnen hart auf den metallenen Verschluß. In diesem Augenblick bemerkte er, daß noch jemand in seinem Zimmer war, und hörte ihre Stimme.

Die sagte: »Ich bin schwanger.«

Er wollte nicht aufblicken, sondern entschied sich, seinen Kopf eher weiter zur Seite zu drehen, als er die Bierflasche gegen seine Zähne drückte, um den Kronkorken zu lösen. Der Druck ließ nach, die Flasche zischte. Er zog die offene Bierflasche aus dem Mund.

Spie den Kronkorken auf den Boden seines Zimmers.
Spie die Worte aus: »Ich weiß.«
»Ich dachte, vielleicht hast du meinen Brief nicht gekriegt«, sagte Sonja.
In der einen Hand hatte Bojan eine Zigarette, in der anderen die offene Bierflasche. Er war betrunken, aber auf eine ruhige Weise. Seine Stimme war gedämpft. Draußen war schwarze, kalte Nacht. Bojan zog abwechselnd an seiner Kippe und nahm einen Schluck aus der Flasche, die eine Hand hob sich zu seinem Mund, wenn er die andere sinken ließ. Ein Zug an der Zigarette, ein Schluck aus der Flasche. Bewegungen von ein paar Zentimetern, Bewegungen eines ganzen Lebens. Er wünschte sich, er könnte sich in dem strömenden Regen auflösen und wegfließen in die Flüsse, die sie bald für immer niedermachen würden. Scheiß auf die Flüsse, dachte Bojan.
»Doch«, sagte er. »Ich hab ihn gekriegt.«
Sie schwiegen beide.
Der Regen schlug in bebenden Wellen auf das müde Eisen über ihren Köpfen ein. Sonja spürte den Sturm als bedrückendes Gewicht, das sich auf sie niederpreßte. Bojan dagegen fand in dem Geräusch einen Kokon, in den er sich zurückziehen und sich vor anderen einigermaßen sicher fühlen konnte, einen Kokon, der ihn gleichzeitig einsperrte und ihm beistand. Dieser Gedanke gab ihm die Kraft, noch etwas mehr zu sagen.
»Was kann ich tun?«
Sonja sagte nichts.
Bojan atmete aus, drehte seine Hände, die die Flasche und Kippe hielten, nach außen. »Ich hab kein Zuhause«, sagte er. Sonja sagte nichts. »Kein Geld, keinen Besitz, nur diesen Job und dieses Zimmer.«
»Du hättest anrufen können«, sagte Sonja.
»Wozu?«
Und wie zur Bekräftigung dafür, wie wenig es ihm angeblich bedeutete, hob Bojan die Flasche an den Mund und stürzte den

Inhalt hinunter. Sonja beobachtete ihn voll trauriger Abscheu. Es war etwas halb Faszinierendes, halb Abstoßendes an Bojans stolzer Verzweiflung. Während das Bier seine Kehle hinunterströmte, zuckte sein stoppeliger, faltiger Adamsapfel hin und her wie bei einer Möwe. Er kippte vielleicht die halbe Flasche in einem einzigen Anlauf in sich hinein, obwohl Sonja es nicht sicher sagen konnte, weil er in der Flasche soviel Schaum aufwirbelte.
»Kein Wunder, daß Mama gegangen ist«, sagte Sonja.
Bojan hielt die Flasche ein paar Zentimeter von seinem Mund weg, so daß sie auf einer Höhe mit seinem Brustkorb saß, aber immer noch in einem steilen Winkel, bereit für den nächsten Schluck. Er sah Sonja an, angewidert, weil sie die Erinnerung an Maria zurückholte.
»Was weißt du schon?« sagte er verächtlich.
Scheiß auf Sonja.
»Ich weiß von dir«, sagte Sonja.
Scheiß drauf.
»Nichts weißt du«, sagte Bojan.
Vielleicht, dachte Sonja. Aber ich weiß, wer ich bin. Vielleicht ist das nicht viel. Aber ich weiß es. Und ohne es überhaupt erst zu denken, hörte sie sich sprechen; nicht plötzlich schreien wie er, sondern mit einem dünnen, harten Flüstern sagen: »Halt den Mund.«
Das kam unerwartet. Für ihn. Und für sie. Während sein Verhalten normal, fast rituell war, war Sonjas Benehmen neu für sie beide.
»Halt den Mund«, sagte sie noch einmal, fast wie ein Wunsch, fast als Seitenbemerkung, nicht dazu gedacht, beachtet zu werden, aber doch auf ihre Art voller Kraft.
Und als sie es sagte, als sie es zum zweiten Mal sagte, ruckte sein Kopf zurück, nur ein bißchen, aber sie und er wußten, es war ein großer Sprung, als hätte sie einen unerwarteten Treffer gelandet und er wäre angeschlagen. Dann tat er schon wieder

so, als hätte es ihn nicht getroffen, schob den Unterkiefer vor, hob den Kopf, als wäre er nun auf den nächsten Schlag gefaßt und warnte sie, es nicht zu versuchen – als wäre dies nur einer von vielen glücklosen Kämpfen draußen vor dem Pub am Ende eines Abends, den sie einmal vom FJ aus beobachtet hatte.
Und dann sah sie es.
Daß er ein wenig zitterte.
Daß das Gesicht ihres Vaters bebte, als wäre er von zahlreichen Tics besessen, und sie sah darin Dinge, von denen sie dachte, nur sie kenne sie, die jetzt aber für jedermann sichtbar wurden. Sein Gesicht, von dem sie gedacht hatte, es sei nicht älter geworden, alterte entsetzlich, so bemerkte sie jetzt, während sie da in der bleichen Nacht saß. Ein Altern, unendlich viel schlimmer als Bierbauch und Glatze. Ein Altern, so elend und gemein und beschleunigt, daß die Jahre ihre grausamen Spuren in Sekunden hinterließen, und Jahrzehnte in einer Minute. Während sie zusah, tauchten überall auf seinem Gesicht Falten auf, als ob ein unsichtbarer Engel sie mit einem unsichtbaren Nagel dort einkratzte.
Bojan verwandelte sich vor Sonjas Augen von einem Mann, den sie einmal gekannt hatte, von ihrem Vater, ihrem Artie, in jemand anderen, jemanden, den sie kaum kannte. Sein Haar schien plötzlich dünner, grauer. Sein Fleisch wurde hohl, faltig und schlaff. Seine Augen traten zurück, verloren ihren Glanz. Und diese Falten! Diese Schnitte und Risse! Als ob sie sich wie durch ein Wunder öffnen und bluten würden, so fürchtete sie dieses schrecklich gezeichnete Gesicht und die Dinge, die es hervorgerufen hatten, Dinge, die sie immer nur halb erahnt hatte. Sie fürchtete sich vor diesem rächenden Engel mit dem Nagel und seiner Schöpfung viel mehr, als sie jemals ihren armen, schwachen Vater gefürchtet hatte.
Aber sie wußte, sie hatte keine Wahl, sie mußte weitermachen. Also sagte sie: »Ich habe genug von dir. Ich dachte, vielleicht hast du dich verändert –«

Aber noch bevor sie fertig war, öffneten sich seine zitternden Lippen, und sein Körper bebte mächtig, und er brüllte: »Du weißt nichts!«
Und sie, ohne es überhaupt zu wollen, schrie plötzlich: »Sei still! Sei still!« und schlug ihn hart, hart auf seine verwüstete, fleckige Wange, wo seine stoppelige Haut ihre sinkende Hand wie ledriges Sandpapier kratzte.
Niemals zuvor hatte sie so etwas getan. Niemals zurückgeschlagen. Er sah sie an, wie er sie niemals zuvor angesehen hatte: erstaunt.
Er hob die Hand zu seiner Wange, die rot geworden war, und strich darüber, spürte die Hitze. Er fuhr mit der Hand hinunter bis zu seinem Mund, zog die Lippen zusammen, drehte dann den Kopf weg. Vielleicht dachte er nach, oder vielleicht versuchte er nur noch etwas zu vergessen.
»Du bist hart geworden«, sagte Bojan endlich.
Sonja zitterte. Dann schüttelte sie den Kopf, starrte Bojan an und sprach jetzt ohne Mitleid oder Zorn.
»Ich hab ein verdammt hartes Leben gehabt.«
Bojan blickte ihr in die Augen. Sonja starrte wild zurück. Sonja fuhr mit einem leichten Beben in ihrer Stimme fort.
»Und ich bin verdammt hart.«
Langsam, gezwungen, zwischendurch schluckend, fand sie in Worten Dinge, die sie niemals auch nur gedacht hatte, von denen sie aber wußte, sie waren trotzdem unausweichlich wahr.
»Und du gewöhnst dich verdammt noch mal besser daran.«
Irgendwie schienen ihre Sätze das Kräftegleichgewicht zwischen ihnen zu verändern. Bojans verächtliche, höhnische Schärfe verschwand. Der Schwung ihrer Konfrontation löste sich auf, und sie standen einander als Gleiche gegenüber, Partner in einer Tragödie, die keiner von ihnen ganz verstand. Und vielleicht aus diesem Grund wußte auch keiner von ihnen, was er als nächstes sagen sollte.
Bojans Gesicht schien so schlaff und lose wie der überschüssige

Bierschaum, der aus der Flasche tröpfelte. Er wandte sich zu seinem Nachttisch und zog den alten Schuhkarton mit den Fotografien heraus. Er durchsuchte ihn, bis er die mit dem toten Großvater fand, von dem Sonja einmal geträumt hatte. Er legte seinen Finger auf das Gesicht des Toten, reichte Sonja das Bild und fragte: »Erinnerst du dich?«
Weil sie dachte, Bojan versuche das Gespräch in das ruhigere Fahrwasser der Familiengeschichte abzulenken, gab Sonja kurz angebunden zurück: »Mamas Artie – mein Großvater.«
»Und wie ist er gestorben?«
»Im Krieg hat er den Partisanen Essen gebracht«, sagte Sonja, indem sie eine Geschichte rezitierte, die sie oft genug gehört hatte. »Der Ortspfarrer hat es den Domobran gesagt. Die SS-Division ›Prinz Eugen‹ kam und hat ihn erschossen. Dieses Foto – ist hinterher.«
Bojan dachte über seine Antwort nach, begann dann zu sprechen, hielt inne, setzte wieder an. »Maria ...«
Sonja begriff langsam, daß sie noch nicht alles wußte.
»Mama«, sagte sie, »Mama ... hat es gesehen?«
Bojan atmete aus, schaute weg. Er ließ die Flasche sinken und zündete sich eine neue Zigarette an. »Klar«, sagte er. Er sah aus, als wäre er enttäuscht, weil Sonja etwas nicht verstand, dabei war es eher Enttäuschung über sich selbst, weil er bisher nicht den Mut gehabt hatte, die ganze Geschichte zu erzählen. Er sagte: »Sie mußte zusehen – so war das.« Er sagte: »Verstehst du?«
Sonja nickte. Sie war ein wenig betroffen. Sie hatte nicht gewußt, daß Maria bei dem Mord an ihrem Vater hatte zusehen müssen. Und sie begann Verbindungslinien zu ziehen, zwischen diesem und Elementen aus ihrer Vergangenheit, die vorher überhaupt keinen Sinn ergeben hatten.
Bojan sah hierhin und dorthin, überall hin, wo Sonja nicht war. Er atmete heftig ein, und dann, immer noch ohne Sonja anzusehen – statt dessen blickte er auf den Fußboden durch das V,

das seine Arme bildeten, das bei den Ellbogen begann, die auf den Knien balancierten, und bei der Spitze der Zigarette zusammenfand –, begann er eine Geschichte zu erzählen. Er erzählte sie langsam, denn es war eine große Geschichte, aber eine, die man irgendwie nur in sehr wenigen Wörtern erzählen konnte. Nämlich diesen:
»Dann haben sie ihre Schwester und ihre Mutter vergewaltigt.«
Er machte eine Pause, schluckte.
»Und dann haben sie Maria vergewaltigt.«
Sonja fühlte sich seltsam schwerelos, als ob alles, was sie mit dieser Welt verbunden hatte, plötzlich durchschnitten worden sei. Sie hatte niemals etwas Derartiges über ihre Mutter gehört. Sie fühlte sich verwirrt, zerschmettert vom Gewicht dieses neuen Wissens. Tonlos bewegte sie die Lippen, »Dann haben sie Maria vergewaltigt«, zweimal, und spürte die Form jedes Wortes wie trockene Steine in ihrem Mund, während sie sich allmählich sicher war, daß sie wirklich das hörte, was sie zu hören glaubte.
»Wen?« Ihre Stimme zitterte; ihre Angst wurde hörbar in der unsicheren Tonlage. »Von wem sprichst du?«
Bojan fürchtete, er habe zuviel gesagt. Er machte halt, sein Zorn war für den Augenblick verraucht. Er blickte zu Sonja auf.
Dann sprach er. Ruhig.
»Maria.«
Sonja verstand nicht.
»Die SS hat Mama vergewaltigt?«
Bojan sah zu Boden. »Sicher«, sagte Bojan. »Schau auf die Rückseite des Fotos. Schau nach.«
Sonja drehte die Karte um. Auf ihrer welligen, säurefleckigen Rückseite stand in verwitterter blauer Tinte die Aufschrift: »9. April 1943.«
»Sie war zwölf Jahre alt«, sagte Bojan.
»Hat sie es dir gesagt?«
Bojan erwiderte mit Nachdruck, etwas angewidert, weil seine

Tochter nicht die ganze, vollständige Schande zu verstehen schien.
»Sie hat *nichts* gesagt.«
Bojan fuhr noch hartnäckiger fort, und die Schärfe rührte sowohl vom Zorn auf das her, was geschehen war, als auch vom Stolz auf Maria, die es ihm nie gesagt hatte.
Er sagte: »Niemals.«
Und er sagte es voller Stolz.
Er merkte, daß Sonjas volle Aufmerksamkeit ihm zuhörte, daß dies ein einzigartiger Augenblick des Verstehens war, wie sie ihn nie erlebt hatten. Er hielt inne, und obwohl er dann ruhig weitersprach, hatte der Zorn in ihm zu wachsen begonnen.
»Aber das ganze Dorf hat es gewußt.«
Er zeigte mit seiner rechten Hand auf Sonja und betonte jedes Wort durch einen Schlag mit seiner qualmenden Zigarette, so daß die Asche hierhin und dorthin flog und Rauchfahnen in der Luft hingen.
»Siehst du.«
Bojan nahm die Karte und sah wieder auf das Foto des Großvaters in dem Sarg. Er zog seine Zigarette bis zum oberen Gesichtsrand des toten Mannes auf dem Foto, ließ sie dort und brannte langsam ein Loch durch den Kopf des Toten. Während er das, scheinbar in Gedanken abwesend, tat, sprach er weiter.
»So ist der Krieg«, sagte er, als ob er über einen weit entfernten Traum redete, dessen Einzelheiten man nicht richtig vermitteln konnte. »Laß dir von niemand was anderes erzählen.«
Bojan hob sein Gesicht und sah Sonja an. Er hielt ihr das Foto hin, als wäre es der unbestreitbare Beweis, und weil sie nicht wußte, was sie sonst tun sollte, nahm sie es und stopfte es in ihre Handtasche. Er war den Tränen nahe, und seine Augen flehten, bettelten Sonja an, zu sagen, daß sie das ganze Grauen verstand.
Aber Sonja hatte keine Worte. Bojan öffnete den Mund, als ob er sprechen wollte, aber es gab keine Worte mehr. Er bewegte

seine Lippen und seine Zunge, aber es kamen immer noch keine Worte.

Und dann, plötzlich, zeigte sich ihm die Ungeheuerlichkeit der Tragödie, die er als unaussprechliche Last so lange mit sich herumgetragen hatte, und ließ ihn voller Schrecken zurück.

»Sie haben ihren Vater umgebracht«, schrie er plötzlich los. »Und dann haben sie sie gefickt. Verstehst du! Sie haben sie gefickt!«

Er sprach aus einer unendlichen Traurigkeit heraus, als ob er ein Gedicht rezitierte, das über alles menschliche Leiden hinausging.

»Meine Maria.«

Er begann zu weinen.

»Sie haben sie gefickt!«

Er umschloß den Kopf mit seinen ausgestreckten Händen, als ob der Schmerz der Erinnerung sein Hirn sprengte.

Sonja drehte sich um und ging. Bojan schluchzte.

»Maria, Maria, Maria.«

Draußen hastete Sonja fort von der Arbeiterunterkunft, durch den nächtlichen Regen zu ihrem Wagen, erst in schnellem Gehen, dann laufend, schließlich rennend, so schnell sie konnte, rennend, um alles hinter sich zu lassen.

Auf der Suche nach ihren Autoschlüsseln fummelte sie herum und ließ ihre Handtasche in eine Pfütze fallen. Sie fiel in dem nassen Schotter auf die Knie, griff hastig nach allem, was herausgefallen war, und warf es zurück in die durchgeweichte Handtasche, wobei sie in der Eile das Foto ihres toten Großvaters vergaß. Sie steckte erst den einen, dann den anderen Autoschlüssel in die Wagentür, bevor sie den richtigen fand. Alles, was sie hören konnte, war Bojans Totenklage. Sie stieg ins Auto, warf die Tür zu, startete den Motor und ließ ihn so hart und laut wie möglich aufheulen, um Bojan zu übertönen, um alles zu übertönen.

Aber sie konnte ihn immer noch in seiner Hütte klagen hören, jedes Wort eine schreckliche Klage, gefangen in einem langen, schweren Schluchzen. Ein totenstarres Gebet des Verlustes, das sie den ganzen langen Weg zurück nach Hobart verfolgte.

»Madonna, Madonna, Madonna.
Maria, Maria, Maria.«

Eine Weile nachdem das Auto fort war, blieb ein betrunkener türkischer Kesselschmied und Schweißer auf dem Heimweg stehen, um sich zu erleichtern. Erhellt vom nebelverhangenen Leuchten einer Straßenlaterne sah er in der urinvermischten Pfütze etwas Seltsames: die aufgeschwemmte Fotografie eines toten Mannes mit einem eingebrannten Loch statt eines Gesichts, der in einem Sarg lag. Aus sportlichem Ehrgeiz versuchte er seinen Strahl auf das ausgebrannte Loch zu richten, und es gelang ihm auch. Zu seinem Erstaunen bildete sich ein Gesicht, wo das Loch gewesen war, und das Gesicht erhob sich aus der Pfütze und wuchs, bis es ebenso groß war wie das seine und die Farbe von Alabaster hatte; und das Gesicht starrte ihn mit einem Blick voll überwältigender Trauer an, die den betrunkenen türkischen Kesselschmied und Schweißer sehr verunsicherte. Er stolperte zurück in die Dunkelheit, wobei er angemessene Worte der Entschuldigung murmelte, aber einige Nächte lang schlief er nicht gut.

KAPITEL 47

1954

Sie trug Spitze, an soviel konnte Sonja sich erinnern.
Wieviel Spitze?
Das wußte sie nicht mehr.
Welche Spitze? Fleur-de-Lys oder Rosenmuster, grob geknüpft oder fein gewebt?
Sie wußte es nicht.
Baumwollfarben oder schneeweiß?
Sie konnte sich nicht erinnern. Es war auch ohne Belang. Ob es nur am Kragen oder an den Manschetten war, welche Farbe oder Form oder Menge oder Muster, egal: Es war schön, und in Sonjas Erinnerung war es eine befreiende Schönheit, die verschiedene Formen, Farben und Mengen annahm, je nach der Zeit, an die sie sich erinnerte. Es hatte sie nicht beunruhigt – und warum sollte es auch? –, daß ihre Mutter so angezogen war wie bei der Beerdigung des italienischen Tunnelbauers, der bei einem Steinschlag zerquetscht worden war. Sie wußte, sie war angezogen, um zu einem offiziellen Anlaß wegzugehen.
Mama trug Spitze, sie war schön, und sie ging fort. Sonja wußte, sie ging fort, und es stand nicht in Sonjas Macht, etwas anderes zu tun, als das zu beobachten und dann das Gesehene so tief in sich zu begraben, daß nur die Umrisse einer verlorenen Erinnerung für alle Zeit in ihrer Seele eingeprägt blieben. Das einzige Wort, das sie für diese Spuren ihrer Vergangenheit besaß, das einzige, seltsam unerklärliche Wort war *Spitze*. Manchmal hatte sie einen Traum, in dem ein Stück Spitze vor ihr her wehte, und wenn sie danach greifen wollte, flog die Spitze einfach davon. Sie jagte ihr nach. Die Jagd verlief immer wieder anders, aber

das Ende war unvermeidlich immer dasselbe: Die Spitze verlor sich im Wind.

Mama trug Spitze, sie war schön, und sie war gegangen. Aber bevor sie gegangen war, hatte sie Sonja leise etwas vorgesungen, hatte ihr ein Wiegenlied in einer Sprache vorgesungen, die sanft und fremd war, und doch so vertraut wie der nahe Milchgeruch ihrer Mutter. Sie verstand nichts von diesem Lied, nur, daß es ebenso exotisch wie tief traurig war. *»Spancek, zaspancek«*, sang Mama,

»crn mozic
hodi po noci
nima nozic ...«

Die Spitze ritt auf den seltsamen Wörtern, bis sie über den Schnee hinaus in die Hütte in Butlers Gorge geblasen wurde und die Form von Sonjas Mama annahm: Maria Buloh, eine junge Frau in einem scharlachroten Mantel und abgetretenen burgunderroten Schuhen, und in ihren langsam wiegenden Armen materialisierte sich die dreijährige Sonja, der Maria leise etwas vorsang.

Was sang sie?

Ein Wiegenlied in ihrer Muttersprache, vertraut und beruhigend.

»Lunica ziblje:
aja, aj, aj,
spancek se smeje
aja, aj, aj.«

Es ist natürlich möglich, daß die Worte, die Maria sang, sie in ein anderes Land versetzten, das sie ebensosehr zu vergessen trachtete, wie sie versuchte, sich zu erinnern. Es ist sogar möglich, daß sie, als sie dort saß und ihr Kind auf den Knien

wiegte, das Haus ihrer Familie vor sich sah, fast ganz im Winterschnee vergraben, eingeschmiegt in die Julischen Alpen, daß sie sah, wie der Schnee schmolz und die Alpen im Frühling erst grün wurden, später schwer von Blumen. Vielleicht sah sie dann das, was sie vergessen wollte, neben dem, woran sie sich erinnern wollte, und der Schmerz der Untrennbarkeit von Erinnerungen wurde zuviel für sie. Sicher – jedenfalls in Sonjas Erinnerung – liefen Tränen über Marias Gesicht, und vielleicht war es das vergebliche Bemühen, die Tränen und die Erinnerungen aufzuhalten, das sie dazu brachte, nicht mehr in Slowenisch zu singen, sondern Englisch zu sprechen.
»Mein Baby«, sagte sie. »Mein Baby.«
Nach der Leichtigkeit ihres Liedes waren die englischen Worte grob und schwer, ließen Maria klingen, als wäre ihre Zunge verstümmelt, herausgeschnitten. Sie setzte Sonja ab und sprach weiter mit dem verständnislosen Kind in ihrem schweren Englisch, und die Worte polterten wie scharfkantige Felsblöcke aus ihrem Mund, eine kleine Steinlawine, die ihre Tochter ihrem Schicksal überantwortete.
Was sagte sie?
Die Wahrheit, fremd und schwer zu fassen.
»Sonja, ich muß gehen.«
Maria legte ihre Tochter wieder ins Bett. Aber als sie gehen wollte, war das Kind schon wieder auf und beobachtete sie von der Schlafzimmertür aus. Maria öffnete die Haustür. Draußen war es dunkel.
»Keine Angst«, sagte sie. »Artie kommt bald heim.«
Eingefangen im Licht einer elektrischen Straßenlaterne sah Maria den Schnee fallen. Was, fragte sie sich, lag außerhalb des Lichtkegels?
»Sonja?« fragte Sonja.
»Nein, Sonja«, sagte Maria sanft. »Ich muß allein gehen.«
Maria kam noch einmal in Sonjas Zimmer, legte das Kind ein zweites Mal ins Bett, drückte Sonja dann fest an sich und ließ

sie plötzlich los. Sie drehte sich schnell um und ging zurück zur Haustür, während sie versuchte, das Kind in den Schlaf zu lullen. Ohne daß sie wagte, sich umzusehen, sagte sie *»Aja, aja«*, zu den Wänden, zur Zimmerdecke – dann ging sie hinaus, blickte auf und sah nur noch den Nachthimmel, der nichts bedeutete, nichts erklärte und nichts anbot. Ihre Verzweiflung war vollkommen und bodenlos, und trotz des Flehens ihrer Tochter schloß sich schon die Tür, und es war so, wie Sonja es immer geträumt hatte: Die Spitze war für immer verschwunden.

KAPITEL 48

1966

Und dann griff ein kräftiger Arm nach ihrem schlafenden Körper und rüttelte sie mit einer nachlässigen Kraft wach. Er wußte nicht, weshalb er sie rüttelte.

Er wollte sagen, da bin ich.

Er wollte sagen, wie schön du doch bist, wenn du schläfst.

Er wollte gar nichts sagen.

Er wollte nur, daß sie wußte, was er sie hören lassen wollte. Er wollte nicht, daß sie etwas davon wußte, wie er sich fühlte. Er wünschte sich für sie beide, daß sie entfliehen könnten, und für einen kurzen Augenblick ging ihm der Gedanke durch den Kopf, sie beide umzubringen. Dann vertrieb er den Gedanken wieder, und der Griff nach ihrem Arm lockerte sich für einen Moment, als er sich unwillkürlich bekreuzigen wollte. Aber dann hielt er inne, angewidert, weil er beinahe Zuflucht zur Religion genommen hätte.

Er wollte, daß sie ihm entkam, und er wollte, daß sie blieb.

Weil sie alles verstand und nichts wußte. Er rüttelte sie weiter.

In Sonjas Kopf machte die Stille des fallenden Schnees und der verschwindenden Spitze dem Geräusch heranfahrender Autos Platz, dem plötzlich überlauten Geräusch knallender Türen und betrunkener Stimmen in einem Kauderwelsch europäischer Sprachen.

»Mama«, murmelte Sonja eine Erinnerung von irgendwo in ihrem Innern. Dann wimmernd: »Mama …?« Sie lauschte auf den Wind, auf sein *»Aja, aja.«* Aber als sie in die glasigen Augen aufschaute und sah, daß es ihr Vater war, der sie rüttelte, mußte sie den Kopf von seinen dünnen, vom Schnaps erhitzten Worten wegdrehen.

Er sagte: »Wach auf.« Es war mitten in der Nacht.
Er sagte: »Komm. Mach was zu Essen fertig.«
Aja, aja.
Draußen im Wohnraum mußte sie ihre Augen, die im Traum weit offen gewesen waren, zusammenkneifen, um in dem uringelben, vom rauchigen Dunst vernebelten Licht die Gestalten eines halben Dutzends europäischer Männer auszumachen. Es waren gar nicht so viele, wie der Lärm zunächst vermuten ließ. Sie saßen um den Resopalküchentisch, der jetzt in der Mitte des Raumes stand. Ein senffarbenes Tischtuch bedeckte das rosafarbene Marmorwunder, und darauf lagen und standen Spielkarten und Flaschen, manche voll, manche leer, einige groß und lang, aus denen lockerer Schaum blubberte, einige klein und voll mit einfachem Alkohol. Einen Augenblick lang, bevor ihre Augen sich richtig dem Licht angepaßt hatten, war sie nicht sicher, welche Gefäße sich leerten, nicht sicher, ob die Flaschen die Männer leerten oder die Männer die Flaschen.
Sie tranken nicht, um die Gegenwart zu genießen, sondern aus dem dringlicheren Grund, die Vergangenheit zu vergessen und die Zukunft zu verdrängen. Ihr Ziel war nicht Freude, sondern Vergessen, und dort wollten sie so schnell wie möglich ankommen.
Sie tranken Wein aus Flaschen.
Sie tranken Schwarzgebrannten aus Colaflaschen.
Sie tranken Bier aus Flaschen mit langen Hälsen.
Und jedes Getränk feierten sie mit einem fingerhutgroßen Glas Schnaps. Um die schnelle Reise des Alkohols in ihre Eingeweide noch zu beschleunigen, warfen sie heftig den Kopf zurück, als hätte man ihnen plötzlich ein Messer ins Herz gestoßen und dies sei der Moment des Entsetzens, in dem sie erkannten, daß ihre Wunde tödlich war und ihre arme Seele ihren zerstörten Körper bald verlassen mußte.
Sie wollte sagen, Artie, ich muß morgen früh zur Schule.
Sie sagte: »Artie – Salami?«

Die Männer gestikulierten wild und sprachen aggressiv, mit kurzen Stößen aus gebrochenem Polnisch, Slowenisch, Deutsch und Einwandereraustralisch, und das Gespräch grub sich wie eine Kettensäge in den Wald ihrer Nacht, aufheulend, dann im Leerlauf und schließlich dröhnend, während es sägte und immer weitersägte.

»Sicher«, erwiderte Bojan über den Lärm hinweg. »Und Kruha und den Prosciutto und die Paprikaschoten, die ich einmach, und die Pilze, die ich einmach, und die Forelle, die ich räuchere.«

Ohne auch nur einen der Männer zu kennen, verstand Sonja sie alle. Niemand außer ihr konnte ihre Stimmen verstehen, niemand außer ihr ihre Herzen begreifen, niemand außer ihr in ihre Seelen blicken. Sie verstand sie alle, und deshalb haßte sie sie und sich selbst um so mehr. Sie ging in die Küche. Sie machte Teller mit Salami und Käse und Brot fertig. Sie arrangierte die Teller mit großer Sorgfalt, jede Salamischeibe ordentlich unter die nächste Salamischeibe gesteckt, ein Tausendfüßler aus gewürztem Schweinefleisch und Knorpelfett, der sich um den Rand des Tellers und bis zu seiner Mitte hin wand. Sie sah auf die Küchenuhr, die ihr zeigte, daß es fast zwei Uhr nachts war, und lächelte ein wenig bei dem Gedanken, daß sie in ein paar kurzen Stunden wieder einmal schlaftrunken die Schulstunden absitzen würde. Es hatte eine Zeit gegeben, wo sie wütend darüber gewesen war. Aber jetzt hatte sie erkannt, daß es irgendwann auf die einzig denkbare Art enden würde: indem sie ging. Wann und wie, wußte sie nicht. Alles, was sie wußte, war, daß ihre Sehnsucht sich über das hinwegsetzen mußte, was sie bisher für ihr Schicksal gehalten hatte.

Während Sonja sich mit aufrechtem Gang herein- und rund um die Männer schlängelte und ohne jegliche Begeisterung oder Interesse, aber voller Pflichtgefühl Teller mit Essen hinstellte und Gläser füllte, versuchte einer der Männer sie zu betatschen. Sie ignorierte ihn ebenso, wie die anderen Männer sie ignorierten. Meistens war den Männern ihre Anwesenheit vollkommen gleichgültig, als ob Essen und Trinken wie durch Zauberei vom Himmel in ihre Gegenwart gerieten, einfach durch ihren Wunsch nach Alkohol, als wäre sie ebenso gegenstandslos für die Männer, wie diese es für den größten Teil der Welt geworden waren, ein Phantom, das nur in Sonjas Vorstellung existierte.

Die nackte Glühbirne über ihren Köpfen brannte wie die namenlosen Dinge, die sie in ihren Herzen trugen. Sie versuchte, sie nicht zu sehen: Diese Männer hatten einmal andere, weit entfernte Orte geliebt. Sie hatten andere Menschen geliebt, die nun schon lange tot waren – oder doch jedenfalls tot für jeden Kontakt. Und so vermieden sie bei ihren starken Reden alles, was mit Stärke zu tun hatte, alles, was mit Liebe oder auch mit Haß zu tun hatte. Sie versuchte, sie nicht zu hören, wenn sie über Lust und Saufen, über Arbeit und andere leere Dinge plapperten. All das geschah in einer gewalttätigen Sprache, die den anderen, vor allem aber ihnen selbst das Gefühl geben sollte, daß das, wovon sie sprachen, Bedeutung hatte, daß sie ein gewisses Maß an Macht darüber besaßen, daß es das Leben sein konnte und daß sie noch nicht gestorben waren. Indem sie tranken, machten sie die Nacht zum Tage, aber in Wirklichkeit gehörten sie nicht mehr zur Nacht als zum Tag. Sie waren in der Zeit untergegangen wie in allem anderen.

Ein paar von ihnen waren bei den Frauen geblieben, mit denen sie in dem neuen Land angekommen waren, aber der weiche Erdboden ihrer jugendlichen Verbindung hatte sich in Gestein mit scharfen, kantigen Ecken verwandelt. Andere hatten ihre Frauen verloren, und ein paar hatten australische Frauen gefunden. Meist waren es junge, eigensinnige Frauen, die bereit waren, ihr Los mit einem von denen zu teilen, von denen die meisten Australier nicht nur glaubten, sondern wußten, daß sie Menschen zweiter Klasse waren. Es waren Frauen, die törichterweise glaubten, daß Liebe alles überwinden konnte, selbst

einen solchen Haß, und manchmal zeigte sich, daß ihre Torheit große Weisheit war, aber sie zahlten einen hohen Preis dafür.
Die meisten der Männer waren jedoch allein nach Tasmanien gekommen, und irgendwann hatten sie erkannt, daß sie den Rest ihrer Tage allein verbringen und die Welt dann allein verlassen würden. Von da an fürchteten sie die Nacht noch mehr als zuvor.
Und so wurden sie zu Männern, die im wesentlichen ohne Frauen zurechtkamen, abgesehen von den gelegentlichen Paarungen mit Frauen, die, wenigstens für eine Nacht, mehr in ihnen sahen als sie selbst, oder mit Huren, die nur sahen, was die Männer zu bieten hatten, und das war wenig: Geld und Stöhnen in verschiedenen Sprachen. Hätten die Huren genau hingehört – was sie möglicherweise getan haben oder auch nicht –, hätten sie ihre kalten Ohren nahe an diese auf eine grausame Weise sinnlichen Lippen gehalten, dann hätten sie in diesen Tönen eine schreckliche Sehnsucht gehört. Aber weil sie in einer anderen Sprache erklangen, schienen sie nur urzeitlich, was sie auch waren, und bedeutungslos, was sie nicht waren. Also ließen die Männer das elektrische Licht auf ihren Schädel einschlagen, bis er schmerzte, und auf ihre Flaschen, bis sie leer waren. Sonja versuchte, nichts davon zu wissen, aber sie verstand alles.

In den großen Wäldern hinter ihnen erwachten auch die Teufel und Quolls, die Beutelratten und Potaroos, die Wombats und Wallabys zu einem seltsamen Leben. Sie durchsuchten die Erde nach dem bißchen, was sie erbeuten konnten, um am Leben zu bleiben. Und wenn sie aus Versehen auf die neuen Schotterstraßen gerieten, die jetzt überall in ihre Welt eindrangen, wurden sie vom plötzlichen Schock über ein bewegtes elektrisches Licht hypnotisiert. Dann waren sie nicht mehr länger ein Teil der großen Wälder oder Ebenen, sondern nur noch eine arme, bemitleidenswerte, einsame Kreatur, deren Schicksal es war, zwischen Gummi und Metall zerquetscht zu werden. Hatte das elektrische Licht erst einmal gezeigt, daß sie keine Existenz, Bedeutung oder Welt besaßen außer dem grellen Umriß auf dem Schotter, dann wurde jedes dieser Tiere ohne weiteres von den Männern getötet, die betrunken zu ihren Arbeitsplätzen fuhren oder von dort kamen, zu oder von den Huren nach Hause eilten, den Trinkgelagen und Kartenspielen in den größeren Städten.

Wenn der Tag anbrach, waren die Straßen rot gefleckt von dem Gemetzel, und aufgeschreckte Habichte, die an den Gerippen ihr Festmahl hielten, erhoben sich hastig in die Luft und zogen Innereien hinter sich her, die sich schnell entwirrten, ein Stück blutiger Eingeweide, das sich über den blauen Himmel zog, als wäre die Welt selbst verwundet.

Jiri hatte Bojan erzählt, daß manche Leute glaubten, die Tiere würden als Geister oder andere Tiere oder sogar Menschen wiedergeboren. Aber immer, wenn Bojan einen Tierkollegen traf, hoffte er, ihm einen Gefallen getan zu haben, indem er ihn auf immer von der Last des Lebens befreite.

KAPITEL 49

1966

Das Kartenspiel endete gegen vier Uhr früh auf dieselbe Weise wie immer: in erbittertem Streit. Der Tagesanbruch war nahe und ein neuer Arbeitstag nicht mehr weit; keiner schien mehr das Bedürfnis zu haben – wie es meistens der Fall war, solange die Nacht noch jung war –, die Sache mit den Fäusten zu klären. Wofür Sonja dankbar war. Die Männer verschwanden allmählich, bis nur noch Sonja und ein sehr betrunkener Bojan da waren und das Chaos in der Küche und im Wohnraum beseitigten.

Sonja beobachtete ihren wütenden, zerzausten Vater und fragte sich, ob selbst sie in solchen Augenblicken noch wußte, wer er war. Sie wollte ihn so sehen, wie er sonst war. Nicht so wie jetzt. Das war vielleicht der Grund, weshalb sie sich vergaß und dummerweise sagte: »Ich mach hier fertig. Geh du ins Bett. Du hast einiges intus, du brauchst deinen Schlaf.« Sie sagte es ruhig, fast freundlich. Aber Bojans vom Alkohol durchweichtes Hirn filterte den sanften Klang ihrer Worte heraus und hörte nur das, was selbst Sonja so nicht wirklich wußte: Daß sie es nicht ertragen konnte, ihn so zu sehen.

Er hob wütend seinen Arm.

»Ich bin nicht betrunken«, sagte er.

»Ich hab nicht gesagt, du bist betrunken«, sagte Sonja, aber da wußte sie schon, sie hätte auch das nicht sagen sollen.

»Was meinst du damit, verdammt, *ich* bin betrunken?«

»Nein«, sagte Sonja, die spürte, wie ihr Atem schon schneller ging, hastig wurde, wie die Worte ihr mit zuviel Spannung entschlüpften, als wüßte sie, hätte gewußt und gemeint, was

Bojan glaubte. »Nein, nein, nein, nichts«, hörte sie sich keuchen, aber Bojan hörte nicht mehr zu.
»Ich habe ab und zu ein bißchen Spaß. Ist das nicht erlaubt? Ich wette, du hast deinen Spaß, wenn ich nicht da bin. Ich wette, du bist mit den Scheißkerlen unterwegs, wette ich. Ich kenne dich, du verdammte Schlampe, ich kenne dich.«
Sonja fühlte die Leere in ihrem Kopf, fühlte, wie die Erde sich hob und neigte, aber irgendwie wußte sie, sie mußte das Gleichgewicht halten, durfte nicht fallen. Sie wölbte ihre Hände und hielt sie über die Ohren, um nichts zu hören, aber ihr Kopf schwoll an und brach dann wieder in ein Nichts zusammen, und ihre gewölbten Hände gaben dem Entsetzen nur eine Form, statt es zu verhindern.
Jetzt brüllte Bojan.
»Eine verdammte Schlampe wie deine verdammte Mutter.«
Die letzten Worte spie Bojan mit Macht aus. Dann sah Sonja, wie ihre Hände einen Schutzschild bildeten, wie seine Hand sich ihrem Gesicht näherte, der Rücken einer großen Hand, die immer riesiger wurde, je näher sie kam.
»Wie deine verdammte Mutter.«
Sonja schrie, aber nicht aus Angst, sondern ausgelöst durch etwas, das über die Angst schon hinaus war. Sie hatte ihn durch einen dummen Fehler wütend gemacht, aber es war keine Absicht gewesen, das war es nicht.
»Nein«, schrie sie, voll panischer Angst vor dem, was nun unweigerlich folgen würde. »Nein, nein, nein«, brüllte sie.
»Ich werde dir zeigen, wer hier betrunken ist.«
Seine Stimme war kalt und gefühllos. Nur sein Gesicht zitterte.
»Paß auf«, sagte er langsam, als wollte er ihnen beiden beweisen, daß er nicht betrunken war. »Ich zeig's dir.« Als er Sonja zum zweiten Mal mit dem Handrücken schlug, blieb sie ohne Reaktion und schrie nicht, und wäre nicht ihre Haut aufgeplatzt und ihr Blut geflossen, hätte man sogar denken können, seine Schläge wären wirkungslos gewesen. Bojans Gesicht bebte noch

mehr. Sonja flehte ihn nun in Slowenisch an, zwitscherte wie ein eingesperrter, wahnsinniger Vogel.

»Ni, Artie, ni, ni, ni, ni …«

Aber Bojan war jetzt in keiner Sprache mehr zu erreichen. Er schlug sie immer wieder. Und als sie endlich zu Boden stürzte, schrie er vor Schmerz laut auf, als ob er geschlagen worden wäre und nicht sie.

»Sie ficken dich! Sie ficken dich!«

Sie haßte ihn. Sie wünschte, sie könnte ihn so festhalten, wie es Mrs. Heaneys Kinder mit ihrer Mutter getan hatten, damit sie ihn nicht so sehr hassen mußte.

»Sie ficken dich!« schrie Bojan zum letzten Mal, und dann wankte er ins Bett; im Gehen stolperte er noch über ein Stuhlbein.

Sie konnte sich nicht erinnern, wann es begonnen hatte. Zu dem Zustand davor zurückzukehren, hätte für sie beide bedeutet, zuzugeben, daß das Jetzt nicht in Ordnung war, aber das Jetzt war alles, was sie besaßen und jemals besitzen konnten. Sie konnte sich nicht erinnern, wie es begonnen hatte, dieses Prügeln. Sie bemerkte eine Veränderung ihrer eigenen Reaktion auf die Schläge – es verwandelte sich von einer lähmenden Furcht zu einem Gefühl geradezu seliger Erleichterung, wenn der erste Schlag fiel. Denn dann war das Ende nahe, und ihre Angst, mit der sie tagelang leben mußte, während sie auf die nächste Prügel wartete, wurde von ihrem Blut weggeschwemmt, und ihr Blut schmeckte süß wie Regen, der auf den verzweifelt trockenen Erdboden fällt. Irgendwann kam eine Nacht, wo sie feststellte, daß sie all seine Schläge mit dem Handrücken und all seine Fausthiebe nicht mehr fürchtete, weil sie wußte, es gab etwas in ihr, das er nicht zerbrochen hatte, das nicht geblutet hatte und das er niemals erreichen konnte.

KAPITEL 50

1966

Am nächsten Morgen lag Sonja regungslos in ihrem Bett, mit offenen, wachsamen Augen in einem zerschlagenen, verschwollenen Gesicht. Aus Bojans Schlafzimmer kam das Geräusch betrunkenen Schnarchens. Sie bewegte sich, spürte, wie der Schmerz in ihrem Gesicht stach und kratzte, setzte sich langsam auf und bewegte sich zwischen den Laken hervor. Sie zog sich nicht an, sondern ging im Schlafanzug direkt in die Waschküche, füllte einen Eimer mit heißem Wasser, in das sie Putzmittel gab, suchte sich im Schrank unter dem Ausguß einen Lumpen und ging dann zu der Wand, die mit ihrem inzwischen getrockneten und nachgedunkelten Blut gesprenkelt war. Sie beschrieb mit dem feuchten Lappen einen Bogen über die Wand, dann noch einen und noch einen, beobachtete die rosa Muster, die sich im Hin und Her bildeten, während sie die Wand und den ebenso verfleckten Boden darunter putzte. Und während sie die Wand abspülte und die Wirbel beobachtete, die sich bildeten und verschwanden, Löcher in Löchern und Löchern, begann sie zu singen, um ihren Vater nicht schnarchen zu hören.

»O Mr. Sheen«, sang sie leise, langsamer als das Lied in der Werbung für den Sprühreiniger, zögernd, stolpernd, »O ... Mr. Sheen, bei dir wird alles ... alles so funkelnd *clean.*«

Wenn sie mit der Wand fertig war, öffnete sie die Fenster und die Haustür, fegte den Boden und putzte das Chaos vom Kartenabend weg. Dann endlich wusch sie sich selbst, wobei sie versuchte, sowenig wie möglich ihr Gesicht anzusehen. Und dann wurde ihr Vater wach, und das Haus funkelte, und der Geruch von saurem Schweiß und frischem Brot war wieder einmal für eine kurze, immer kürzer werdende Zeit verbannt.

KAPITEL 51

1966

Ich gewöhne mich allmählich daran.

Seine Launen, seine unvorhersehbaren Ausbrüche, die entsetzlichen Worte und schrecklichen Dinge, die aus seinem Mund kommen. Wenn er ein Zimmer betritt, verlasse ich es, nicht, um etwas damit zu sagen oder so, nicht laut, sondern leise wie eine Maus, mit den Händen an der Wand, so daß er nicht einmal bemerkt, daß ich dagewesen bin. Ich drehe mich zur Seite, wenn er an mir vorübergeht, damit er mehr Platz hat. Ich sage nichts, wenn er spricht, weder Gutes noch Schlechtes, keine Scherze und nichts Ernstes. So mache ich es. Manchmal, wenn er einfach nur plaudert, weiß ich, er versucht meinen Blick einzufangen, er will, daß ich ihm in die Augen sehe. Aber ich will nicht, und ich tue es nicht, denn mir wird ganz schwindlig, wenn ich es tue, sie sind wie tiefe, blaue Seen, und ich stehe hoch, hoch über ihnen, und ich habe solche Angst, daß ich das Gleichgewicht verliere und tief, tief in sie hinunterstürze und in diesen dunkelblauen Seen ertrinke. Ich weiß, er versucht, meinen Blick einzufangen, und wenn er es versucht, überläuft es mich kalt, und dann muß ich versuchen, das Zittern zu stoppen, denn auch das macht ihn wütend: Was zitterst du so, sagt er, erst ziemlich freundlich, was ist los? Aber dann wird er wütend, denn er weiß, warum ich zittere, und er haßt den Grund, warum ich zittere, und dann schreit er schreckliche Worte und sagt furchtbare Dinge: Hör auf mit dem blöden Zittern, schreit er, und hebt den Arm über den Kopf, und ich will wegrennen, aber meine Füße frieren fest, und ich weiß, in dem Moment, wo er in meine Augen sieht, wird seine Hand zuschlagen. Scheiße, sagt er. Was glaubst du, wer du bist? Wer? Ich weiß nicht, wer ich bin. Ich sollte es wissen, und ich werde bestraft, weil ich es nicht weiß. Vielleicht ist das richtig so. Vielleicht ist das in Ordnung. Vielleicht, wenn ich irgendwann weiß, wer ich bin, wenn ich ihm ohne Zittern in die Augen sehen kann und diese Frage ohne Zittern beantworten kann, vielleicht schlägt er mich dann nicht mehr. Ohne auch nur darüber nachzudenken, höre ich mich selbst ganz plötzlich losschreien: Ich liebe dich, Artie, und ich höre mein Schreien und denke, mehr weiß ich nicht, das ist alles, was ich weiß. Und dann merke ich, ich blicke in diese weit entfernten Seen seiner Augen, und ich verliere das Gleichgewicht und falle. Scheißliebe, höre ich ihn sagen, und er schreit, was ist diese verdammte Liebe, Sonja? Und seine Hand schlägt zu, und ich ertrinke. Ich kann die Luft und das Licht und die Sonne da oben nicht mehr erreichen und ertrinke.

KAPITEL 52

1966

Sie macht mich rasend! Sie bringt mich dazu, daß ich sie schlagen will, wie eine verdammte kleine Maus, antwortet nicht, wenn ich mit ihr rede. Hört mir ums Verrecken nicht zu, außer, ja, außer ich schlage sie. Nicht doll. Nicht mit den Fäusten, nicht oft. Nur mit dem Handrücken. Meistens. Aber sie muß es lernen. Sie wird wie ich, wenn sie es nicht lernt. Sie geht unter. Ich schlage sie nieder, damit sie hochkommt. Warum benimmt sie sich nicht wie jedes andere verdammte Kind? Ich weiß, sie haßt mich. Wenn sie mir in die Augen sieht, weiß ich, sie haßt mich. Egal. Warum sollte es mich kümmern? Ich bin ein Nichts. Ich bin der Kanake, der verdammte Kanakenarsch. Sie nicht. Sie sieht aus wie die anderen. Redet wie sie. Das ist gut. Nicht wie ich. Kein altes Holzhaus, das zusammenfällt. Warum tut sie mir weh? Wenn sie mir in die Augen sieht, wenn sie ohne Worte so furchtbare Sachen sagt, die sie nicht einmal mit Worten sagen würde, fühlt sich das an wie eine Bohrmaschine in meinem Kopf. Ich weiß, sie haßt mich. Ich schlage sie, damit sie es sagt. Damit sie sagt, du bist ein Stück Scheiße, sagt, he, du Kanake, damit sie sagt, ich hasse dich, du verdammter alter Kanakenarsch. Ich schlage sie, damit sie weiß, wie schlimm es ist, und wie schlimm ich bin, damit sie sagt, was ich hören will, damit endlich alles vorbei ist und ich allein bin und alles hinter mir habe.

Ich schlage sie, verdammt, und nichts passiert. Ich trinke so viel, daß ich nicht mehr weiß, habe ich sie geschlagen oder nicht. Vielleicht habe ich einen Film gesehen und denke, das bin ich, der Sonja schlägt, aber das bin nicht ich, und es ist nicht Sonja, nur dieser Film im Fernsehen. Denn je mehr und je härter ich zuschlage, ihr Gesicht sagt nichts. Nicht ihr Mund, nicht ihre

Augen, nichts sagt mir was. Nichts sagt mir, es ist falsch oder schlecht. Nichts sagt mir, daß es überhaupt passiert, und vielleicht passiert es auch gar nicht. Vielleicht ist es nur das Entsetzen nach dem Saufen. Wenn es wirklich wäre, würde sie doch weinen oder schreien oder Nein sagen. Aber nein, ich schlage sie, und nichts passiert. Also kann es wohl gar nicht wahr sein. Manchmal spritzt Blut, und manchmal denke ich, ich kann sie und sogar mich schreien hören, aber wie von weit, wie durch eine Wand, etwas, das anderen Leuten passiert, weit weg. Manchmal denke ich, ich sehe sogar Blut an der Wand. Aber das kann nicht sein, denn wenn ich am nächsten Morgen aufstehe und mich wasche, wie ich es immer tue, und wenn ich dann rauskomme, dann ist da kein Blut an der Wand, sie ist sauber wie immer. Denn Sonja ist ein gutes Mädchen, nicht faul, und hält alles sauber. Sie ist lieb, aber ungeschickt, und manchmal fällt sie und verletzt sich und schlägt sich das Gesicht an.

Also schlage ich sie, richtig fest, und mit jedem Handrückenschlag spreche ich die sanfteste aller Bitten aus: Sonja, sag etwas. Bitte, sage ich mit jedem Schlag, bitte, sag etwas.

KAPITEL 53

1966

Ich gehe in die kalte Nacht hinaus. Von weitem kann ich den großen Fluß sehen, der wie eine silberne Weide im Mondlicht schimmert.
Ich lasse mich nieder, liege im Gras und halte mein Gesicht nahe an den feuchten Boden, spüre das lange, taubenetzte Gras um so zarter an den Blutergüssen in meinem Gesicht. Mein Gesicht brennt wie Feuer, und jeder lange Grashalm fährt die Umrisse meiner Blutergüsse mit der Anmut einer kühlenden Feder nach. Ich wünschte, ich wäre ein Samenkorn in dieser Erde, eine Blume, könnte mich mit anderen Pflanzen ins Sonnenlicht schieben, den Regen als Lebenskraft kennen und mit den anderen Pflanzen sterben, wenn die schreckliche Kälte über mich kommt. Meine Hände fahren über den Boden, drücken die Hügel der Regenwürmer flach. Das nasse Gras fährt wie Federn über meine Striemen. Wenn er mich nicht geschlagen hat, fühle ich das nasse Gras nicht so wie jetzt. Halsketten aus Gnade. Tauperlen breiten sich wie ein Film auf meinem Gesicht aus. Und während ich auf der feuchten Erde liege, flüstere ich den Namen meiner Mutter. Ihren schönen Namen.
Maria, sage ich zu der Erde, meine Maria.

KAPITEL 54

1966

Beobachten wir Bojan Buloh in dieser Nacht der Reue. Beobachten wir, wie er in seinem FJ wieder einmal versucht, durch das Grenzland der australischen Vororte zu entkommen, wie er an Häusern vorbeifährt, die frisch und roh sind wie ein ausgeweidetes Känguruh, die blutigen Eingeweide erst vor einem Augenblick aus dem Busch gegraben, auf Straßen, die sich in tiefe, schlammige Abwassergräben verwandeln. Er fährt in dieses Land ohne Fußstapfen, ohne Betonränder, nur ein paar Gärten, in denen Liebende niemals die sternenförmige Blume finden würden. Sehen wir, wie er das Ödland aus halbfertigen und eben fertigen Gebäuden nach einem Zeichen absucht, nach einem Omen, einem Anschein von Wirklichkeit in einer Welt, die ihm zunehmend aus den Fugen geraten scheint, während sein Kopf an einen anderen Ort treibt. Als wäre er von seinem Körper getrennt, hämmert sein Fuß hart auf die Kupplung, die Bremse, das Gaspedal. Sein FJ ist allein auf den leeren, schweigenden Straßen, die mit erwartungsvoller Sehnsucht darauf warten, daß die anderen neuen Bewohner dieser neuen Welt sich Autos leisten können, nicht nur jede Familie, sondern jeder einzelne.

Sehen wir, wie er sucht, sucht und immer weiter sucht, nach etwas, von dem er selbst nicht mehr wußte, was. Er, Bojan Buloh, der einst mit seinem Charme die Frauen angezogen hatte, selbst wenn sie von seinem Benehmen abgestoßen waren, wußte jetzt, daß all sein Charme ihn ebenso verlassen hatte wie seine gute Gesichtsfarbe und sein dickes Haar. Wenn er jetzt mit Leuten zusammentraf, fühlte er sich als Idiot, wußte nicht, was er sagen sollte, fühlte sich nackt und damit anstoßerregend, fühlte, daß er zu lange wartete, bis er sprach. Dann tat er es ungeschickt, gab ihnen die Zeit, erschrocken diesen nackten, zitternden Idioten anzustarren, der keine Worte fand, in die er sein Entsetzen kleiden konnte.

Er spürte ein übermächtiges Sehnen nach der Bestätigung, daß er noch lebte, daß die unwirkliche Welt, die an dem FJ vorbeischwamm, nicht die Hölle war und daß er nicht bereits dazu verdammt war, den tiefen Brunnen seines zerstörten Lebens auszuloten. Er wollte fühlen, daß er nicht für immer ein Schemen sein würde, der sein Leben in einer Welt führte, die einer Welt nur ähnelte, am grausamsten aller Orte, wo die Strafe einfach im Dasein bestand. Die Sehnsucht wuchs hart und heiß in seinen Lenden, ein seltsames, unabweisbares Gefühl.

Bojans Reise endete in einem schlammigen Hof, der mehrere Wagen aufnehmen konnte. Er parkte den FJ, stieg aus, lächelte ein wenig, denn dieser Vorstadtpuff paßte kaum zu seinem Bild von einem Hurenhaus, das unauslöschbar in Belgrad entstanden war, wo er als Wehrpflichtiger in der jugoslawischen Armee in Gesellschaft einiger Kameraden zum ersten Mal für Sex bezahlt hatte. Das war in einem Etablissement gewesen, das in seinen Augen aussah, als sei es von einem und für einen türkischen Pascha eingerichtet worden, voll mit großartigen Teppichen und Wandbehängen in allen Farben. Das Ganze war durchdrungen von einem riesenhaften Geheimnis, das aber zu einem plötzlichen Ende kam, als zwischen einem Slowenen und zwei Mazedoniern ein Streit entbrannte.

Der Vorstadtpuff hier war dagegen ebenso schmucklos, ebenso geheimnislos wie die Welt, in die er gehörte: ein bescheidenes Klinkerhaus am unteren Ende einer steilen Straße, durch eine überwucherte Hecke aus chinesischem Feuerstrauch diskret von seinen Vorstadtnachbarn abgeschirmt. Er spürte den kalten, schneidenden Wind, der Tausende von Meilen aus der weißen Weite der Antarktis über den Ozean gekommen war, um an dieser seltsamen Endstation zu landen. Der Wind drückte ihm fest in den Rücken, als er die unbefestigte Betontreppe hinaufging und an der Tür läutete. Er hörte Schritte, wußte, daß er erst durch den Türspion beobachtet wurde, und als er die Klinke hörte, sah er auf, um sich an der Tür von einer respektabel aussehenden Frau mittleren Alters begrüßen zu lassen. Sie trug ein ordentliches, schimmerndes, eierschalenfarbenes Kleid und eine Hornbrille. Sie erinnerte Bojan an eine Eidechse in der Wüste, die ihren Kragen aufspannt, um Verfolger abzuschrecken. Sie hieß ihn wie zu einer Tupperparty willkommen.

»Brian, Brian, wie geht's? April? April, Brian ist hier, um dich zu besuchen.«

Bojan sagte nichts. Bevor er die Schwelle überschritt, reichte er ihr eine Fünf-Dollar-Note.

»Brian – es tut mir so leid«, sagte die Frau. »Unsere Preise sind gestiegen –« Sie hielt sieben Finger in die Höhe. »Auf acht.« Jetzt kam plötzlich der Daumen herausgeschnellt und zeigte die richtige Zahl an. Sonst bewegte sie sich nicht. »Acht Dollar.« Dann fügte sie hinzu: »Es muß verwirrend für euch sein, dieses neue Dezimalwährungszeug.«

Bojan langte in seine Tasche und gab ihr die zusätzlichen braunen Dollarnoten. Er fragte sich sinnlos – denn es gab ja keine Antwort –, warum er das überhaupt tat, wo das Ergebnis doch unvermeidlich war, und das Unvermeidliche war schrecklich.

Eine kleine, dunkelhaarige Frau mit Schlangenaugen erschien hinter dem Rücken der Eidechsenfrau. Sie trug denselben roten Morgenrock, den sie getragen hatte, als er zum ersten Mal hier gewesen war, und der ihn dazu gebracht hatte, sie aus unerfindlichen Gründen einer älteren, attraktiveren Frau vorzuziehen.

Der Wind in Bojans Rücken wirbelte um ihn und drang durch die Türöffnung, wo er den roten Morgenrock gegen die kleine, kräftige Figur der schlangenäugigen Frau drückte. Er zeigte sie, wie sie war, nicht so, wie das schwache Licht im Innern des Hauses sie und ihre Kolleginnen zeigte. Er zeigte sie als die Frau, die sie war, ähnlich dem Mann, der er war, zerbrechlich und gewöhnlich, als wollte er sagen: Wofür? Dafür? Aber Bojan hatte seit seinem ersten Mal in dem Vorstadtpuff schon viele Frauen gesehen, und er war immer mit der schlangenäugigen Frau in dem roten Morgenrock gegangen, und Bojan wollte sagen, ja, ja, genau dafür, und er wollte sagen, nein, denn es war niemals möglich und würde niemals sein. Sie sah aus wie immer, abgesehen davon, daß sie das Haar jetzt nach der neuen Mode kurzgeschnitten trug. Bojan fand, es stand ihr nicht so gut wie das lange Haar, das sie beim ersten Mal noch getragen hatte. Aber er sagte nichts zu ihr, und sie sagte nichts zu ihm. Er schloß die Tür hinter sich.

KAPITEL 55

1966

Ich rieche sie, und ich rieche Dinge, die mich schneiden, dachte Bojan Buloh, während er versuchte, April zu reiten, die nicht geritten werden wollte. Dinge, von denen mir übel wird. Dieser Geruch nach Frau ist so stark wie der Hammel, den die Serben am Spieß braten, und ich hasse ihn, hasse die verdammten Serben, hasse diesen Geruch nach Weihrauch, hasse den Geruch von Apfelblüten, der so stark und nah ist, daß einem schwindlig wird, so daß man umfallen und nie mehr aufstehen könnte.

Während er versuchte, das zu tun, weshalb er hergekommen war, blickte Bojan Buloh zu der Muttergottes auf und ertappte sich dabei, daß er begann, zu ihr zu beten. Er hielt inne, schüttelte den Kopf, schloß die Augen und versuchte sich zu erinnern, wie es mit Maria gewesen war, wenn er mit ihr geschlafen hatte, versuchte sich vorzustellen, es sei sie und nicht irgend jemand anderer da unter ihm. In diesem kleinen, kahlen Schlafzimmer, dessen Decke Bojan immer zu niedrig vorkam, dessen Wände von einer schweren Tapete mit dunkelroten Filzlilien bedeckt waren, stellte sie den einzigen Schmuck dar: Ein billiges, eingerahmtes Bild einer Muttergottes mit blutendem Herzen hing über dem Kopfende des Bettes. Und wie ich es hasse, und sie auch, dachte Bojan Buloh, wie ich dieses verdammte Bild hasse. Er blickte wieder hinunter auf April, die immer noch ihren Morgenmantel trug. In ihrer linken Hand hielt sie eine zusammengefaltete Nummer der *Women's Weekly*, die ihr Gesicht verdeckte. Er fuhr mit den Fingern in ihre rechte Hand und versuchte, eine Art Kontakt herzustellen. Ihre Hand fuhr zurück und griff nach der anderen Seite der Zeitschrift.

Mayonnaise, Wein und Zitronensaft zusammenrühren, las April, *und mit Salz und Pfeffer würzen.*
Ich fühle sie, dachte Bojan, ich fühle ihre Haut, kalt und klamm wie ein Stück Schinken, fühle mich selbst schlaff, schlaff wie ein totes Schweineohr und unfähig, in ihren Körper einzudringen. Ich kann dieses kalte Fleisch nicht vögeln.
»Herrgott«, sagte April, »bist du immer noch nicht fertig?« und las ihr Rezept weiter.
Was würde ich alles tun, wenn ich ein Mann wäre! dachte Bojan. Aber ich bin kein Mann, und sie ist nicht Maria, und dann der Geruch und ihr Fleisch, und dieser Geruch, Herrgott, ich hasse diesen verdammten Geruch, ich drücke ihn weg und stöhne, damit er mich in Ruhe läßt und sich nicht mehr über mich lustig macht.
Er fummelte nutzlos zwischen Aprils Schenkeln herum. *Wenn kein Wein zur Hand ist, durch Essig und Zucker ersetzen,* las April und versuchte, sich fest auf jedes einzelne Wort zu konzentrieren, während ihr Körper von Bojans Bemühungen ruckte und schaukelte. *In den gewaschenen Spinat einrühren, gut vermischen. Die Soße zu heißen Fischstäbchen reichen.*
Und alles, was sie beide hörten, war das Rascheln der Zeitschriftenseiten und Bojans langsames Atmen, seine leiser werdenden Grunzer, dann ein frustriertes Schluchzen, Weinen, dann ihn, der sagte: »Es tut mir leid. Ich kann nicht, ich kann einfach nicht.«
Dann stand er auf, zog sich schnell an und war fort.

Als der FJ ansprang und wegfuhr, sprach April mit der Eidechsenfrau.
»Ich vermute«, sagte April, »du hast ihm deinen besonderen Kanakenpreis gemacht, ein Drittel mehr als für die ach so anständigen australischen Jungs.«
Die Eidechsenfrau sagte nichts. Die Eidechsenfrau blieb re-

gungslos. April sprach weiter. Sie war ein bißchen aufgeregt. Aber nur ein bißchen.
»Du solltest es ihm zum halben Preis geben. Er kommt nicht wegen Sex hierher. Er kommt, um zu weinen.«
Jetzt hatte die Eidechsenfrau genug. Ihr Blick schoß plötzlich auf April und fixierte sie. Sie öffnete den Mund, und ihre blaue Zunge ruckte vor und zurück.
»Red nicht so widerliches Zeug«, sagte sie. »Das hier ist ein anständiges Haus.«
April drehte sich um und ging hinaus, um zu rauchen. Es zog eisig kalt vom Boden her. Der rote Morgenrock war kälter als Eis. Sie wünschte sich Wärme. Sie wollte nicht zurück in das Zimmer mit den Filzblumen. Es läutete an der Tür, wohl wieder ein Kunde. April wünschte sich, es würde niemand hingehen. Sie war ganz ruhig. Sie wußte, sie mußte ganz ruhig bleiben, um es auszuhalten, aber ihre Finger zitterten.
Die Türklingel erklang wieder.
»Herrgott«, murmelte April atemlos. Sie nahm einen letzten langen Zug von ihrer Zigarette, versuchte ihre Hände zu beruhigen und die Asche nicht mehr auf dem Boden zu verstreuen. Sie wünschte sich, sie wäre Rauch, der sich im Nichts auflösen konnte, und rief: »Halt an. Halt an. Herrgott, so warte doch.«
Aber solange sie auch wartete, sie konnte ihre Hände nicht mehr ruhig halten.

KAPITEL 56

1966

Ich möchte, daß sie wissen«, sagte Dean Martin, »dies ist eine Familienshow. Eine Show, zu der ein Mann seine Frau und Kinder und seine Eltern in die Bar mitnehmen kann, wenn er sie sich ansieht.« Das Publikum im Studio wieherte vor Lachen, Dino grinste, dann begann die Band zu spielen, und Dino brach in Singen aus. Nach einem Drittel hörte er plötzlich auf, »nur für den Fall, daß Sie« – hier wandte er sich an Bojan und Sonja, die in der Regel jede Woche zusammensaßen und diese, ihre Lieblingsshow ansahen – » … daß Sie vielleicht denken könnten, wenn Sie all die ›neuen Töne‹ schon gehört hätten, müßten Sie ja nicht mehr gehen und Dinos neue Platte kaufen.« Er machte Späße mit Ken Lane und der unvermeidlichen drallen Blondine, von deren vollgeschriebenem nackten Bauch er statt von einem Teleprompter ablas, was er für die nächste Nummer brauchte. »Nur für den Fall, daß ich doppelt sehe«, sagte Dino, mit dem Gesicht gefährlich nahe an den Brüsten der Blondine. Doppelte Ereignisse und dreifache Martinis. Schnulzen und tiefe Ausschnitte. Große Namen und Alkohol. Alles gleich vergänglich in der Dean-Martin-Show, in der Dino sowohl die Hoffnung der alten Welt darstellte als auch ihre Rache an der neuen. Dino ist das alles scheißegal, lachte Bojan, aber anders als Bojan war er nicht bedrohlich. Ihr Vater, wie sie ihn sich wünschte, ohne Bedrückung, ohne Geschichte, ohne Schatten.

Sonja sah Dino gern gemeinsam mit ihrem Vater an, und er mit ihr, und sie saßen zusammen und lachten über Dinos blöde Witze und beneideten ihn um seine platte Kanakenart, mit der es ihm irgendwie gelungen war, daß die Welt ihn bewunderte, die Art, die sie zu verleugnen gelernt hatten. Im strahlend-blauen Schimmer des Victorola-Fernsehers besaßen sie und Bojan etwas Gemeinsames, und sie erlebte ein Gefühl, das sie hinterher nie beschreiben konnte. Aber wie Dinos Witze wurde das Gefühl müde und fadenscheinig.

Im Frühsommer des vergangenen Jahres waren sie wieder einmal umgezogen, in die Wohnung, in der sie jetzt lebten, die kein bißchen anders war als die anderen Wohnungen, nur ein bißchen größer. Aber es war immer noch eine Kanakenbude, immer noch kein Zuhause für Sonja, und sie glaubte auch nicht, daß es jemals ein Zuhause werden würde. Bojan verdiente jetzt mehr Geld, und sie hatten richtige Matten auf dem Boden, keine Decken mehr. Sie hatten auch eine neue rote Kunstledercouch, auf der Sonja saß, wenn sie in den neuen Schwarzweißfernseher sah. Aber Bojan trank immer mehr, und es war kein Zuhause.

Der Winter kam, und sie stellte sich vor, daß sie ihren Körper mit den Pflanzen zum Schlafen gelegt hatte und auf die Rückkehr der Sonne wartete, weil sie nichts Besseres zu tun hatte als zu warten, und Bojan trank immer mehr, und es war einfach kein Leben für sie, und sie wußte, irgendwann wäre das Warten zu Ende und das richtige Leben würde beginnen. Der Frühling in diesem Jahr war viel nasser als üblich, und überall wuchsen die Pflanzen geradezu üppig, und während Sonja die letzten paar Zoll bis zu ihrer endgültigen Größe heranwuchs, während ihr Körper voller wurde, roch sie die Bäume und das Unkraut, das überall zu wuchern schien, selbst durch den frischen Asphalt der Straße draußen. Dann hörte der Regen plötzlich auf, und ein Sommer begann, der mit seinen langen, heftigen Hitzewellen noch bemerkenswerter war als der Frühling. Die Pflanzen hörten auf zu wachsen, das Unkraut verdorrte, das Gras starb. Die Sonne schien für immer hoch oben zu stehen und heftig herunterzubrennen. Das Land wurde still und erwartungsvoll. Als hätte es schon alles gewußt, bevor es geschah.

In dieser Nacht, während Dino weiter seinen Schmus von sich gab, war Bojan nicht einmal dort, teilte mit ihr nicht einmal diesen Augenblick. Sonja sah die Sendung allein an, versuchte so zu tun, als säße ihr Vater wie üblich neben ihr, mit vom Lachen verzogenem Gesicht. Sie liebte das Radio, sie liebte das Fernsehen. Sonja kannte die Texte aller alten Filme, konnte gehen wie John Wayne und tanzen wie Ginger Rogers und eine von Bojan stibitzte Zigarette wie Bette Davis zwischen ihren Lippen baumeln lassen. Sie liebte diese schattenlose, abgesteckte und vorhersagbare Welt, eine Welt, in der sie von Anfang an wußte, wie das Ende sein würde, in der Güte belohnt und niemals bestraft wurde, wo das Leben immer voran ging und niemand zurückblicken mußte – abgesehen von gelegentlichen erklärenden Rückblicken –, wo sogar Traurigkeit nur ein Anlaß zu einem weiteren Lied war. Und Sonja kannte alle Liedtexte.
Aber im Zusammenleben mit ihrem Vater kannte sie fast keinen Text. Sonja und Bojan wechselten nur noch einige wenige Worte miteinander und dachten noch weniger. Das Wort »Liebe« – das eine Wort, das die ganze verborgene Natur von Sonjas Geschichte umfaßte – hatten sie aus ihren Gedanken und von ihren Zungen schon vor so langer Zeit verbannt, daß keiner von ihnen auch nur die seltsame Abwesenheit bemerkte. Das Wort, wohlgemerkt, nicht das Gefühl selbst. Ihre Sprache näherte sich immer mehr den Werkzeugen an, die er benutzte: Für einen praktischen Zweck konnten sie Worte benutzen, die tief einschnitten wie ein Meißel, oder die schwer fielen, um auf etwas einzuschlagen wie mit einem Holzhammer. Es gehörte schon eine gewisse Kunstfertigkeit dazu, das konnte man nicht leugnen. Aber ebenso, wie sie die Werkzeuge nicht für etwas anderes benutzten als für den vorgesehenen Zweck, benutzten sie auch Worte nur, wenn sie gebraucht wurden, um eine Tätigkeit zu beschreiben, ins Gedächtnis zu rufen oder in Gang zu setzen.
An diesem Abend, als Sonja von ihrer nachmittäglichen Wanderung durch den Busch in den Hügeln rund um ihren Vorstadt-

gürtel zurückkehrte, hatte sie ihren Vater angetroffen, der an dem Resopaltisch saß und türkischen Mokka aus einem halbleeren Topf in eine kleine Tasse goß. Rund um die Tasse waren alte Schwarzweißfotografien verteilt. Es war ein ungewohnter Anblick, daß er nicht trank oder arbeitete oder fernsah, oder arbeitete *und* trank, sondern dasaß und nachdachte.
Dann hatte er die Fotos zusammengeschoben und sie in einen alten Schuhkarton getan, war hinausgegangen und hatte auf dem kleinen Balkon seiner Kanakenbude gestanden. Er hatte sich nach der Arbeit noch nicht umgezogen, trug nur ein blaues Unterhemd und olivgrüne Arbeitshosen. Er lehnte an der Wand unter der Glühbirne und rauchte eine Zigarette. Der Rauch stieg langsam zu dem gelben Licht der nackten Glühbirne auf. Bojan schien nachzudenken.
Und dann, obwohl es doch Donnerstag abend war, der Abend mit der Dean-Martin-Show, war er weggegangen. Sonja hatte den Schuhkarton mit den alten Fotos gefunden, den Bojan auf dem Boden seines Kleiderschrankes versteckt hatte. In dem Schuhkarton waren Bilder von Leuten mit Skiern und Gewehren in einem europäischen Alpenland. Es gab auch Bilder von einer Frau, und Sonja wußte, das mußte ihre Mutter sein. Auf einem Bild standen diese Frau und Bojan in einer gestellten Umarmung vor schneebedeckten Bergen. Sie hielt eine sternförmige weiße Blume, und beide drückten ihre Lippen von beiden Seiten darauf. Sie war schön, dachte Sonja, und er sah gut aus.
Sonja sah die Fotos an und wunderte sich. Und sie hatte keine Antwort auf ihre vielen Fragen, so drängend sie waren, nur halb geformt und nicht einmal von ihr verstanden. Sie stellte den Schuhkarton zurück in den Schrank. Nichts von alldem ergab einen Sinn. Die Fotos sahen zu sehr wie die Filme aus, und sie liebte die Filme doch gerade deshalb, weil sie überhaupt nicht waren wie ihr Leben.

KAPITEL 57

1966

Dino war fast am Ende seiner Show angekommen, als die Wohnungstür aufging und Bojan mit großem Getöse hereinstolperte. Er war schwer betrunken. Sonja sah nur kurz vom Fernseher auf, als er auf dem Weg zum Bad an ihr vorbeiging. »Willst du Abendessen, Artie? Ich habe *kransky klabasha* gekocht.«

Bojan tauchte wieder aus dem Bad auf.

»Nein«, sagte er, »ich will gar nichts.«

»Warum mußt du soviel trinken?«

»Leck mich am Arsch«, murmelte Bojan und sagte dann lauter: »Die verdammten jungen Leute denken –«, aber dann verlor er den Faden, vergaß, was die jungen Leute dachten und zog sich in ein wirres Schimpfen zurück, das nicht einmal er wirklich ernst nehmen konnte.

»Everybody loves somebody sometime«, schnulzte Dino aus dem Victorola das Schlußlied der Show.

»Leck mich!« murmelte Bojan. »Leck mich – leck mich – leck mich.«

Sonja wünschte sich Bojan, ihren Bojan, ihren Artie, nicht diesen flaschenvernichtenden Schatten eines Menschen, den sie einmal gekannt hatte.

»Du hast gesagt, ich soll das für dich kochen«, sagte sie.

»Ich mach, was ich will«, sagte Bojan. »Mach du, was du willst.«

»Selbst Ken«, sprach Dino aus dem Victorola und lächelte Ken zu, der immer noch das Lied klimperte, lange nachdem Dino das Interesse daran verloren hatte und das Lied nur noch weitermolk, um ein paar Lacher herauszuholen. »Stimmt's nicht, Ken?«

Als er an Sonja vorbeischlich, fiel Bojan aus Versehen halb, halb schubste er sie, dann fand er sein Gleichgewicht wieder und sagte unterdessen: »Wo ist hier was zu trinken, verdammt noch mal.« Er öffnete den Kühlschrank und nahm eine große Flasche Bier heraus. »Kann man denn hier nicht in Frieden ein Bier trinken.«
Er schnalzte den Kronkorken mit einem Messer von der Flasche, und während er noch so dastand und sein stoppeliger Adamsapfel herein- und heraussprang, stürzte er die ganze Flasche mit einem einzigen Schluck herunter. Dann setzte er sich an den Küchentisch und sah hinüber zu Sonja.
Wir sind Fremde, dachte er. Er sah, wie sie ganz still im Sessel saß, und sah nichts in ihr, das ihm kindlich vorkam. Alle Initiative und Kraft schien aus ihr gewichen zu sein. Er sah den kleinen, engen Raum an, in dem er saß und die Armut mit Händen greifen konnte. Er sah nach draußen auf fremde Wäscheleinen und wußte nur, heute nacht würde er wieder trinken, um all das zu vergessen. Das Leben ist nicht das Leben. Kinder sind keine Kinder. Die Väter sind verwirrt, und die Mütter sind fort, und sie können ihre Kinder nicht finden, die bereits ihre Körper verlassen haben.
Ken lachte über Dinos Stichelei und spielte weiter auf dem großen Klavier, während Dino weiterschnulzte und das Publikum im Fernsehen sowohl auf Dinos arroganten Charme als auch auf das aufflammende Applauslicht reagierte. »Dum-de-dum-de dum-de-dum«, summte Dino und fügte hinzu: »Wenn ich nur wüßte, wer das gesungen hat, der könnte mir den Text beibringen.« Noch mehr Jubel und Gelächter. »Du-da-da-du-da-da-dum.«
»Nicht noch mehr, Artie«, sagte Sonja. »Nicht noch mehr.«
»Halt die Klappe«, sagte Bojan zum Kühlschrank, drehte sich gerade so weit herum, daß er sie ansehen konnte, als ob er nichts sah, und mit einer lässigen, beiläufigen Bewegung warf er mit der leeren Bierflasche nach Sonja. Es war kein gewaltsames

Werfen, mehr eine nachlässige, verächtliche Geste. Vielleicht war es der Haß, nicht auf sie, sondern auf alles, der ihn dazu brachte, die Flasche auf diese seltsame Weise zu werfen. Die Flasche beschrieb langsam einen Bogen durch das Zimmer zwischen ihnen, wie beim Mähen mit einer Sense. Sie verfehlte Sonja um mindestens einen Fußbreit, krachte hinter ihr an die Wand, und Bojan sah es nicht, weil er schon wieder im Kühlschrank nach einem neuen Bier suchte.

Etwas an dieser Geste war entsetzlich demütigend für Sonja. Es war, als ob Bojan nicht einmal mehr wirklich wütend wurde, als ob sein Prügeln wenigstens eine Spur von Gefühl ihr gegenüber verraten hatte, das über seine erbarmungslose Selbstzerstörung hinausging. Seine absolute Gleichgültigkeit gegenüber dem, was mit der Flasche passierte, nachdem er sie geworfen hatte – ob sie Sonja traf oder nicht –, verletzte sie in einer Weise, die sie von einer so törichten Sache nicht erwartet hatte.

Nachdem er ins Bett gegangen war, stand Sonja auf, zog sich Jeans, Pullover und einen grauen Dufflecoat an und ging in der vagen Absicht hinaus, einen Spaziergang zu machen. Sie lief nicht davon, sie wollte nur eine Weile nach draußen. Sie ging ums Haus, und aus einem Fenster hörte sie Bojans betrunkenes Schnarchen. Sie drehte sich um und sah das Fenster eine Weile an, und ihr Gesicht versteinerte. Sie war voller Verachtung für alles, vor allem für sich selbst und ihr eigenes Leben. Bojans Schnarchen schien ihr lauter und bedrohlicher zu werden. Er schnaufte, krachte und donnerte, und sie hatte das Gefühl, als ob sie im Vulkankrater dessen erstickte, was er war und was nicht, daß sie an ihn gefesselt war und die Lava seines flüssigen Schlafes sie für immer begrub.

Sie hob eine Faust, dann die andere, schloß die Augen, schüttelte langsam den Kopf, versuchte das Geräusch wegzuschieben, auszubrechen. Aber das Schnarchen wurde schlimmer, eindringlicher, allumfassend und unausweichlich. Wenn sie sich nur befreien und etwas spüren könnte, irgend etwas. Plötzlich

und unerwartet warf sie ihre Fäuste gegen sein Schlafzimmerfenster. Das Geräusch von splitterndem Glas erschreckte sie weit mehr als das Gefühl ihrer zerreißenden Haut.
Denn sie spürte nichts.
Sie war über den Schmerz hinausgewachsen; sie wollte, daß es weh tat, aber jetzt wußte sie, nichts tat mehr weh. Egal, wie sehr sie sich selbst haßte, verlor, anderen erlaubte, sie zu verletzen oder sich selbst verletzte, sie würde niemals den Damm durchbrechen, der ihr Leiden zurückhielt.
Sie schüttelte sich. Es tat nicht weh. Sie hatte panische Angst. Es tat nicht weh. Wie konnte sie wissen, was geschehen war, wenn sie es nicht einmal fühlen konnte. Mit den Händen war sie in seinem Schlafzimmer, mit den Armen draußen, ihre zuckenden Handgelenke lagen im zerbrochenen Glas des Fensters. War sie tot? War das die Hölle? Oder lebte sie noch? Und konnte auch das die Hölle sein? Zu leben, aber das Leben nicht zu spüren?
Sie fühlte sich schwach. Sie war müde. Glasscherben mit roten Spitzen brachen weg und fielen zu Boden.
Sonjas Augen blieben klar, und sie beobachtete ungerührt, wie ihr warmes Blut von ihren Handgelenken auf das kalte, feuchte Fensterbrett lief. Sie war schwach. Sie war müde. Sie spürte nichts. Sie sah nur wenig. Sie bewegte ihre Handgelenke an den übrigen Glasscherben hin und her, als wären sie ein Schinken, den sie in Scheiben schnitt. Sie spürte nichts. Es war jetzt auch gleichgültig.
Es war auch gleichgültig, daß sie etwas später – eine Lebensspanne später, eine Todesspanne, eine unbekannte Zeit später – hörte, wie Mrs. Heaney sie auf dem Boden fand, um Hilfe schrie und dann fragte: »Wo ist dein Vater?« Mrs. Heaney, die nie fluchte, jedenfalls nicht so schlimm wie ein Mann, ließ mit ruhiger Stimme die schlimmsten Flüche hören, während sie Sonja in ihrem Schoß hielt.
»Dieses nichtsnutzige, beschissene Arschloch«, sagte sie in ei-

nem leisen, langsamen, fluchenden Flüsterton und fragte dann wieder: »Wo ist er?«
Sonja wußte, daß er im Bett lag und schlief, aber wo er war? Wo er war, konnte sie nicht sagen. Sie konnte nicht sprechen. Sie konnte Mrs. Heaney nicht erzählen, was so gar keinen Sinn ergab: daß sie beide darauf warteten, daß der Wind sich wieder erhob.
Die Sirene eines Krankenwagens weckte Bojan etwas später. Dann war alles wieder still. Er drehte sich auf die andere Seite und schlief weiter.

Und durch die Stille vor dem Sturm, der langsam an Stärke zunahm, drang das pulsierende, schwirrende Geräusch eines Herzschlags auf einem Monitor, das sich fest, fest durch die Dunkelheit schob.

KAPITEL 58

1990

Das Trommeln wurde immer schneller, ein immer eindringlicheres, knatterndes Schnellfeuer, wusch-wisch-wusch-wisch-wusch-wisch, und zuerst waren die weißen, eingekratzten Bilder, die auf dem gerasterten Schirm erschienen, andere Bilder überlagerten und dann mit seltsamen, zuckenden Bewegungen wieder verschwanden, ebenso schwierig einzuordnen wie das laute Geräusch der Maschine. Dann begriff sie mit unerwarteter Klarheit: Das Geräusch war ein Pulsschlag inmitten einer Waschmaschine von weißem Geräusch, der durch Ultraschall verstärkte Herzschlag eines fünf Monate alten Fötus', der im Bauch seiner Mutter wie in einem Ozean dahinsegelte.

Ihr Bauch.

Ihr Kind.

Sonja schluckte.

Während der Fötus weiter das Stakkato seines hypnotisierenden Herzschlages aussandte, wurde auf dem Bildschirm eine Form allmählich vorherrschend, auch wenn sie alles andere als fest war.

Ein weicher Wurstfinger erschien vor dem Bildschirm und zeigte auf das weiße Abbild ihres Kindes.

»Dem Fötus scheint es gutzugehen. Keine Anzeichen von Placenta praevia.«

An dem Finger steckte ein dicker, ziemlich häßlicher Goldring mit einem eingravierten Halbmondmuster.

»Kopf und Körper, Arme, Beine, Finger ... Scheint alles in Ordnung.«

Der Ringfinger verschwand.

»Blutungen?« fragte eine andere Stimme, aber Sonja fand weder die Kraft noch die Energie, aufzublicken und nachzusehen, wer da fragte. Es war eine höhere Stimme. Vielleicht ein jüngerer Arzt. Vielleicht eine Ärztin. Vielleicht ihre Mutter. Sie wußte es nicht. Es war ihr gleichgültig.

»Die letzten sechs Stunden nicht«, sagte die Stimme, die sie dem Ringfinger zuordnete. »Wahrscheinlich hat sich der Rand der Placenta angehoben und auf diese Weise die starke Blutung ausgelöst.«

Sie sah nur noch undeutlich, und eine Gestalt, die sie nur mit Schwierigkeiten ausmachen konnte – sie nahm an, es müsse ein Arzt sein, denn er war fast ganz weiß gekleidet und konnte deshalb nicht ihre Mutter sein: Er war ein Mann und trug keine Spitze –, diese Gestalt also bewegte sich auf sie zu, bis sie bedrohlich über ihr zu schweben schien, wie eine Gestalt aus einem gruseligen Spätfilm. Er lächelte verzerrt, und so klang auch seine Stimme, fern, als riefe sie von weit, weit weg, aus einer anderen Zeit, von einem anderen Ort.

»Miss Buloh? Miss Buloh, sie haben sehr viel Glück gehabt. Sie haben viel Blut verloren, aber Sie werden wieder gesund. Und Ihr Baby auch.«

Sonja begann zu zittern, als würde sie im nächsten Augenblick schluchzend zusammenbrechen, obwohl nicht einmal sie genau wußte, ob vor Erleichterung oder vor Enttäuschung. Sie weinte nicht. Du darfst niemals weinen, erinnerte sie sich. Egal was passiert, du darfst nie, niemals weinen.

»Miss Buloh?«

Aber sie war schon wieder auf der Reise nach irgendwo außerhalb ihres Körpers, glitt davon, für eine gleichzeitig unendliche und doch begrenzte Zeit. Sie nahm ihre Umgebung ganz bewußt wahr: die stickige Krankenhausluft, die seltsame Härte der Matratze auf der Trage, die sich ebenso unnachgiebig wie tröstlich anfühlte, das frivole Krankenhausnachthemd, das wie zwei lose zusammengebundene Geschirrtücher an ihrem Körper hing. Aber gleichzeitig war sie weit entfernt von diesen und allen anderen Dingen.

Weit entfernt von dieser Welt, die nach einer Weile blau, dann grün wurde. Dann, nach einer weiteren Weile, die sowohl lang als auch kurz andauerte, die in alle Ewigkeit weiterging und doch erst gerade begonnen hatte, wurde das Grün weggewischt. Sonja bemerkte, daß sie sich in den Vorhang verwandelt hatte, in der Luft schwebte und sich um einen Menschen wickelte, der zu Besuch gekommen war, sie aber nicht sehen konnte, weil sie sich in den Vorhang verwandelt hatte. Der Mensch, den sie jetzt als Helvi erkannte, blickte weiterhin auf das Bett, in dem eine Frau lag, die sehr krank aussah und von der sie jetzt wußte, daß es sie selbst sein mußte, was aber nicht sein konnte, weil sie sich doch in den Vorhang verwandelt hatte. Dann trat auch eine Krankenschwester durch den Vorhang, der doch Sonja war, und gemeinsam sahen die Krankenschwester und Helvi die kranke Frau an, die ebenfalls Sonja war, deren Gesicht eine wächserne, graugrüne Farbe hatte, die völlig leblos aussah und deren Arme schlaff zu beiden Seiten herunterhingen.

Und Helvi sagte: »Ich habe mir solche Sorgen gemacht, ich habe gedacht, sie stirbt«, und die Schwester sagte: »Nein, jetzt nicht mehr, jetzt wird alles gut. Es war nahe daran, aber jetzt ist es überstanden.«

KAPITEL 59

1990

Sonja gehört mir.
Nein, Scheiße, was ich meine, ist –
Sonja ist alles für mich, und wir lebten, wir lebten schlimmer als die Hunde. Ich hätte es keinem Hund so gewünscht, und ihr und mir auch nicht, aber ich konnte nichts daran ändern, daß ich ausgerechnet sie schlagen mußte, schlagen mußte, um den Schmerz auszuschalten. Ich mußte diesen Schmerz wegsaufen, mußte sie davon wissen lassen, mußte sie wissen lassen, daß ich diesen Schmerz spürte, daß er mich verbrannte. Er war wie ein rotglühendes Messer, das mich jede Nacht zu weniger als einem Hund zerschneidet, und jeden Morgen bin ich wieder zu einem Menschen zusammengewachsen, und es hört nicht auf, Madonna Santa, es geht wieder los, das rotglühende Messer zerschneidet mich wieder zu einem Hund. Sonja, mein Schmerz gehört dir, und ich muß ihn niederkämpfen, und du mußt ihn spüren.
Ich habe ihr wehgetan, wehgetan, wehgetan.
Und es hört niemals auf. Ich bin kein Hund. Denn wäre ich einer, würde mich sicher jemand erschießen, wäre irgend jemand wenigstens so gut zu mir, würde mir wenigstens soviel Freundlichkeit schenken. Aber du bist zurückgekommen und wirst mich nicht enttäuschen, also, wenn ich kein Hund bin, was bin ich dann?

KAPITEL 60

1990

Als Sonja endlich im Gewirr der Geräusche wach wurde, war sie schwach, aber ihr Kopf war endlich wieder klar, und sie hatte nur die alles überwältigende Sehnsucht, gesund zu werden, sich zu erholen und aus dem Krankenhaus herauszukommen. Helvi saß immer noch neben ihr, aber jetzt in anderen Kleidern, also nahm Sonja an, es sei wieder ein Tag, oder vielleicht sogar mehrere Tage, vergangen.

Das Geräusch wurde Fleisch in Gestalt einer großen Frau in brauner Uniform, die den grünen Vorhang zerteilte und mit einem Tablett in der Hand auf Sonja zukam, auf dem jene Ansammlung rostfreien Stahls angeordnet war, die typisch war für eine Krankenhausmahlzeit.

Helvi steckte einen Arm unter Sonjas Oberkörper, zog sie in eine aufrechte Haltung und stopfte ihr Kissen in den Rücken. Sie beide, Sonja und Helvi, sahen verschwörerisch zu, wie die Diensthabende das Essen auf den Tisch neben dem Bett stellte und verschwand.

Helvi nahm den Deckel über einer Plastikschüssel weg, und darunter wurde eine dünne Suppe sichtbar, in der Stückchen einer gummiartigen roten Substanz schwammen, die als Karotten durchgehen konnten. In einer anderen fand sich ein kleiner Klecks rotes Gelee, umgeben von einer eingesunkenen Umrandung aus künstlichem Pudding. Der Hauptgang hatte die Form von zwei papierdünnen Scheiben gebratenem Lammfleisch, in dessen Nachbarschaft ein Teich glibbriger Tütensoße und zwei kleine Hügel zu sehen waren: einer gelb, Kürbismus, der andere weiß, Kartoffelbrei.

»Sie werden dich hier noch vergiften«, sagte Helvi erschrocken

und deckte das, was sie als schlechte Parodie auf ein Essen empfand, schnell wieder zu.
Wie aus dem Nichts zauberte sie zwei große Scheiben europäisches Brot hervor. Sonja, die sich noch vorsichtig bewegte, lehnte sich vor und blickte darauf. Helvi tauchte in die Tiefen einer sehr alten, blauen Tasche der ANA, von deren Seite das Bild einer DC-10 abblätterte. Aus diesem altehrwürdigen Geschenk, das schon einige Jahrzehnte zuvor hätte entsorgt werden sollen, zog sie eine Ölflasche hervor und verteilte etwas Öl über das Brot. Die Flasche kam wieder in die Tasche, und als Helvis Hand wieder auftauchte, hielt sie ein kleines Vegemite-Glas. Sie schraubte den gelben Deckel ab. »Jetzt«, sagte Helvi, »jetzt wirst du gesund.« Und mit diesen Worten schwang sie ein Küchenmesser, das sie tief in das Glas tauchte. Das Messer kam wieder heraus, hoch bepackt mit einer Masse aus zerdrücktem weißem Fruchtfleisch, das sie in einer dicken Schicht auf das Brot strich.
»Knoblauch«, sagte Helvi. »Gut fürs Baby, gut für die Seele.« Und während sie noch mit einem Finger ihrer linken Hand in der Luft herumfuchtelte, zog sie aus den unergründlichen Tiefen von Jiris Tasche eine Thermosflasche mit echtem Kaffee hervor. Sonja zog plötzlich eine Grimasse, die sich dann zu einem verwirrten Blick hin auflöste. Sie fuhr mit einer Hand über ihren Bauch. »Kaffee ist gut für die –«, sagte Helvi, die Sonja mißverstand, und hob mit den Händen ihre Brust hoch, in der einen Hand noch den Griff der Thermosflasche, »– für die Milch.« Dann ließ sie die Hände sinken und nickte ernsthaft.
»Helvi«, sagte Sonja, »ich glaube … es hat sich bewegt.«
»Du mußt essen«, sagte Helvi. Sie nahm eine Scheibe Knoblauchbrot und reichte sie Sonja lächelnd, aber Sonja war zu versunken in ihren eigenen Körper, um es überhaupt zu bemerken.
»Das Baby«, sagte sie mit aufgeregtem Staunen. »Das Baby hat

sich gerade bewegt.« Sie drehte sich und blickte zu Helvi. »Ich habe es gefühlt, wie es mich getreten hat, Helvi.«
»Ja, sicher«, sagte Helvi. »Sicher hat es sich bewegt. Es wird dir etwas später noch die Scheiße aus dem Leib treten.« Sie lachte meckernd, wie eine alte Hexe. »Jetzt iß, solange du noch kannst.« Und Sonja nahm das Brot, zwar ohne Genuß, aber mit einer unabweisbaren Entschlossenheit, die ihr neu zu sein schien, und biß hinein. Sie lächelte Helvi zu. Dann kicherte sie ein wenig und lachte schließlich sehr.
»O Gott«, sagte sie plötzlich.
»Was ist?« fragte Helvi.
»Ich glaube, ich habe mich vor lauter Lachen gerade naßgemacht.«

KAPITEL 61

1990

Bojan Buloh hätte aus diesem Leben auf so spektakuläre Weise ausbrechen können, wie er vor langer Zeit aus Slowenien ausgebrochen war. Er hatte Monate damit verbracht, jeden Morgen die Julischen Alpen zu ersteigen, um das Verhalten und die Routine der Grenzposten zu beobachten und zu erlernen. Er hatte geplant und geändert, beobachtet, wo die Natur sie bei ihrer Flucht verraten und wo sie sie schützen würde. Maria, die ungeduldig auf den Aufbruch wartete, fragte immer wieder, wann sie gehen würden. Aber er wartete, wartete und wartete noch etwas, bis sein Bruder aus dem Gefängnis entlassen wurde, bis er sich bereit fühlte. Er arbeitete Routen aus, überprüfte sie jeden Tag dort oben in dem verschneiten Land, dachte dann wieder darüber nach, rechnete wieder nach. Er trug ein Fernglas, das sein Bruder einem toten deutschen Soldaten abgenommen hatte, und das Fernglas hatte noch die beunruhigende Wärme eines menschlichen Körpers, immer wenn er es nahe an seine Augen hielt. Egal, wie sehr es schneite und ob der Wind blies wie tausend eisige Messer, das Fernglas fühlte sich an seinen kalten Augen blutwarm an. Eines Tages sah er durch das Glas die seltenste aller Blumen, ein Edelweiß, an seinem bevorzugten Standplatz, einer senkrechten Felswand. Die sternengleiche weiße Blume der Liebe, für die manche Männer ihr Leben riskierten, um sie ihren Frauen zu schenken. Er wartete bis kurz vor dem Dunkelwerden, als die Posten Schichtwechsel hatten, und kletterte ohne Seil hinaus in die Felswand, um es zu pflücken. Er kam erst nach Mitternacht heim und fand seine Familie in großer Sorge vor, weil alle dachten, er sei von den Wachen gefangen oder sogar erschossen worden.

Am folgenden Abend schenkte er Maria das Edelweiß. Mit seinen spitzen Blütenblättern ähnelte es einem Schiffskompaß. Sie legte es auf eine Landkarte, und das spitze Blütenblatt, das die Richtung ihres Weges anzeigte, zupfte sie ab und aß es vor seinen Augen auf. »Nordwest«, sagte sie und fuhr sich mit ihrer weißgesprenkelten Zunge über die Lippen.
Diese fremdartige, für Bojan seltsam erotische Geste wiederholte Maria zwei Jahre später im österreichischen Flüchtlingslager. Irgendwie hatte sie es geschafft, die getrocknete Blume aufzuheben. Diesmal legte sie sie auf eine Weltkarte, und zur Feier jenes Tages, an dem sie endlich als Einwanderer angenommen worden waren, zupfte sie das Blütenblatt ab, das ihr nächstes Ziel anzeigte. »Südost«, sagte sie, und Bojan blickte auf die Welt, die auf einer einzigen Seite aus einem Schulatlas abgedruckt war, und sah, daß das fehlende Blütenblatt genau die Nordspitze von Australien getroffen hätte. Und er wiederholte seine Antwort von damals. Er beugte sich vor, um sie zu küssen, und fuhr dabei langsam mit seiner Hand auf der Innenseite ihres vom Rock bedeckten Schenkels hinauf, und wie damals ließ sie ihn fühlen, wie sich das Blütenblatt auf ihrer Zunge auflöste. Aber diesmal schob sie seine Hand nicht zur Seite. Sie lachte. »Wenn keine Blütenblätter mehr da sind«, sagte sie, »gibt es keinen Ort auf der Welt mehr, an den wir gehen können.«
Auf diese Weise, in einem seltsamen Akt, den Bojan ebenso beunruhigend wie aufregend fand, wurde Sonja gezeugt.
Bojan hätte schon früher aus seinem elenden Leben ausbrechen können, aber er wartete, wartete und wartete noch länger, bis etwas – und er wußte nicht mehr, was – geschah. Manchmal traf ihn der Gedanke, daß er tot sein müßte, daß es besser wäre, er wäre tot, aber der Schmerz, den er in jenen Monaten erlebt hatte, bevor sie über die Alpen geflohen waren, war wieder da, wenn auch diesmal nur vage und ohne Ziel. Also wartete er, ob der Schmerz sich zu etwas auswuchs, worauf er sich einen Reim

machen könnte, oder ob er verschwinden und ihn sterben lassen würde.
Bojan saß auf der Kante seines Eisenbettes, sah weniger wie ein Mann aus als vielmehr wie ein gekrümmter Garderobenhaken, an dem ein verwaschenes blaues Unterhemd und eine olivgrüne Arbeitshose hing, saß und schwankte und dachte nach. In der einen Hand hielt er eine fast leere Flasche schwarzen Bundaberg-Rum, in der anderen drei alte Fotos wie einen Satz Spielkarten. An dem ganz leichten Vor- und Zurückschaukeln seines Körpers konnte man erkennen, daß er betrunken war, aber es war schwer zu sagen, wie sehr.
An der Tür hörte man ein rauhes Klopfen und einen Ruf.
»He, Bojan, kommst du mit zum Pub?«
»Nein«, sagte Bojan. Er machte eine Pause und atmete tief durch die Nase ein. »Nein. Heute nicht. Scheiße. Hau ab. Ich muß nachdenken.« Etwas in ihm hatte sich gedreht, etwas hatte ihn verändert, und er war in ein anderes Land hinübergewechselt. Selbst für die anderen Kanaken war er ein echter Kanake geworden: immer anders, fremd selbst für die anderen Fremden.
Bojan schwankte stärker vor und zurück, die Augen fest auf ein Nichts in mittlerer Entfernung gerichtet. Er stellte die Flasche hin und nahm Sonjas Brief von der kleinen Kommode aus Preßspan. Er hielt den Brief vor sich hin, rieb dann mit den Fingern darüber, als wäre er in Blindenschrift geschrieben, als wäre ein Schlüssel darin verborgen, eine Antwort auf sein elendes Dilemma. Mit einer Hand hielt er den Brief ins Licht, mit der anderen hielt er die Fotos ebenso und blickte erst auf die eine schwankende Hand, dann auf die andere, als wäre er dabei, Röntgenbilder zu vergleichen, als sei er in der Lage, eine Verbindung zwischen ihnen zu entdecken, als ob sich durch sorgfältige Betrachtung das Problem des einen durch das andere lösen ließe. Endlich legte er alles in einem ordentlichen Haufen auf seinem Schoß zusammen und grübelte weiter.
Wie sehr ich mich nach so komischen Sachen sehne, dachte

Bojan, so seltsamen kleinen Sachen, nicht einmal den großen, um die zu bitten falsch oder beleidigend erscheinen würde, sondern nur, Marias Atem noch einmal zu spüren: sein Lied zu hören, wenn sie schlief, ihr Schnaufen und sogar Schnarchen, Schniefen und Seufzen in Gott weiß was für Träumen zu hören, egal warum. Nur, daß all das im Wind verschwunden ist, und der Wind ist überall, und ich weiß, ihr Atmen ist darin verloren.
Er erinnerte sich, wie sie, wenn er mit ihr zu Bett ging, auf der Seite lag, und er lag hinter ihr, den Kopf an ihren Rücken geschmiegt, roch sie und war ewig dankbar dafür. Wenn er seine Erinnerung und seine Sehnsucht miteinander verband, war der Duft wieder da. Er erinnerte sich an seine Lenden an ihrem Rumpf, spürte ihre Macht und seine immerwährende Ehrfurcht, darum zu wissen, erinnerte sich daran, wie sein Arm an ihrem Körper entlanggewandert war, bis dorthin, wo seine Hand das sanfte Gewicht ihrer Brust umschließen konnte, und er wünschte sich, dieses Gewicht für immer halten zu dürfen. Er erinnerte sich, wie sie miteinander geschlafen hatten. Manchmal war es wild gewesen, und er hatte sie sehr erregt und sie ihn. Sie hatte wie ein Tier gestöhnt, und es hatte ihm angst gemacht, daß ihr Körper sich an Orte begab, die der seine nicht kennenlernen konnte – und er wußte, sie hatte ihn viel weniger gern, weil er dieses Gefühl in ihr hervorrief. Zu anderen Zeiten erregte er sie weniger, nahm sich bei der Liebe weniger Freiheiten heraus. Dann mochte sie ihn lieber, obwohl sie auf diese Weise viel weniger befriedigt wurde. Dieses Paradox war ihm ein Rätsel, denn er empfand es als eine Ehrensache, ihr Freude zu bereiten, wünschte sich aber, daß sie ihn ebenso liebte wie er sie.
Es hatte Zeiten gegeben, da hatte er ihr närrische, unmögliche Dinge versprochen: ein Haus aus Parfüm, Kleider aus Liedern. Und sie hatte ihm versprochen, was möglich war: daß sie mit ihm arbeiten und schlafen wollte, notfalls für ihn kämpfen wollte, wenn er nur bei ihr blieb. Und er spürte das trockene weiße Edelweiß auf ihrer Zungenspitze, und seine Hand teilte

ihre Schenkel, ihre schönen, süßen, starken Schenkel, und er wußte, er stürzte in den Wind, und es roch nach dem Meer und fühlte sich an wie das Meer, und die Finger seiner anderen Hand fuhren durch ihr Haar, schlossen sich dann fest um ihr Haar, zogen ihren Kopf an den Haaren nach hinten, bis ihr Mund und ihr Hals und sein Drängen und ihr Herz und sein Sehnen, bis alles in einer Reihe lag und ihr leises Stöhnen ungehindert aufstieg, wie von der Erde selbst.

Nach einiger Zeit hörte man wieder ein Klopfen an der Tür. Ein anderes Klopfen als vorher, zurückhaltender, fast höflich. Bojan sah wieder zur Tür und brüllte: »Hau ab! Herrgott ... Ich sag dir doch. Ich will nicht in den verdammten Pub. Ich hasse den verdammten Pub.«
An der Tür hörte man ein zweites höfliches Klopfen. Bojan stand zögernd von seinem Bett auf und ging ein wenig wackelig zur Tür, im Gehen weiterfluchend. Aber als er die Tür öffnete, wechselte sein Gesichtsausdruck vom Ärger zur Überraschung. Er blieb murmelnd stehen, starrte auf den Menschen, der von der Dunkelheit umrahmt in seiner Tür stand. Die beiden Männer sahen einander an, Bojan erschrocken, Jiri mit einem Blick, nicht auf Bojans Gesicht, sondern auf seinen Körper, seine Kleidung, seine Haltung, als ob er ihn zum ersten Mal sähe.
»Bojan«, sagte Jiri. »Ich telefoniere seit Wochen mit der Kantine. Du bist nie da, sagen sie. Du bist unauffindbar.«
Bojan trat von der Tür zurück und zeigte mit einer offenen Hand in sein Zimmer, winkte mit einer ungeduldigen Geste.
»Kommst du rein oder was?«
Jiri trat ein. Bojan bot ihm den einzigen Stuhl im Zimmer und die Rumflasche an. Jiri lehnte mit einem Kopfschütteln beides ab. Seine Mission war ernst, sein Verhalten entsprechend ungeschickt förmlich. Bojan setzte sich wieder auf das Bett und wartete.
»Bojan ...«, begann Jiri, aber dann unterbrach er sich. Fuhr mit

seinen großen, dicken Fingern durch die wenigen langen, dünnen Haarsträhnen, die ihm geblieben waren. Er glitzerte vom Regen. Bojan sagte kein Wort. Jiri sah ihn an und fragte sich, ob er nicht die größte Dummheit seines Lebens begangen hatte. Er hatte wahrlich ein Leben mit genügend Dummheiten gelebt, aber heute war er mit dem alten Corolla fast sechs Stunden lang durch Regen und Dunkelheit auf der tückischen Straße von Hobart nach Tullah gefahren, um Bojan zu sagen, was er ihm zu sagen hatte, sich dann umzudrehen und sechs Stunden zurückzufahren. Doch jetzt gab es kein Entkommen mehr, denn es mußte gesagt werden.

»Sie wäre fast gestorben.«

Bojan trank aus der Rumflasche, und der Rum schmeckte nach nichts, lief seine Kehle ebenso leicht hinunter wie der lauwarme Tee, den sie literweise in der Kantine der Arbeiterunterkunft ausschenkten. Er wußte, er hätte die Flasche in diesem Augenblick austrinken können, und er wünschte, er hätte es getan und eine neue angefangen, und dann noch eine und noch eine, sie alle fertiggemacht, und dabei sich selbst hoffentlich gleich mit. Alles lieber, als dem zuzuhören, was Jiri ihm erzählen würde. Aber er setzte die Flasche ab, denn er mußte etwas sagen, irgend etwas.

»Ich weiß. Und?« Und nachdem er sich von der Notwendigkeit einer Antwort befreit hatte, nahm Bojan erneut einen langen Schluck.

»Du mußt aufhören, Bojan.«

Bojan ließ die Rumflasche langsam von seinen Lippen sinken, und dann sagte er, ruhig, langsam, als ob er nicht von sich selbst redete, sondern von jemand anderem: »Wie soll das aufhören? Du bist so klug, du weißt das, Jiri, sag's mir – wie?«

Er erinnerte sich an all die Male, wo er gedacht hatte, es würde aufhören, wie er gehofft hatte, er könnte seine Seele in Eis verwandeln, in das nichts eindringen konnte, wie er glaubte, wenn er sich nur genug mit Alkohol betäubte, würde er keinen

Schmerz mehr spüren, wenn er fiel oder wenn man ihn in der Bar schlug, und daß dann auch der andere Schmerz, der keine körperliche Gegenwart besaß, nicht mehr zu spüren sein würde.

»Es ist wie ein Messer«, sagte Bojan. Seine Augen füllten sich mit Tränen. »Wie ein Messer, das nicht aufhört, in meinen Eingeweiden herumzuwühlen.«

Seine Stimme wurde immer dünner. Dann sprang ihm der Rum die Kehle hinauf wie eine Flamme, sein ganzer Körper begann zu zittern, zu beben unter dem Gewicht eines riesigen Zorns.

»Sag's mir, Jiri, bitte, bitte. Ich flehe dich an, sag's mir – wie kann das jemals aufhören?«

KAPITEL 62

1967

In Wirklichkeit war das Messer schon lange dort gewesen, länger, als Bojan sich erinnern mochte. In Wirklichkeit hatte das Messer die ganze Zeit schon zugeschlagen und vor- und zurückgesägt. Und alles – er, sie, sie beide – war dadurch schon seit einiger Zeit auseinandergefallen, war auf einen Augenblick, auf etwas zugelaufen, von dem sie beide instinktiv verstehen würden, daß es bedeutete, daß alles vorbei war. Es waren nicht die Dinge, die gesagt wurden, sondern der anwachsende Berg der ungesagten Dinge, das Schweigen zwischen ihnen, das sie früher aneinander gebunden hatte wie Stahlringe und das sich nun in einen immer weiter werdenden Abgrund verwandelt hatte.

Geh zurück ins Geschirr, sagte Jiri, zieh noch stärker an dem Netz, sagte Jiri, gib nicht auf. Aber es war gleichgültig, ob er es versuchte oder nicht, denn es stand nicht mehr in ihrer Macht. Es ging nicht einmal um sie, nicht um Dinge, die sie in der Hand halten und formen konnten wie ein Stück Holz, sondern um größere Dinge, die *sie* in der Hand hielten. Und obwohl es keiner von beiden verstand, wußten sie es intuitiv und warteten, wie er schon einmal in einem kalten Bauarbeiterlager mitten im Nirgendwo gewartet hatte, umgeben von einem wachsenden Gefühl des Entsetzens. Vielleicht hatte Jiri recht, und sie hatten unrecht, wenn sie sich einem größeren Schicksal überließen. Aber nichts, was sie taten, schien sich noch zu irgend etwas zusammenzufügen, und ihre Qual begann nur jeden Morgen von neuem, stärker, schlimmer, unerreichbarer.

Und so geschah es an diesem stillen Samstagmorgen. Patsy

Cline schnurrte aus dem Radio, das in seinem Lederfutteral auf dem Kühlschrank stand – das einzige Geräusch in der Welt. Als Sonja die Tür ihres Schlafzimmers öffnete und mit einem kleinen Koffer in der Hand das große Zimmer betrat, mußte Bojan nicht einmal so tun, als sähe er sie nicht. Er saß in dem Raum, der nur noch eine kleine Weile ihre Küche sein würde, trank wieder einmal türkischen Mokka aus einer winzigen Tasse, sah die alten Fotos von seiner Frau an und bemerkte sie wirklich nicht, obwohl sie doch die Fotos sehen konnte, auf die er blickte.

Sie beobachtete ihn und dachte an die Zeit, die sie zusammen verbracht hatten, und daß es darüber Geschichten geben müsse, die sie ihren Kindern erzählen könnte. Aber es gab solche Geschichten nicht, keine glücklichen Geschichten, an die sie sich in diesem Augenblick erinnern konnte, nur traurige, die nicht die Ehre verdienten, erzählt zu werden. Die vielleicht traurigste Geschichte von allen hatte sich erst vor ein paar Tagen zugetragen.

Sonja hatte eine Party zu ihrem sechzehnten Geburtstag gefeiert. Bojan trank zu viel, als daß er den Gedanken hätte unterstützen oder verbieten können. Sie bat ihn um Geld, und er warf ihr seine Geldbörse hin und sagte ihr, sie solle soviel nehmen, wie sie brauchte, solle seinetwegen alles nehmen. Sie wollte eine Party wie die Erwachsenenfeste, die sie sich vorstellte, nicht wie die, die sie erlebt hatte. Sie buk ein paar Kuchen, keine Kinderkuchen, sondern zwei aufwendige Schokoladenkuchen und einen Käsekuchen von der Art, wie die Australier sie liebten. Sie kaufte Salami und Käse und gutes Brot und ordnete alles schön auf den Tellern an. Sie brachte Bojan dazu, ihr vier Flaschen Kalte Ente vom Kaiserstuhl zu kaufen. Sie kaufte Chips und Erdnüsse und füllte sie in kleine Schüsseln. Sie lud ihre Freunde ein, und noch einige mehr, die sie nur flüchtig kannte, aber mochte.

In den Stunden vor der Party zog sie sich viermal um, hin-

und hergerissen zwischen der Schönheit ihres liebsten – und einzigen – Kleides und der Lässigkeit ihrer einzigen Jeans. Die Lässigkeit behielt die Oberhand. Sie bat Bojan, doch bitte nichts zu trinken, und dieses eine Mal hörte er auf sie und trank keinen Tropfen. Sie warteten vor dem Fernseher. Sonja lächelte und lachte, und selbst Bojan konnte der ansteckenden guten Laune seiner Tochter nicht widerstehen. Sie warteten, und während sie das taten, machten sie Witze und spielten alberne Spiele: Er zum Beispiel hielt sich Kartoffelchips über die Augen und machte ein lautes Summgeräusch, als wäre er eine Schmeißfliege. So sollte es immer sein, dachte sie, sagte aber nichts. Dann dachte sie, mutiger: So wird es einmal sein, und der Gedanke wuchs sich wie ein zuversichtlicher Schößling zu dem Gefühl aus, daß ihr Leben am Rande einer durchgreifenden Veränderung stand. Vielleicht war ja doch etwas Besseres möglich.

Sie warteten bis sechs Uhr, und als eine halbe Stunde später niemand gekommen war, überprüfte sie die Einladung, aber Uhrzeit und Adresse waren unmißverständlich. Sie warteten bis sieben, und das Lächeln verschwand von ihrem Gesicht, das Lachen verklang. Sie warteten bis acht, und dann ging Bojan zum Kühlschrank und öffnete seine erste Flasche für diesen Tag.

Eine halbe Stunde später zog sie sich um.

Die Leute entschuldigten sich, wie man das so macht. Einige hatten gute Ausreden, einige nicht. Aber am nächsten Tag in der Schule hörte sie ein Mädchen, das sie nicht einmal kannte, einem anderen Mädchen so laut zuflüstern, daß Sonja es einfach hören mußte: »Der alte Kanake schläft mit ihr, der Kanake und sie, du weißt schon, was ich meine«, und Sonja drehte sich um und fragte, was sie denn meinte, und das Mädchen sagte ihr, was sie meinte und was doch jeder wußte, den Grund nämlich, warum niemand zu Sonjas sechzehntem Geburtstag gekommen war.

Also ging Sonja am Tag darauf nicht mehr in die Schule, sondern in die Stadt und kaufte mit dem Geld, das Bojan ihr für den Haushalt gegeben hatte, eine cremefarbene Bluse mit einem Rankenmuster und Spitze an den Kanten. Sie trug sie erst an dem Morgen, als sie da in der Küche stand und darauf wartete, daß ihr Vater aufsah, damit sie ihm sagen konnte, was plötzlich immer schon unvermeidlich gewesen zu sein schien.

KAPITEL 63

1967

Bojan drehte sich um und lächelte ein wenig. Er war ruhig, wie besiegt. Wußte, er konnte nicht länger so tun, als hielte er die Bruchstücke zusammen. Daß nicht einmal sein Ärger und Zorn die Zerstörung aufhalten konnten. Nichts mehr, an dem man sich festhalten konnte, außer der Flasche.

»Ich gehe«, war alles, was sie sagte.

Er lachte. Er lächelte ein wenig mehr, wenn auch zornig. Er war bereit, versuchte mit Würde das anzunehmen, was das Schicksal für ihn bereithielt. Er hatte nicht viel Würde in seinem Leben kennengelernt, aber in diesem Augenblick wollte er sie besitzen. Vielleicht war es Stolz. Vielleicht war es nur der Versuch, sich selbst zu beweisen, daß irgend etwas in dem explodierenden Chaos übrigbleiben würde, das folgte, wenn sie ging.

»Du solltest das hier mitnehmen«, sagte Bojan. Er stand auf, holte aus einem Schrank über dem Kühlschrank eine Schachtel, die in buntes Papier eingewickelt war, und reichte sie Sonja. Er hatte sie zu ihrem Geburtstag gekauft, hatte sie in seinem Suff aber ganz vergessen. Weil er sich dafür schämte und sie Sonja nicht nachträglich geben wollte, hatte er sie für diesen Augenblick aufbewahrt, den er schon viel länger vorausgeahnt hatte, als ihre Planung reichte. »Mach es jetzt nicht auf«, sagte er. »Du wirst das brauchen, was drin ist. Ich brauche es nicht. Du kannst jetzt alles brauchen.«

Er hielt ihr die Schachtel hin. Seine Augen, die ihm im Kopf saßen wie zerbrochene Holzdübel in einem zersplitternden Möbelstück, fingen Sonjas Blick ein, aber nur für kurze Zeit. Sie nahm die Schachtel an, beugte sich herüber, gab ihm einen ungeschickten Kuß auf die Wange, den er weder zu erwarten

noch anzunehmen schien, und nahm dann auf slowenisch von ihm Abschied.
»Adio, Artie«, sagte sie.
Bojan Buloh sah sie an, sein schönes Kind, und er spürte so viel Liebe für sie, daß er dachte, er würde zu einem Nichts zerfallen, als wäre seine Liebe ein Feuer und er nur die Asche, die von ihrem Brand blieb. Denn seine Liebe zu ihr war etwas, das über ihn hinausging, etwas Bleibendes, wo er vergänglich war, fest, wo er in der Luft zerging. Er wollte, daß sie blieb, und er wollte, daß sie augenblicklich ging, bevor er zwischen seine Liebe und sie trat.
Er antwortete auf australisch.
»Leb wohl, Sonja«, sagte er.
Er machte keine Bewegung in ihre Richtung, und sie war dankbar dafür, daß auch er zu vermeiden suchte, ihrer beider Gefühle zu bemerken. Also berührten sie sich nicht. Sie wandte sich um, und im Hinausgehen schrie Bojan Buloh plötzlich hinter ihr her.
»Sonja!«
Sie blieb stehen, drehte sich zu ihm um und sah, wie er die Hände vor sich ausstreckte, nicht in einer bittenden Geste, sondern in einer verrückten Bewegung, als wollte er ein Geheimnis zu etwas Erkennbarem umformen. Sein Mund bewegte sich, aber es kam kein Ton heraus. Er stand vor ihr, ein Töpfer ohne Lehm, eine Zunge ohne Worte. Dann, als ob sie ihre eigene Absurdität erkannten, hielten die Arme plötzlich mitten in der Bewegung inne, sanken nach unten, und sein Blick folgte ihnen und sank weg von ihr zu Boden. Und dann fand Bojans Mund die Sprache wieder.
»Sonja!« schrie er – das letzte Wort, das er für zweiundzwanzig Jahre zu ihr sprechen würde. Denn als er den Blick wieder hob, um nach einer Stimme der Absolution und Buße zu suchen, sah er nichts. Nichts als einen leeren Türrahmen.
Sonja war fort.

Und als sie fort war, fand er endlich die Worte, die er ihr so lange hatte sagen wollen. »Du und ich«, sagte er mit ruhiger, zögernder Stimme, »wir lebten, wir lebten schlimmer als die Hunde. Es tut mir leid. Ich erwarte nicht, daß du zurückkommst. Glaub mir, ich wollte das alles nicht, das Trinken, Streiten, diese Kanakenbuden. Manchmal passieren einfach Dinge in deinem Leben, und trotz allem, trotz all deiner Hoffnung, kannst du sie nicht ändern.«

Als dieses Bekenntnis beendet war, verließ ihn seine Sprachfertigkeit ebenso schnell, wie sie gekommen war.

Bevor er zum Kühlschrank ging, um sich, ungeachtet der frühen Stunde, die erste Flasche dieses Tages herauszuholen, sagte er nur noch eines zu der Brise, die von der Welt da draußen hereinkam.

»Wir sind nach Australien gekommen«, sagte Bojan Buloh, »um frei zu sein.«

KAPITEL 64

1967

Es war der Sommer mit dem großen Feuer, dem riesigen, für das selbst die Ältesten sich an nichts Vergleichbares erinnern konnten und das die Jüngsten, die sich wie nervöse Weißfische an die Strände der großen Flüsse Derwent und Huon drückten, niemals vergessen würden. Früh an einem Morgen hatte ein starker Wind zu wehen begonnen, und als der Tag voranschritt, brannte die Sonne heißer, und der Wind wurde wilder und der Himmel dunkler, und ein paar Funken wurden zu einigen kleinen Feuern, und die kleinen Feuer wuchsen sich zu zahlreichen größeren Buschbränden aus, und dann vereinten sich die vielen Buschbrände zu einer unbezwingbaren Allianz. Die Menschen beendeten ihre Bemühungen, gegen das anzukämpfen, was jetzt ein einziger, riesiger Feuersturm war, so groß wie das ganze Land und der Himmel zusammengenommen. Sie erkannten, daß das beste, was ihnen zu tun blieb, das schlichte Entkommen vor der entsetzlichen Feuersbrunst war, die das Land auffraß. Sonja hatte von ihrer Wohnung in Moonah aus beobachtet, wie das Feuer selbst in die Stadt eindrang, wie die Luft sich in Rauch verwandelte, wie sie nachtschwarz wurde, als die Asche den Himmel erfüllte und Schlacke aus den Wolken regnete. Sie merkte, wie sie der Anblick gleichzeitig erschreckte und erregte.

Bevor die Sonne an diesem furchtbaren Tag wie ein riesiger Ball aus kochendem Blut erdwärts rollte, sollten über tausend Häuser niederbrennen, sollten zahllose Tiere und zweiundsechzig Menschen umkommen. In den folgenden Wochen endete der Ausblick, wohin auch immer Sonja sah, in schweigender, öder Schwärze. Nichts war mehr so, wie die Menschen es jemals

gekannt hatten. Die Stadt war wie betäubt, voll mit Flüchtlingen, die alles verloren hatten in dem rollenden Mahlstrom der Flammen, der die halbe Insel in sein sich wandelndes Herz hineingesaugt hatte. Der einst blaue, bewaldete Berg hinter der Stadt war nur noch ein schwarzer, zerstörter Felsbrocken. Wo einmal riesige Wälder gewesen waren, eine dichte, geheimnisvolle, dunkelgrüne Welt, stand nur noch die Essenz der Bäume, ihre Skelette, hohe Pfähle, die sich aus der versengten Erde erhoben wie anklagende Salzsäulen, und darunter waren Ruß und Asche. Und unter dieser schwarzen Erde? Darunter, stellte Sonja fest, als sie eines Morgens zu den Hügeln gewandert war und den Boden aufgekratzt hatte, gab es erste Anzeichen neuen Lebens – winzig kleine grüne Schößlinge des neuen Waldes.
Das Feuer hatte Sonja auf die Idee gebracht, daß die Dinge sich grundlegend wandeln konnten. Und nun wollte sie diesen Wandel, wollte sich den Flüchtlingen anschließen und alles verlassen, was sie jemals gekannt hatte. Sie wollte dieses Land des Wassers verlassen und werden wie das Feuer.

Damals waren noch andere Zeiten, und eine Kindheit war nicht Teil eines Lebens, sondern verschiedene Leben rollten in einem einzigen, unendlichen, staubigen Morgen zusammen. Die Dinge waren nicht so, wie sie jetzt sind, und man darf sich die Menschen nicht so vorstellen wie heute. Wie Sonja an diesem Morgen an der Bushaltestelle wartete, mit ihren mageren Beinen in einem Paar billiger, hautenger Hosen und ihrem dünnen Leib in der Bluse mit den Spitzensäumen, in der einen Hand eine Schachtel in Geschenkpapier gewickelt, in der anderen einen alten Pappkoffer, war sie nicht wie die Frau, die sie bald werden sollte.
Etwas hatte alles verschlungen, was Sonja war. Sie spürte, was Mrs. Maja Picotti in ihren Gebeten geahnt hatte, daß nämlich ihre Seele ihren Körper verlassen hatte. Sonja hätte sich im bittersten Ton über ihr Leben beklagen können, aber so sah und

empfand sie es nicht. Sie hatte das Gefühl, als wäre nichts mehr in ihr als Asche. Als sie in den Bus stieg, sah sie, daß ihre nackten Arme schon von Rußflocken bedeckt waren, die von den öden Hügeln herübergeblasen wurden, die in dem Untergang vor so kurzer Zeit zu Nichts verbrannt waren. Als sie ihren Arm schüttelte und dann abrieb, verschwamm der fettige Ruß nur zu einer schwarzen Schicht.

Der Busfahrer sah in den Rückspiegel. Hinter ihm schien die Sonne durch die schmutzigen Busfenster, und Lichtstrahlen erhellten den Staub, der sich langsam darin drehte. Er sah, daß der Bus leer war bis auf das magere junge Mädchen, das sich ganz nach hinten setzte und, indem sie sich wie eine Erwachsene zu kleiden versuchte, für ihn so ihre Jugend nur noch mehr betonte.

Sonja wickelte Bojans Geschenk aus. Drinnen fand sie eine hölzerne Spieldose aus Asien, mit schwarzem Lack bestrichen, ein billiges Ding, das wahrscheinlich viel zuviel gekostet hatte. Sie öffnete die Spieldose. Im Deckel waren Spiegel eingelegt, im Unterteil mit rotem Filz ausgelegte Schmuckfächer. Das Herzstück bestand aus der Figur einer Ballerina, die sich um einen flachen, runden Glasspiegel drehte, wo der Mechanismus des Uhrwerks aufgezogen wurde.

In einem der Fächer lagen fünf Zwanzigdollarnoten, die um ein altes Foto gewickelt waren.

Sonja entfaltete die Geldscheine, steckte sie in ein Fach im Boden der Spieluhr und starrte auf das Foto. Es zeigte Bojan und Maria in Butlers Gorge, und Maria trug ein Baby – Sonja – auf ihrer Hüfte. Sonja hatte das Foto niemals zuvor gesehen. Auf diesem Bild waren ihre Eltern glücklich. Sie lächelte. Sie waren glücklich gewesen, so glücklich, wie sie es immer gewußt hatte, und wenn es nur für eine kurze Zeit gewesen war, und wenn es nur für ein Jahr, für ein paar Monate, für eine Woche, einen Tag gewesen war. Selbst wenn sie nur für den Augenblick glücklich gewesen waren, in dem das Foto gemacht wurde: Sie

waren glücklich gewesen und hatten zusammen Glück erlebt. Und dann verschwand ihr Lächeln, und sie hätte gern geweint, aber sie tat es nicht.
Sonja zog den Mechanismus der Spieluhr auf und beobachtete die Ballerina, wie sie ihre Pirouetten um den winzigen Boden aus Spiegelglas drehte, während die Spieluhr »Laras Lied« aus *Dr. Schiwago* spielte. Sie beobachtete die Ballerina in den vielen Bildern, die von den diagonal angebrachten Spiegeln im Deckel zurückgeworfen wurden, als wäre eine wundersame Gruppe von Tänzerinnen nur für sie ins Leben gerufen worden.
Damals war Hobart leer, und die Leere wurde noch verstärkt durch die ungeheure Gewalt des Feuers, das wie ein schrecklicher Krieg über den Ort gekommen war. Ein riesiges Schweigen legte sich um alles, selbst um die großen Busse, die mit nur einer Handvoll in ihrer Reise versunkenen Fahrgästen durch die Stadt rumpelten, selbst um Sonja, die in der Absicht nach Hobart hineinfuhr, es für immer zu verlassen. Sie saß da, mit einer geöffneten Spieluhr auf dem Schoß, betrachtete die Spielzeugballerina und ihre Spiegelungen, wie sie immer weiter durch das Innere des Kästchens aus rotem Filz und Spiegeln tanzte, beobachtete, wie mehrere Leben gleichzeitig plötzlich endeten, mit der unerwarteten Abruptheit eines Autounfalls. Und in ihrem stillen Kokon gab es kein anderes Geräusch als das der Spieluhr, die schwermütig »Laras Lied« spielte.
In dieser spiegelnden Zauberhöhle sah Sonja, wie die drehende Tänzerin sich in neue Gestalten auflöste: sie selbst mit acht Jahren, wie sie in ihrem Kommunionkleid auf dem Küchentisch der Michniks herumwirbelte; sie selbst etwas älter, wie sie sich in ihrem neuen, selbstgemachten rosa Festkleid auf dem Küchentisch drehte und mit Bojan tanzte. Dann ging auch das verloren, während das Uhrwerk ablief, und was blieb, war die Ballerina, die immer langsamer ihre Pirouetten drehte. Die Musik wurde langsamer und immer einsamer, bis der letzte Ton erklang und die winzige Spielzeugballerina endgültig stehen-

blieb, die Arme anmutig erhoben, das Gesicht zu einem ewigen Lächeln gefroren, ihr linker Oberschenkel auf immer erhoben und gestreckt, ihr linker Fuß für immer an ihr rechtes Knie gelegt, mit perfekt gestreckten Zehen.
Wenn ich nur diese Spielzeugballerina wäre, dachte Sonja, wäre ich nur für immer in einem einzigen schönen Tanz eingefroren, in einem ewigen Kreis mich ewig drehend.
Es gibt kein Zurück, dachte Sonja. Holz und Spitze. Das gibt es nicht, dachte sie. Das war ein Luxus, der für andere bestimmt war. Holz und Spitze, beides fort, für immer. Während Sonja das Kästchen schloß, während die Spiegel dem schwarzen Lack der Außenseite Platz machten, während sich die Ballerina unter dem sich schließenden Deckel niederlegte, fanden mehrere Leben und ein fürchterliches Schweigen ihr Ende. Sonja blickte auf und hinaus und spürte, wie sich der mühsam arbeitende Dieselmotor des Busses durch den zitternden Sitz auf ihren Körper übertrug.
In der Stille des Hobart von damals, das keiner heutigen Stadt in der Welt ähnlich war, gab es nur einen einzigen Ton: das Klingen der letzten Note aus der Spieluhr.
Draußen erhob eine ganz sanfte Brise einen Aschewirbel, der Fahrer verfluchte die schwarzen Flocken, die ihm die Windschutzscheibe verklebten, und neben der Straße, durch den fruchtbaren Ruß, schoben sich die kleinen gelbgrünen Schößlinge ans Licht.

KAPITEL 65

1967

Bojan Buloh saß allein in seiner Küche, wie er es seit dem Morgen getan hatte, brütete über dunklen, tiefen Gedanken. Vielleicht sah er dann Dinge, die er nicht sehen wollte. Ob er Ungeheuer sah oder die Pest, oder den Krieg, oder nur seine eigene Unfähigkeit, irgend etwas von dem zu begreifen, zu verstehen, was er gesehen und nur als übelmeinendes Rätsel kennengelernt hatte, ist schwer sagen. Normalerweise waren solche Gefühle nur vorübergehend, und wenn sie ihn überfielen, trank er entschlossen einen ganzen Tag lang und noch einige mehr, um sicherzugehen, daß er sie für immer losgeworden war. Aber dieses Gefühl verschwand nicht so leicht.

Die Küche war erfüllt vom matten Licht eines frühen Spätsommerabends. Seine kleine Kaffeetasse war leer, und er stellte sie umgedreht auf eine Untertasse. Nachdem er sie eine Weile hatte ablaufen lassen, drehte er sie wieder um und blickte in das Muster aus Kaffeesatz, um seine Zukunft daraus zu lesen.

Bojan Buloh starrte auf die Tischplatte aus Resopal, die Tasse, den zukunftskundigen Kaffeesatz, auf angesammelte Dinge, die für ihn keine Verbindung zueinander zu haben schienen – der Aschenbecher mit Zigarettenkippen, herumliegende Fotos, seine rechte Hand. Seine Augen konnten nur eine abstrakte Anordnung von Formen und Farben erkennen. Sie konnten kein Muster sehen, keine Zukunft. Sie sahen nur ein entsetzliches Chaos ohne Sinn und Folgen, einen unendlichen Sturm aus unverbundenem Schmerz. Und in seinem Kopf wollte das elende Uhrwerk mit »Laras Lied« nicht aufhören zu spielen.

Herrgott, es soll nicht so sein, dachte Bojan Buloh. Ich will diese verdammte Spieluhr nicht die ganze Zeit hören. Es soll nicht so sein, und es soll einfach aufhören, und es soll nicht so sein, soll es nicht.

Die ausgestreckten Finger seiner rechten Hand zitterten, als er sie über die Tasse legte, um die furchtbaren Geheimnisse zu verstecken, die der Kaffeesatz enthüllte. Die Finger bogen sich langsam – als wäre die Hand in einem Todeskampf – zu einer zitternden Faust, in deren Mitte die kleine Kaffeetasse steckte.

Mit einer plötzlichen, gewaltsamen Bewegung hob er seine Faust – mit der teuflischen Tasse darin – hoch in die Luft und ließ sie auf den Tisch krachen. Als seine Faust den Tisch traf, öffnete sie sich wie eine Blume, die gerade erblüht, die Finger öffneten sich wie Blütenblätter, die Tasse wurde für einen Augenblick sichtbar, bevor der Stempel zerschmettert wurde. Die Tasse zerbrach, Scherben von Porzellan flogen unter Bojans nun flacher Hand hervor.

Er sah kein Chaos mehr. Der Sturm war zu Ende, das Lied endlich verklungen.

Unter seiner ausgestreckten Hand lief Blut hervor, und mit einem seltsamen Gefühl nahenden, ruhigen Schreckens beobachtete Bojan, wie sein Blut um die zerschmetterten Bruchstücke eines vorhergesagten Lebens eine Pfütze bildete.

Und es soll, dachte er, und es soll, und es soll, und es soll.

KAPITEL 66

1990

Herrgott, dachte Bojan Buloh.

Wie wenig Erinnerungen an Maria er noch hatte, so wenig, daß er immer noch irrtümlich glaubte, sie zu sehen. Manchmal, wenn er nach Hobart kam, sah er ein Gesicht in der Menge, aber bei näherem Hinsehen entdeckte er, daß der Körper darunter nicht zu ihr paßte. Manchmal fing er den Anblick eines Körpers ein, eine Bewegung der Finger, einen Hüftschwung, aber wenn er der kleinen, charakteristischen Bewegung nachjagte, entdeckte er, daß das Gesicht bei der Hand oder Hüfte nicht das ihre war. Als riefe etwas von ihr in seltsamen, fremdartigen Augenblicken immer noch ein Echo der Trauer hervor. Als wäre ihre Gegenwart zu mächtig gewesen, um einfach so zu verschwinden, so daß die Welt seltsam nebelhafte Abdrücke einzelner Teile von ihr erschuf.

Manchmal drehte sich die Frau, die er die Straße hinunter verfolgt hatte, beim Klang seiner Stimme um, und wenn sie sein Gesicht sah – das kein Gesicht mehr war, sondern eine nicht zu beantwortende Frage –, ging ihr Gesichtsausdruck von Verwirrung zu Furcht über. Einmal hatte die Frau, die sich umdrehte, ein Gesicht gehabt, das ganz schaurig deformiert gewesen war, mit Fleischlappen bedeckt wie von einem Schwein, und ein Auge fehlte. Sie sagte nichts, begegnete nur seinem mitleidlosen Starren mit ihrem eigenen, als könnte sie sich selbst in dem erkennen, was sie sah. Und dann schlug sie ihm fest ins Gesicht und ging wie alle anderen davon.

Das weiße Licht der einzelnen Glühbirne tanzte an den lackierten Wänden seines Zimmers entlang wie ein eingesperrter Irrer. Es machte Bojan Buloh blaß, so daß sein blaukariertes Flanellhemd, seine olivgrünen Arbeitshosen mit dem Gürtel, selbst sein Körper und Gesicht ausgeblichen und verfärbt aussahen. Er saß regungslos auf der Bettkante und machte keinen betrunkenen Eindruck, obwohl er es war.

Er lauschte auf den endlosen Regen, der für immer auf das Blechdach fiel, hörte das dumpfe Tropfen aus der durchhängenden Regenrinne, das sich zu einem Strom aufbaute, dann leiser wurde, nur um sich wieder aufzubauen, und war dankbar für die Art, wie dieser Rhythmus des Regens fast alle anderen Geräusche von draußen auslöschte. Er beendete sein Starren auf das schwarze Loch, das sein Fenster war, und richtete den Blick wieder auf die zwei schwarzweißen Fotos, die er in der Hand hielt.

Wo war sie gewesen, dachte Bojan Buloh. Manchmal überkam ihn das dumme Gefühl, daß er sogar den Umriß ihrer Lippen in dem fettigen roten Lippenstiftfleck auf einer ausgedrückten Zigarette erkannte, die noch in einem Kneipenaschenbecher vor sich hinqualmte. Aber wenn er aufsah, war die Frau, die gerade gehen wollte, niemals sie. Es war auch nicht die Frau, deren Profil seine Erinnerung für einen Augenblick mit seiner Ähnlichkeit in die Irre leitete, oder eine andere, deren Stimme ähnlich war, so schmerzhaft ähnlich, daß er dachte, jemand gieße brennendes Öl in seine Ohren und senge sich so den Weg in sein armes Hirn frei.

Sehr zögernd, als wäre es ein Tarotspiel, das ein schreckliches Schicksal vorhersagte, das er nicht kennen wollte, aber zu erleiden verdammt war, legte er eines der zwei alten Fotos auf die ausgeblichene Kunstfaserdecke, auf der einmal leuchtendrote Iris geblüht hatten. Das Foto zeigte Maria in Butlers Gorge, mit dem Baby Sonja im Arm.

Wer war Maria gewesen? So sicher er gern sein wollte, er wurde immer unsicherer. Denn er dachte, er wünschte sich die Erinnerung, aber in Wirklichkeit arbeitete er unablässig daran, sie vollständig zu vergessen. Seine Angst glich der beim Schmirgeln eines Holzteils: Er fürchtete, die Eindrücke zu zerstören, die er von ihr noch hatte, wenn er jemals wagte, den Blick darauf zu richten. Ohne es zugeben zu können, spürte er, daß irgendwo in seinem Kopf, irgendwo an einem rätselhaften, entlegenen Ort, zur eigenen Sicherheit gut verborgen, die vollständige Erinnerung noch vorhanden war. Aber diese Spuren der Vergangenheit waren, wenngleich vollständig und heil, ungeheuer zerbrechlich und würden zu Staub zerfallen, wenn er versuchte, sie hervorzuziehen. Irgendwo tief in ihm war sie noch, und sie bereitete ihm große Sorge, diese unwiederbringliche Erinnerung, die nur ihren eigenen Gesetzen gehorchte und nie seiner mächtigen Sehnsucht. Etwas in ihm war seinem mächtigen, tierischen Willen nicht unterworfen, und das beunruhigte ihn zwar, gab ihm andererseits aber auch die Kraft, weiterzuleben. Wo war sie gewesen?

Er legte das zweite Foto auf die Bettdecke. Auf diesem Bild hielt ein viel jüngerer Mann, der einmal er gewesen war, das Baby Sonja in Butlers Gorge auf dem Arm. Bojan schob das Foto von ihm und Sonja zu dem mit Maria und Sonja, bis sie sich überschnitten und wie ein einziges Bild aussahen. Wie das Foto, das fehlte, das Foto, das er Sonja geschenkt hatte, als sie von Zu Hause wegging, das Bild einer Familie, die es gegeben hatte und nicht mehr gab – von Bojan und Maria und dem Baby Sonja.

Er schob die Bilder übereinander, stand auf und legte sie zurück in einen alten Schuhkarton, in dem Sonjas Brief obenauf lag.

Es gab nur eine Sache, die schlimmer war als Arbeit. Das war, nicht zu arbeiten, dachte Bojan Buloh. Wenn er genug trank, fühlte er sich wie ein Mann ohne Schatten. Das hatte er Pavel erzählt. »Nur Tote haben keine Schatten«, hatte Pavel erwidert. Und deshalb wollte er in diesem Augenblick zurück in den Mutterleib seiner Arbeit, in die Tischlerwerkstatt, zu dem ohrenbetäubenden Lärm von Bandsägen, Hobelmaschinen, Bohrern und Ventilatoren, getröstet von Staub und Sägemehl und dem Geruch von Leim, an einen Ort, wo es ihm manchmal gelang, in einer Welt des Tuns aufzugehen. In der Tischlerwerkstatt machten sie keine großartigen Sachen, nur ganz gewöhnliche Dinge, Schränke, Kleiderschränke, Tische und Kommoden für die neuen Bauarbeiterdörfer, für die Büros der Angestellten, für die Arbeiterunterkünfte, in denen immer mehr von seiner Sorte lebten, gewöhnliche Dinge für gewöhnliche Leute. Manchmal, wenn er genau wußte, wo er war und wer er war, verbog Bojan Buloh die Dübel und machte die Dinge extra häßlich, legte seinen Haß in klemmende Türen, wacklige Tische und Schubladen, die nicht paßten.

»Sieh dir das an«, sagte Pavel eines Tages zu Bojan und zeigte auf ein Stück Spanplatte. »All diese kleinen Stückchen Abfallholz – das sind wir.« Aber was hält uns zusammen? fragte sich Bojan. Was macht uns zu etwas, das etwas bedeutet?

Und Bojan Buloh dachte lange darüber nach, als er in der großen, lauten, von Neonlicht erhellten Werkstatt arbeitete, er dachte darüber nach, was Pavel damit gemeint hatte, daß sie wie Holz waren. Und er fühlte sich wieder verloren, so schrecklich verloren.

Und dann begann er, die Dinge für all diejenigen zu machen, von denen er fürchtete, sie wären ebenso verloren wie er. Und er legte nicht mehr seinen Haß in die Tische und Kleiderschränke und Schranktüren, sondern seine Liebe, schreinerte sie so, daß sie ein Labsal für ihre traurigen Verletzungen sein konnten, gute, solide Dinge, die sie nicht enttäuschten, wenn alles andere im Leben versagt hatte. Er hoffte, die Leute würden es merken: daran, wie glatt das Holz war, wie sorgfältig die Kanten im Resopal bearbeitet waren, wie fest die Spanplatten waren, wie gerade und genau die Winkel. Vielleicht würden sie es merken: Er wußte, daß sie gesehen hatten, wie ihre Kinder starben und die Mütter nie wiederkehrten, daß sie ihre Väter zu früh begraben hatten, daß sie wie er gesehen hatten, wie Unschuldige exekutiert wurden, wie Männer verrückt wurden, gute Männer ebenso wie schlechte Männer, daß sie gesehen hatten, wie sich ihre Schwester einem Soldaten für den Preis einer gefrorenen Steckrübe hingab, wie man – was er nie hatte sehen wollen – einen Mann, den man aufs Holz gebunden hatte, in eine Sägemühle schob. Bojan Buloh kümmerte sich nicht darum, ob sie es wußten, daß die Spanplatten von seinen Tränen zusammengehalten wurden, das Resopal von seiner Liebe. Jeden Tag schmuggelte er aus der Höhle der Werkstatt seine Botschaft an alle, genau wie er einmal Botschaften in ausgehöhlten Zwiebeln zu den Partisanen gebracht hatte. Und die Botschaft lautete, daß andere davon wußten – *andere wußten davon* –, und daß alles, was sie gemeinsam hatten, das einzige, was sie teilten, was ihnen erlaubte, menschlich zu sein, anders als die tollwütigen, betrunkenen Hunde, für die sie jeder hielt, dieses Wissen war: All das war nicht nur einem einzelnen passiert, sondern ihnen allen. All das erzählte er mit den Tischen, Kleiderschränken und Schranktüren, die er machte, und er versuchte es mit Liebe zu erzählen.

Bojan Buloh nahm den Brief seiner Tochter, fuhr damit langsam über seine Wange, als ob die Berührung vielleicht das Versprechen von Zärtlichkeit mit sich brächte, legte den Brief an seine Nase und schnupperte daran, als ob sein Duft ihm die verborgene Bedeutung übermitteln könnte.

Maria, dachte Bojan Buloh, meine Maria.

KAPITEL 67

1990

Bojans Tür stand offen. Drinnen war Bojan bei der Arbeit. Rund um ihn in seinem normalerweise so ordentlichen Zimmer lagen Werkzeuge, Holzstücke und Möbel in verschiedenen Stadien der Fertigstellung. Auf dem Kartentisch stand eine ungeöffnete Flasche Bier. Ein Schlafzimmer als Werkstatt. Bojan schmirgelte schnell und abschließend ein umgedrehtes Holzstück. Dann setzte er es in ein langes Holzstück ein, das eine Reihe gleichartig gedrehter Zapfen trug, Teile eines halbfertigen Kinderbettchens.

Die anderen alleinstehenden Arbeiter, die jedes Wochenende draußen hin und her gingen, Wäsche trugen, stehenblieben, um zu schwatzen und zu rauchen, sahen den alten Kanaken nicht mehr betrunken im Pub. Bei den seltenen Gelegenheiten, wenn sie einen Blick in sein Zimmer warfen, sahen sie ihn nur in den Sonnenstrahlen, die durch das kleine Fenster fielen, als Umriß, wie er zwischen aufsteigenden Spiralen von Staubteilchen arbeitete, als ob er dabei sei, sich aus ihrer Welt auszulöschen.

Während er arbeitete, während sein Hammer dröhnte, seine Säge kreischte und sein Bohrer wimmerte, hörte man auch Bojan grunzen und stöhnen, fluchen und keuchen. Keine anderen Geräusche als diese, Geräusche der Arbeit. Kein anderer Anblick als dieser, ein Umriß, gebeugter Rücken, Kopf, Arme und Holz, zusammengefügt und eins.

KAPITEL 68

1990

Bojan Buloh spürte den Nebel, der tief über diesem tückischen Sumpf von einer Stadt lag, der Tullah hieß, ein übelriechender Sumpf, in dem Wasser und Männer im Abgrund eines bleichen Tales vor sich hin faulten, eine verrottende Hängematte, die man zwischen hohen, blauen Bergen aufgehängt hatte. Er war dankbar, den Nebel zu spüren, die Decke aus weißer Feuchtigkeit, die sein Blickfeld auf den FJ einengte, auf dessen Dach er Möbelstücke festband.

Der Nebel durchnäßte Bojans Kleider, ließ sie schwer und faltig auf seiner Haut sitzen wie Schlangen. »Du ahnst ja nicht, wie viel Mühe so eine Tochter macht«, sagte er zu dem Italiener, der ihm dabei half, die Folie über den Möbeln zusammenzuziehen. Als Bojan Buloh die Seile festzurrte, wanden sich die Schlangen auf seiner Haut. Und dann lachte er. »Und ich weiß es auch nicht, verdammt. Ich weiß nichts, das ist alles, was ich noch weiß, verdammt. Ich weiß, hier oben ist nichts mehr drin«, sagte Bojan und tippte sich an den Kopf. »Es ist nicht in Ordnung, aber ich kann mich an nichts mehr erinnern. Das ist vielleicht komisch!«

»Willst du die Schrauben noch anziehen«, fragte der Italiener und zeigte auf den altertümlichen, rostigen Dachgepäckträger.

»Die sind in Ordnung«, sagte Bojan.

»Besser als der Wagen«, sagte der Italiener, der mit einigem Recht skeptisch war, was die Fähigkeit des FJ anging, eine so lange Reise unter einer so schweren Ladung zu überstehen. »Bist du sicher, daß du nicht doch meinen Valiant nehmen willst?«

Die Sorgen des Italieners waren nicht ganz unbegründet. Der FJ gab so viel Qualm von sich, daß er wie ein wandelndes Buschfeuer aussah, die Lenkung war in einem fürchterlichen Zustand,

und das Aufschaukeln des Wagens war nur noch mit Hilfe mehrerer Säcke Zement zu verhindern. Einen dieser Säcke hatte Bojan aufgerissen, als er Beton hergestellt hatte, um die Beifahrertür damit auszugießen und so ihr Rostproblem zu lösen. Der Tacho funktionierte schon seit Jahren nicht mehr, der Kilometerzähler drehte sich sporadisch, als wäre er das Gehirn des FJ: manchmal meditativ und unbeweglich, zu anderen Zeiten schneller als eine Stoppuhr. Die graue Decke der *Hydro* fiel immer wieder von dem welligen Fahrersitz und zeigte dann Roßhaar und rostige Sprungfedern. Die Gummidichtungen an den Türen waren längst verschwunden und durch Klebeband ersetzt, das jede Tür bis auf die des Fahrers verschloß. Auf diese Weise war das Problem der Lecks eher verschärft als gelöst worden, denn es tropfte immer noch überall, wenn es regnete, und das Innere des Wagens hatte eine stickige Feuchtigkeit und einen Humusgeruch an sich, den man eher mit einem Treibhaus als mit einem Auto in Verbindung brachte. Der FJ wurde von Fiberglasfüllungen zusammengehalten, die man grob in seine vielen Lücken gedrückt hatte, vom Silikon in seinen ständig wachsenden Rostlöchern und von Bojans törichtem Gefühl, daß dieses Auto ihn überallhin bringen würde, wohin er wollte, weil sein Wille und der des FJ sich an einem fernen Punkt trafen. Den Wagen aufzugeben, wie ihm der Italiener und einige andere Idioten manchmal rieten, erfüllte ihn mit einem Schrecken, den andere höchstens bei der Aussicht auf eine Amputation empfinden würden. Bojan schüttelte den Kopf.
»Was soll ich mit deinem verdammten Valiant?«
Der Nebel war nun so dicht, daß Bojans Gesicht im Wasser schwamm. Das Wasser lief über sein Gesicht, fuhr die Form seiner Nase und Wangenknochen nach und erinnerte ihn daran, was er war, was diese furchtbare Form war. Ein gedankenloses Stück Moos auf der Oberfläche dieser Erde.
»Du mußt dir jedenfalls viel aus ihr machen«, sagte der Italiener. Seine Augen schienen an diesem Tag besonders groß und

hundeartig. Denn der Italiener hatte nicht einmal eine ihm entfremdete Tochter. Er hatte eine Frau und einen Sohn gehabt, die beide vor einigen Jahren bei einem unerinnerbaren Autounfall umgekommen waren. Von seiner Frau und seinem Sohn war nichts übriggeblieben, nicht einmal die Straße, auf der sie gestorben waren, denn darüber war vor langer Zeit eine neue, vierspurige Schnellstraße gebaut worden.

Ich weiß nicht, ob ich mir etwas aus ihr mache, dachte Bojan Buloh. »Ich fahre nur nach Hobart, mehr weiß ich nicht«, sagte er zu dem Italiener. Vielleicht sollte ich mir etwas aus ihr machen, aber ich weiß nicht, was das Wort bedeutet, dachte Bojan Buloh.

»Ich mach mir was aus Fabrizio«, sagte der Italiener. »Und aus Adriana.« Seine Augen schwammen, aber man konnte unmöglich erkennen, ob es Tränen waren oder Nebeltröpfchen oder die Peinlichkeit seiner Verwechslung der Zeiten im Englischen, wenn er von seinem Sohn und seiner Frau sprach, die schon so lange tot waren, deren Seelen auf einer Straße verlorengegangen waren, die es nicht mehr gab. Denn es hätte ebensogut auch Zorn sein können, weil er nichts mehr besaß, an das er sich klammern konnte, weder ein Leben noch einen Platz des Todes.

Aber vielleicht wissen einige wenigstens ein paar Sachen, dachte Bojan Buloh. Glauben an etwas. Kümmern sich um eine Sache, wenn auch nicht um mehr.

Ich nicht.

Nichts. Nicht mehr. Ich bin nur ein alter Baum am Ufer eines neuen Stausees, dachte Bojan Buloh, voll mit Krebs und Parasiten, die Wurzeln durch das steigende Wasser schon fast abgefault, die Krone nicht mehr üppig, nur noch schwer.

Er wartete.

Aber auf was, das wußte er nicht.

Die Sonne ging unter, und Bojan wollte wenigstens die erste Stunde seiner Reise noch im Hellen hinter sich bringen. Er überprüfte zum letzten Mal die Knoten, mit denen die blaue

Plastikfolie über der mühsamen Ladung auf dem Dachgepäckträger zusammengehalten wurde. Seine dicken Finger zogen an den gespannten Seilen und hielten sie für einen Augenblick fest, während er durchatmete.

Dann ließ er sie los. Er öffnete die Wagentür, stieg ein und warf den Motor an. Er sagte kein Wort mehr zu dem Italiener, nickte nur.

Denn nun war es Zeit, mit der Rückreise zu beginnen.

Und als er unten am Hügel in den dritten Gang schaltete, sah er die Straße hinunter und wunderte sich über das Tempo des Autos – so ein uralter FJ –, der so leicht dahinflog, und fragte sich, ob wohl doch noch etwas Gutes aus so viel Bösem entstehen konnte.

KAPITEL 69

1990

Bojan Buloh fuhr auf der gewundenen Straße nach Rosebery und dann weiter nach Queenstown und wandte sich im letzten Tageslicht nach Osten, während er die Serpentinenstraße hochfuhr, die sich in schwindelnder Höhe an den kahlen Bergen dieser traurigen Stadt emporwand. Irgendwo hinter der Geisterstadt Linda machte er die Scheinwerfer an, und kurz danach, als das Gewitter begann, auch die Scheibenwischer. Während er über Bergpässe kletterte und durch die riesige, menschenleere Landschaft langsam die tückischen Flanken hinunterfuhr, leuchtete gelegentlich ein Blitz den FJ an, und dann konnte er einen kurzen Blick auf die Wildnis werfen, durch die er reiste. Immer dichter fiel der Regen.

Wäre er nicht so entschlossen zu seiner Reise gewesen, wäre Bojan wahrscheinlich schon längst umgekehrt, denn der Regen fiel nun nicht mehr tropfenweise oder in Strömen, sondern waagrecht, wie ein See, und die Scheibenwischer des FJ bewirkten wenig. Die Sicht wurde so schlecht, daß er schließlich eine gute Stunde lang im ersten Gang dahinkroch, was das Problem nur verstärkte, weil die Scheibenwischer, die vom Motor angetrieben wurden, mit dem Wagen langsamer wurden.

So weit er sehen konnte, und darüber hinaus, wusch der Regen die Berge und Wälder und füllte die Flüsse. Bewegte Dinge, die nicht bewegt werden wollten, deren Schicksal es aber war, umgeformt und erneuert zu werden.

Schließlich ließ Bojans Entschlossenheit nach. Seine Laune, die ohnehin schon wacklig war, sank weiter, weil ständig Wasser in den FJ tropfte und ihn feucht und kalt machte. Was er hier unternahm, war schwer, so schwer, und er wußte nicht, ob er stark genug war. Die Zweifel sanken schwerer auf ihn als jeder Regen. Was, wenn sie ihn nicht sehen wollte? Was, wenn sie es tat, sie aber wieder stritten, schlimmer als zuvor, und er schreckliche Dinge über sie sagte, die er niemals auch nur gedacht hatte? Was würde er im besten Fall mit seinen lächerlichen Geschenken erreichen, die in ihren Augen zweifellos häßlich aussehen müßten?

Und dann, kurz hinter Tungatinah, als er sich Tarraleah näherte, spürte er, wie ihn das unabweisbare Verlangen übermannte, endlich an den einen Ort zurückzukehren, von dem er geschworen hatte, daß er niemals zurückkehren würde. Warum ausgerechnet in dieser Nacht den traurigen, durchnäßten Bojan Buloh eine so seltsame Leidenschaft überkam, bleibt heute ebenso unerklärlich, wie es damals unwahrscheinlich war. Vielleicht vermied er, ohne es zu wissen, in seinem Innern die Frage, ob er den Plan zu Ende führen würde, Sonja aufzusuchen – oder nicht. Sicher war die Verbindung außerordentlicher Ereignisse, die folgen sollte, nicht vorherbestimmt. Es gab keine Vorzeichen, keinen Vorboten, überhaupt nichts, das als vorausweisend auf das bezeichnet werden könnte, was nun geschehen sollte. Selbst wenn es so etwas gegeben hätte, ist es zweifelhaft, ob Bojan Buloh, der mit den Nachteilen schlechter Augen und dazu mit den praktischen Einschränkungen des FJ zu kämpfen hatte – schlechte Scheinwerfer, noch schlechtere Scheibenwischer und kein Gebläse –, sie bemerkt hätte. Aber als das Schild, das die Abzweigung von der Schnellstraße nach Butlers Gorge anzeigte, von seinen Scheinwerfern schwach angeleuchtet wurde, war es ganz einfach, so als würde er vom Regen dorthin gespült, und er war schon ein ganzes Stück die rauhe Schotterstraße hinuntergefahren, bevor er auch nur ganz begriffen hatte, was er da tat.

Und als er dann erkannte, wohin er fuhr, dachte er immer noch nicht darüber nach, warum. Er dachte nur, daß es um so besser war, wenn es in der Dunkelheit, in dem schrecklichen Regen

geschah. Er würde zurückkehren, aber die Nacht und das Wetter bedeuteten, er würde nicht so lange bleiben, daß es ihn beunruhigen könnte.
Und so beschrieben die schwachen Scheinwerfer des FJ kerzenerleuchtete Kurven auf der geschwungenen Schotterpiste, die ihn dorthin zurückführte, wo er vor so langer Zeit fortgegangen war.
Als er sich der Steigung näherte, die zum Staudamm führte, bemerkte er, daß der Derwent River, den er nicht sehen konnte, weit unterhalb des Wagens mächtig dahinfloß, daß riesige Stromschnellen durch den Regen und das Geräusch seines brummenden, schnaufenden Motors krachten. Die Rinnsteine am Straßenrand strömten wie Flüsse dahin, und der Fluß weit unten war wie ein riesiger Wasserfall.
Und dann sah er es im Scheinwerferlicht, und was er sah, erschreckte ihn. Er wußte natürlich – wie auch nicht? –, daß Staudämme nicht überlaufen sollten, von ganz außergewöhnlichen Umständen abgesehen. Wasser war Geld, und wenn Wasser überlief, schwamm Geld davon, Wasser, das nie mehr zurückgeholt werden konnte, um daraus Strom zu gewinnen. Aufgestaute Flußsysteme wurden auf eine Weise betrieben, die sicherstellte, daß sie niemals geflutet werden mußten, daß ihr gesamter Kreislauf der von genutzter Zurückhaltung war, von ständigem, stets unverändertem Fließen. Dieser Staudamm, den er vor so vielen Jahren mit seinem Schweiß hatte errichten helfen, dessen Beton mit seinem Fleisch verbunden schien, dessen Gestalt mit seiner Seele wie ein Fels dastand – dieser Staudamm sollte alles aufhalten. Aber es war da, Wasser, das rasend hinunterstürzte, und er dachte, daß er etwas so Außerordentliches noch nie in seinem Leben gesehen habe. Der Damm lief über, ein Berg aus Wasser raste wie eine Lawine durch die Überlaufrinne, um in einem gewaltigen, weißen Mahlstrom zu enden, so riesengroß, daß Häuser dort verschwunden wären, wo der Strom das Flußbett traf.

Bojan Buloh stieg aus dem FJ, reckte sich, schüttelte sich und öffnete dann, obwohl er schnell durch und durch naß wurde, seine Hose, um sich in den Rinnstein zu erleichtern, der neben dem Wagen dahindröhnte. Er beobachtete, wie sein schäumender Urin weiterraste, um sich mit dem Wasserfall in der Schwärze dort unten zu vereinen.

Er sah nicht – wie hätte er das selbst bei Tageslicht sehen sollen, geschweige denn in dieser Dunkelheit? – die Risse, erst nur die Andeutung eines Risses, so dünn, daß man ein Mikroskop gebraucht hätte, um sie zu sehen. Vielleicht war es die seltsame Sache, die man so unzureichend als sechsten Sinn beschreibt; das animalische Bewußtsein einer drohenden Gefahr –

Plötzlich drehte er sich um und versuchte, zum Wagen zu rennen, aber sosehr er es auch versuchte, er konnte nicht rennen, konnte sich nicht mehr rühren, denn Bojan Buloh bemerkte, daß er sich in Beton verwandelt hatte. Aber hinter ihm drückte ein riesiger, wilder Fluß, und er brach auf, brach ganz langsam und unaufhaltsam auf, und was er so viele Jahre lang zurückgedrängt hatte, ließ sich nicht länger halten.

Die Risse öffneten sich zu haarfeinen Brüchen, und das eingesperrte Wasser drückte schwer und drang ein – zahllose Tonnen Wasser drückten die Fläche des Damms immer weiter nach außen. Die Brüche dehnten sich zu Spalten, und die Spalten wurden immer breiter, und das Wasser, wie ein eingesperrtes Tier, das erkannt hatte, daß seine Stunde gekommen war, drückte nun die Teile nach außen, erst kleine Stücke, dann ganze Blöcke aus Beton, mit der Kraft einer Rakete.

Als der erste unheilverkündende, aber seltsam dumpfe Knall von brechendem Beton durch den dämpfenden Regen an Bojans Ohr drang, wußte er nicht, was da endgültig in Stücke ging. Er sah es nicht – wie konnte er es in dieser Finsternis sehen? –, wie konnte er es sehen, wenn doch auch er selbst hier und jetzt in Stücke brach? Er, der Stein und Wasser gewesen war, die nun zu Staub und Dampf zersprangen. Er, der unbeweglich gewesen war, ohne Regung, ritt nun auf dem Wind, rannte jetzt und wurde, ohne zu wissen wie, zu einem anderen Menschen, der im FJ saß und verzweifelt versuchte, den Motor zu starten.

Bojan Buloh war erst ein paar hundert Meter gefahren, als er zu einer Kreuzung kam, an der eine zweite Straße abzweigte und zurück flußaufwärts lief, einen steilen Hügel hinauf zu einem Aussichtspunkt auf einem Hang oberhalb der Staumauer.

Er wußte, die Hauptstraße verlief einige Kilometer weit durch das Flußtal. Ihr flußabwärts zu folgen, weg von dem brechenden Damm und der nachfolgenden Wasserlawine, hätte wenigstens den Vorteil, daß er Boden gutmachte. In einem Auto, dachte Bojan, könnte er, wenn er nur schnell genug fuhr, schneller sein als der Fluß und davonkommen.

Aber sein rechter Fuß schien etwas anderes zu wollen und sein ganzer Körper ebenso, denn während er noch seine Chancen bedachte, zu entkommen, indem er mit Vollgas noch vor dem Dammbruch durch das Tal fuhr, wußte sein Körper, er hatte keine Zeit zum Nachdenken. Sein rechter Fuß sprang vom Gaspedal auf die Bremse, der FJ schleuderte brutal, halb drehend, halb schlingernd, um 180 Grad herum, und sein Körper war schon bereit. Ein Arm wuchtete den Schalthebel in den zweiten Gang, der andere übernahm das wilde Herumwirbeln des Lenkrads. Der FJ schlingerte bergauf, wie eine alte Forelle, die ohne Anmut wieder auf den Staudamm zuspringt. Aber der zweite Gang schaffte die Steigung nicht; der Motor starb plötzlich ab, und mit ihm das Licht.

Die Finsternis war wie ein Peitschenhieb in Bojan Bulohs Augen, und in einer Welt ohne Licht war alles, was er hören konnte, das entsetzliche Dröhnen, als ob ein Berg einstürzte. Sein Magen wurde wäßrig, sein Atem schwer. Er drehte den Zündschlüssel so heftig, daß er ihn im Zündschloß verbog. Der Motor drehte langsam, ein-, zweimal unentschlossen, dann erwachte er mit einem Brüllen zum Leben, während er das

Gaspedal bis zum Boden durchtrat. Der Motor kreischte, aber unter dem Wagen konnte Bojan ein anderes, viel stärkeres Vibrieren spüren.

Denn die Erde bebte.

Die Hinterräder drehten durch, und als sie richtig Kontakt zum Schotter bekamen, sprang das alte Auto aufheulend die ausgefahrene Schotterpiste hinauf. Bojan Buloh drängte den alten Wagen so sehr, daß er, als er über eine Bodenwelle hinwegflog, den Auspufftopf zerschlug, der bei der Landung auseinanderfiel. Nun wurde das Beben der Erde von dem ungedämpften Brüllen des kreischenden Motors und vom blechernen Klappern des Auspuffrohrs begleitet, und genau in diesem Moment sah Bojan Buloh im Licht seiner Scheinwerfer einen Anblick, so aufregend, daß er sein Entsetzen für einen Augenblick vergaß.

Zuerst – wenn auch nur für sehr kurze Zeit – dachte er, die Straße führe direkt auf eine Felswand zu. Und dann begriff er, daß die Felswand sich ihm noch schneller näherte, als er selbst sich darauf zu bewegte, und er sah, daß es eine riesige Wasserwand war, in die er hineinfuhr, und er wußte, die völlige Fremdheit dieses Augenblicks war ebenso unaussprechlich, wie der Schrecken vollständig war.

Und nun wollte Bojan Buloh, der spürte, daß dies sein unausweichliches und vorherbestimmtes Schicksal war, nicht mehr länger vor dem Schatten seiner Furcht fliehen, sondern lieber seine Reise in dessen rätselhaftes Herz zu Ende führen. Er jagte sein altes Auto, so schnell er wagte, den Hügel hinauf, in die Wand hinein, in das Wasser, in die Dunkelheit, und die einzige Sehnsucht, die ihm noch blieb, war, so schnell wie möglich anzukommen.

Und in dem Augenblick, als er dachte, jetzt würde er sterben, als er spürte, wie er sich auf eine seltsame Art in den eigenen Tod ergab, als er fühlte, daß der Tod das einzig Richtige für jemand so Elendes war, so überfällig – in diesem Augenblick trug die riesige Welle ihn und den FJ nicht davon, sondern ging

unter ihm vorbei, und Bojan erkannte, daß es ihm gelungen war, über den Höhepunkt des Dammbruchs hinauszukommen, und daß er immer noch höher gelangte. Da schaute er hinunter und fragte sich ehrfürchtig, ob der FJ nicht in Wirklichkeit flog, ob ihm nicht Flügel gewachsen waren und er sich in den Nachthimmel erhob, und er darin war, ein Engel, dem man ein zweites Leben gewährt hat.
Hinter und unter ihm Geräusche, seltsam sanft und schön, von Berg und Tal, die mit dem Wasser davonflossen, von Beton, der so leicht davonstrudelte wie Schaum auf dem Wasser.

Und dann stellte er den Motor ab. Er stieg aus dem FJ. Er hörte dem Fluß zu, der da unten frei dahinfloß. Und hörte den Wind im Wald. Sah sein Herz und ihr Herz, auf immer vereint, in diesem wilden Sturm tanzen, auf seinen schrecklichen, plötzlichen Böen reiten, in seine strudelnden Wirbel gleiten. Es war ein Augenblick unermeßlicher Klarheit, und als er vorüber war, setzte sich Bojan Buloh wieder in seinen FJ und schlug die Hände vors Gesicht.

KAPITEL 70

1990

Bojan fuhr langsam eine alte Holzfällerstraße hinunter, die dort vorbeiführte, wo vor kurzem noch der aufgestaute See gewesen war und wo jetzt nichts mehr war als ein abgeflossener, schlammiger Krater. Der FJ verbreitete jetzt so viel Lärm, daß er die Toten aufweckte. Ihre Geister flohen vor dem FJ in der Gestalt von Wallabys und Wombats, Quolls und Beutelratten, Teufeln und Tigern, und unter ihnen waren Fabrizio und Adriana und Kenny, der Sohn des Lastwagenfahrers ebenso wie der Geschichtsprofessor aus Krakau und so viele andere, daß es am Ende aussah, als wäre er ein Viehtreiber und die Menge der Geschöpfe vor dem FJ seine Herde.

Nach einer Weile führte die Straße in den Wald. Er folgte den Geistertieren blindlings und kam endlich wieder auf die Hauptstraße, wo sie ebenso unerklärlich verschwanden, wie sie aufgetaucht waren. An der Kreuzung bog Bojan nicht nach Westen ab, um nach Tullah zurückzukehren, sondern lenkte den Wagen ohne Zögern nach Osten, nach Hobart, zu Sonja.

Er fuhr langsam, vorsichtig. Im Herzen fühlte er Hoffnung, im Magen Furcht. Er fuhr durch diese lange, stürmische Nacht.

Sein Fuß zitterte auf dem Gaspedal.

Seine Hände bebten auf dem Lenkrad.

Bojan Buloh wußte nun, daß er weiterdrängte, zurückdrängte. Durch den Wald und an Butlers Gorge vorbei. Verstümmelte Gegenstände leuchteten für Augenblicke im Licht seiner Scheinwerfer auf und flogen an ihm vorbei. Ein scharlachroter Mantel. Burgunderrote Schuhe. Aber Bojan Buloh drängte wei-

ter, drängte zurück. Er fuhr auf und durch all die Erscheinungen von Schrecken, die ihn in dieser Nacht heimsuchten. Fuhr durch eine Schlange um einen Hals. Durch weiße Blütenstücke auf einer blauen Zunge. Denn Bojan Buloh rollte in dieser dunklen Nacht zurück, so weit er konnte, eilte in die nördlichen Vororte und in die Altstadt.
Bis er auf einen blauen Engel traf.

KAPITEL 71

1990

Sonja verpaßte der Theke ein flüchtiges Polieren mit einem Geschirrtuch. Durch ein Fenster beobachtete sie den Regen draußen, der schaudernd und schüttelnd fiel, wilde Kratzer über dem dumpfen, schmierigen Lichtschein der Straßenlaternen. Auf der anderen Straßenseite flog der neonblaue Engel über der Seemannsmission wie immer durch die nieselige Nacht. Es gab nicht viel mehr zu tun, als zuzusehen und zu träumen, denn der Pub war leer bis auf einen Tisch mit Busfahrern in einer hinteren Ecke und einem vom Amphetamin überdrehten Langustenfischer, der mit winzigen Augen und einem rotglühenden Gesicht am anderen Ende der Bar saß, unverdünnten amerikanischen Whiskey trank und vor sich hin murmelte. Ein stürmischer Dienstagabend. Keine Nacht zum Ausgehen. Sie atmete tief ein, lehnte sich zurück, um ihre Rückenschmerzen zu lindern, und kehrte dann zu ihrer Arbeit zurück, bei der sie seitwärts zur Bar stand, damit ihr runder Bauch ihr nicht im Wege war. Sie hörte, wie die Tür aufging, nahm aber keine Notiz davon. Selbst wenn sie ihren Geruchssinn wiedererlangt hätte, hätte ihr das nichts genützt, denn es gab keinen vorwarnenden Geruch von saurem Schweiß und frischem Brot. Sie sah auf die Uhr und rechnete aus, wie viele Minuten noch blieben, bevor sie den Jungs von der Metro und dem Hummer mit den kleinen Augen den Marschbefehl geben und für heute schließen könnte. So kam es, daß sie sich umdrehte und das vom Regen glitzernde Gesicht erst erkannte, als er sprach.

Er war nervös. Er lächelte ungeschickt. Er sprach ruhig.

»Hall-oh«, sagte er.

Und da wußte Sonja, daß er es war.

Ein peinliches Schweigen folgte.
Bojan hatte nicht die Absicht, Sonja etwas von dem Dammbruch zu erzählen. Oder davon, wie er für mindestens eine halbe Stunde draußen im Regen gestanden und sich gefragt hatte, ob er hineingehen sollte, mit Kleidern, die so vom Wasser gesättigt waren, daß sie ihn zur Erde hin zogen und ihn mit der Kraft von Wurzeln im Straßenpflaster verankert hielten. Wie er den neonblauen Engel angestarrt hatte, der über der Seemannsmission flog und mit seinem ausgestreckten Arm über die Morrison Street auf den Hafenpub zeigte, in dem seine Tochter arbeitete.
Sonja fummelte an dem Handtuch herum. Es war nicht zu leugnen, sie war erschrocken, ihn zu sehen.
Er dachte, es sei leichtsinnig, zu erwähnen, daß er den blauen Engel gefragt hatte, ob es klug war, ob es richtig war, daß er, der so lange Zeit so wenig mit ihr zu schaffen gehabt hatte, jetzt wieder in ihr Leben eindrang. Der blaue Engel hatte nichts gesagt, nur immer weiter auf den Pub gezeigt, und Bojan war sich noch dümmer und verwirrter vorgekommen, weil er geglaubt hatte, Neonzeichen könnten Vorzeichen sein.
»Ein Bier«, sagte Sonja endlich, griff über ihrem Kopf nach einem Glas und stellte es unter den Zapfhahn. »Auf Kosten des Hauses.«
Bojan blickte zu Sonja und schüttelte seine ausgestreckte Hand. »Nein. Kein Bier.« Sein Gesicht war ein Buch, in dem sie nicht mehr lesen konnte. »Warte«, sagte er. Bevor sie etwas erwidern konnte, hatte er sich umgedreht und war wieder zur Tür hinausgegangen. Sonja schluckte und schüttelte den Kopf; ihre Hand glitt vom Zapfhahn herunter.
»Was wollte der Kanake?« fragte ein Busfahrer, der sich herangeschlichen hatte, um eine neue Runde zu bestellen.
Sonja, den Blick auf die Tür geheftet, durch die, wie sie dachte, Bojan geflüchtet war, sagte: »Nichts.« Sie füllte die Gläser, nahm das Geld, sah dann den Busfahrer an und meinte: »Gar nichts«,

ließ die Kasse klingeln, hielt das Wechselgeld über seine offene Hand und sagte: »Er war mein Vater«, und ließ dann die Goldmünzen mit dem Gewicht von Schuld herabrieseln.

Er *ist* mein Vater, dachte Sonja, nehmen wir an, er ist es. Ich habe ihn noch länger ignoriert als er mich, in der Zeit, als er mich aufgezogen hat. Wenn man das so nennen kann. Aber ich kann sein Leben nicht mit meinem aufrechnen. Kann ihm nicht antun, was er mir angetan hat. Will es nicht einmal versuchen. Wollte ihn nie wiedersehen.

Den Scheißkerl jemals wiedersehen.

Meinen Vater, den Scheißkerl.

Den Scheißkerl, den Scheißkerl, den Scheißkerl.

Sonja begann wieder, die Theke zu putzen. Der Busfahrer ging mit seinem Biertablett zurück zu seinen Kollegen. Das tiefe Dröhnen des Pubs kam wieder, nur um dann von lauten, dumpfen Geräuschen und einem Knall unterbrochen zu werden. Sonja blickte auf und sah, wie ein sperriger Gegenstand in die Bar hineinmanövriert wurde. Dahinter, ungeschickt obenauf, die schiebende, schubsende Gestalt von Bojan Buloh.

Als er einmal durch die Tür war, stand er auch schon mitten im Barraum. Er und Sonja sahen einander wie aus großer Entfernung an, über eine große, scheinbar unüberwindliche Kluft aus Zeit und Gefühl, und beide wünschten sich, es wäre möglich, anderswo hinzusehen. Aber keiner von ihnen bewegte sich, denn beide waren wie gebannt vom Anblick des anderen. Als sähen sie einander zum ersten Mal.

Und beide waren wie verzaubert.

Bojan von dem glänzenden, seltsam verzerrten Furnier einer schwangeren Frau. Von einer Halsstarrigkeit und einem Mut, den er wiedererkannte. Sie sah ihn, wie ihn jeder andere in diesem Pub in dieser Nacht auch gesehen hätte: einen Mann, der kein anderes Zuhause hatte als solche Pubs. Ein alternder Kanake mit einem Gesicht, das unter anderen Umständen schön gewesen wäre, das aber jetzt, grausam vom Nachtregen über-

zogen, irgendwie vom Leben zerschlagen schien, voll von der Fleischlichkeit und Zerfurchtheit derer, die zu hart gearbeitet und zuviel getrunken haben. Die Kleider, dachte Sonja, Herrgott, die verdammten Kleider. Ihr Vater, der, früher einmal so gepflegt gewesen war, der die bäuerliche Kleidung der Australier verachtete, dessen flotte Sachen von seinem Ehrgeiz, seinem Stolz, seiner Männlichkeit sprachen – ihr Vater trug jetzt Kleider, die vom Nirgendwo erzählten, vom Nichts, vom Niemand, billige Kleider, die ordentlich waren, aber fadenscheinig vom langen Tragen, und die nicht mehr zeigten als den Wunsch nach Bequemlichkeit und Wärme, nach Schutz vor der Kälte. Und sie sah an diesem Abend noch etwas anderes, das sie an ihrem Vater bisher nie bemerkt hatte.
Er hatte Angst.
Die klirrenden, plappernden Kneipengeräusche erstarben.
Die Jungs von der Metro hörten auf damit, Geschichten auszutauschen, und begannen mit Interesse zuzusehen. Selbst der Hummer mit den kleinen Augen hörte auf zu murmeln und rutschte in ihre Richtung.
Vor dem alten Kanaken sahen sie eine Wiege stehen. Sie war aus Huonfichte und auf eine kunstvolle, mitteleuropäische Weise gemacht, ganz aus gesägtem Holz und mit ausgearbeiteten Kanten. Sie war sogar mit neuem Bettzeug ausgestattet, mit Spitzenkanten und allem. Holz und Spitze, dachte Sonja. Sie lächelte ein wenig. Bojan war unsicher, was das Lächeln zu bedeuten hatte, hatte Angst vor dem, was es vorausahnen ließ. Der Hummer mit den kleinen Augen kam heran und fuhr mit einer Pranke über die Wiege. »Das ist Huonfichte«, sagte er. »Verdammt schön ist die.« Bojan sagte nichts. »Ich gebe dir hundert auf die Hand«, sagte der Hummer, und die Pranke tauchte in die Tasche seiner Jeans.
»Jiri hat mir gesagt, was du machst«, sagte Bojan. Er hielt inne, nicht sicher, ob er nicht schon zuviel gesagt hatte, entschied sich dann aber dafür, trotzdem weiterzureden. »Daß du bleibst.

Und da-a-a, da dachte ich ...« Er hielt wieder inne, wischte sich den Mund, blickte zu Boden, dann wieder auf Sonja. »Ich denk mir, ich nehm Urlaub und komm rüber, Sonja besuchen.«
»Zweihundert«, meinte der Hummer. »Die Alte kriegt schon wieder eins, und die würde ihr gefallen.«
Bojan, der den Hummer nicht länger ignorieren konnte, sagte: »Sie ist nicht zu verkaufen.« Er drehte sich wieder um und bemerkte, daß Sonja nicht mehr ihn ansah, sondern die Wiege, etwas verwirrt. »Ach ja – die ist für dich«, sagte Bojan in beiläufigem Ton. Und lachte dann. »Ja, nicht für dich – für das Baby, aber ..., also für dich.«
Sonja sagte nichts, und Bojan zog daraus die falschen Schlüsse. »Sie ist nicht gut, das weiß ich«, sagte er. »Ich hab sie in der Werkstatt gemacht. Nach Feierabend. Die aus dem Laden sind sehr teuer. Aber vielleicht willst du lieber eine aus dem Laden?« Er zog die Schultern hoch, als wäre sein Geschenk ohne Belang. Erschrocken stellte Sonja fest, daß sie Liebe an sich heranließ, und sie spürte, wie ihr vor lauter Abscheu übel wurde, spürte, wie sie mit Leib und Seele von dort wegraste, wo sie stand, spürte die Furcht, daß das kleine Stück sicheren Erdbodens unter ihren Füßen sich auflösen könnte und daß sich nichts mehr unter ihr befand, spürte machtvoll, daß sie mit einer so großen Geschwindigkeit fiel, daß es auch an ein Dahintreiben erinnerte, ein Fliegen, aber ging es aufwärts oder abwärts? Sie griff nach den Zapfhähnen, um sich in der trüben Welt zu verankern, in der zu leben sie sich entschlossen hatte. Halt dir die Liebe vom Hals, warnte sie sich selbst, schließ sie aus.
»Nein!« schrie sie plötzlich auf. »Nein!« Und dann, peinlich berührt von ihrem eigenen plötzlichen Ausbruch, kam Sonja hinter der Bar hervor und herüber zu der Wiege, ein Lächeln huschte über ihr Gesicht und sie murmelte noch einmal: »Nein«, aber auf eine Weise, von der sie hoffte, daß sie die ursprüngliche Bedeutung verdecken konnte. Sie schüttelte den Kopf und sagte mit noch ruhigerer Stimme: »Nein, will ich nicht.«

Sie ging in die Hocke und untersuchte die Wiege von nahem, wie ein Schreiner, untersuchte sie, um festzustellen, ob sie wirklich und dreidimensional war. Bojan sah sie eine Weile, ohne etwas zu sagen, wehmütig an, und kündigte dann an: »Jetzt gehe ich und ...«
Und Sonja, die aus ihren eigenen, geheimen Gedanken aufgeschreckt war, sagte, was sie wirklich dachte: »Nein, Artie, bitte – bitte geh nicht ...«
»– und komme gleich wieder«, sagte Bojan und erlaubte sich die Andeutung eines Lächelns.
Er verschwand und kam mit einem frisch geschreinerten hölzernen Kinderbett wieder. Sonja lächelte noch mehr, aber es war ein Lächeln der Verwirrung über Bojans Geschenke, denn beide, so großzügig und rührend sie auch waren, schienen jämmerlich wenig zu all dem zu passen, was zwischen ihnen vorgefallen war.
»Bin gleich wieder da«, sagte Bojan. »Augenblick.«
Er kam mit einem Hochstuhl zurück, so daß inzwischen der halbe Pub mit Babymöbeln vollgestellt zu sein schien. Sonja stand da, hin- und hergerissen zwischen Lächeln und Weinen, zwischen Liebe und Verachtung. Diese Geschenke waren so närrisch, so vergeblich – und doch waren sie in guter Absicht gemacht.
Und so ... so schön.
An diesem seltsamen Abend hatte Bojan Buloh etwas an sich, das an die seltsamste Art von Unschuld heranreichte. Als wäre Unschuld, dachte Sonja, nicht etwas, das man hatte, bevor man es verlor, ein Naturzustand, in den man hineingeboren wurde, bevor das Leben ihn für immer besudelte, sondern etwas, das man erst erreichen konnte, nachdem man all das Böse durchschritten hatte, das das böse Leben bringen konnte. Er war verloren und zum Verlust verurteilt, er war verdammt und lebte mit den Verdammten, aber irgendwie, irgendwie hatte er durch all das, was er durchgemacht hatte, eine Unschuld gewonnen.

An diesem nassen, furchtbaren Abend sah Sonja die Unschuld in ihrem Vater; es war, als sähe sie ihren Vater zum ersten Mal, als wäre ihre Liebe zueinander zum ersten Mal nackt und sichtbar und stünde vor ihnen wie ein Kinderbett, ein Hochstuhl und eine Wiege.

Als sie diesen tropfnassen, unrasierten alten Mann anblickte, der wie die Männer aussah, die sie so oft aus der Bar warf, fühlte sie sich wie eine Regenwolke, schwer von einer Nässe, die bald Form annehmen und herabfallen würde, und doch ganz leicht. Es war ein sehr ungewöhnliches Gefühl, und es erstaunte sie, daß sie ein Leben lang gebraucht hatte, um es kennenzulernen.

Sie wollte gern sagen: Ich liebe dich.

Ich liebe dich, du Scheißkerl, du Scheißkerl, du Scheißkerl.

KAPITEL 72

1990

Vielleicht war es in diesem Augenblick. Oder vielleicht war es später. Vielleicht war es etwas Großes, vielleicht etwas Kleines. Oder vielleicht war es die Summe von Kleinigkeiten, die endlich bis zu Sonja vordrangen, die sie spüren ließen, daß sich zwischen ihr und ihrem Vater womöglich etwas verändert hatte. Die Art, wie er Besorgungen für sie erledigte. Unerwartet kleine Geschenke machte. Daß er so offensichtlich glücklich war, bei ihr zu sein, und doch vermied, sie zu oft zu sehen, als fürchte er, sie könnte seiner Gesellschaft müde werden. Eine tiefe und für sie unerwartete Sanftheit im Umgang mit ihr.

Und es war nicht so sehr, daß er anders sprach, sondern, daß er überhaupt sprach. Zugegebenermaßen über wenig wichtige Dinge – eine *Gameshow* im Fernsehen am Abend zuvor, die letzte Äußerung eines Politikers, das Wetter –, aber die Tatsache, *daß* er sprach und *wie* er sprach, war wichtig, die Art, wie er ihr zuhörte und anscheinend etwas wissen wollte, etwas verstehen wollte, anstatt so zu tun, als hörte er nichts – all das ließ jenes Gefühl in ihr entstehen, das sie mehr fürchtete als alle anderen: Hoffnung.

Vielleicht war es nur, daß er wenigstens für einen Teil dieser letzten Monate bei ihr war und sie wußte, sie war nicht allein. Jetzt, da sie sich so teilnahmslos fühlte, so müde, so gefühlsduselig, im einen Augenblick in Hochstimmung, im nächsten niedergeschlagen, wußte sie, sie war nicht allein, und wenigstens in dieser Hinsicht war sie nicht verlassen, die Tür öffnete sich nicht in einen nächtlichen Schneesturm, um sich für immer zu schließen und sie zurückzulassen.

Gleichzeitig fühlte sie sich wie ein Idiot, denn solche Gefühle konnten nur so enden, daß sie wie Glas zerbrochen wurden, und er würde sie zerbrechen. Sie kannte ihn, sie wußte, er würde das Prisma fallen lassen, durch das das unsichtbare Licht ihrer Gefühle auf so seltsame, schwärmerische Weise in einen Regenbogen von Hoffnungen zerfiel. Er würde das kostbare Prisma fallen und zerspringen lassen. Aber auf eine verdrehte Weise, weil sie von seiner Gegenwart, seinen Aufmerksamkeiten, seinem Wunsch, anders zu sein, gerührt war, spielte Sonja die Gleichgültige, wenn er da war, ein Spiel, mehr für sie selbst als für ihn, weil sie ihr Herz glauben machen wollte, es sei gleichgültig, ob er da war oder nicht.

Und doch: Als Bojan nach drei Wochen verschwand – offensichtlich zurück nach Tullah und in sein dortiges schwermütiges Leben, denn sein Urlaub war zu Ende –, spürte Sonja es sehr. Aber sie war auch erleichtert. Sie hatte der Liebe einen Besuch erlaubt, ja, und sie verfluchte sich selbst dafür, aber sie hatte ihr keine Chance gegeben, zu wachsen, und obwohl sie wußte, daß ihr etwas fehlte, wußte sie auch, sie war in Sicherheit.

Weder Helvi noch Jiri gaben einen Kommentar zur Abreise ihres Vaters ab, und sie schloß daraus, daß die beiden, wie sie, das Gefühl hatten, es könne nur zum Besten sein. Sie waren ohnehin anderweitig beschäftigt. Helvi fuhr Doppelschichten, und Jiri hatte anscheinend eine Menge Schreinerarbeiten zu erledigen.

Die letzten Monate der Schwangerschaft waren mühsam und schwierig für Sonja und gingen für ihr Gefühl viel zu langsam vorbei. Sie arbeitete weiterhin in dem Pub, wenn auch weniger Stunden. Sie war auch so erschöpft, aber jetzt strengte sie alles an, selbst das Ausruhen, denn sie konnte nicht mehr richtig schlafen, und ihre Träume wurden seltsamer, unfaßbarer. Immer wenn sie in ihren Träumen am Rand der Offenbarung, des Verstehens zu sein schien, wurde sie plötzlich mit einem Stöhnen wach, mit einem dumpfen Schmerz im Rücken und dem

Gefühl, sie würde sich naß machen, wenn sie nicht auf der Stelle zur Toilette rannte. Ihr Haar verlor seinen Schimmer, ihre Haut wurde so fettig wie die eines Teenagers. Schmerzen peitschten durch ihre Beine, ihr Bauch war so gespannt, daß sie dachte, sie würde einfach aufplatzen wie eine Traube, die man zwischen zwei Fingern zerdrückt, und alles, worauf sie noch hoffen konnte, versicherte ihr Helvi mit einem Lachen, war das Kommen der Hämorrhoiden. Sie fühlte sich unbeholfen – ein Öltanker von einer Frau, die sich durch die Stadt wälzte –, ihr Gang war etwas zwischen einem Schlurfen und einem Stolzieren, während sie versuchte, die wachsende Last in ihrem Innern zu balancieren.

Sie wohnte immer noch bei Helvi und Jiri, obwohl sie schon vor einigen Monaten in Ahmets Haus hätte ziehen sollen. Aber Ahmet hatte Helvi gesagt, da müßten noch ein paar Sachen repariert werden, was Sonja für eine ziemliche Untertreibung hielt.

So watschelte sie durchs Haus und verfluchte Ahmet, verfluchte sich selbst, denn sie wünschte sich ein Zuhause, ein eigenes Zuhause, wünschte es sich sehr, wollte ein Kinderzimmer für ihr Baby streichen, Mobiles über Bojans Kinderbett aufhängen und die Küche heizen. Ein Zuhause, das, was sie niemals gekannt hatte, ein Zuhause, ein verdammtes Zuhause, ein verdammtes Zuhause für mich und mein Kind. Sie wollte, daß ihr Kind bekam, was sie nie gehabt hatte, und sie würde es bekommen, und wenn es das letzte bißchen Kraft aus ihrem aufgeblähten Körper kostete, sie würde es bekommen. Aber immer wenn sie Ahmet anrufen wollte, um ihn zu beschimpfen, oder wenn sie einen Makler anrufen wollte, der ihr eine andere Wohnung besorgen sollte, gelang es Helvi irgendwie, sie abzulenken.

Diese Warterei, dachte Sonja, macht mich verrückt: Warten und warten und noch länger warten, auf Ahmet, auf die Geburt meines Babys. Und mein Baby wartet auch, darauf, daß es in den keilförmigen Kanal meines Beckens eintaucht, auf den Augenblick, wenn es sich auf seinen Weg hinausschieben muß, und obwohl ich weiß, es ist nicht wahr, er wird nie mehr zurückkommen, kann ich schmecken, wie der Wind sich erhebt, und ein einziger, seltsamer Gedanke geht mir durch den Kopf: Da draußen wartet auch mein Vater.

KAPITEL 73

1990

Und deshalb hatte nichts Sonja auf den Tag vorbereiten können, an dem Ahmet anrief, um ihr zu sagen, ihr zukünftiges Zuhause sei endlich fertig. Das Haus, vermutete Sonja, würde ziemlich genauso aussehen wie an dem Tag, als sie es besichtigt hatten: schmutzig, verrottet, feucht, stechend nach Katzenpisse stinkend. Zweifellos würden die Installationen jetzt auf eine schlampige Weise funktionieren, und ein paar der besonders offensichtlich gefährlichen Lichtschalter und Steckdosen wären erneuert. Vielleicht – aber das war ein eitler Gedanke –, vielleicht gab es einen neuen Herd.

Ein kleiner, älterer Mann in einem wellensittichblauen Anzug aus Kunstfasern erwartete sie an der Tür dessen, was Sonjas Haus werden sollte. Sonja hatte Ahmet noch nie getroffen. Der Anzug hing in schiefen Winkeln an der kleinen Figur des alten Mannes, als wären er und der Anzug nicht so recht vertraut miteinander.

»Normalerweise macht sich Ahmet nicht so schick«, sagte Helvi.

Irgend etwas leicht Schneidiges hatte er an sich; obwohl er schlecht rasiert war und stellenweise Flecken von sprießenden silbrigen Stoppeln sichtbar wurden, ließ sein langes, dunkles Gesicht mit der kräftigen Nase und dem gepflegten Schnurrbart einen größeren, kräftigeren Körper erwarten, als das, was tatsächlich darunter folgte.

Ahmet trat von einem Fuß auf den anderen. Er warf Sonja nervöse Blicke zu. »Du bist wie sie«, sagte er schließlich mit einem seltsamen Akzent und einer hohen, dünnen Stimme wie eine Weidenflöte. »Deine Mutter. Dein Gesicht – nicht die

Nase – aber die Augen, ja, und der Mund, und das Haar, sehr, sehr ähnlich.« Er reichte Sonja zwei Schlüssel. »Ich hab deine Mutter gekannt«, sagte Ahmet. »Eine schöne Frau. Eine gute Frau. In Butlers Gorge hab ich deine Mutter gekannt.« Und dann, mit einer selbstbewußteren Pose, nahm er ihre Hände, blickte ihr noch einmal lange ins Gesicht und sagte noch einmal, wie ähnlich Sonja ihrer Mutter war, und daß er das alles deshalb getan hatte, denn ihre Mutter war eine gute Frau, und er hatte das nicht vergessen, und dieses Zuhause sollte Sonja gehören, solange sie es haben wollte. Und dann drehte er sich plötzlich um und ging die Straße hinunter.

Sonja war berührt von Ahmets machtvoller Erinnerung an ihre Mutter, bewegt und geschmeichelt von der Vorstellung, ihr ähnlich zu sein, und um so mehr verwirrt darüber, daß im Licht eines solchen Gefühls Ahmet auf den Gedanken kam, sie würde es als eine Art Geschenk betrachten, wenn er ihr seine Bruchbude vermietete.

Aber als sie durch die Eingangstür trat, traf sie ein Schock. Sie drehte sich zu Helvi um, die nur lachte. Die Bruchbude war fort. Keine Spur von einem schleimigen, verrotteten Teppich, kein Anzeichen von feuchten, gleich herunterfallenden Spanplatten mit Kunststoffurnier war geblieben. Denn das Haus hatte sich von australischer Verkommenheit in moderne Mittelmeerarchitektur verwandelt.

»Komm«, sagte Helvi, und sie gingen dorthin, wo früher ein enges Wohnzimmer gewesen war. Eine Wand war verschwunden, und mit ihr der Union-Jack-Kamin, der durch ein Wunder aus Perlmutt ersetzt worden war, in dessen amethyst-silberfarben überzogenen Schimmer ein Gasofen eingebettet war. Wo Türen gewesen waren, gab es jetzt bogenförmige Durchgänge; die abblätternde Tapete war durch leuchtendroten, himmelblauen und wassergrünen Anstrich ersetzt, der modernde Teppich durch Terrakottafliesen, zerbrochene Holzfenster durch Aluminium mit himmelblauem Überzug. Und die baufällige Küche

zeigte sich jetzt als Teil eines größeren Familienzimmers, ein schillerndes Wunder aus glänzendem Resopal und Fliesen.
Ein Kaleidoskop von Farben. Modernes Styling und ein älterer Hang zur Dekoration stießen zusammen, krachten aufeinander. Sonja merkte, wie sie zu lächeln begann. Und dort, auf einer Sitzgarnitur aus Fichtenholz, jeder mit einer Dose Bier in der Hand und einer Reihe leerer Dosen zu ihren Füßen, sah sie Jiri und Bojan, die sie anstrahlten.
»Überraschung«, sagte Jiri mit seiner tiefen Stimme mit dem seltsamen Akzent, so daß das Wort ganz fremd herauskam. »Überraschung.« Er hob seine Bierdose in Sonjas Richtung und zeigte mit einer extravaganten Geste auf die Wände rundum. »Ist das nicht –« Er machte eine Pause, versuchte sich zu erinnern, was er als nächstes sagen wollte, was es war und was nicht, rülpste, kicherte dann und sagte: »– eine wunderbare, schöne Sache?« Und wirbelte seine Bierdose in gefühlvollen Wellenbewegungen, als wäre sie ein Taktstock. Jiri war offensichtlich betrunken. Und das galt auch, wie Sonja sehen konnte, für die strahlende Gestalt ihres Vaters. Aber es war eine andere Art des Rausches als alles, was sie je an ihm erlebt hatte. Kein Rausch, um zu vergessen, kein wilder, zorniger Rausch, sondern etwas anderes. Etwas vollkommen anderes.
»Ja, das ist es«, sagte Sonja. »Und Resopal.« Sie lachte. Die anderen lachten auch.
»Mann, das Scheißresopal«, sagte Jiri. »Es ist nicht leicht, dieses gute, rote Zeug heutzutage noch zu kriegen.«
Sonja hätte fast gesagt, das alles sei absolut altmodisch. Aber dann hielt sie inne. Denn in diesem Haus mit Perlmutt, Terrakottafliesen und himmelblauen Fensterrahmen aus Aluminium spürte sie zum ersten Mal ihre Welt und sich selbst, und mit einem plötzlichen Erschrecken wußte sie, dies war ihr Zuhause.
Sie wußte nicht, was sie sagen sollte. Sie fragte: »Aber wieso?«
»Weil«, sagte Jiri – und es klang wieder so seltsam –, dann nahm er einen Schluck Bier, und bevor er ihn noch richtig hinunter-

geschluckt hatte, fuhr er fort: »Weil Helvi, sie sagt, ich muß.« Er schluckte zu Ende, sein kräftig gefärbtes Gesicht ging auf wie ein überzuckertes Doughnut rund um einen rülpsenden Mund, und ohne eine Spur von Peinlichkeit sprach er weiter: »Sie sagt – Jiri – *Jiri,* du nichtsnutziger Scheißkerl, heb deinen fetten Arsch und tu zur Abwechslung mal war Nützliches. Und Bojan auch, zum Teufel, er sagt, Jiri, bevor mein Urlaub zu Ende ist und ich wieder nach Tullah muß, müssen wir was Anständiges für Sonja und ihr Baby machen. Also haben wir es Ahmet gesagt – Ahmet, wir machen dein Haus fertig. Und Ahmet ist ja nicht blöd, er sagt, prima, nur zu, bloß macht es richtig. Also machen wir es. Und jetzt bin ich so glücklich.«
Bojan kicherte. »Ist er«, sagte Bojan. »Er ist, er ist so schrecklich glücklich.«
»Ja, bin ich«, sagte Jiri, und sein rundes Pollergesicht leuchtete rot vom Trinken. »In Wirklichkeit wird der Raum davon noch schöner, weil wir alle so glücklich sind.«
»Ich bin nicht ganz so glücklich, Jiri«, sagte Helvi, indem sie ihm sanft, aber bestimmt, die Bierdose wegnahm.
Jiri blickte auf. Er sagte: »Oh.«
Er sah verlegen aus, dann ließ er sich etwas einfallen. »Ja, weißt du, das ist gut, denn wenn du auch glücklich wärst, Helvi, dann, glaube ich, wäre es einfach zuviel Glück, und dann würde das ganze Ding explodieren.« Mit wachsender Autorität ließ er sich über sein neu gefundenes Thema aus. »Du weißt ja, die Welt kann nur soundso viel Glück aushalten. Soundso viel Glück ist gut, aber zuviel ist eine ganz schlechte Sache.«
Helvi bewegte sich auf ihn zu. »Ich nehme ein bißchen Glück mit nach Hause.«
Als sie gegangen waren, schwiegen Bojan und Sonja. Sonja ging durch das Haus und kam zurück, stand neben ihrem Vater. Bojan blickte auf Sonja, dann durch das neu eingerichtete Zimmer, und nickte, als wäre er endlich zufrieden.
All die lange Zeit, all diese vielen, vielen Jahre seit der Zeit, als

Maria in die wilde Nacht hinausgegangen war, bis zu der Nacht, in der er endlich wieder aus der nassen Finsternis aufgetaucht war, als er an diesem regnerischen Abend eine Wiege auf den blauen Engel zugetragen hatte, hatte Bojan, so wurde ihm jetzt klar, als alptraumhafte Halluzination erlebt, nicht als ein Leben, das man verstehen konnte.

So unfähig Bojan war, zu erzählen, was er gesehen hatte, bevor seine Tochter ihn aus seinem Traum geweckt hatte, war es in jeder Veränderung und Hinzufügung enthalten, die er an Sonjas neuem Zuhause vorgenommen hatte. Er hatte seine Wahrheit immer durch seinen Körper ausgedrückt, durch seine Arbeit für andere. Und bei seiner Arbeit für Sonja hatte er festgestellt, daß er sich ebenso schnell veränderte wie Ahmets Haus.

Aber in seinem Herzen fühlte er sich plötzlich unsicher. Er ließ den Blick zu Boden sinken, zu peinlich berührt, um sie anzusehen.

»Ich fahre heute nacht nach Tullah zurück«, sagte er. »Es ist fertig.«

Sonja sagte nichts. Sie wußte ebensowenig wie er, was sie sagen sollte.

»Vorbei«, sagte Bojan und versuchte, ihnen beiden zu helfen.

Mit etwas Zärtlichkeit sagte Sonja: »Fahr vorsichtig, Artie.«

Bojan hob den Blick ein wenig, lächelte Sonja an, schluckte und sagte dann sanft: »Klar. Klar mach ich das.«

Aber als er jetzt zu der imponierenden Gestalt seiner schwangeren Tochter aufsah, einer bedrohlichen Gestalt voller ungeahnter Möglichkeiten, fühlte er sich wieder alt und besorgt. »Sonja«, fragte er demütig, »... ist es in Ordnung? Gefällt dir?«

Sonja sah sich um, die Bögen, das Resopal, die Fliesen, das Aluminium, die Küche, in der sie Essen für ihr Baby zubereiten würde, den Wohnzimmerboden, auf dem das Baby erst rollen und krabbeln, später gehen würde, die Welt, in der sie und ihr Kind gemeinsam das Leben entdecken würden. Ihre Brüste fühlten sich plötzlich seltsam feucht an, und sie wußte, da trat

Milch aus. Und dann, auf der Suche nach einer Möglichkeit, diese seltsame Reaktion zu erklären, ohne darüber zu sprechen, um alles zu sagen, was sie spürte, kam Sonja endlich auf ein einziges Wort, ein Wort aus der alten Welt.

»Doma«, sagte sie.

Langsam entstand ein Lächeln auf Bojans Gesicht. Er wiederholte das Wort murmelnd: »Doma.«

Dann lächelte er etwas mehr, und seine Bewegungen wurden selbstbewußter, und als wäre er ein Vogel, der im Begriff ist, abzufliegen, breitete er seine Arme wie Flügel aus und sagte lauter, zuversichtlicher: »Doma.« Eine der sich entfaltenden Schwingen, sein linker Arm, berührte aus Versehen Sonjas vorstehenden Bauch. Seine Hand zuckte zurück. Das Lächeln verschwand. »Tut mir leid«, sagte Bojan, der fürchtete, sie zu beleidigen, wenn er sie berührte. »Es tut mir leid.«

»Ist schon in Ordnung«, sagte Sonja. »Wirklich.«

Sie sahen einander an. Dann streckte sie die Hand nach ihm aus, und indem sie ihre Hand hinter seinen Kopf wölbte, zog sie ihn langsam zu sich, bis der Kopf auf der harten Kuppel ihres Bauches ruhte.

Durch die knotige Haut seines Gesichts fühlte Bojan die warme Unermeßlichkeit einer Welt, die gerade erst entsteht. Seine Unterlippe zitterte aufwärts. Er atmete schnell durch die Nase. Die Worte stolperten zögernd aus seinem Mund.

»Herrgott«, fluchte er langsam. »Herrgott.«

KAPITEL 74

1990

Als Sonja sich zum letzten Mal in diesem Traum sah, war sie wieder acht Jahre alt, trug ein geblümtes Nachthemd und kuschelte sich in Bojans Arbeitsmantel, wieder auf der phantasmagorischen, ewigen Flucht mit ihrem Vater im FJ. Sie waren dort, wo sie, wie sie wußte, immer gewesen waren: Sie flohen durch eine dunkle, vom Rauhreif überzogene Nacht auf der leeren Straße nach Butlers Gorge.

Zuerst war ihre Mutter nicht ihre Mutter, sondern eher Mrs. Maritza Michnik, die aus dem Nichts auftauchte, das Gesicht von der Seitenscheibe eingerahmt, haßverzerrt, nur einige Zoll von Sonja entfernt. Und obwohl der Wagen sich bewegte, wünschte sich Sonja, er würde schneller fahren, denn immer noch stand da Mrs. Maritza Michnik und starrte durch das Fenster auf der Beifahrerseite herein, und es gab kein Entrinnen. »Du undankbare kleine Schlampe«, schrie Mrs. Maritza Michnik. Ihre Worte schienen sich mit dem Jaulen und Summen des 138er-Motors zu vermischen, als Bojan immer schneller fuhr, bis es so war, als kreischten der FJ und Mrs. Maritza Michnik mit einer Stimme. »Glaub bloß nicht, daß du wiederkommen kannst«, brüllten sie.

Und dann war Mrs. Maritza Michniks Gesicht so plötzlich verschwunden, wie es erschienen war, aber ihre Stimme fuhr fort, nur jetzt kamen die Worte aus dem Mund von Sonjas Mutter, Maria. »Du kannst nie mehr zurückkommen«, sagte Maria, aber ihr Tonfall war ein ganz anderer als der von Mrs. Maritza Michnik, gleichzeitig wehmütig und traurig. Ein Gespenst in Spitze, verloren und verzweifelt; sie wollte ihre Tochter berühren, konnte es aber nicht. Sie hielt das Gesicht nahe ans Fenster und drückte ihre Hände gegen das feuchte Glas, nasse Finger, gespreizt wie ein fallender Seestern.

»Kann ich kommen?« fragte Sonja

»Nein«, sagte Mama, und ihre Stimme war nun, im Gegensatz zu ihrem verzerrten Gesicht, ihre eigene. »Du willst nicht mit mir kommen«, sagte Maria. Ihre Zunge begann aus ihrem Mund zu dringen, ihre Augäpfel begannen vorzutreten, und dann wurde sie wieder in den Wald zurückgesaugt, der von Sonja weg in die klare Nacht flog.

»Warum ist sie gegangen?« fragte eine alptraumhafte Stimme hinter dem Fahrersitz hervor. »Weißt du es?«

Um der Stimme zu entkommen, rückte Sonja näher zu ihrem Vater, aber er sah nicht mehr aus wie ihr Vater, denn im schwachen, gelben Licht des Tachos hatte sein Gesicht ein unheimliches Aussehen, verschattet und zynisch. Mit einem Schrecken erkannte sie, daß ihr Vater krank war. Schrecklich krank. Schau nach vorne, schau nach vorne, dachte sie bei sich, weg von ihm und niemals zurück in die Dunkelheit, die dir erbarmungslos auf den Fersen ist. Sie sah zu den riesigen Eukalyptusbäumen auf, die rund um das Auto in die Höhe strebten. Aber auch sie schienen ständig auf der Flucht zu sein, durchbohrt und geteilt von der Weiterfahrt des FJ, und schenkten ihr keinen Trost.

»Weißt du, was sie macht?« begann die Stimme von hinten wieder. »Weißt du das?«

Sonja drehte sich langsam, furchtsam um. Auf dem Rücksitz hingelümmelt saß Umberto Picotti, entspannt, eine halb aufgerauchte Zigarette zwischen den schmalen Lippen. Er nahm die Zigarette aus dem Mund und starrte sie wehmütig an. Dann, indem er eine müde Rauchwolke ausstieß, blickte er auf und lächelte.

»Natürlich weißt du es«, sagte Picotti und zwinkerte Sonja auf eine vertrauliche, wissende Weise zu. »Frauen wie sie sind nicht gut, Sonja.« Er wedelte spielerisch mit seiner Zigarette herum. »Deine Mutter hat dich nicht geliebt, sonst wäre sie jetzt hier. Hä?« Er zeigte in einer präzisen Geste mit der Zigarette auf sie, um genau das zu betonen, was er jetzt sagen wollte. »Wenn sie dich geliebt hätte, wäre sie jetzt hier und würde für dich sorgen.« Picotti hielt inne, dann zuckte er mit den Schultern. »Das ist schwer für dich, ich weiß, aber es ist besser, wenn du alles weißt.«

Sonja suchte verzweifelt nach ihrem Vater, der verschwunden war. Der Fahrersitz war leer, aber auch ohne Fahrer raste der FJ weiter auf seiner teuflischen Reise, denn er konnte nicht halten, konnte niemals anhalten.

»He, Sonja«, sagte Picotti. »Komm rüber und setz dich zu Bertie.« Er klopfte sich aufs Knie und verstreute dabei hellgraue Asche auf seinen dunklen Anzughosen. Er lehnte immer noch im Sitz, ganz lässig, grinste anzüglich und lächelte. »Komm.«

Sie drehte sich in alle Richtungen, suchte nach ihrer Mutter, nach Jean, nach Mrs. Heaney, nach irgend jemandem, der sie retten könnte, und draußen vor dem FJ sah sie sie alle, alle Menschen aus ihrer Vergangenheit, aber nur sie konnte sie sehen, und keiner von ihnen konnte die anderen sehen, und es gab keine Verbindung, und niemand konnte helfen, weder sich selbst noch den anderen oder ihr.

»Keine Angst, mein Kind«, sagte Picotti mit einer Stimme, die trügerisch sanft und überredend war. Zuerst bewegte sich Sonja nicht, aber dann, als das, was ihr unvermeidliches Schicksal zu sein schien, nach ihr griff, begann sie langsam und ungeschickt über den Vordersitz nach hinten zu klettern. Sie fing leise zu schluchzen an. Sie blickte zur Seite und staunte, als aus der undurchdringlichen Finsternis über den riesigen Bäumen ihr Vater herniederfiel. Er war sichtlich betrunken, denn er rollte eher zusammengeklappt zur Erde, als daß sein Flug durch die Luft ein anmutiges Gleiten gewesen wäre. Er taumelte zu Boden und fiel aufs Gesicht. Mit unsicherem Eifer rappelte er sich auf und fuchtelte mit einer großen Tafel Schokolade. Er brach vor dem Fenster auf der Beifahrerseite zusammen und streckte die Schokolade vor. Sonja ignorierte sein Geschenk.

»Artie«, sagte Sonja, »Ich möchte nach Hause.«

Bojan lachte. »Wohin? Welches Zuhause? Du und ich haben kein Zuhause. Verstehst du nicht?« Er lachte weiter, und dann wurde ein Weinen daraus. »Wir haben eine Kanakenbude, meine Sonja. Eine Kanakenbude. Verstehst du nicht?« Er drehte sich um, und als er Picotti auf dem Rücksitz sah, lächelte er. »Hallo, Bertie. Magst du Schokolade?«

»Warum ist sie gegangen?« fragte Bojan, wieder traurig, als Picotti die ganze Tafel nahm. »Wo ist meine Maria hin?« Und damit verschwand Bojan in der Nacht. Sonja blickte wieder zu Picotti, der lüstern die Folie von der Schokolade abzog.

»Warum ist sie gegangen?« fragte Picotti. Sonja rührte sich nicht. Picotti lehnte sich wieder in seinem Sitz zurück, schob langsam mit einem einzelnen Finger etwas Schokolade zwischen seine Lippen, kaute und sprach dann wieder auf eine lässige Art. »Weißt du es?« Er kniff die Augen zusammen, beugte sich vor und winkte Sonja mit der restlichen Schokolade, um seinen letzten, nachdrücklichsten Punkt zu betonen. »Natürlich weißt *du* es.«

Sonja saß da voller Entsetzen, kletterte über den Vordersitz, ein Bein über jeder Seite. Ihre Augen schwammen in Tränen, ihr Kopf zitterte, aus ihren Nasenlöchern kam Schleim, der mit jedem ängstlichen, halb erstickten Schluchzen wieder hochgezogen wurde. Picotti lachte. Sonja blickte auf den oberen Rand des Sitzes und sah einen dunklen Urinfleck, der sich von ihrem Schritt ausgehend über ihr Nachthemd ausbreitete, und sie starrte hinaus in die Dunkelheit, weit, weit in die Dunkelheit hinaus.

Und dann war sie wach. In ihrem Bett in ihrem neuen Zuhause, und das Bett war naß. Zwischen ihren Beinen breitete sich sanft eine warme Flut aus. Mit Schrecken erkannte sie, daß das Fruchtwasser abgegangen war und die Wehen soeben einsetzten.

KAPITEL 75

1954

Wenn diese Geschichte richtig erzählt werden könnte, wäre sie voll von allem. Es gäbe einen Ozean aus dem, was gewesen war, und aus den Träumen von dem, was sein würde, und man könnte in den Untiefen dieser Erinnerungen schwimmen und auf den Wellen der Träume reiten, wenn sie sich erheben, bevor sie in ein Nichts zusammenbrechen. Sieh dir an, wie ihr schäumendes Kielwasser Schwärme von Flüchtlingen aufwirbelt, die jeden Tag ankamen, ihre spärlichen Habseligkeiten auf schäbigen, alten Schubkarren in die Arbeiterunterkünfte schoben und dachten, wenigstens ihre Reise sei an diesem fremdesten und unerwartetsten aller Orte zu einem Ende gekommen. All die Polen und Krauts und Tschechen und Litauer und Jugos und Spaghettifresser und andere Balten und Kanaken. Die Räder ihrer Schubkarren hinterließen im Winter dünne, schlammige Furchen und wirbelten im Sommer Hahnenschwänze aus Staub auf den harten Spuren auf.

Wenn diese Geschichte vollständig erzählt werden könnte, könnte man durch das fremde Wetter schwimmen, das vier Jahreszeiten an einem Tag liefern konnte, Schnee und Sonnenschein, Regen und Wind. Und die Männer, die dazu übergingen, sich eher nach ihrer Stimmung zu kleiden als im Einklang mit der wechselhaften Natur des fremden Wetters, Mäntel trugen, wenn sie niedergeschlagen waren, und Unterhemden, wenn sie dreist und aufsässig waren. Man würde die bärtigen Buschmänner richtig sehen, die ins Lager kamen, um Wallaby-Fleisch zu verkaufen, und die wunderbaren Salamis kosten, die aus diesem mageren Fleisch und fettem Schweinefleisch gemacht wurden und mit Knoblauch, Pfeffer und Paprika gewürzt wurden. All

das und noch mehr könnte die Geschichte enthalten. Erzählungen, die wie Flüsse ins Meer dieses Ortes mündeten: von dem Priester, der so anders gewesen war als die Dorfpriester, die die Europäer gekannt hatten, denn Pater Flannery war fast immer betrunken und fluchte manchmal schlimmer als die maltesischen Tunnelbauer. Bei Taufen verwechselte er die Namen, lieh sich bei ihnen Meßwein aus, den er dann trank, bevor er auf unsicheren Beinen überhaupt den Altar erreichte. Wie der Ort so neu war und bald schon so alt aussehen würde, wie sie sich heftig bemühten, diesen Ort nicht mehr werden zu lassen als eine Erinnerung. Wie sie mit dem fürchterlichen Ort zurechtkamen, indem sie davon träumten, daß er eines Tages einfach etwas sein würde, worüber sie in der Bequemlichkeit guter Häuser Geschichten erzählen würden. In Häusern, wie sie sie in amerikanischen Filmen gesehen hatten, Häusern mit Elektroherden und guten Installationen und Plüschsesseln und glücklichen Familien darin.
All das und noch mehr. All das und mehr und noch mehr, und das Meer wäre immer noch nicht voll oder die Geschichte zu Ende, wenn man nicht von einer Nacht erzählte, in der das Kind Sonja in seinem Bett lag und auf das Meer über sich starrte, wo die Holzdecke schon wellig und krumm wurde, wo die Feuchtigkeit durch das Blechdach drang und die Zimmerdecke in Wellen aufgeworfen war wie ein Ozean, wie eine grasbewachsene Ebene, wie die pockennarbige Erde, auf der keine Bäume mehr standen. Manchmal hatte Sonja das Gefühl, daß ihre Welt auf dem Kopf stand, daß das Haus alles andere tat, als Schutz vor den Naturgewalten zu bieten, diese vielmehr nur noch vergrößerte und verzerrte, sie in grotesken Formen neu erschuf. Dann fürchtete sie, daß all dieses auf den Kopf gestellte Meer und Land sie zerquetschen würde, und sie fragte sich, was geschehen würde, wenn Erde und Meer auf sie fielen, ob sie dann die Kraft haben würde, wieder dorthin zurückzufinden, wo die wirkliche Welt war. Dann träumte sie davon, wie die

wirkliche Welt aussehen würde, und sie wußte, sie mußte ganz anders aussehen als irgend etwas, das sie kannte.
Und so kletterte Sonja in dieser Nacht vor so langer Zeit, als solch schlimme Gedanken sie bedrängten, aus dem Bett und ging zum Schlafzimmer ihrer Mutter und ihres Vaters. Dort sah sie, wie ihre Mutter einen alten, kleinen Pappkoffer packte, der offen auf dem Bett lag.
Sonja betrachtete die seltsame Anordnung von Dingen, die ihre Mutter in den Koffer legte: einen Schal aus der alten Welt und Strümpfe aus der neuen, die sie nie getragen hatte, aus Angst, sie zu zerreißen, ein ausgefranstes Kindertaschentuch mit einem verblichenen Teddybärmuster darauf, das Sonja bei besonderen Gelegenheiten haben durfte, ein Stück Seil, ein Pullover von Bojan, ein Foto von einem alten Mann, der in einer langen Kiste lag. Sie legte jedes Stück langsam hinein und starrte es eine Weile an, verloren in seltsamen, fernen Gedanken, die sie mit ihrer dreijährigen Tochter nicht teilte. Als hätte sie einfach das Bedürfnis, den Koffer zu füllen, und der Inhalt sei unwichtig und doch wieder voller Bedeutung, irgendwie mit ihr verbunden. Als der Koffer endlich mit diesen seltsamen Gegenständen angefüllt war, legte sie auf alle anderen Dinge drauf eine gepreßte weiße Blume mit ungewöhnlich spitzen Blütenblättern. Sie drehte die Blume erst in die eine, dann in die andere Richtung, als ziele sie damit auf einen fernen Ort und in eine ferne Zeit. Dann zog Maria Buloh etwas abwesend ein Paar durchgelaufene, burgunderrote Schuhe und einen scharlachroten Mantel an.
Das Kind Sonja sah all das von der Tür aus, schweigend. Sie sollte schlafen und trug ein geblümtes Nachthemd aus Flanell, das alt und voller Knötchen war, wo es noch nicht den Kett- und Schußfaden des Gewebes zeigte, und einen grünen Wollpullover, der, obwohl er in den Ärmeln schon etwas kurz und an den Ellbogen durchgewetzt war, doch noch gemütlich war. In ihren Bettsocken, einen noch über die Wade hochgezogen,

den anderen auf dem Knöchel hängend, ging Sonja hinüber zu Maria und starrte in den Koffer, vermied es, ihre Mutter anzusehen, und hoffte vielleicht, daß sie ihre Anwesenheit durch ihr Interesse am Kofferpacken verbergen könnte. Sie nahm die gepreßte weiße Blume hoch.
»Was ist das?« fragte Sonja.
»Du sollst doch schlafen«, schimpfte Maria.
Sonja wünschte, sie könnte ihrer Mutter erzählen, daß sie Angst hatte, die Zimmerdecke habe sich in ein Meer und dann in die Erde verwandelt, daß sie Angst hatte, ihre Welt stehe auf dem Kopf und sie würde für immer darunter verschwinden. Aber sie hatte keine Ahnung, wie sie etwas so Enormes sagen könnte, und statt dessen sagte sie, sie habe Durst, und fragte dann noch einmal, was das für eine Blume sei, denn sie wollte wissen, was das hübsche Ding war, das ihre Mutter in ihren Händen hielt.
»Die Blume der Liebe, Sonja«, sagte Maria, aber ihr Ton war abwesend. »Ein Edelweiß. Es wächst in den Bergen, an Felswänden, hoch, hoch über dem Boden, und um es zu pflücken, muß man sehr mutig sein und die Felswand hinaufklettern, um es zu erreichen. Junge Männer machen solche Sachen, riskieren ihr Leben, um so eine Blume zu pflücken und damit ihrer Frau ihre Liebe zu zeigen.«
»Blume der Liebe«, wiederholte Sonja und korrigierte dann ihr Englisch, um ihrer Mutter eine Freude zu machen. »*Die* Blume der Liebe.« Dann fragte sie: »Hat Artie die für dich gepflückt?«
Maria nickte. »Als er mich gerade erst kannte. Und ich hab sie gepreßt, um sie aufzuheben.«
Maria Buloh hob ihre Tochter hoch. Unter ihrem roten Mantel trug sie ein schwarzes Kleid mit einem Spitzenkragen, in dem Sonja ihr Gesicht verbarg. Sie trug Spitze, und es war schön, und Sonja drückte ihr Gesicht gegen die Spitze und wußte, ihre Mutter ging fort. Ihre Mutter war in der Macht von etwas gefangen, das mächtiger war als das Kind, ein schrecklicher Fluch, den sie nicht brechen konnte. Maria Buloh nahm die

dreijährige Sonja in die Arme und begann leise ein slowenisches Wiegenlied zu singen, während sie sie wiegte.

»Spancek, zaspancek«, sang sie,
»crn mozic
hodi po noci
nima nozic …«

Maria spürte, wie sich in einem Augenwinkel eine Träne ansammelte, und sie schloß das Auge und rieb heftig daran, um die Nässe wegzuwischen, und dabei sang sie immer weiter:

»Lunica ziblje:
aja, aj, aj,
spancek se smeje
aja, aj, aj.«

Sie schaute das Kind an, das sie zärtlich in ihren Armen hielt. »Mein Baby«, sagte Maria Buloh. »Mein Baby.« Sie legte Sonja hin. Diesmal rieb sie sich beide Augen und wandte sich dann von ihrer Tochter ab.

»Sonja, ich muß gehen«, sagte Maria Buloh. Sie nahm sich zusammen, drehte sich um und sah Sonja an, hob sie hoch und trug sie wieder in ihr Bett. Als sie ihre Tochter zudeckte, flüsterte sie beruhigende Worte. Dann ging sie in ihr Zimmer zurück, nahm den Koffer, ging durch den Hauptraum und öffnete die Tür zu der Dunkelheit da draußen.

Sie hörte, wie Sonja wieder aus dem Bett kletterte und zu ihr kam. Aber Maria wollte nicht mehr wissen, daß ihre Tochter wieder aufgestanden war. Sie drehte sich nicht um, als sie sprach. »Keine Angst«, sagte Maria zu der offenen Tür. »Artie kommt bald heim.« Im Schein der elektrischen Straßenbeleuchtung sah sie, wie der fallende Schnee durch die Schwärze kratzte.

»Sonja?« fragte Sonja und hoffte, ihre Mutter würde doch noch nachgeben.
»Nein, Sonja«, sagte Maria Buloh leise, und ihre Worte verloren sich schon in der Schwärze. »Ich muß allein gehen.«
»Aber es ist dunkel hier«, sagte Sonja. »Und ich hab Angst im Dunkeln.«
»Ich laß das Licht an«, sagte Maria. Ihre Stimme würgte für einen Augenblick, dann sprach sie weiter. »Ich kann nicht bleiben. Ich muß gehen.«
Dann drehte Maria sich um, fiel auf die Knie, umarmte Sonja, zog sich etwas zurück, machte ein eiliges Kreuzzeichen und blickte voller Furcht und Hoffnung in Sonjas Augen. Als wäre das Kind ein Priester, der Erlösung versprechen konnte.
»Vergib mir, Sonja.«
»Wofür?«
Das war zuviel für Maria Buloh. Sie erhob sich schnell, drehte Sonja den Rücken zu, nahm ihren Koffer und ging.
Draußen hatte Maria Bulohs Schuh gerade die dritte und unterste, schneebedeckte Stufe erreicht, als sie Sonjas Stimme von drinnen hörte – »Mama …« –, aber Maria schnitt ihrer Tochter abrupt das Wort ab, indem sie schnell und fest die Tür schloß. Dann versuchte sie ihr Kind auf slowenisch zu beruhigen – *»Aja, aja«* –, bevor sie sich abwandte und die Straße hinunterging und den Abdruck ihres Schuhs auf der schneebedeckten Stufe hinterließ. Ein Schneegestöber, dann noch eines, und der Fußabdruck verschwand schon.
Überall war es still.
Draußen blies der Schnee ohne Unterlaß.
Drinnen versuchte sich das kleine Mädchen das Bild der Schuhe von hinten vorzustellen, die durch den Schnee davontrotteten. Aber die Tür war zu, und draußen erhob sich ein Sturm, und es war genauso, wie Sonja immer geträumt hatte, ein furchtbares Vorzeichen, das sich erfüllte.
Die Spitze war für immer fort.

KAPITEL 76

1990

Sonja schrie.

Meine Mutter ist Spitze. Mein Vater ist Holz. Ich bin keines von beiden.

Sie öffnete die Augen, blickte durch den schwach beleuchteten Kreißsaal des Krankenhauses und schrie mit all ihren Eingeweiden, mit ganzem Herzen und allem Atem, den sie in ihrer Kehle hatte. Sonja schrie, ihr Körper krümmte sich wie eine riesige Welle, und sie fühlte, wie alles in ihr zerbrach, fühlte, wie sie in eine Million Bruchstücke aus Schmerz zersprang.

Meine Mutter ist Spitze. Mein Vater ist Holz. Ich bin die Spitze, die zerreißt. Das Holz, das zerbricht.

Dann ebbte die Welle ab, der Todesschrecken ließ vorübergehend nach, und sie schnappte mit abgehacktem, schrillem Keuchen nach Luft. »Ich kann das nicht«, flüsterte sie mit gebrochener Stimme, und sie weinte fast vor Zorn über ihre eigene Schwäche, ihre eigene Unfähigkeit, ihren Geist oder Körper unter Kontrolle zu halten. »Ich kann –«, und sie hielt einen Augenblick inne, um Luft zu holen, »– kann es einfach –«, schluchzte sie, »– nicht.«

»Sie müssen und Sie werden es schaffen«, sagte die Hebamme, die Sonja nur als Betty kannte. »Sie werden und können. Sie sind schon so weit, und wir schaffen es.« Aber Sonja war schon wieder zu weit weg, um sie zu hören. Der Raum um sie verschwamm.

»O Gott«, schrie Sonja, als die nächste Wehe kam, schneller und noch schlimmer. »O mein Gott, mein Gott, mein Gott –« flüsterte sie, als würde er sie erhören, wenn sie nur genug Demut zeigte, und dann ließ sie Demut und Glauben fahren und schrie nur einfach noch einmal.

»Lassen Sie es raus«, drängte Betty. »Lassen Sie es raus, und werden Sie es los!«

Sonja wußte nicht mehr, wo sie war und wer sie war und weshalb ihr Körper und ihr Geist hier gleichzeitig in Todesangst in Fetzen zu gehen schienen. Alles, was sie hören konnte, war ihr eigenes Schreien, aber selbst dieser Klang entfernte sich immer mehr.

Und dann wußte sie endlich, was sie immer gewußt hatte. Es kam nicht in einem plötzlichen Augenblick der Erleuchtung über sie, auch nicht alles auf einmal, denn es war nie fortgewesen. Es war immer in ihr gewesen, und sie hatte es langsam in sich wachsen lassen, hatte es wie ihr Kind gehegt und gepflegt, ohne je die Absicht dazu zu besitzen. Sie hatte ganz aus sich heraus aus einem verstreuten Haufen halb geformter, unverbundener Erinnerungen etwas Ganzes, Vollständiges heranwachsen lassen.

Sonja schloß die Augen, und während sie in das weiße Licht des unbeschreiblichen Schmerzes reiste, konnte sie etwas sehen, das so riesig und gleichzeitig so winzig klein war, daß es zuerst unmöglich zu erkennen war: Sie selbst als kleines Kind, mit einem alten, geblümten Nachthemd, einem alten, grünen Pullover und Socken, einen über die Wade hochgezogen, einen auf den Knöchel gerutscht – wie sie durch den Schnee trottete, durch eine Winternacht, vor so langer, dunkler Zeit.

»Jetzt pressen«, hörte sie Betty noch einmal ausrufen, aber die Stimme war ganz weit entfernt, und nur der rhythmische Klang blieb bei ihr: *»Pressen, pressen, pressen, pressen.«*

KAPITEL 77

1954

Wie kalt diese Nacht war! Wie weiß der Schnee! Wie vollständig das kleine Lager von Butlers Gorge schon im Weiß und Dunkel verschwand! Das Kind Sonja stand oben auf den Stufen ihres Zuhauses, blickte hinaus auf das schimmernde Trugbild, das eine Stadt darstellen sollte, und versuchte, einen Blick auf ihre Mutter zu erhaschen. Es war natürlich hoffnungslos, aber das dachte das Kind nicht, dachte überhaupt nicht viel. Das Kind fühlte es nur. Sie sah die Stadt als schwarze Bruchstücke zwischen komplizierten, ständig wechselnden Mustern aus fallendem Schnee. Sie sah die Stadt als Spitze. Und sie fragte sich, wie lange es noch dauern würde, bis dies – die einzige Welt, die sie je kennengelernt hatte –, wie lange es noch dauern würde, bis dies auch fort war.

In diesem Augenblick hatte sie eine schreckliche Vorahnung, die formlos blieb, mehr ein Schmerz als ein Gedanke, und wegen dieses seltsamen, furchtbaren Gefühls begann sie langsam, ungeschickt, die Treppenstufen halb hinunterzugehen, halb zu klettern. Wenn ihre Mutter Spitze war und die Stadt Spitze war und alles verschwand, wer war dann sie, und würde sie bleiben oder einfach verschwinden, ebenso sicher, wie ihre Mutter schon verschwunden war und die Stadt verschwinden würde? Konnte es sein, daß sie auch Spitze war?

Sonja wußte, sie mußte ihren Vater finden, bevor auch er sich in Spitze verwandelte. Und tröstete sich dann mit dem Gedanken, daß er zu laut war, zu stark nach Tabak, Bier und Knoblauch roch, um jemals zu Spitze zu werden.

Etwas mutiger geworden, trottete sie durch den Schnee, achtete nicht auf die Schneeflocken, die ihren grünen Pullover wie

Kokosraspel bedeckten, nicht auf die Rillen in der Straße, die unter dem frischen Schnee und der dünnen Eisschicht noch Matsch enthielten, kümmerte sich nicht darum, daß das Eiswasser durch die Socken zu ihren Zehen vordrang und ihren noch warmen Körper in grausamen Krämpfen ergriff. Sie ging einfach und wurde zu einer geraden Linie auf den Ort zu, an dem sie ihren Vater wußte. Zu sagen, daß sie ging, würde nicht richtig beschreiben, was Sonja tat. Einige derer, die sie vom Eingang der Kantine aus sahen, sagten später, sie sei getrottet, habe versucht, das Gleichgewicht zu halten, und die rauhe Straße mit ihren weißen Wellen habe wie ein wildes Meer ausgesehen und das Kind wie ein kleines Boot, das darauf herumgeworfen wird.

Die Schar von Frauen, die draußen um die leeren, hölzernen Bierfässer stand, hörte zu plaudern und zu lachen auf, als Sonja sich dem Haupteingang der Kantine näherte. Mit den Augen folgten sie Sonja, die auf sie zu wackelte, und als wären sie die Erde und Sonja der Pflug, gingen sie ohne ein Wort auseinander, als sie durch sie hindurchzog, machten den Weg frei, um das Kind in die Kantine eintreten zu lassen, die den Männern vorbehalten war.

Die Frauen sahen zu, wie Sonja die doppelte Brettertür aufdrückte, kurz von einem gelben Lichtkegel beleuchtet wurde und dann in dem tiefhängenden Dunst verschwand, während die Tür zuschlug.

Drinnen saß eine graubraun gefärbte Menge von Männern auf Hockern an rohen Tischen; sie tranken, rauchten, spielten Karten, tranken, redeten, hörten zu, tranken, dachten nach, tranken, dachten nichts, tranken, tranken. Der Raum war angefüllt mit dem dichten Geruch von Rauch, feuchten Kleidern, altem Schweiß und verschüttetem Bier. Er war laut vom Dröhnen aller Sprachen der Levante und von anderswo, ein Mahlstrom von Lachen, Fluchen und Tratsch. Die Worte flogen wie Scharen aufgeschreckter exotischer Vögel durch den gelbgefärbten Raum, und einige der Worte, die über ihr aufstiegen, verstand sie, aber viele der Worte und fast alle diese Sprachen waren ihr völlig unbekannt. Einige der Männer sahen für sie aus wie laute Ungeheuer, andere wie dürre Gespenster. Sonja ging die langen Reihen zwischen ihren riesigen, schweren Körpern ab und sah hinauf zu dem Wald aus den muffigen Rückseiten von Männern, die noch ihre schweren Arbeitskleider und Stiefel trugen. Hier und da erblickte sie Gesichter, und sie sahen für sie aus wie die umgestürzten Bäume und zerbrochenen Felsblöcke, die am Rand der Siedlung lagen, aber kein Baum und kein Felsblock hatte das Gesicht ihres Vaters. Plötzlich rutschte mit nachhallendem Krachen einer der Riesen nach hinten und fiel rücklings von einem Hocker unmittelbar vor Sonja auf den Boden, wo er ihr den Weg versperrte. Sie sprang ängstlich zurück, aber als sie erkannte, daß der Mann weder ihr Vater war noch tot, sondern nur ein volltrunkener Fremder, stieg sie über den gefallenen Riesen und ging weiter, bis sie endlich gefunden hatte, was sie suchte, und an seinem Arbeitsmantel zog.

Bojan Buloh drehte sich um, betrunken.

»Madonna Santa! Was zum … Sonja, hier solltest du aber nicht sein. Was willst du? Hat deine Mutter dich geschickt? Hier, setz dich hierher.« Er winkte einem anderen Mann zu, der aufstand. »He – Pavel – sechs Bier hierher.«

Bojan nahm Sonja auf seinen Schoß. Er lachte. Er fuhr ihr mit der Hand durchs Haar. Sie drehte sich um und barg ihren Kopf an seiner Brust. Bojan zog für seine Gefährten eine Grimasse, zog die Unterlippe über die Oberlippe, zuckte gleichzeitig mit den Schultern, warf die Hände in die Luft und drehte in einer theatralischen Geste seine ausgestreckten Hände nach außen. Pavel kam mit dem Bier zurück, und als er Sonja auf Bojans Schoß sah, blickte er ihn fragend an.

»Kinder«, lachte Bojan. »Verdammte Kinder.«

Draußen trieb der Schnee ohne Unterlaß.

Wie weiß der Schnee war. Wie kalt die Nacht. Wie kalt war Sonjas kleiner Körper. Wie dunkel war die Welt außerhalb der scharf riechenden, mächtigen Umarmung ihres Vaters. Und wie vollständig schien das kleine Lager von Butlers Gorge nun schon in diesem Weiß und Dunkel und in der Kälte verschwunden, als sie sich nach innen wandte, um das Leben vor diesem Leben zu finden.

KAPITEL 78

1954

Wo? dachte Bojan Buloh. *Wo?*

Er sah in die Runde der anderen Arbeiter, ein Dutzend oder mehr Neu-Australier, die um ihn standen und darauf warteten, zur Arbeit gebracht zu werden.

Alle vermieden es, ihm in die Augen zu sehen.

Es war Samstag, und Maria war nicht zurückgekommen. Es war, als wüßten es die anderen Männer schon. Aber was wußten sie? Er hatte niemandem davon erzählt, daß sie am Abend zuvor weggegangen war. Wenn sie es wußten, warum sagten sie es ihm dann nicht? Und was wußten sie? Was? Vielleicht versteckte sie sich bei der Frau von einem der anderen. Vielleicht hatte einer der Fahrer sie heute früh in einem Lastwagen nach Hobart mitgenommen. Vielleicht – das hoffte er gegen all seine Verzweiflung an –, vieleicht wäre sie wieder zu Hause, wenn er von der Arbeit zurückkam. Dann würde sie so tun, und er würde so tun, als wäre alles ganz normal, so, wie sie es so lange getan hatten; dabei war nichts normal, und nichts war jemals normal gewesen. Aber er würde alles tun, um sie zurückzubekommen, wenn sie nur wiederkam. Er würde alles glauben, was sie ihm erzählte, auch wenn er dachte, daß sie log, denn Lügen waren das bittere Brot der Verbannung für sie beide, und mit was sonst konnten sie hoffen, sich am Leben zu halten?

Aber wo ist sie jetzt? dachte Bojan Buloh. *Wo?*

War sie immer noch in jenem Zimmer, wo sie darauf wartete, daß ihr Vater in so elender Demütigung starb, daß sie und jeder in ihrer Familie seinen eigenen Tod starb, einige schnell, einige so langsam, daß es ein ganzes Leben lang dauerte? Oder hatte sie einen Weg gefunden, aus diesem Zimmer zu entkommen? Vielleicht teilte sie das Edelweiß mit einem anderen Mann, der ihr etwas bieten konnte, das er, Bojan, nicht hatte, und dieser Gedanke machte ihn gleichzeitig wütend und schenkte ihm Trost, denn er bewies doch, daß es tatsächlich ein Glück gab, größer als das, was sie zusammen erlebt hatten.

Aber wo ist sie? dachte er. *Wo?*

Die Männer warteten, stampften mit den Füßen im Schnee, rauchten viel, redeten wenig. Nachdem er unfähig war, ihnen zu erzählen, daß sie gegangen war, wie konnte Bojan ihnen seine Angst offenbaren, daß sie in diesem Leben nicht mehr wiederkommen würde, daß sie ihn und ihre Tochter verlassen haben könnte? Er sagte natürlich nichts, sondern setzte ein Gesicht voll gespielter Tapferkeit auf.

Machte Witze.

Als er darauf lauschte, wie die anderen mit ihm lachten, wurde sein ungutes Gefühl nur noch größer, und sein Schmerz war groß. Auf der anderen Seite der Schotterstraße, im sogenannten Park – einem leeren Stück Schotter mit einem Flaggenmast und einem schäbigen Union Jack –, trafen sich die Pfadfinder des Ortes. Der Anführer, ein englischer Ingenieur, hielt eine Rede über die Gefahren des Kommunismus.

Ein kleiner Albaner zeigte mit seinem Zigarettenstummel auf den Pfadfinderführer und sagte: »Weiß gar nicht, warum ich weggegangen bin. Sie hatten doch was Gutes an sich, wenn sie mit Arschlöchern wie dem da fertiggeworden sind.« Einige lächelten, und als sie einmal entdeckt hatten, daß hier eine Ablenkung von der Kälte und Langeweile zu erwarten war, konzentrierten sich auch die anderen auf die Rede des Anführers, um sich darüber lustig zu machen.

Sie wurden durch die Ankunft ihrer Fahrgelegenheit unterbrochen: ein alter Armeelastwagen, den man in den zivilen Dienst überstellt hatte. Der Fahrer wandte nicht einmal den Kopf, sondern bellte lediglich sein Fahrtziel gegen die Windschutzscheibe – »Kanalarbeit!« –, und die Arbeiter kletterten auf die ungeschützte Ladefläche.

Wo? dachte Bojan. *Wo?*

Ein Pole mit einem dichten Bart war als erster auf dem Lastwagen, und während er half, die anderen hinaufzuziehen, sprach er zu niemandem direkt. »Onkel Joe«, sagte er. »Du warst gar nicht so übel. Bist mit Hitler fertiggeworden und mit den Pfadfindern. Es ist nur schade, daß du dann nicht aufgehört hast, sondern dich entschlossen hast, auch mit uns fertig zu werden.«

Ein kleiner, blonder Tscheche schlug mit der Faust auf das Dach der Fahrerkabine und rief dem Fahrer zu: »Vergiß nicht, uns heute früher abzuholen, damit wir zu unserer Einbürgerungsfeier rechtzeitig da sind.«

»Jawoll«, sagte Bojan. »Wir Außies immer pünktlich.«

Darüber lachten alle.

Wo? Wo? Wo? Der Gedanke schlug wie ein Vorschlaghammer durch sein Herz und seine Gedanken. Er mußte gleichzeitig geschluckt und sich geschüttelt haben, denn der Albaner legte eine freundliche Hand auf Bojan Bulohs Unterarm und sagte, er müsse Fieber haben und sollte sich wirklich im Krankenrevier melden. Bojan Buloh drehte sich um, starrte den Albaner an, wußte, daß er zitterte und daß sein unrasiertes Gesicht eine einzige Frage war, die keiner beantworten konnte.

Wo? fragte Bojan. *Wo?*

Aber der Albaner antwortete ihm nicht. Der Albaner sah Bojan Buloh länger in die Augen, als ein Mann einem anderen in die Augen sehen sollte, schluckte, fuhr mit einem Finger über seinen Schnurrbart und senkte den Blick.

Der frühe Morgenhimmel breitete sich über dem zentralen Hochland aus. Über ihnen waren Wolken, aber sie waren hoch und weit oben und dünn und bewegten sich langsam über den weitgehend klaren Himmel, der einen schönen, wenn auch kalten Tag voraussagte. Unter ihnen gab es Schneewehen, bis zu einem Meter dick, vom Blizzard der Nacht zuvor. Der Lastwagen bog von der geschotterten Hauptstraße auf eine schmale Erdpiste ab, auf der sie durch dichten, hohen Regenwald holperten. Die Arbeiter schaukelten auf der Ladefläche hin und her, auf der manche saßen, manche hockten, sich die Hände rieben, von einem Fuß auf den anderen stampften, rauchten, nur gelegentlich sprachen.

»Man sagt, nicht weit von hier gibt es die höchsten Hartholzbäume der Welt«, sagte der bärtige Pole über das Dröhnen des Lastwagens hinweg.

Bojan, der versuchte, seine Fassung wiederzuerlangen, blickte auf und zwang sich zu einem Lachen. »Wie schön für die Außies, wenn wir die alle mit dem großen Staudamm ersaufen lassen.«

»Wofür, zum Teufel, wollen die überhaupt diese ganze verdammte Elektrizität?« fragte der Albaner.

Bojan winkte dramatisch in Richtung Busch. »Für ihre verdammte Industrie natürlich, du blöder Kanake.«

Der Albaner drehte sich um, blickte in die Wildnis, die sie umgab, und lachte. Der bärtige Pole sprach wieder.

»Sie denken, wenn sie die Elektrizität haben, kriegen sie auch die Industrie, und dann wird es sein wie Europa, dann haben sie Fabriken statt Wäldern, Schlachtfelder statt Kartoffelfeldern, Flüsse voll Blut statt Wasser.«

Er machte eine Pause.

Keiner lachte.

Keiner sprach.

Einige drehten sich um und sahen weg, in den Wald. Der Albaner sah hinunter auf seine Füße und auf die klappernde Ladefläche aus verwitternden Holzplanken, auf der bei jedem Hüpfer der Schotter auf und nieder sprang. Der Tscheche hustete und spuckte in den vorbeiziehenden Busch. Der bärtige Pole ließ seinen Blick über ihre Gesichter wandern. Er war verbittert. Das waren die meisten von ihnen. Aber sie wollten es nicht hören. Sie alle vermieden seinen Blick. Sie versuchten, es hinter sich zu lassen, es auf die gleiche Weise aufzulösen, wie der Lastwagen den Schnee zu Matsch werden ließ. Mit kalten Handflächen knetete Bojan seine hämmernde Stirn. Der Tscheche wischte sich mit dem Handrücken den Mund ab, seine Bartstoppeln ritzten die Haut, und er dachte: *O lungo drom, o lungo drom.*

Aber der bärtige Pole machte weiter. Er sprach nicht sosehr zu ihnen als vielmehr mit sich selbst, denn er wußte, keiner wollte auch nur anfangen, darüber nachzudenken, daß sie alle Mittäter dessen waren, das sie zurückgelassen hatten. »Europa ist wie Krebs«, sagte der bärtige Pole endlich. »Es verbreitet Tod überall.«

Dem Tschechen gelang es, sich eine neue Zigarette zu drehen, während der Wagen dahinrüttelte, indem er den Rhythmus seiner Hände, die den Tabak rollten, dem Schlingern und Bocken des Wagens anpaßte. Diese Übung zwang ihn dazu, sich mehr auf seine Hände zu konzentrieren als auf die häßlichen Wahrheiten des bärtigen Polen. Die Worte eines Liedes, das die Zigeuner gesungen hatten, begann sich wie gerinnender Käse in seinen Gedanken zu formen. *»Der jüngste Tag ...«* Aber er schob sie weg. Mit einem ironischen Lächeln zu sich selbst, stolz über seinen kleinen Triumph über die widrigen Umstände, steckte der Tscheche die Selbstgedrehte in den Mund, zündete sie zwischen seinen gewölbten Händen an und sah dann wieder auf und in den Wald.

Und genau in diesem Augenblick sah er zwischen den Bäumen, was er niemals wieder zu sehen gehofft hatte. Es war nur ein kleiner Blick, zugegeben, aber diesen Anblick hatte er schon in den böhmischen Wäldern gesehen, und obwohl er nie darüber nachdachte, was er dort gesehen hatte, außer in seinen Alpträumen, wußte er mit entsetzlicher Kühle genau, was es war.

Mit einer einzigen, plötzlichen und dringlichen Bewegung zog er die Zigarette zwischen seinen Lippen hervor, stand auf, warf die Selbstgedrehte weg und schlug mit der Faust ein, zweimal

fest auf das Dach der Fahrerkabine. Der Wagen bremste, die Männer rollten hin und her wie eine Welle auf dem Ozean und sahen verwirrt erst einander an, dann, als der Wagen stehenblieb, in die Richtung, die der Tscheche wies. Die Männer sprangen schnell vom Wagen, aber dann verloren sie plötzlich all ihre Eile. Einige machten kehrt und gingen zurück zu dem Lastwagen, blieben lieber stehen und sahen die schneeweiße Straße hinunter, die von diesem Ort wegführte.
Die anderen gingen langsam und zögernd in den Wald hinein, mit einem scharfen Bewußtsein für jede ihrer Bewegungen, und es war, als wenn in diesem Augenblick der Klang des Gestrüpps, das unter ihren Füßen zerbrach, und der Klang ihres flachen Atmens und Schluckens die einzigen Töne auf der Welt seien.
Auf diese Weise gingen sie etwa fünfzig Meter weit durch den Schnee, dann blieben sie stehen.

KAPITEL 79

1954

Einige mußten wegsehen.
Einige mußten hinstarren.
Und diejenigen, die starrten, zwangen sich, ihren Blick nach oben zu richten, von einem alten Koffer, der halb im Schnee begraben dalag, und sahen in der Luft hängen, was man niemals so hängen sehen sollte, sahen die abgelaufenen Sohlen von zwei baumelnden Schuhen.
Frauenschuhen, die Löcher in den Sohlen mit Zeitung ausgestopft, stahlgrau von gefrorener Nässe.
Einige mußten wegsehen.
Einige mußten hinstarren.
Und wie Vögel, die vom Wind unfreiwillig spiralförmig aufwärts getragen werden, drehte sich der Blick derjenigen, die starrten, unerbittlich nach oben: weg von den abgetretenen burgunderroten Schuhen zu den kleinen, zarten Eiszapfen, die bereits aus dem zerschlissenen Saum des Mantels wuchsen, und höher, immer höher, an dem bereiften scharlachroten Mantel hinauf. Und obwohl ihnen vor Entsetzen jetzt schon schwindelte, wanderte ihr Blick immer noch weiter hinauf: von dem froststeifen, alten, grauen Hanfseil, das ihren erdrosselten Hals wie eine stählerne Schlange umfaßte, zu dem weißen Gesicht darüber, mit der heraushängenden Zunge und den milchigen toten Augen.
Die einmal ihre Augen gewesen waren, dachte Bojan Buloh, deren sanftes Rund er einst so entzückt an seinen Lippen gespürt hatte.
Jetzt saßen sie in einem steif werdenden Leichnam, der an einem Seil von einem hohen Baum hing.

Unten versammelte sich ein Dutzend Männer aus fernen Ländern, und darüber hing, was einmal sie gewesen war, der nun für immer regungslose Körper der Maria Buloh.
Waren ihr, aus einem unerfindlichen Grund, die Blütenblätter ausgegangen und es hatte keinen Ort auf der Welt mehr gegeben, an den sie gehen konnte? Oder hatte ihr die sternenförmige Blume diese letzte Richtung gewiesen, oder eine andere, die sie nicht hatte einschlagen wollen?
Denn ihre Zunge war gesprenkelt von seltsamen weißen Stückchen, die man irrtümlich für Schnee hätte halten können statt für das, als was Bojan Buloh sie erkannte: das schreckliche Treibgut der zerbrochenen Blume ihrer Liebe, die Reste der Blütenblätter eines Edelweiß.

KAPITEL 80

1954

Bojan Buloh wußte es nicht. Bojan Buloh wollte nicht darüber nachdenken, warum. Er weinte nicht gleich, auch noch einige Zeit danach nicht.

Er schien seltsam unbewegt, bis später an diesem Tag im Kinosaal, als die Einbürgerungsfeier stattfand. Da, während einer langen Rede eines Politikers, begann er unkontrolliert zu schluchzen. Der Raum drehte sich vor Bojan Bulohs wäßrigen Augen, er fühlte, wie er aus dem Raum in den Strudel eines ganz entsetzlichen Mahlstroms gezogen wurde, und er fragte sich, ob er jemals wieder daraus auftauchen würde. Er hielt Sonja an seiner Brust, und sie hielt seinen zuckenden Kopf zwischen ihrer Schulter und einem umfassenden Arm. Er klammerte sich an seine Tochter, als wäre sie ein Rettungsring. Dann schluchzte und stöhnte er wie ein furchtbar verwundetes Tier, das nicht sterben darf.

Aber sie weinte überhaupt nicht.

Einige mußten wegsehen. Einige mußten hinstarren. Einige sagten, damals sei ihr Gesicht zu einer Maske geworden, aber wie konnten sie so etwas wissen, oder auch nur wissen, was sie mit solchen Worten meinten? Einige sagten natürlich, es sei eine Schande. Und so gab es für das Kind Sonja eine Zeitlang ein wenig Mitleid, bis in den Köpfen der anderen Leute die Schande die Traurigkeit überwucherte und sie einfach als seltsam und undankbar abgetan wurde.

Nach der Einbürgerungsfeier kamen die beiden Ingenieursfrauen, um Sonja zum Spielen mitzunehmen. Sie stammten aus England. Sie glaubten an tätige Nächstenliebe. Bojan Buloh ließ sie seine Tochter nicht mitnehmen. Es war nur so, daß er keine Macht mehr besaß, Sonja festzuhalten, als ihre beharrlichen Hände sie sanft seinen Armen entzogen, mit der ganzen, unerschütterlichen Macht guter, christlicher Absichten. Bojan Buloh wollte nicht, daß seine Tochter ging, aber sie bestanden darauf, daß es für sie beide das Beste sei. Sie besaßen viele Worte.

Es erstaunte ihn, wie viele Worte manche Leute besaßen. Er sagte nichts. Es gab nichts zu sagen. Es gibt nur dies, dachte Bojan. Gedehntes Fleisch und Knochen und Scheiße und Holz, das in Bäumen wächst und Fleisch dehnt, und Fleisch, das Holz glättet, um bedeutungslose Dinge herzustellen, wie die Hütte, in der sie versammelt waren, und diesen Lärm, der nichts bedeutete. Es gab Geburt und Liebe und Tod, und es gab Tod und Lärm, diesen endlosen Lärm, der Menschen verwirrte, sie vergessen ließ, daß es nur Geburt und Liebe gab und daß alles und jedes starb. Mehr gibt es nicht, dachte Bojan, nur dies. Plötzlich erkannte er, daß er seine Tochter ebenso verloren hatte wie seine Frau, und er wußte nicht, wie er eine von ihnen zurückbekommen sollte.

Sonja weinte nicht, als diese fremden Hände darum kämpften, sie ihrem Vater zu entwinden. Sie sagte nichts, schrie auch nicht. Aber sie widersetzte sich jenen guten, christlichen Absichten mit all der stummen Wildheit eines Fischs, der in einem Felsloch gefangen ist, nachdem die Ebbe eingesetzt hat. Mit dem gleichen unvermeidlichen Ergebnis. Sie tat, was sie konnte, um bei ihrem Vater zu bleiben, versuchte, in die Tiefen seines Körpers zurückzuschwimmen, um ein Teil von ihm zu werden, sichtbar nur für ihn, aber jetzt war auch er zu Spitze geworden, und die Spitze zerriß in Stücke, so verzweifelt sie sich auch an ihn klammerte, und dann lösten sich die Stücke der Spitze in der Luft auf, und ein Fisch kann mit Spitze oder an der Luft nicht überleben. Die Frauen gingen mit ihr fest im Griff davon, und plötzlich hörte sie auf, sich zu wehren, denn sie hatte etwas Grundlegendes verloren, und sie wußte intuitiv, nun gab es nichts mehr, wofür oder wogegen man kämpfen konnte. Es gab nur noch eine Welt, die auf den Kopf gestellt war, im Meer, und die sie mit der stillen, kolossalen Macht einer Unterströmung im Ozean immer weiter von dem wegspülte, woran sie sich klammern wollte. Eines Tages würde sie dem Meer entkommen, wie viele Jahre, wie viele Leben nach diesem, das eben geendet hatte, es auch dauern würde, sie würde entkommen und ihren Vater wiederfinden, und er würde nicht mehr Luft oder Spitze oder Holz sein, sondern er selbst, und bis dahin würde sie warten, so still wie der Mond, sich tot stellen, so daß niemand wußte, daß sie noch lebte, und nur in kleinen, langsamen Schlucken atmen.

Als Sonja aufgehört hatte, um sich zu schlagen, stellte die kleinere der beiden Ingenieursfrauen das Kind hin, nahm es an der Hand und ließ es neben sich herlaufen. Sie präsentierte das kleine Mädchen wie einen Ausleger der Buße, der das Selbstbild der Ingenieursfrauen als fürsorgliche Frauen stützte. Über Sonjas Kopf hinweg sprachen sie in einer ulkigen Sprache mit Abkürzungen und Beschönigungen, räusperten sich gelegentlich und drehten ein strafendes Kinn in die Richtung des Kindes. Sonja wußte, das bedeutete, daß sie über ihre Mutter sprachen, obwohl die Töne ihr wie Badewasser zu den Ohren hinein- und hinausliefen, obwohl die Frauen in ihrer gespreizten Konversation ebenso grotesk aussahen wie die Hennen, die die Hauptstraße hinauf- und hinunterliefen und mit abgehackten Bewegungen an der gefrorenen Erde herumpickten.

»Wo ist Artie?« sagte Sonja, mehr als Forderung denn als Frage, aber entweder hörten die Frauen nicht, oder sie achteten nicht auf das, was das Kind fragte, denn sie fuhren fort zu schnalzen und zu gackern. »Wo ist mein Artie?« fragte Sonja noch einmal. Die große Frau drehte sich lächelnd zu Sonja um, und ihr Lächeln erschreckte das kleine Kind, das instinktiv wußte, mit so mächtigen guten Absichten, an denen jemand so sehr festhält, kann man unmöglich diskutieren.

»Es geht ihm gut«, sagte die große Frau, »und dir soll es auch gutgehen. Und wir – wir haben gleich eine Teegesellschaft.«
Während sie die Hauptstraße hinuntergingen, blickte Sonja auf den schmutzigen Matsch. Sie fragte sich, wie die schöne Erde, aus der sie Kuchen machte, und der reine, weiße Schnee, aus dem sie am Tag zuvor mit ihrer Mutter Schneebälle geformt hatte, sich zu etwas so Unangenehmem verbinden konnten wie grauem Matsch. Sie trat danach, und der Matsch sprang am wollbestrumpften Bein der kleineren der beiden Ingenieursfrauen hoch. Sonja fühlte, wie ihre Hand plötzlich im Griff der Frau gequetscht wurde, und eine Stimme, die noch eisiger war als die Luft, kündigte an: »Jetzt reicht's aber wohl, Fräulein.«
»Mama!« schrie Sonja. »Mama!«
»Mama macht Ferien«, sagte die Frau mit den durchnäßten Strümpfen. »Wir wissen nicht, wann sie wiederkommt«, fügte die andere hinzu. Und selbst Sonja spürte die kleine, beabsichtigte Grausamkeit.
Zwei Frauen, die miteinander sprechen, ein Kind an der Seite der einen, und obwohl es nicht möglich war, genau auszumachen, worüber die Frauen diskutierten, war es Sonja ganz klar, daß sie jetzt über ihren Vater sprachen. Gelegentlich ließ sie es zu, daß ihr Kopf einen Satz wahrnahm, bevor sie wieder heftig versuchte, nichts zu hören. Sätze wie: »Vielleicht gab es eine andere«, und: »Keiner weiß, warum; allerdings, ein bißchen getrunken, und wenn er in Wut gerät, sagt man, ist es ganz schrecklich.«
Aber das bedeutete nichts für das kleine Mädchen, das neben ihnen ging, denn in diesem Augenblick hatte es für immer und alle Zeit beschlossen, daß es von nun an ein Nichts sein würde, bis zu dem fernen Tag, an dem es seinen Vater wiederfinden würde.
Sie kamen zu einem Angestelltenhaus – einem richtigen Haus, keinem Schuppen wie dem, in dem Sonja lebte – und gingen um das Haus herum in den Garten. Dort hatte man auf einem

betonierten Vorplatz eine umgedrehte Sprengstoffkiste ordentlich als Tisch aufgestellt und mit einem behelfsmäßigen, rotkarierten Tischtuch bedeckt, auf dem ihr Spielzeugteeservice aus Porzellan ganz offiziell aufgebaut war.
Wir trinken jetzt Tee.
Die Frauen zogen ihre Strickjacken fester um sich, um die Kälte abzuwehren, ihre Rücken wandten sie der Rückseite des Hauses zu. Eingerahmt zwischen ihren Oberkörpern, weit weg, stand Sonja, in ihrem Festkleid und mit Zöpfchen, stand neben der umgedrehten Kiste mit dem Teeservice darauf.
Weil das hier Tasmanien ist und nicht Slowenien.
»Ich bin ins Haus gegangen und habe das für sie rausgesucht«, sagte die Frau, die ihr die Hand gequetscht hatte, »damit sie was hat, das sie von dem ablenkt, was passiert ist.«
»Das ihr hilft, zu vergessen«, sagte die andere Frau.
»Ja«, sagte die Handquetscherin. »Genau, damit das arme kleine Ding vergißt.« Ihr Ton wurde vertraulicher. »Sie hat das Haus überraschend saubergehalten, das muß man ihr lassen. Nicht, was man erwarten würde.«
Sonja nahm die Teekanne und stellte fest, daß sie nicht anhielt, um so zu tun, als ob sie etwas in eine der Spielzeugtassen goß, sondern sich weiterbewegte, bis sie über dem Boden schwebte, auf den sie dann fiel und zerbrach.
Weil unsere Welt auf dem Kopf steht.
Eine der Ingenieursfrauen schrie Sonja an, und sie mußte es gehört haben, denn sie blickte hoch zu den beiden Frauen, sah sie an und durch sie hindurch, so daß keine mehr sprach, weder, als sie das Milchkännchen zerschlug, noch, als sie die erste Untertasse zerschlug, auch nicht bei der zweiten, der vierten oder der sechsten Tasse.
Denn in ihren Augen lag eine Frage, auf die die Ingenieursfrauen keine Antwort wußten. Teekanne und Milchkännchen, Untertasse und Tasse auf Beton. Porzellan, perlenglatt auf der Außenseite, scharf wie Glas und trocken wie der Tod an

den Bruchkanten. Waren sie zerbrochen? Waren sie? Teekanne und Milchkännchen zerschlagen. Der Gesang ihrer Mutter. Das Schluchzen ihres Vaters. Untertasse und Tasse, die zerbrechen. Waren sie das? Ein Heulen in ihrem Innern, das nicht weggehen wollte.
Ihre Mutter, die singt. Ihr Vater, der schluchzt.
Ihr Vater. Ihre Mutter. Sie.
Waren sie das?
Aber die Ingenieursfrauen gaben ihr keine Antwort; sie zogen nur ihre Strickjacken fester um sich, wie viele Tassen und Untertassen Sonja auch vor dem Hintergrund der dahinjagenden Wolken zerschlug, wie viele Porzellanscherben auch in der Seele dieses armen Kindes zersplitterten, sie konnten ihr niemals eine Antwort geben.

KAPITEL 81

1990

Langsamer!« rief Betty. »Hecheln, Sonja, hecheln, hecheln.« Sonja besaß keinen Willen oder Geist mehr, nur noch Wellen des Gefühls, Schmerz, der ihren Körper in Wellen durchfloß, von Kopf bis Fuß. Aus einer fernen Bewußtlosigkeit des Schmerzes hörte sie sich selbst von weit her muhen wie eine Kuh in Todesangst.

Es war kein Geburtshelfer ständig anwesend, denn Sonja war keine Privatpatientin, aber Betty schien eine unendliche Reihe von Stellungen zu kennen, in die sie Sonja zwischen den Wehen manövrierte, und nun ließ Betty sie sich aufsetzen und sagte ihr, sie könne den Kopf sehen, das er kam, schnell, schnell kam. Sonja hatte noch nicht um Pethidin gebeten, aber sie atmete das Gas fest ein und hechelte wie ein blöder Hund, hatte die Augen fest geschlossen und ballte ihre Fäuste so fest, daß sie vom Blutmangel ganz taub waren, als sie fühlte, wie ihr Bauch plötzlich heftig rückwärts und nach oben sprang, in sie selbst zurück. Einen Augenblick lang wurde sie von der verrückten Vorstellung heimgesucht, ihr Bauch sei eine riesige Regenbogenforelle, die nach Hause zurückkehrt, in riesigen, hüpfenden Sprüngen flußaufwärts, und mit jedem Sprung eine neue, bisher unmögliche Stromschnelle überwindet, jede Stromschnelle ein anderer Mensch – Jean, Picotti, Mrs. Maritza Michnik – *Sprung* – ein anderer Ort – Sydney, Hobart, Butlers Gorge – *Sprung* – eine andere Zeit. Als wäre all das nur noch Wasser und Stein, die man überwinden müsse, bis die Forelle die dritte und niedrigste, schneebestäubte Stufe am Boden einer Holzhütte erreicht hatte – *Sprung* –, und dort gab es eine Tür, eine Tür!, und mit jedem Sprung wurde die Regenbogenforelle jünger, kleiner und leichter, bis sie sogar auf dem Wind ritt, bis sie nur noch ein Stück Spitze war. Und es war nicht mehr so, wie sie es immer gekannt hatte, denn die Tür ging auf, und die Spitze kam zurück und nahm eine Form an, naß, glitschig, blutig, als sie auf sie zu und aus ihr herauskam, und sie starb und konnte nicht mehr hecheln oder sprechen oder auch nur muhen wie eine Kuh, sondern schrie bis in alle Ewigkeit.

KAPITEL 82

1954

Das Leben hatte sich Bojan Buloh als Triumph des Bösen enthüllt.
Er stand im hellen Licht der unbedeckten Glühbirne im Flur ihres Hauses, hörte den Regen, der dem Schnee folgte, wie er das eiserne Dach peitschte, fühlte, wie die Wände und die niedrige Decke immer näher auf ihn zu rückten, wie eine mittelalterliche Folterpresse, roch seine eigene Angst und spürte, daß sein ganzes Leben eine Reise gewesen war, abwärts bis dahin, wo er jetzt die wirkliche Hölle zu erkennen glaubte.
Fort aus seiner Zeit. Weit fort von seinem Zuhause. Auf immer an sie gebunden, aber kein Ehemann mehr. Wo war die Sonne? Wo war sein angestammter Platz? Wohin konnten ein solcher Mann und sein Kind, das sicher ihr Kind war, nun gehen? Und das Edelweiß, daß rätselhafte Richtungen in Länder angezeigt hatte, die er nur als Geheimnisse kannte, war nun fort.
Er wußte, er mußte einfach jeden Tag leben – so sehr, wie es möglich war. Ohne Hoffnung und ohne Verzweiflung. Das verlangte von ihm, daß er sowenig wie möglich nachdachte, und das gelang ihm weitgehend, indem er seinen Kopf nicht nur von lästigen Gedanken frei machte, sondern von der bloßen Fähigkeit, über Ereignisse nachzudenken. Manchmal gelang es dem Leben, Stiche in seine Gedanken zu setzen, lästige Kletten von Erlebnissen, und sie konnten nur mit Hilfe einer wilden Explosion von Zorn herausgezogen werden. Es gab, so hatte er entdeckt, in allem etwas Gutes und Schlechtes – im Leben, selbst in der Erde –, und in jedem.
Aber am Ende überwog die Finsternis.
Es gibt nur das, dachte Bojan Buloh.

Er streckte einen Arm nach der Wand aus, damit sie ihn nicht zerquetschte, um sich selbst abzustützen. Was war seine Zeit? Wo war sein Zuhause? Er stolperte die wenigen kurzen Schritte zu Sonjas Schlafzimmer, mit einem Gefühl, als hätte sein Körper das unbewegliche Gewicht von Blei angenommen, so gequält und schwierig wie das Kriechen eines verwundeten Mannes in einen sicheren Unterschlupf.

Aber als er an ihrer Tür den Kopf hob, sah Bojan Buloh einen Anblick von so köstlicher Schönheit, daß er für einen Augenblick dachte, er habe wirklich den Verstand verloren. Denn Sonjas Schlafzimmer stand in Blüte, und selbst im matten Zwielicht sah er, daß es mit Edelweiß angefüllt war, die in voller Blüte standen. Ihre sternengleichen weißen Blütenblätter füllten das Zimmer mit einem mondgleichen Leuchten. Er sah, wie sich aus der Menge von Blumen wie ein alter, verkrüppelter Baum eine umgedrehte Holzkiste erhob, auf deren Rand in roten Buchstaben das Wort GELIGNITE gestempelt war. Oben auf der Kiste war ein zerschlissenes Spitzendeckchen diagonal ausgebreitet, und auf dem Deckchen standen drei Bilder in Postkartengröße. Auf dem linken war ein Bild der Jungfrau Maria, die Hände wie aus Mitleid ausgestreckt; in der Mitte ein Foto von Marias Vater, der in seinem Sarg aufgebahrt war, ein Mann, der selbst im Tod noch müde und erschöpft aussah, der hoffnungslos aussah, obwohl er von Blumen umgeben war; rechts stand ein Foto von Maria und Bojan in ihren besten Kleidern, mit Sonja als Baby in einem altmodischen, langen Taufkleid auf dem Arm ihres Vaters. Neben der Sprengstoffkiste lag Sonja schlafend in ihrem Bett; der alte, eiserne Bettrahmen war in einer hellen Farbe gestrichen, durch die zahlreiche Rostpocken herauseiterten.

Bojan bemerkte, obwohl es ihn seltsamerweise nicht störte, daß die Edelweiß seiner Tochter aus Nase und Ohren wuchsen und daß ihre Blütenblätter in jede erdenkliche Richtung zeigten. Es gab kein richtiges Bettzeug, nur eine alte Decke, aber alles war

ordentlich und sauber, und das einzige Element, das nicht hineinpaßte, war das Blumenkind selbst, das die Decke weggestrampelt hatte. Unter ihrem Nachthemd konnte er den erhöhten Abdruck dessen sehen, wovon er nur annehmen konnte, daß es noch mehr Blumen waren, die aus ihrem Geschlecht wuchsen und sich unter der dünnen Baumwolle mit seltsamen Sternformen abzeichneten. Für einen Augenblick fragte er sich, ob es der sternenbedeckte Nachthimmel war, den er da sah, fragte sich, ob der riesige Südhimmel sich in seine kleine Tochter verwandelt hatte oder sie in den Himmel, und ihm wurde schwindlig bei dem Gedanken und dem Anblick.
Bojans Hände zogen sanft und still wieder die Decke über seine Tochter. Dann küßte er sie auf die Wange, während sein Gesicht die Blätter der Edelweißblüten streifte, und flüsterte dem Himmel *»Aja, aja«* zu. Im Schlaf streckte das Kind die Arme zu einer Umarmung aus und umfaßte seinen Hals. Er spürte, wie ihr kleiner Körper steif wurde, in einem nächtlichen Zusammenkrampfen erbebte und dann entspannt in den Schlaf zurücksank. Ihre Arme wurden schlaff und sanken weg, und Bojan kreuzte sie unter der Decke auf ihrer Brust.
Dann ging er zurück in das grelle Licht des Korridors und kam mit einer Matratze wieder, die er hereinzerrte und auf den Boden neben Sonjas Bett legte. Er bemerkte, obwohl ihn die Beobachtung seltsamerweise nicht beunruhigte, daß die Blumen alle fort waren. Als er sich mit einigen Decken ein Bett baute, dachte er bei sich – und wußte, es war ein seltsamer Gedanke –, daß das Schlafzimmer einfach in den winterlichen Zustand zurückgekehrt war und daß die Blumen alle tot waren. Und er mußte nun schlafen, bis der Frühling kam. Dann legte er sich hin, mit Sonja, die in ihrem Bett schlief, zu seiner einen Seite, und Maria, die in ihrem Sarg aufgebahrt war, auf der anderen.
Bojan Buloh ließ seinen bleischweren Körper in die Matratze fließen, bis alles, was blieb, seine Seele war, und seine Seele war das Universum, und er ließ sie bis zum Überfließen voll werden

mit dem Schnaufen und den Bewegungen von Sonja, ließ den Klang seiner dreijährigen Tochter, die schlief, sein Universum füllen.
Es gibt nur dies, dachte Bojan Buloh, und nur dies.
Draußen hatte der Schneeregen wieder begonnen, auf die kleinen Fensterscheiben einzuschlagen. Aber Bojan Buloh war eingeschlafen und hörte das eisige Kratzen nicht.
Denn es gibt dies, träumte Bojan Buloh. *Dies*.

KAPITEL 83

1990

Bojan Buloh hatte in seinem Leben viel gesehen, bevor er in dieser Nacht einschlief, und er sollte noch vieles zu sehen bekommen. Blumen, die aus den Lebenden und den Toten herauswuchsen. Einen tasmanischen Tiger und sogar einen, der eine Vision der Hölle in seinem Maul trug. Schweine, die sich selbst verbrannten, und Menschen, die sich ähnlich benahmen. Große Staudämme, die man baute, und große Staudämme, die zerbrachen, und Flüsse, die wieder frei dahinflossen. Er hätte, wenn er gewollt hätte – was er nicht wollte, ein Gedanke, auf den er niemals gekommen wäre –, er hätte eine Abhandlung darüber schreiben können, wie er Menschen hatte sterben sehen: Wie die, die es schwer hatten, nicht einmal leicht starben, sondern ebenso schwer, wie sie gelebt hatten, langsame Tode, die sich dahinschleppten, an denen sie so hart arbeiten mußten, als wären sie stummes, getriebenes Vieh. Wie die Leichen sowohl seines Volkes als auch die der Deutschen, die Bojans Rasse einmal für minderwertig gehalten hatten, zu Anfang, im Augenblick des Todes weiß waren und am Ende – wenn man sie nicht begrub – kohlschwarz endeten. Der Leichnam blies sich auf, verlor die Luft, verweste, bis er nur noch wenig mehr war als ein Skelett, von einer teerartigen Haut umklammert, die an nichts so sehr erinnerte wie an einen abgelaufenen, alten schwarzen Stiefel. Er hatte Tiere aller Art gesehen, wie sie Junge bekamen, neugeborene Kälber und Ferkel und Fohlen, und er hatte das seltsam leere und falsche Gefühl erlebt, als er ein Känguruh getötet hatte, das ein lebendes Junges in seiner Bauchtasche trug.

Aber Bojan Buloh hatte noch nie ein neugeborenes Baby

gesehen, nicht einmal seine eigene Tochter, Sonja, denn man hatte ihm damals nach ihrer Geburt im Krankenhaus erst nach drei Tagen erlaubt, sie und Maria zu sehen.

Als Bojan Buloh an diesem Morgen aufgewacht war, war er, ohne darüber nachzudenken, zu einem Blumengeschäft gefahren. Für einen Augenblick hatte er ein enttäuschtes Gesicht gemacht, als ihm die Verkäuferin sagte, sie habe in all den Jahren niemals bei irgendeinem Blumenhändler in Tasmanien ein Edelweiß gesehen. Dann machte dieser Ausdruck einem rätselhaften Lächeln Platz, als die Verkäuferin ihm als Ersatz einen Strauß weißer Nelken zeigte. Sie waren natürlich keiner, aber Bojan lächelte immer noch über die absurde Vorstellung, zwei so unterschiedliche Blumen könnten sich in irgendeiner Weise ähneln, als er wieder im FJ saß. Der Motor produzierte Fehlzündungen und rasselte, während er in die Innenstadt fuhr, und er hoffte bei Gott, daß er ihn dorthin bringen würde. Er lobte ihn auf slowenisch *(Dobra staryr auto)* für all die Jahre treuer Dienste; er flehte ihn auf italienisch an *(Per favore cara macchina),* die wenigen Meilen noch durchzuhalten, bis ihre Reise endgültig an ihr Ziel gekommen wäre; er befahl ihm auf deutsch *(Raus! Raus!),* weiterzufahren, und verfluchte ihn auf australisch *(Shitfuckingbucket),* weil er schlimmer keuchte als er selbst am Morgen.
Aber der FJ, einst das Versprechen eines neuen Australien, war nun, wie sein Besitzer, alt und klapprig. Der FJ war nicht mehr das Auto, das er einmal gewesen war, und Bojan mußte reuevoll zugeben, wenn auch nur sich selbst gegenüber, daß er von Anfang an kein tolles Auto gewesen war. Als sich nun also der FJ in verhängnisvolles Schweigen hüllte, während er die Macquarie Street hinunterfuhr, nahm Bojan einigermaßen gelassen zur Kenntnis, daß nach zweieinhalb Jahrzehnten der 138er-Motor des FJ nun endlich gestorben war, und er freute sich darauf, entweder einen neuen Wagen zu kaufen oder

niemals mehr nach Tullah zurückzukehren. Er rollte das Auto an den Straßenrand, sah nicht einmal unter die Motorhaube, sondern schnappte sich die Blumen und eine Plastiktüte vom Beifahrersitz, sprang hinaus und tat, ohne auch nur die Tür zu schließen, was für einen Mann seines Alters und Lebenswandels nicht gerade einfach war: Er rannte.
Und auf diese Weise, ohne einen einzigen bewußten Gedanken, mit bleischweren Beinen, hämmerndem Herzen und keuchendem Atem fand Bojan sich einige Minuten später im Aufzug der Entbindungsklinik wieder. Er fragte sich, ob er nicht vielleicht mit einem Herzanfall in der Notaufnahme enden würde, so entsetzlich fühlte er sich, als er auf die Kreißsäle zustrebte.

KAPITEL 84

1990

Wie gerade mit Butter bestrichen, mit Käseschmiere über dem Froschgesicht, lag es da: ein frisch gewickeltes, neugeborenes Baby, eine seltsam aussehende Fremde für ihre Mutter. Das Baby ließ einen kleinen Ruf hören, irgendwo zwischen einem Schrei und einem Jaulen, und ihre nackten Arme streckten sich krampfhaft zu einem L in die Höhe und auseinander, die kleinen Fäuste geballt, als ergäbe sie sich dem Leben. Sonja legte ihre Nase an den Kopf des Babys und atmete tief ein. Zum ersten Mal, seit sie ein Kind in Jeans Küche gewesen war, erkannte Sonja starke Gerüche: Hefe, Brot – ihr Baby.
Im gedämpften Licht des Kreißsaals hielt Sonja ihr Kind fest an sich gedrückt und betrachtete dieses fremdartige Tier mit Ehrfurcht und nicht wenig Angst. Sie hörte sich schlucken und stöhnen, wußte, ihr Gesicht lächelte, verzog sich, zitterte. Sie küßte das Baby auf die Stirn, und dann – sehr zögernd – streckte sie die Zunge heraus und berührte das Baby mit ihrer Zungenspitze ein wenig am Kopf. Und dann, mutiger geworden, leckte sie dem Baby den Hals und das Gesicht ab, mit langen, zarten Bewegungen, während sie die ganze Zeit tiefe Züge dieses außergewöhnlichen Brotgeruchs einsog.
Betty, die den Raum vor einiger Zeit verlassen hatte, kam wieder herein, um Sonja zu sagen, daß ihr Vater draußen war. Sonja sah nicht von ihrem Baby auf. Betty war besorgt über ein solches Eindringen, so kurz nach der Geburt. »Ich kann ihm sagen, daß Sie noch nicht soweit sind, ihn zu sehen«, sagte sie. »Daß er morgen wiederkommen soll.« Sonja fuhr mit einem Finger über das kleine, verzogene Gesicht ihres Kindes. Das Baby hatte seit den ersten Schreien nicht geweint. Statt dessen hatte es mit weit

offenen Augen den schwach beleuchteten Raum untersucht, als schätze es gelassen die seltsame Welt ab, in der es da angekommen war. Es schien Sonja alles andere als falsch, irgendwie war es richtig, daß ihr Vater sein einziges Enkelkind jetzt sehen wollte, und richtig, daß ihre Tochter ihren Großvater so bald nach ihrer Geburt kennenlernte. Es war ein Zauber um diesen Augenblick, den Sonja nicht verstand, den sie aber vage wahrnahm, und sie wußte, er hatte eine Macht, die nur für kurze Zeit anhalten würde. In diesem Jahr nach den Revolutionen kreiste sie durch die Zeit. Und obwohl es sich anfühlte wie Träume, die in Träumen geboren wurden, war es nicht so. Es waren nur eine Mutter und ihr Kind, die warteten.

Sie sagte Betty, sie solle ihn hereinbitten.

Bojan kam ängstlich herein, mit sorgenvollem Gesicht, eine Hand hinter dem Rücken, in der anderen eine Plastiktüte. Seine Augen schossen hin und her, als schätze er den Raum ab, bereit, ihn schnell wieder zu verlassen. Er sah sie an, und er sah das Baby an, und sein nervöses Stirnrunzeln machte einem nervösen Lächeln Platz. Hinter seinem Rücken holte er einen großen Strauß weißer Nelken hervor, den er an das Fußende ihres Bettes legte.

»Du bist also noch nicht nach Tullah zurückgefahren, Dad?« lächelte Sonja.

»Nein«, sagte Bojan. Er machte eine Pause, spürte dann aber in sich den ungewöhnlichen Drang, sich näher zu erklären. »Ich geh nicht zurück. Hab ihnen gesagt, sie können es vergessen. Jiri meint, er kann mir einen Job besorgen. Ich brauch nicht viel. Alles in Ordnung. Vielleicht kann ich sogar auf das Baby aufpassen, wenn du arbeitest, so was, ich weiß nicht. Aber ich geh nicht zurück, nicht jetzt.« Er sah hinunter auf seine neugeborene Enkelin und kam näher. »Nie mehr. Nicht dahin.«

Er wollte die Plastiktüte auf den Boden stellen, dann hielt er inne. »Ach –«, sagte er. »Helvi hat mir das hier gegeben.« Er griff

in die Tüte. »Sie hat mir gesagt, wie gern du es reparieren wolltest.«
Und in seiner ausgestreckten Hand lag die Teekanne mit dem Rankenmuster, die Sonja vor so langer Zeit zerbrochen hatte. Endlich in einem Stück, wieder ganz. Sie sah, seine Arbeit war wie immer gut und sorgfältig, die wenigen Risse, die geblieben waren, waren nur noch haarfein.
Er beugte sich hinunter, überreichte Sonja die reparierte Teekanne, und sie, wie im Austausch, reichte ihm ihre Tochter. Bojan hielt das Baby nicht ungeschickt, sondern ganz entspannt, geborgen in seinem rechten Arm, gurrte und gackerte, als er das Kinn mit dem Knöchel seines Zeigefingers streichelte.
»Jedenfalls ist es jetzt heil gemacht«, fuhr er fort, indem er spielerisch auf die Nase des Babys drückte, als wäre sie ein Knopf. Er lachte über seine eigene, verwickelte Sprache. »Anders als mein Englisch.«
Während Sonja die Teekanne rundherum und auf und ab drehte und die Rekonstruktion bewunderte, fragte Betty, die nicht wußte, was sie zu diesem seltsamen Mann sagen sollte, der so schwere Gerüche und einen seltsamen Akzent mit sich brachte: »Wie würden Sie Ihre Gefühle für Ihre neue Enkeltochter beschreiben, Mr. Bellow?«
»Oh«, sagte Bojan, indem er von dem Baby aufsah, und sein Kopf drehte sich auf eine untypisch lockere Weise, wie eine Baumkrone, die sich im frischen Wind bewegt. »Oh, ich, äh, ich denke, es gibt wichtigere Dinge als Worte.« Er drückte noch einmal auf die Nase des Babys, lachte und sagte: »Sie ist hübsch, hm?«
Er lächelte noch einmal, und jetzt war keine Spur von Nervosität mehr an ihm. Sonja fühlte, daß es vielleicht doch möglich sein könnte. Vielleicht würden sie an einem Nachmittag, während das Baby auf dem Küchenboden herumkrabbelte und Deckel und Töpfe aus den Schränken zog, vielleicht würden sie dasitzen

und bis weit, weit in die Nacht hinein reden, über sie, über ihn, über das Baby. Über all die Dinge, von denen sie lange gedacht hatte, sie würde an seinem Grab stehen und bedauern, daß sie sie ihm nie gesagt hatte, ihn nie gefragt hatte, ihm nie vorgeworfen hatte, über die sie mit ihm nie gelacht hatte. Sie würden so lange reden, daß die Sonne untergehen würde, und die Nacht würde kommen, und sie würden das Baby zu Bett bringen und weiterreden, bis die nächtliche Fütterzeit käme, und weiter in den nächsten Morgen hinein. Über sie beide und sie und über das, was geschehen war und was noch sein könnte. Sie würden nur über Dinge sprechen, an denen sie sich festhalten konnten, und sie würden keine Worte benutzen, hinter denen sie sich verstecken konnten, sondern die Wörter wie Holz verwenden, um einen Tisch zu bauen, an dem sie sitzen konnten.
Einen schönen Tisch, groß genug für eine Familientafel.

Nachdem Bojan gegangen war, geschah ein kleines Wunder. Zum ersten und nicht zum letzten Mal in diesem neuen Leben weinte Sonja, und ihre Tränen fielen wie Sommerregen auf den Kopf ihres Babys.

Manchmal kam eine ungeheure Sehnsucht wieder über sie. Und wenn es soweit war, kämpfte sie nicht dagegen an, sondern versuchte es zu feiern, packte ein paar Sachen in eine Schachtel, setzte das Baby ins Auto und fuhr zurück. Sie fuhren auf der langen, leeren Straße zu dem leeren Ort, wo einmal ein Bauarbeiterlager namens Butlers Gorge gestanden hatte und wo nun nichts mehr war, nichts als seltsame Vogelschreie, Wind und Kälte.

Sie fragte zweimal, aber Bojan begleitete sie nie. Er trank immer noch, aber nur noch unregelmäßig, und Jiri erhielt in den folgenden zwei Jahren nur vier Anrufe von frustrierten Wirten, die ihn baten, einen sturzbetrunkenen Mann abzuholen, der ihnen diese Nummer gegeben hatte. Er trank noch, aber abgesehen von diesen gelegentlichen Ausbrüchen waren die Mengen klein und sein Verhalten war untadelig, manchmal sogar recht liebenswert, wenn man davon absah, daß er mit seinen immer wiederholten Geschichten manchmal ermüdend sein konnte. Es war natürlich unmöglich zu wissen, wie lange es so gehen würde, aber sowohl Bojan als auch Sonja gingen weise damit um, bestenfalls von einem Tag zum anderen, und jeder von ihnen zeigte echte Freude, wenn der andere den Tag verschönte, indem er vorbeikam oder anrief.

Sonja und Jiri besorgten Bojan ein Reihenhäuschen vom Wohnungsamt, in dem er wirklich glücklich zu sein schien und wo er Gemüse zog, das er verschenkte, und Erdbeeren, die ausschließlich seine Enkelin essen durfte, mit Joghurt, den er selbst machte, indem er die Milch oben auf seinem Heißwasserboiler sauer werden ließ. Wegen seines Gartens mußte er mit dem

Wohnungsamt streiten, nicht wegen des Gemüses oder der Erdbeeren, sondern wegen des FJ, den er auf Dauer dort parkte und sowohl als Kinderspielplatz wie auch als ein Stück Garten benutzte: im Motorraum, im Kofferraum und in den Höhlen der vorderen Scheinwerfer legte er Beete an. Nachdem Ahmet zu seinen Gunsten eingeschritten war, gewann Bojan diesen Streit, und der blühende FJ voller Kinder wurde zu so etwas wie einem Wahrzeichen des Stadtteils. Gelegentlich war er den Lärm leid, dann brüllte er die Kinder an, sie sollten abhauen, aber manchmal machte er sich am späten Nachmittag eine Bierdose auf und saß in der Nähe des FJ, wo er still vor sich hin trank und rauchte, während Kinder wie kleine Fische um ihn herumschossen. Dann blickte er über seinen Garten und sah alles wieder, den Wind, den er verfluchte und der sie alle verflucht hatte, der die Zeit in einen Damm verwandelt hatte und den Damm in Staub, und den Staub zu Erde, und die Erde in einen Garten, in dem er sich wiederfand, wo er saß und ein verrostetes Auto anstarrte, alles wiedersah. Aber diesmal mischte sich in seine Trostlosigkeit ein gewisses Staunen.

Bei ihrer Ankunft am alten Platz des Bauarbeiterlagers stieg Sonja aus dem Auto, reckte und streckte sich und blickte auf die Riesenfarne, von denen Regentropfen auf die alternden Stümpfe riesiger Eukalyptusbäume tropften, die man vor so langer Zeit gefällt hatte, um Platz zu schaffen. Sie tat das gleiche wie bei jedem Besuch: sah auf und betrachtete die neuen Bäume, die seitdem gewachsen waren. Dann wanderte sie, ihr Baby auf dem einen Arm und die Schachtel unter dem anderen, in die trostlosen, grellen Laute des tasmanischen Regenwaldes hinein: das Krächzen der schwarzen Kakadus, die Schreie der Currawongs, das langsame Rauschen des Windes hoch im Baldachin des Waldes. Und manchmal meinte sie, einen ganz besonderen Laut zu hören: den ihrer Mutter, die sang –

»Spancek, zaspancek
crn mozic
hodi po noci
nima nozic.«

Und dann sang Sonja, das Baby in ihren Arm geschmiegt, leise mit, voller Liebe, ein Lied, das sie so lange kannte, daß sie sich nicht mehr erinnerte, wann sie es gelernt hatte, ein slowenisches Wiegenlied.

»Lunica ziblje:
aja, aj, aj,
spancek se smeje
aja, aj, aj.

Tiho se duri
okna odpro
vleze se v zibko
zatisne oko.

Lunica ziblje:
aja, aj, aj,
spancek se smeje,
aja, aj, aj.«

Sie verbrachte einige Zeit, um sicherzugehen, daß ihre Orientierung wirklich richtig war, und wenn sie ganz zufrieden war, steckte sie vier Stöcke in die nasse, weiche, warme Erde. Aus dem Karton nahm sie eine große Spule rotes Band, und damit markierte sie die Grenzen dessen, was vor so langer Zeit einmal ihr Zuhause gewesen war. Jeder Stock war eine Ecke, und um jeden Stock wand sich das rote Band und erstreckte sich zur nächsten Ecke. Dann nahm sie eine Decke aus der Schachtel, die sie in der Mitte dieses Nichts ausbreitete, das von dem gekräuselten Band begrenzt war, und legte ihr Kind darauf.
Manchmal schloß Sonja die Augen und stellte sich vor, welch ein seltsamer Anblick das von weitem sein mußte: das grüne Gewirr des Waldes, und davor die dünne Blutspur des roten Bandes, wo einmal Maria gewesen war und auf etwas gehofft hatte, das sie nie kennenlernen würden. Wo nun sie und ihre Tochter waren und nach etwas suchten, das sie nie besessen hatten, Löcher in Löchern in Löchern, und dann wurde ihr schwindlig, weil sie alles so klar sah. Manchmal hing sie dem Tagtraum nach, daß sie ihre Augen öffnen würde und die ganze Ebene wäre voll mit Rechtecken aus roten Bändern, so weit das Auge reichte, und in jedem Rechteck säße ein Mensch mit seinem Kind und sagte: »Das war mein Zuhause«, wie sie immer zu ihrem Kind sagte, das nichts davon verstand. »Früher einmal.«

Rechtecke aus roten Bändern, die sich in die Unendlichkeit zurück erstreckten.
Dann nahm Sonja einige Sachen zum Mittagessen heraus, und sie aßen; erst fütterte sie das Baby, dann aß sie selbst. Und schließlich nahm sie vorsichtig eine alte, lädierte Spieluhr aus der Schachtel, zog sie auf und stellte sie auf den Boden.
Dann legte sie sich auf der Decke auf die Seite, hielt das Baby an ihren Bauch und hob langsam den Deckel der Spieluhr, die nur ein paar Zoll von ihrer Nase entfernt stand. Die Uhrwerkversion von »Laras Lied« erklang. Die Ballerina begann ihren endlosen Tanz, Kreise in Kreisen im Spiegeltal der Spieluhr, und in jedem Spiegel waren die Bäume des Waldes zu sehen, in dem sich Sonjas Mutter erhängt hatte, diese riesigen, gewaltigen *Bluegums,* die im Wind hin- und herschwankten.
Sie würden wie bei jedem Besuch gebannt beobachten, wie sich der schwarz lackierte Holzrahmen der Spieluhr um den gespiegelten Wald legte und wie vor dem Hintergrund dieser ungeheuren Wildnis die Spielzeugballerina sich drehte und kreiselte, bis »Laras Lied« langsamer wurde und dann ganz aufhörte. Dann schloß Sonja die Spieluhr, und der gespiegelte Wald verschwand. Das Baby schrie enttäuscht auf.
Sonja drehte sich auf dem nassen Boden auf den Bauch. Weit entfernt konnte sie den Wald sehen, noch naß vom letzten Regenschauer, glitzernd wie ein Tier in den Strahlen aus Sonnenlicht, die die tintenblauen Wolken hoch oben durchbohrten. Das Schreien des Kindes wurde leiser, hörte dann ganz auf. Das Kind saß auf der Decke und sah sie unwissend mit weit geöffneten Augen an, und alles, was blieb, waren die Geräusche des Windes in den riesigen Eukalyptusbäumen.
Sonja hielt ihr Gesicht nahe an den feuchten Boden, dicht an den sauren, fruchtbaren Torf, der den harten Lehm und den sauren Schotter bedeckte, spürte das lange, taubenetzte Gras an ihrem Kinn, fuhr mit den Lippen über die Erde. Ihr Körper brannte wie Feuer. Ihre Hände fuhren über den Boden. Nasses

Gras streichelte ihr Gesicht. Gebogenes Knopfgras, das Wassertröpfchen ablaufen ließ. Tauperlen verteilten sich über ihre Wangen. Perlenketten aus Gnade. Und während sie so auf dem Erdboden lag, drückte sie ihr Kind dicht an sich und flüsterte den Namen ihrer Tochter. Ihren schönen Namen.

»Maria«, sagte sie zu der Erde. »Meine Maria.«

Und Sonja steckte ihren Finger in die rundliche Faust ihres Babys und zog die Faust an ihre zitternden Lippen, denn wie sollte sie ihrer Tochter jemals von dem erzählen, was nur die wissen können, die es erlebt haben?

Denn es war vor langer, langer Zeit in einer Welt, die inzwischen im Torfmoor versunken ist, in einem vergessenen Winter auf einer Insel, von der nur wenige jemals gehört haben. Zu der Zeit, kurz bevor der Schnee vollständig und unwiderruflich alle Fußspuren überdeckt. Wenn schwarze Wolken den sternen- und mondhellen Himmel einhüllen, wenn unverschattete Finsternis über das flüsternde Land kommt.

Genau in diesem Augenblick, um den herum eine neue Zeitrechnung beginnen sollte.

Lieber Leser, das Tasmanien, das in der hier erzählten Geschichte beschrieben wird, hat manche Ähnlichkeit mit dem Tasmanien, in dem ich lebe, aber eben nur manche. Ich habe tatsächlich im Alter von sechs Jahren einen tasmanischen Tiger in Hellyer Gorge gesehen, aber er ließ sich auf kein Gespräch mit mir ein. Abgesehen von dieser Enttäuschung tragen einige Orte, Menschen, Staudämme, Wasserstraßen und Wasserlöcher in diesem Buch den gleichen Namen wie solche, die wirklich existieren, aber das ist auch schon alles. Diejenigen, die es besser wissen, mögen mir die gelegentlichen Freiheiten verzeihen, die ich mir gegenüber der Geographie und gegenüber der Geschichte der Menschen in meiner Heimat genommen habe. Dahinter stand die Hoffnung, etwas zu schreiben, das vielleicht unterhaltsam und interessant sein könnte und das hoffentlich auch ein Stück Wahrheit erhellen kann – die letzten Endes niemals in den Fakten liegt, sondern nur in den Erzählungen.

Beim Schreiben dieser Geschichte habe ich Dankesschulden angehäuft, und es ist Zeit, sie abzutragen. Dank an Meredith Rose für ihre übliche Großzügigkeit. An The Australia Council *für ein Stipendium, das es mir erlaubte, einen Teil des Buches niederzuschreiben. An Judith Lukin-Amundsen für die Hilfe dabei, einen Roman vor dem drohenden Chaos der Worte zu retten, und für die Gabe einer ausgezeichneten Vorstellungskraft. An Nikki Christer, die den Glauben nicht verlor, eine wertvolle Sache. An Mary Callahan für eine wahrheitsgetreue Gestaltung. An Pat Hall und an Chris Pearce, diesen unerschrockenen Büchermenschen im* Hobart Bookshop.

Beide haben mir gesagt, ich solle in unser aller Interesse wieder an die Arbeit gehen.
Und, wie immer, an meine Familie, bei der mein Konto immer in den roten Zahlen ist.